세 번째 여자

Third Girl

AGATHA CHRISTIE MYSTERY AGATHA CHRISTIE MYSTERY AGATHA CHRISTIE MYSTERY AGATHA CHRISTIE MYSTERY AGATHA CHRISTIE MYSTERY AGATHA CHRISTIE MYSTERY AGATHA CHRISTIE MYSTERY AGATHA CHRISTIE MYSTERY AGATHA CHRISTIE MYSTERY

애거서 크리스티 추리 문학 34

세 번째 여자

김석환 옮김

해문

■ 옮긴이 김석환

전 한국항공대학 학장.
《죽음의 키스》《구름 속의 죽음》외 다수 번역.

세 번째 여자

초판 발행일	1987년 04월 20일
중판 발행일	2010년 02월 25일
지은이	애거서 크리스티
옮긴이	김 석 환
펴낸이	이 경 선
펴낸곳	해문출판사
주 소	서울시 서초구 서초동 1328-11 도씨에빛 2차 1420호
TEL/FAX	325-4721 / 325-4725
출판등록	1978년 1월 28일 (제3-82호)
가격	6,000원
ISBN	978-89-382-0234-5 04840
	978-89-382-0200-0(세트)

•등 장 인 물•

에르퀼 포와로― 살인사건을 해결해 내는 벨기에인 탐정.

애리어든 올리버 부인― 유명 추리소설 작가.

클라우디아 리스홀랜드― 공동주택에 사는 첫 번째 여자. 비서 일을 하는 신중한 성격의 처녀.

프랜시스 캐리― 공동주택에 사는 두 번째 여자. 화랑에서 일하는 엉터리 화가로 지방을 순회하며 전시회와 아트 쇼를 함.

노마 레스태릭― 공동주택에 사는 세 번째 여자. 메리 레스태릭의 의붓딸로 새엄마를 싫어함. 자신이 살인을 저질렀을지도 모른다며 포와로를 찾아왔다가 그가 너무 늙었다며 돌아가 버림.

앤드루 레스태릭― 조수아 레스태릭 회사의 사장. 노마 레스태릭의 아버지.

메리 레스태릭― 키가 크고 각이 진 어깨가 눈에 띄는 황금빛 머리의 여자. 앤드루 레스태릭의 두 번째 부인.

데이비드 베이커― 목까지 내려온 곱슬곱슬한 밤색 머리칼, 화려한 옷차림, 여자 같은 얼굴에 이국적인 모습의 젊은 남자.

로더릭 호스필드 경― 2차 대전 때 중요한 역할을 했던, 이제는 나이가 들어 기억력과 시력이 좋지 않은 노인.

소니아― 검은색 단발머리에 작은 몸집, 짙푸른 눈의 처녀. 로더릭 경의 비서.

피터 카디프― 데이비드 베이커와 화실을 함께 쓰는 신인 천재화가.

존 스틸링플리트― 차에 치일 뻔한 노마 레스태릭 양을 구해 준 의사.

고바― 포와로를 위해 정보를 수집해 주는 얼굴에 주름살이 많은 자그마한 몸집의 남자.

차　례

9 ● 제1장

15 ● 제2장

32 ● 제3장

37 ● 제4장

52 ● 제5장

63 ● 제6장

74 ● 제7장

89 ● 제8장

102 ● 제9장

111 ● 제10장

126 ● 제11장

141 ● 제12장

145 ● 제13장

차   례

제14장 ● 161

제15장 ● 174

제16장 ● 181

제17장 ● 190

제18장 ● 196

제19장 ● 203

제20장 ● 208

제21장 ● 213

제22장 ● 230

제23장 ● 240

제24장 ● 252

제25장 ● 261

작품 해설 ● 271

노라 블랙모어에게

제1장

에르퀼 포와로는 아침식사를 하고 있었다. 그의 오른손엔 김이 모락모락 나는 초콜릿 잔이 들려 있었다. 그는 단것을 아주 좋아해서 초콜릿과 함께 브리오슈(빵의 일종)를 먹었다. 그건 초콜릿의 맛과 아주 잘 어울렸다. 그는 음식 맛이 자기 입에 맞는지 고개를 끄덕거렸다. 그 빵은 그가 네 번째로 들른 가게에서 어렵게 구한 것이었다. 덴마크식으로 만들어진 빵이었지만, 겉만 그럴듯하게 꾸며놓은 프랑스식 빵보다는 맛이 훨씬 좋았다.

그는 미식가답게 만족해했다. 배가 뿌듯해졌다. 마음은 그보다 훨씬 더 뿌듯함을 느꼈다.

그는 추리소설 작가들을 분석한 《대작》이라는 작품을 끝냈다. 포와로는 그 작품에서 에드거 앨런 포를 신랄하게 비평했으며, 윌키 콜린스에 대해서는 낭만적인 표현 방법과 체계가 엉망이라고 했다. 그 반면 실제로는 잘 알려지지 않은 두 명의 미국 작가들을 극구 칭찬했는데, 칭찬해 줄 만한 면에 대해서는 갖은 표현을 다 써서 칭찬했으며, 그렇지 않은 면에 대해서는 엄격하게 찬사를 아꼈다.

그는 인쇄 중인 책을 보고 결과를 생각해 보았다. 식자공의 어처구니없는 실수를 제외하고는 그런대로 괜찮은 편인 것 같았다. 포와로는 이 작품을 쓰려고 엄청나게 많은 양의 책을 읽었으며, 마음에 들지 않는 책을 볼 때는 코웃음을 치면서 마룻바닥으로 내동댕이쳤다. 하지만, 잊지 않고 다시 주워서 쓰레기통에다 얌전히 집어넣었다. 그리고 아주 드문 일이긴 하지만, 괜찮은 책이라고 여겨질 때는 고개를 끄덕거리며 인정했다.

그런데 지금은 어떤가? 포와로는 정신적인 노동을 한 뒤에 꼭 필요한 막간의 휴식을 취하고 있었다. 그러나 아무도 영원히 쉴 수는 없으며, 다음 일을 계속해야 한다. 그런데 불행하게도 그는 다음에 할 일이 없었다. 글을 더 써 볼까? 그건 좋은 생각이 아니었다. 일이 잘되어 가면 그대로 내버려 둬라. 그 것이 그의 좌우명이었다. 사실, 솔직하게 말해서 그는 글 쓰는 일이 지겨웠다. 온 신경을 집중시켜야 하는 그 혹독한 정신노동은 그에게서 너무 많은 것을 빼앗아 갔다. 그 일 때문에 그는 나쁜 습관이 몸에 배었으며, 또 쉴 사이도 없 었다……

곤란해졌군! 포와로는 고개를 설레설레 흔들며 초콜릿을 훌쩍 마셨다.

그때 문이 열리고 조지라는 하인이 들어왔다. 그는 깍듯하게 절을 하고는 송구스럽다는 태도로 잔기침을 몇 번하고 나서 나직한 목소리로 말했다.

"저……" 그는 잠깐 말을 끊었다가 다시 이었다.

"어떤 젊은 숙녀분이 찾아오셨습니다."

포와로는 놀랍고도 좀 귀찮아하는 눈길로 조지를 쳐다보았다.

"내가 이 시간에 사람들을 만나지 않는다는 걸 잘 알고 있잖나."

그가 나무라듯이 말했다.

"알고 있습니다." 조지가 말했다.

주인과 하인의 시선이 서로 마주쳤다. 그 두 사람이 대화하는 데에는 때때 로 어려움이 따랐다. 조지는 적절한 질문을 받고 뭔가 추리해 낼 만한 사실이 있을 때는 억양을 바꾼다거나 빗대어 말한다든지, 또는 다른 단어를 골라서 말하곤 했다. 포와로는 이런 경우에는 어떤 것이 적절한 질문이 될까 하고 생 각했다.

"그 젊은 여자가 꽤 예쁜 모양이군?" 그는 조심스럽게 물어보았다.

"제가 보기에는, 그렇지 않습니다, 주인님. 하지만, 사람마다 모두 나름대로 의 아름다움을 갖고 있는 법이죠."

포와로는 조지의 대답에 대해서 곰곰이 생각해 보았다. 그러고는, 그가 젊 은 숙녀라는 말을 하기 전에 약간 머뭇거렸다는 것이 떠올랐다. 조지는 사람 을 민감하게 볼 줄 알았다. 그는 방문객의 신분을 정확히 파악하지는 못했지 만, 어느 정도 감을 잡곤 했었다.

"자네는 그녀가 젊은 사람이라는 것보다는 젊은 여자라는 걸 강조하고 싶은 모양이군!"

"뭐라고 말씀드리기가 어렵긴 하지만, 그렇다고 생각합니다."

조지는 유감스럽다는 듯이 말했다.

"그녀가 왜 나를 만나고 싶어 하는지 이유를 말하던가?"

조지는 급하게 사과하듯이 말했다.

"그녀는 자신이 저질렀을지도 모르는 살인사건에 대해 주인님께 의논드리고 싶다고 했습니다."

에르퀼 포와로는 눈썹을 추켜세우며 그를 빤히 쳐다보았다.

"살인을 저질렀을지도 모른다고? 그럼, 그녀 자신도 모르고 있다는 말인가?"

"그 숙녀분이 그렇게 말했습니다, 주인님."

"이상하군. 구미가 당기는 일인데."

"장난일지도 모르죠." 조지가 의심스럽다는 듯이 말했다.

"무슨 일이든 가능성은 있는 걸세. 하지만, 거의 생각할 수 없는 일인데."

그는 초콜릿 잔을 들어 올렸다.

"5분 뒤에 그녀를 들여보내게."

"알았습니다."

조지는 밖으로 나갔다.

포와로는 초콜릿을 다 마시고 난 뒤, 잔을 한쪽으로 밀어놓고는 자리에서 일어났다. 그러고는 벽난로 쪽으로 걸어가 선반 위에 놓여 있는 거울을 보며 조심스럽게 수염을 다듬었다. 이내 만족스러운 표정으로 자기 의자에 돌아와 앉아서는 방문객이 들어오기를 기다렸다. 그는 어떤 여자인지 추측해 볼 수도 없었다……

포와로는 자신이 생각하는 매력적인 여성의 척도에 엇비슷한 여자를 기대하고 있었다. 갑자기 '우수에 젖은 미인'이라는 진부한 문구가 떠올랐다. 하지만 조지가 방문객을 안내해서 들어왔을 때 그는 실망을 금치 못했다. 포와로는 마음속으로 고개를 휘저으며 한숨을 내쉬었다.

아름답지도 않고, 눈에 띄게 우수에 젖어 있는 모습도 아니었다. 조금 당황해 하는 모습이라는 것이 가장 어울리는 표현일 것이다.

포와로는 씁쓸해진 마음으로 생각했다.

'허! 이런 여자라니! 자신의 모습에 신경도 안 쓰나? 화장을 하고, 옷도 잘 꾸며 입고, 유명한 미용사에게 머리를 매만진다면 그런대로 괜찮은 여자일 텐데. 그런데 지금의 저 모습이란.'

방문객은 스무 살 남짓 되어 보이는 젊은 여자였다. 그녀는 흐릿한 색깔의 길고 헝클어진 머리칼을 아무렇게 어깨까지 늘어뜨리고 있었으며, 커다랗고 초록빛이 감도는 푸른색 눈은 좀 멍청해 보였다. 그리고 자기 나이 또래들 사이에서 유행하는 차림새를 하고 있었다. 목이 높은 검은색 부츠에 살이 드러나 보일 정도로 얇은 하얀색 모직 스타킹, 몸에 착 달라붙는 스커트, 그리고 굵은 털실로 짠 길고 풍성한 스웨터.

포와로와 같은 나이의 사람들이라면 누구나 그녀에게 한 가지 바람이 있었을 것이다. 빨리 그녀를 목욕탕 속에 집어넣는 것이다. 그는 길을 걸으면서도 종종 이런 충동을 느끼곤 했었다. 수백 명의 젊은 여자들이 똑같은 모습을 하고 있는 것이다. 그들은 하나같이 모두 지저분해 보였다.

그리고(앞뒤가 맞지 않는 말인지 모르지만) 이 여자는 강물에 빠진 걸 금방 건져낸 꼴을 하고 있었다. 아마 이런 여자들이 사실은 겉으로 보이는 것만큼 더럽지는 않을 거라고 생각했다. 그들은 단지 그렇게 보이려고 애쓰는 것뿐이다.

포와로는 어느 때와 마찬가지로 예의 바르게 의자에서 일어나 악수를 하고는 의자를 내밀었다.

"나를 만나고 싶어 했다고요, 마드모아젤? 앉으시죠"

"오!" 그녀는 조금 숨찬 목소리로 말하면서 그를 똑바로 바라보았다.

"어서 앉아요." 포와로가 말했다.

그녀는 머뭇거렸다.

"저는, 전 서 있는 게 좋아요"

그러고는 여전히 커다란 눈에 의심을 가득 품은 채 포와로를 똑바로 바라보았다.

"좋을 대로 하십시오"

포와로는 자기 의자에 앉아서는 그녀를 쳐다보며 기다렸다.

그녀는 발을 이리저리 움직거리고 있었다. 그러고는 눈을 내리깔고 자기 발을 바라보다가는 다시 포와로를 바라보았다.

"선생님이, 선생님이 에르큘 포와로 씨이신가요?"

"그렇습니다. 무슨 일로 나를 찾아왔죠?"

"오, 저, 그게 좀 곤란한 일이에요. 그게……."

포와로는 그녀를 좀 도와줘야 할 필요가 있다고 느끼고는, 먼저 말을 꺼냈다.

"내 하인이 이렇게 말하더군요. 아가씨가 '살인을 저질렀을지도 모르는' 일 때문에 나와 상담하고 싶어 한다고요. 그 말이 맞습니까?"

그녀는 고개를 끄덕였다.

"맞아요."

"그런 건 그렇게 모호하게 말할 수 없는 일인데요. 아가씨가 살인을 저질렀는지, 그렇지 않은지 분명히 알아야 한단 말입니다."

"저, 저는 어떻게 해야 좋을지 모르겠어요. 그게……."

"이쪽으로 와서 앉아요. 그리고 긴장을 풀고 내게 모두 털어놓도록 해요."

포와로가 친절하게 말했다.

"오, 정말 어떻게 해야 좋을지 모르겠어요. 너무 어려운 일이에요. 제 마음이 바뀌었어요. 선생님에게 무례한 행동을 하고 싶진 않지만, 그냥 가는 게 좋을 것 같아요."

"힘을 내고 이쪽으로 와요."

"안 되겠어요. 저는 여기에 오면, 선생님에게 제가 어떻게 하면 좋을지 여쭤볼 수 있을 거라고 생각했어요. 그런데 그렇게 되지 않는군요. 모든 게 너무 달라요."

"무엇과 다르다는 겁니까?"

"죄송해요. 하지만, 폐를 끼치고 싶지 않아요."

그녀는 커다랗게 한숨을 내쉬고는 포와로를 바라보다가 얼른 눈길을 돌리고는 불쑥 내뱉듯이 말했다.

"선생님은 너무 늙으셨어요. 저는 선생님이 그렇게 나이가 드신 분인지 몰랐어요. 저는 정말 무례한 행동을 하고 싶진 않아요. 그래요, 선생님은 너무 늦으셨어요. 정말 죄송해요."

그녀는 재빨리 몸을 돌려서는 나방이 전등 빛으로 빨려들듯이 밖으로 나가 버렸다.

포와로가 어이가 없어 입을 헤벌리고 있는데, 현관문이 꽝하고 닫히는 소리가 들렸다.

그는 냅다 소리를 질러댔다.

"나 원, 젠장……."

제2장

1

전화벨이 울렸다.

에르퀼 포와로의 귀에는 그 전화벨 소리가 들리지 않는 것 같았다.

그 날카로운 소리는 고집스럽게도 계속 울려 퍼졌다.

조지가 방으로 들어와서 이상하다는 듯이 포와로 쪽을 힐끗 쳐다보고는 전화기 쪽으로 걸어갔다.

포와로는 손짓을 하며, "내버려 두게."라고 말했다.

조지는 주인의 말에 복종하고 방을 나왔다. 전화벨은 계속 울려댔다. 신경에 거슬리는 날카로운 소리가 계속 이어지다가 갑자기 멈췄다. 그러나 잠시뒤 그 소리는 다시 시작되었다.

"빌어먹을! 여자일 거야, 틀림없이 여자겠지."

포와로는 한숨을 내쉬고는 자리에서 일어나 전화기 쪽으로 다가갔다.

그는 수화기를 들었다.

"여보세요—."

"포와로 씨인가요?"

"예, 납니다."

"올리버 부인이에요. 오늘은 목소리가 좀 다르네요. 처음에는 당신이 아닌줄 알았어요."

"안녕하십니까, 부인, 별일 없으시죠?"

"예, 아주 좋아요."

애리어든 올리버의 목소리가 여느 때처럼 쾌활하게 높아졌다. 유명한 추리소설 작가인 올리버 부인과 에르퀼 포와로는 친한 사이였다(《테이블 위의 카드 (Cards on the Table)》 참조).

"전화하기에 조금 이른 시간이긴 하지만, 물어볼 게 있어서요."

"뭡니까?"

"추리소설 작가 클럽의 연례 만찬회가 있는데, 올해는 당신이 초청연사로 와 주시는 게 어떨까 해서요. 당신이 와 주시면 정말 고마울 텐데요."

"언제입니까?"

"다음 달 23일이에요."

수화기 저쪽에서 깊은 한숨 소리가 들려왔다.

"아, 나는 너무 늙었습니다."

"너무 늙었다뇨, 도대체 그게 무슨 소리예요? 당신은 조금도 늙지 않았어요."

"정말 늙지 않았다고 생각합니까?"

"물론이죠. 당신은 아주 잘해 내실 거예요. 진짜 범죄에 대해서 생생하게 들려주실 수도 있고요."

"누가 듣고 싶어합니까?"

"모두요. 사람들은……, 포와로 씨, 무슨 일이 있었나요? 무슨 일이 생겼죠? 왠지 흥분하고 계신 것 같아요."

"예, 흥분해 있습니다. 내 기분이……, 아니, 이제는 괜찮습니다."

"무슨 일인지 말씀해 보세요."

"꼭 말해야 합니까?"

"왜 말할 수 없는 건가요? 그럼, 이쪽으로 오셔서 얘기해 주시는 게 어때요? 언제 오시겠어요? 오늘 오후에 오셔서 함께 차를 마시지 않으시겠어요?"

"나는 오후엔 차를 마시지 않습니다."

"그럼 커피라도 마시세요."

"그때는 커피를 마시는 시간이 아닙니다."

"그럼 초콜릿은 어때요? 위에다 생크림을 얹어서요. 아니면, 쌍화차는 어때요? 쌍화차를 좋아하시잖아요. 그렇지 않으면 레모네이드나 오렌지에이드는 어떨까요? 혹시 카페인을 제거한 커피를 좋아하세요? 내가 구할 수 있을지 모르겠지만."

"아니, 됐습니다! 그 커피라면 이젠 신물이 납니다."

"아, 달콤한 것을 좋아하시죠? 찬장에 리베나가 반 병 남아 있어요."

"리베나?"

"건포도주예요."

"누가 준 모양이군요! 정말 열성적이십니다, 부인. 부인의 성의에 탄복했습니다. 오늘 오후에 기꺼이 초콜릿을 마시러 가겠소."

"좋아요. 그럼, 그때 당신이 흥분해 있는 이유도 말씀해 주시는 거예요?"

그녀는 전화를 끊었다.

2

포와로는 잠시 생각에 잠겼다가 전화 다이얼을 돌렸다.

"고비 씨요? 나 에르퀼 포와로요. 지금 시간이면 일이 잔뜩 쌓여 있겠지?"

"그저 그렇습니다." 고비가 말했다.

"적당히 바쁜 편이죠. 하지만, 포와로 씨, 당신이 급하다면 언제든지 도와드리겠습니다. 내가 데리고 있는 젊은 친구들은 자기가 맡은 일은 제대로 처리해 낼 능력이 있습니다. 요즘에는 괜찮은 친구들을 구하기가 예전만큼 쉽지는 않더군요. 요즘 젊은 사람들은 자신을 너무 과대평가하고 있답니다. 게다가, 그 친구들은 새로운 것을 배우기도 전에 모든 걸 알고 있다고 생각한다 이 말입니다. 젊은 친구들에게 노련함을 기대하기란 어려운 일이죠. 자, 어떤 일인지 말씀해 보십시오, 포와로 씨. 괜찮은 친구 한두 명을 골라서 맡기겠습니다. 늘 하는 일이겠죠, 정보 수집 아닙니까?"

그는 고개를 끄덕거리며 포와로의 자세한 설명에 귀를 기울였다. 포와로는 고비와 통화를 끝내고 나서, 런던경시청으로 전화를 걸어 친구와 얘기를 나누었다.

그 친구는 포와로의 부탁을 다 듣고 나서 말했다.

"너무 많은 걸 요구한다고 생각지 않습니까? 어떤 살인사건이 어디에서 일어났는지, 시간과 장소, 그리고 희생자도 모르는 것 아닙니까? 이건 마치 날아가는 기러기를 뒤쫓으라는 소리 같군요."

그는 못마땅하다는 듯이 덧붙여 말했다.

"결국, 당신은 아는 게 아무것도 없는 셈이잖습니까!"

3

그날 오후 4시 15분에 포와로는 올리버 부인의 응접실에 앉아서, 부인이 그의 곁에 있는 작은 테이블 위에 놓아 준 커다란 초콜릿 잔을 고맙다는 인사와 함께 집어들었다. 초콜릿 위에는 생크림 거품이 덮여 있었다. 올리버 부인은 작은 접시 가득히 랑그드샤 비스킷을 곁들여 내놓았다.

"부인, 고맙습니다."

그는 초콜릿 잔 너머로 올리버 부인의 머리 모양과 새로 단장된 벽지를 보고 약간 놀란 표정을 지었다. 그 두 가지 모두 포와로에게는 새로운 것이었다.

그가 올리버 부인을 마지막으로 봤을 때, 그녀의 머리 모양은 평범했었다. 그런데 지금은 머리 전체가 복잡한 모양으로 꼬거나 여기저기 감아 올려져 있었다. 포와로는 그녀의 머리에 꽂혀 있는 화려한 장식물들이 대부분 모조품일 거라고 생각했다. 올리버 부인이 여느 때의 습관대로 갑자기 흥분하게 된다면, 머리에 꽂혀 있는 수많은 장식물들이 떨어져 버릴 것 같았다. 또, 벽지로 말하자면⋯⋯.

"이 버찌들은 새로 바른 거요?"

포와로는 찻숟가락을 흔들며 물었다. 그는 마치 버찌 과수원에라도 들어와 있는 기분이었다.

"버찌 무늬가 너무 많은가요?" 올리버 부인이 물었다.

"벽지에 대해서 미리 말한다는 건 어려운 일이죠. 전의 것이 더 괜찮은 것 같으세요?"

포와로는 숲 속에 화려한 색깔을 띤 수많은 열대조들이 그려진 벽지를 희미하게 기억해 냈다. 그는, "바꾸기는 했지만 그게 그거군요." 하고 말하고 싶었지만, 꾹 참았다.

포와로는 잔을 받침접시에 내려놓고는, 만족스럽다는 듯이 한숨을 내쉬며 뒤로 기대어 앉아 콧수염에 묻은 생크림 거품을 닦아냈다. 그러자, 올리버 부인이 기다렸다는 듯이 말을 꺼냈다.

"자, 이제 모든 걸 말씀해 주셔야죠?"

"아주 간단한 얘기입니다. 오늘 아침에 어떤 젊은 여자가 나를 찾아왔습니다. 나는 먼저 그녀가 나와 약속을 했었는가 하고 생각해 보았죠. 부인도 알다시피, 사람의 일엔 순서라는 게 있잖습니까? 그런데 그녀는 자기가 살인을 저질렀을지도 모른다고 생각한다면서 당장 나를 만나고 싶다는 거였습니다."

"참 이상한 말이군요. 살인을 저질렀을지도 모른다뇨?"

"그렇습니다! 이상한 말이죠! 그래서 조지에게 그녀를 들여보내라고 했습니다. 그런데 그녀는 들어와서는 그냥 서 있기만 하는 겁니다. 내가 의자를 몇 번이나 권했는데도 앉으려고 하지 않더군요. 꼼짝 않고 선 채로 똑바로 나를 쳐다보는 것이 꼭 얼이 빠진 사람 같더라니. 나는 그녀에게 용기를 불어넣어 주려고 넌지시 말을 걸어 보았죠. 그러자, 그녀는 갑자기 마음이 바뀌었다고 하면서, 무례한 행동을 하고 싶진 않지만(부인 생각은 어떤지 모르겠군요) 내가 너무 늙었다고 하는 게 아니겠습니까……."

올리버 부인은 서둘러서 위로의 말을 건넸다.

"오, 요즘 젊은 여자들은 다 그래요. 서른다섯 살만 넘으면 반은 죽은 거나 마찬가지라고 생각한다니까요. 분별력이라곤 눈곱만큼도 없죠. 그건 당신이 이해하셔야지 어쩌겠어요?"

"내게는 굉장한 충격이었습니다." 에르퀼 포와로가 말했다.

"나라면 그런 문제로는 걱정하지 않을 거예요. 물론, 그렇게 말한 게 무례한 행동이긴 하지만요."

"그건 상관없습니다. 그리고 그것은 내 기분의 문제만은 아니죠. 걱정스럽습니다, 정말 걱정입니다."

"나라면 그런 문제는 모두 잊어버리겠어요."

올리버 부인은 부드럽게 말해 주었다.

"내 말을 이해하지 못하는군요. 내가 걱정스럽다는 건 그 젊은 여자입니다.

그녀는 내게 도움을 청하러 왔다가는, 내가 자기를 도와주기에는 너무 늦었다고 판단을 내렸습니다. 물론, 그녀가 아무 말 없이 그냥 나가버린 것은 그녀의 잘못이죠. 하지만, 그녀는 지금 절박하게 도움이 필요한 상황에 빠져 있을 겁니다."

"그녀는 정말로 절박한 상황에 빠져 있지는 않을 거예요."

올리버 부인이 위로했다.

"젊은 여자들이란 아무 일도 아닌 걸 갖고 야단법석을 떨곤 하니까요."

"아니, 그건 부인이 잘못 생각한 겁니다. 그녀는 정말 도움이 필요했어요."

"그래도, 그녀가 정말로 살인을 저질렀을 거라고는 생각지 않겠죠?"

"왜 아닙니까? 그녀가 자기 입으로 저질렀다고 말했는데."

"예, 하지만……."

올리버 부인은 잠시 멈췄다가 다시 천천히 말을 이었다.

"그녀가 살인을 저질렀을지도 모른다고 말했다고 하셨잖아요. 아마도, 무슨 말인가를 꺼내려고 그렇게 얘기한 거 아닐까요?"

"그렇습니다. 그건 통 사리에 맞지 않는 얘기죠."

"그녀가 누구를 죽였다는 거예요, 아니면 죽였다고 생각한다는 거예요?"

포와로는 어깨를 으쓱해 보였다.

"그리고 누구를 죽였다면, 그 이유가 뭘까요?"

포와로는 또 어깨를 움츠렸다.

"물론, 하찮은 일일 수도 있겠죠."

올리버 부인은 풍부한 상상의 나래를 펼치면서 흥분하기 시작했다.

"그녀는 차로 어떤 사람을 치고 나서 뺑소니쳤을 수도 있고, 벼랑에서 낯선 남자에게 습격을 받아 승강이를 벌이다가 그 남자를 밀어 떨어뜨렸을 수도 있겠죠. 또, 실수로 누군가에게 극약을 주었을 수도 있고요. 그리고 마약 파티에 갔다가 누군가와 싸움을 했는데, 나중에 깨어나 보니 그녀가 그를 찔러 죽였을 수도 있는 일 아니겠어요? 또……."

"됐습니다, 부인. 그만 하십시오!"

하지만, 올리버 부인은 계속 이어나갔다.

"그녀는 수술실에 근무하는 간호사인데, 마취주사를 잘못 놓았을지도 모르죠. 아니면……."

그녀는 좀더 자세한 것을 알고 싶었는지 갑자기 말을 멈췄다.

"어떻게 생긴 여자였어요?"

포와로는 잠시 생각에 잠겼다.

"육체적인 매력이라고는 하나도 없는 오필리아(셰익스피어 작품 《햄릿》에 나오는 여자) 같았습니다."

"오, 저런—, 어떤 여자인지 짐작할 수 있겠어요. 좀 이상한 차림새를 하고 있었죠?"

"똑똑한 처녀는 아닐 겁니다. 내가 보기로는 말입니다. 어려움을 극복해 낼 수 있는 여자도 아니며, 닥쳐올 위험을 예견할 줄 아는 여자도 아닙니다. 다른 사람들이 한 바퀴 둘러보고는, '희생자가 필요한데, 바로 저 여자가 알맞겠군.' 하고 말할 만한 여자죠."

하지만, 올리버 부인은 포와로의 말을 듣고 있지 않았다. 그녀는 포와로가 여러 번 보아 왔던 그녀 특유의 몸짓으로 머리에 달린 장식물들을 꽉 붙잡고 있었다.

"잠깐만, 잠깐만요!"

그녀는 고통스러워하는 듯한 목소리로 외쳤다.

포와로는 눈썹을 치켜세운 채 잠시 가만히 있었다.

"그녀의 이름을 말해 주지 않았잖아요." 올리버 부인이 말했다.

"그녀도 내게 말해 주지 않았소. 불행하게도, 나도 미처 물어볼 생각도 못했다니까."

"잠깐만요!"

올리버 부인은 또다시 고통스러워하는 듯한 목소리로 말했다. 그러고는 머리를 꽉 감싸고 있던 손을 내려뜨리고 깊은 한숨을 몰아쉬었다. 감아올려졌던 머리가 풀어져서 어깨 위로 흘러내리며, 커다란 장식핀 하나가 바닥에 떨어졌다. 포와로는 그걸 주워서 조심스럽게 탁자 위에 올려놓았다.

"자, 그러면—."

올리버 부인의 목소리가 갑자기 차분해졌다. 그녀는 생각에 잠긴 채 장식 핀 한두 개를 머리에 꽂으며 고개를 끄덕거렸다.

"누가 그 여자에게 당신 얘기를 해주었을까요, 포와로 씨?"

"내가 아는 한은 없습니다. 그야 물론 소문을 듣고 찾아왔겠죠"

올리버 부인은 포와로의 그 말에, '물론'이라는 단어는 알맞지 않다고 생각했다. 그가 물론이라고 말한 것은 대부분의 사람이 자기의 평판을 소문으로 들어서 알고 있다고 믿는다는 뜻이다. 하지만, 사실 많은 사람들은 에르큘 포와로라는 이름을 듣게 된다면 멍청한 얼굴로 쳐다볼 것이다. 특히 젊은 사람들은 더욱 그렇다.

올리버 부인은 생각했다.

'하지만, 내가 어떻게 이 사람에게 그런 말을 할 수 있겠는가? 기분을 상하게 하지 않는 방법으로.'

"그건 당신이 잘못 생각하신 것 같은데요." 올리버 부인이 말했다.

"여자들은, 여자들과 젊은 사람들은 탐정 같은 것에 대해서 잘 몰라요. 또, 그런 얘기를 들으려고도 하지 않고요"

"그래도 에르큘 포와로에 대해서는 들었을 겁니다."

포와로는 으스대며 말했다. 그것은 에르큘 포와로에게는 하나의 믿음이었다.

"하지만, 요즘 젊은이들은 엉터리 교육을 받고 있거든요"

올리버 부인이 얼른 둘러댔다.

"그들이 고작 아는 이름이라야 가수들이나 보컬 그룹, 또는 디스크자키나 뭐 그런 인물들이죠. 그리고 의사나 탐정, 치과의사들이 필요하게 되면(글쎄, 그러면) 누군가에게 물어보겠죠. 누구에게 찾아가면 되는가 하고요. 그러면, 그 사람은 이렇게 얘기해 줄 거예요. '이것 봐요, 퀸 앤 가(街)에 가면 놀랄 만한 사람이 있는데, 머리 위로 다리를 들어 올려서 몇 번 비틀면 깨끗하게 나을 거예요.' 아니면, '난 다이아몬드를 몽땅 도둑맞았는데, 헨리가 알게 될까 두려워서 경찰에 알리지도 못했어요. 그런데 아주 신중하고 유능한 탐정 덕분에 보석을 되찾게 되었고, 결국 헨리는 아무것도 모르고 지나가게 되었지 뭐예요.' 이런 일들은 늘 있는 거죠. 그 누군가가 그녀를 당신에게 보냈을 거예요."

"글쎄, 나로서는 잘 모르겠는데."

"얘기를 듣게 될 때까지는 모르시겠죠. 하지만, 이제 그 얘기를 듣게 될 거예요. 지금 금방 생각이 났는데, 그녀를 당신에게 보낸 건 바로 나예요."

포와로는 깜짝 놀랐다.

"부인이? 그런데 왜 진작에 말하지 않았습니까?"

"그건 이제야 생각이 났기 때문이에요. 당신이 오필리아 얘기를 했을 때, 길고 젖은 듯한 머리에 예쁘지 않은 얼굴 등등이 내가 본 사람 같다는 생각이 들었거든요. 그것도 바로 얼마 전에요. 그때야 비로소 그게 누구인지 떠오른 거예요."

"누구입니까?"

"나도 그녀의 이름은 몰라요. 하지만, 쉽게 알아낼 수 있을 거예요. 우리는 사립탐정 얘기를 나누었죠. 나는 당신 얘기를 하면서, 당신이 해결한 놀랄 만한 사건을 몇 가지 말해 주었어요."

"그녀에게 내 주소도 알려 주었습니까?"

"아니, 그건 말해 주지 않았어요. 그녀가 탐정이나 뭐 그런 사람들의 도움이 필요해질 거라곤 생각지 않았거든요. 나는 단지 얘기만으로 끝나는 거라고 생각했죠. 하지만, 내가 당신 이름을 몇 번 들먹였기 때문에 아마 전화번호부를 보고서 쉽게 찾아갈 수 있었을 거예요."

"살인에 대한 얘기도 나누었습니까?"

"그런 기억은 없어요. 우리가 어떻게 해서 탐정 얘기를 하게 되었는지도 모르겠는데요. 그래요, 예, 그녀가 먼저 그 얘기를 꺼낸 것 같아요……"

"그러면 기억나는 대로 말해 보십시오. 이름은 모른다 해도, 그녀에 대해서 조금이라도 알고 있을 게 아닙니까."

"지난 주말이었어요. 나는 로리머 부부와 함께 있었죠. 그런데 그들은 나를 술 마시는 친구들에게 소개해 주고 나서는 어디론가 가버린 거였어요. 거기엔 몇몇 사람들이 있었죠. 하지만, 나는 하나도 즐겁지 않았어요. 당신도 알다시피, 나는 술을 마시지 않잖아요. 그래서, 사람들은 나를 위해서 따로 음료수를 마련해야 했죠. 사실, 그건 좀 따분한 일이더군요. 그러고 나서 그들은 내 작품을 좋아한다느니, 나를 만나고 싶었다는 둥 얘기를 늘어놓았어요. 나는 짜증스럽고 귀찮고 좀 어이가 없었지만, 그럭저럭 참고 있었죠. 내 작품 속에 등장하는 탐정인 스벤 저슨을 무척 좋아한다나요. 아마 그 사람들은 내가 그 탐정을 얼마나 싫어하는지 모를 거예요! 출판업자들은 그렇게 말해서는 안 된다고 늘 내게 주의를 주죠. 아무튼, 나는 실존하는 탐정 얘기를 해나가는 중에 당신 얘기를 조금 하게 되었어요. 그때 그녀가 그 근처에 서서 내 얘기를 듣고 있었을 거예요. 당신이 매력 없는 오필리아 얘기를 했을 때, ‘누군가가 떠오르는데?’ 하고 퍼뜩 스치는 게 있더군요. 그러고는 곧, ‘그래, 그날 파티에서 만났던 그 처녀야.’ 하는 생각이 떠올랐죠. 내가 그녀와 다른 여자를 혼동하지 않는 거라면 그녀는 분명히 그곳에 있었어요.”

포와로는 한숨을 내쉬었다. 올리버 부인과 함께 있으려면 누구나 인내심을 갖고 있어야 할 것이다.

“부인이 함께 술을 마신 사람은 누굽니까?”

“트레헌인가 트레퍼시스일 거예요. 뭐 그와 비슷한 이름인데, 실업계의 거물이죠. 아주 부자예요. 시티(런던의 상업·금융의 중심지구)에서도 중요한 인물이라더군요. 아마 오랫동안 남아프리카에서 지냈다고 하죠.”

“부인이 있습니까?”

“예, 금발에 대단한 미인이죠. 그 사람보다 나이가 많이 어린 편인데, 두 번째 부인이라는군요. 첫 번째 부인 사이에서 낳은 딸이 하나 있죠. 그리고 말할 수 없을 정도로 고지식한 아저씨가 한 명 있는데, 거의 귀가 먹은 모양이에요. 재미있는 것은, 그 아저씨라는 사람은 이름 뒤에 놀랄 만큼 많은 명칭을 갖고 있다는 거예요. 사령관이라든가 공군 중장 등등 그런 것들이죠. 또, 그 사람은 천문학자처럼 지붕 위에다 커다란 망원경을 갖다 놓았다는군요. 하지만, 내 생각에는 단지 취미 정도인 것 같아요. 또, 그 노인을 야단스럽게 따라다니는 외국인 처녀가 있어요. 그 처녀와 그 노인이 함께 런던에 올라가면 그들을 그냥 지나쳐 버릴 사람은 아무도 없을 거예요. 그런 정도의 여자예요.”

포와로는 올리버 부인이 제공해 주는 정보를 마치 인간 컴퓨터처럼 정리하고 있었다.

"그 노인 집에 트레퍼시스 부부가 사는 거군요."

"트레퍼시스가 아니에요. 지금 생각해 보니까 레스태릭인 것 같아요."

"그건 전혀 비슷한 이름이 아니잖습니까?"

"그렇죠. 콘월 지방(영국의 남서부 지방)에서 많이 쓰는 이름 같죠?"

"그럼 레스태릭 부부가 그 많은 명칭을 가진 나이 많은 아저씨와 함께 사는 겁니까? 그 아저씨의 성도 역시 레스태릭인가요?"

"그 사람은 로더릭 경인가 뭐 그렇게 불렀어요."

"그리고 그 오 페어 걸(외국어 습득을 목적으로 방·식사를 제공받아 집안일을 거드는 외국 여자)인가 하는 처녀와 딸이 한 명 있는 거군요? 다른 사람들은 없습니까?"

"없는 것 같은데, 확실하게는 모르겠어요. 그리고 그 딸은 집에서 함께 살지 않아요. 주말에만 내려와서 지내죠. 내 생각이지만, 계모와 사이가 좋지 않기 때문인 것 같아요. 그 딸은 런던에서 직장을 다니며 남자친구를 한 명 사귀었다는데, 아주 열렬한 사이는 아닌 것 같더군요."

"그 가족에 대해서 많이 알고 있군요."

"예, 모두 얻어들은 거예요. 로리머 부부는 굉장한 수다쟁이거든요. 늘 남의 얘기를 재잘거리죠. 또, 사람들은 누구나 남의 신상에 대해서 듣기 좋아하잖아요. 때로는 그 얘기들을 서로 혼동하기도 하지만. 나도 아마 그럴 거예요. 그녀의 세례명이 생각날 것도 같은데, 노래 제목과 비슷한 것 같기도 한데……. 도라? '말해 줘요, 도라.' 도라, 도라, 그것 같기도 한데. 미라인가? 미라, '오, 미라, 내 사랑 그대뿐' 그것 같기도 하고, '대리석 저택에서 사는 꿈을 꾸었지.' 노마? 마리타나인가? 노마, 노마 레스태릭. 틀림없어."

그러다가 올리버 부인은 불쑥 엉뚱한 말을 덧붙였다.

"그녀는 세 번째 여자예요."

"나는 부인이 그녀가 어린애라고 생각하고 말하는 줄 알았습니다."

"그녀는 그래요. 아니, 그렇게 생각해요."

"그런데 세 번째 여자라는 건 무슨 뜻입니까?"

"저런, 세 번째 여자가 무슨 뜻인지 모르세요? 타임스지(紙)도 읽지 않는 모양이군요?"

"출생, 사망, 결혼 기사 정도나 읽죠. 그리고 흥미 있는 기사 몇 가지 하고"

"아니에요, 제1면 광고 말이에요. 지금은 그런 것이 제1면에 없어요. 그래서, 다른 신문을 볼까 생각 중이에요. 하지만, 당신에게는 보여 드릴 수 있어요."

올리버 부인은 벽 쪽에 붙여 놓여 있는 탁자로 가서 타임스지를 집더니 몇 장을 넘겨 포와로에게 갖다 주었다.

"여기를 보세요. '안락한 2층짜리 공동주택에 세들 세 번째 여자 구함. 독방. 중앙난방. 얼스 코트' '공동주택에 세들 세 번째 여자 구함. 5파운드. 주말마다 독방 쓸 수 있음.' '네 번째 여자 구함. 리젠트 파크 독방.' 요즘 젊은 여자들이 좋아하는 생활방식이에요. 하숙이나 여관보다 훨씬 낫죠. 첫 번째 여자가 가구가 딸린 공동주택을 얻어서 세를 놓는 거예요. 두 번째 여자는 대개 첫 번째 여자의 친구가 되죠. 그리고 다음에 그들은 아는 사람이 없으면 광고를 내어 세 번째 여자를 구하는 거예요. 그리고 보셨다시피, 네 번째 여자를 구하는 경우도 종종 있어요. 첫 번째 여자가 가장 좋은 방을 쓰고, 두 번째 여자는 셋돈을 조금 덜 내고 그다음 방을, 세 번째 여자는 더 조금 내고 가장 나쁜 방을 쓰게 되죠. 또, 그들은 1주일 중 어느 날 밤에 그 공동주택을 혼자서 사용할 수 있을까 하는 것도 결정해요. 아주 합리적으로 운영하죠."

"노마인가 하는 여자는 런던의 어디에서 삽니까?"

"아까 말씀드렸다시피, 나는 그녀에 대해선 아무것도 몰라요."

"하지만, 그녀를 찾아낼 수는 있겠지요?"

"오, 그래요. 꽤 쉽게 찾아낼 수 있을 거예요."

"그때 예기치 못한 죽음에 대한 언급은 없었습니까?"

"런던에서의 죽음을 말하는 건가요, 아니면 레스태릭 집에서의 죽음을 말하는 건가요?"

"어느 쪽이든지."

"그런 얘기는 하지 않은 것 같은데, 내가 알아낼 수 있는지 볼까요?"

흥분한 탓인지 올리버 부인의 눈이 반짝거렸다. 이제 그녀는 그 일을 파고

들기 시작했던 것이다.

"그렇게 해준다면 고맙겠습니다."

"로리머 부부에게 전화를 걸어 보겠어요. 지금이 아주 좋은 때예요."

그녀는 전화기 쪽으로 다가갔다.

"이유를 생각해 내야겠는데, 적당히 둘러대면 되겠죠?"

그녀는 좀 머뭇거리며 포와로를 쳐다보았다.

"하지만, 저쪽에서 이해할 수 있도록 자연스럽게 해야 합니다. 부인은 상상력이 풍부하니까 아주 훌륭하게 해낼 수 있을 겁니다. 그러나 너무 허황되게 꾸며서는 안 됩니다. 아시죠? 적당하게 하십시오."

올리버 부인은 알겠다는 눈짓으로 그를 힐끗 바라보았다.

그녀는 다이얼을 돌려서 원하는 전화번호를 물어보았다. 그리고 포와로를 쳐다보며 조그만 목소리로 말했다.

"이름이나 주소를 적을 만한 필기구를 갖고 계시겠죠?"

포와로는 이미 곁에 노트를 꺼내어 놓고 믿음직스럽게 고개를 끄덕였다.

올리버 부인은 수화기를 가까이 대고 통화를 시작했다. 포와로는 그녀의 통화 내용을 주의 깊게 들었다.

"여보세요. 죄송하지만―오, 나오미군요. 애리어든 올리버예요. 오, 그래요 좀 복잡했어요……어머, 그 노인 말인가요?……아니, 난 몰라요……거의 장님이라고요?……그가 외국 처녀하고 런던으로 올라갈 거라고 생각했어요……예, 그들 때문에 걱정이 되긴 하겠네요. 하지만, 그 아가씨가 꽤 잘 보살펴 주던데요……그녀의 주소를 알고 싶어서 전화한 거예요……아니, 레스태릭이란 처녀 말이에요―사우스 켄인가 어디가 아니었나요? 나이츠브리지였던가? 그녀에게 책을 주기로 약속하고서 주소를 적어놓았는데, 그만 잃어버렸지 뭐예요. 그녀의 이름조차도 생각나지 않아요. 도라였던가, 아니 노마였죠?……그래요, 노마였던 것 같아요. 잠깐만요, 연필 좀 찾고요……예, 준비됐어요……보로딘 맨션 67호……웜우드 스크럽 감옥 같은 커다란 구획이라고요……예, 공동주택은 중앙난방에다 모든 것이 갖춰져 있어서 아주 편리하죠……두 명의 여자와 함께 살고 있나요?……그녀의 친구들인가요, 아니면 광고로 구한 사람들인가요

?……클라우디아 리스홀랜드라……아버지가 국회의원이라고요? 또 다른 사람은요?……당신은 잘 모르겠군요……그 아가씨도 아주 멋진 사람일 거예요……무슨 일을 하죠? 모두 비서일 것 같은데 그렇지 않은가요?……오, 다른 아가씨는 실내장식가일 거라고요? 화랑에 관계되는 일을 한다고요?—아니, 나오미, 나는 알고 싶지 않아요, 단지 조금 놀랄 뿐이지. 그 처녀들은 요즘 어떻게 지내죠?

글쎄, 그런 걸 알고 있으면 작품을 쓰는 데 많은 도움이 되거든요—누구나 데이트를 계속하고 싶어 하죠……남자친구에 대해서 얘기해 주겠어요?……예, 하지만, 어쩔 도리 없는 일 아니겠어요? 내 말은, 젊은 여자들은 자기들이 하고 싶은 대로 한다는 거예요……그 남자친구가 아주 흉측하게 생겼다고요? 수염도 깎지 않고 지저분하다고요? 오, 그런 사람이군요. 무늬가 요란하고 화려한 조끼에 길고 구불거리는 밤색 머리칼을 어깨까지 늘어뜨리고—그렇죠, 여자인지 남자인지 어렵잖아요? 좀 잘 생겼다면 밴다이크(1599~1641, 네덜란드의 초상화가)처럼 보이겠죠……뭐라고요? 앤드루 레스태릭은 그를 싫어한다고요? 예, 남자들은 대개 그렇죠……메리 레스태릭?……글쎄, 당신도 계모와는 사이가 좋지 않았을 거 아니에요?

그녀가 런던에서 직장을 갖게 된 것이 계모에게는 퍽 다행스러운 일이었겠군요. 사람들이 뭐라고 그래요……그녀가 어디에 이상이 있는지 알아낼 수 없다고요?……누가 그랬다고요?……예, 그런데 무슨 얘기를 쉬쉬하는 거죠?……오, 간호사라고요?—제너의 여자 가정교사에게 말했다고요? 그녀의 남편 말이에요? 오, 알았어요—의사들이 알아내지 못했다고요……아니, 하지만 사람들은 아주 심술궂잖아요. 당신 생각과 마찬가지예요. 그런 일들은 대개 사실이 아니죠……오, 위(胃)가 나쁘다고요?……그렇지만, 정말 우스운데요. 사람들이 그의 이름을 뭐라고 했다고요?—앤드루—제초제이기 쉬울 거라고요?……그렇죠. 그런데 왜요?……그건 그가 여러 해 동안 증오해 온 아내에 대한 건 아닐 거예요—그녀는 두 번째 우스이에요—그리고 그보다 훨씬 젊고 아름답죠……예, 그건 가능한 일이라고 생각해요—그런데 그 외국 처녀가 왜 원했을까요?……레스태릭 우스이 그녀에게 한 말 때문에 그녀가 화가 났을지도 모른다고요

?……꽤 매력적인 여자이던데……앤드루는 아마 그녀에게 홀딱 빠졌을 거예요. 그리 중요한 문제는 아니죠. 하지만, 메리에게는 기분 나쁜 일이에요—그래서 그녀가 그 처녀에게 심하게 대했을 거예요."

올리버 부인은 곁눈으로 포와로가 자기에게 커다랗게 손짓을 하고 있다는 걸 알아차렸다.

"잠깐만요, 빵집에서 왔어요." 올리버 부인이 수화기에 대고 말했다.

포와로는 왠지 모욕을 당한 기분이었다.

"기다려요."

그녀는 수화기를 내려놓고 급하게 방을 가로질러 가서, 포와로에게 식탁 쪽으로 오라고 했다.

"무슨 일이에요?" 그녀는 숨을 헐떡이며 말했다.

"빵집에서 왔다고? 내가!" 포와로가 빈정거렸다.

"아무거나 생각해 내야 했단 말이에요. 왜 손짓을 하셨죠? 그녀에 대해 아신다는 건가요?"

포와로가 그녀의 말 중간에 끼어들었다.

"그야 부인이 곧 내게 말해 줄 거 아니오. 나도 알 만큼은 알아요. 부인에게 원하는 건, 내가 레스태릭 댁을 방문할 수 있도록 그럴 듯한 구실을 만들어 달라는 겁니다. 부인의 옛 친구와 금방 친해질 수 있도록 말입니다. 아마 부인의 능력으로 충분히 해낼 수 있을 겁니다."

"가만히 계세요. 내가 생각해 낼 테니까요. 당신의 이름을 가명으로 댈까요?"

"그러지는 마시죠. 될 수 있는 대로 간단하게 합시다."

올리버 부인은 고개를 끄덕거리며, 내려놓은 수화기 쪽으로 급히 다가갔다.

"나오미? 우리가 무슨 얘기를 하고 있었지? 재미있는 얘기를 할 때가 되면 왜 늘 방해를 받게 되는지 모르겠어요. 내가 처음에 무슨 일로 전화를 걸었지—오, 그래. 그 도라의 주소 때문이었어. 노마 말이에요. 당신이 노마라고 알려 줬죠. 그리고 또 한 가지 알고 싶은 게 있었는데—오, 이제 생각났어요. 내게 나이가 많은 친구가 있는데, 자그마한 몸집에 아주 매력적인 사람이에요. 언제 그곳에 갔을 때 얘기했잖아요. 에르큘 포와로라고. 그 사람이 레스태릭 댁과 아주 가까운 곳에서 머물 생각인데, 로더릭 경을 몹시 만나보고 싶다고 하는군요. 그 사람은 로더릭 경에 대해서 아주 잘 알고 있어요. 전쟁 중에 그분이 발견한 놀랄 만한 것들과, 그분이 이룬 과학적인 업적에 대해서 굉장히 존경하고 있다나 봐요. 아무튼, 그 사람은 로더릭 경을 찾아가 보고 싶어 안달이에요. 그 사람다운 태도죠. 괜찮을까요?

레스태릭 가족에게 알리겠다고요? 그래, 그 사람에게는 뜻밖의 일이겠죠. 그 사람이 근사한 탐정 얘기를 해줄 거라고 말해 줘요……그는 뭐라고요? 오! 정원사가 왔다고요? 그래, 어서 나가 봐야죠. 그럼."

그녀는 전화기를 내려놓고 안락의자에 털썩 주저앉았다.

"아이고, 너무 힘들어요. 제대로 됐는지 모르겠어요?"

"좋습니다." 포와로가 말했다.

"그 노인에게 초점을 맞추는 것이 좋다고 생각했어요. 이제 당신은 원하는 것을 자주 보게 될 거예요. 그리고 여자들은 과학적인 문제에 대해서는 대개 관심이 없는 편이죠. 당신이 도착할 때까지는 좀더 그럴 듯하고 구체적인 이유를 생각해 낼 수 있을 거예요. 이제 내가 들은 얘기를 해 드릴까요?"

"내가 보기에는, 그저 잡담인 것 같더군요. 레스태릭 부인의 건강에 대한 얘기도 했죠?"

"그래요. 그녀가 이상한 병에 걸린 것 같아요. 위염 증세인데, 의사들도 잘 모른다나 봐요. 그래서 종합병원에 가서 검사를 받았는데, 모든 게 정상이라는 군요. 그런데 그게 딱 꼬집어서 말할 수 있는 증세는 아닌 것 같아요. 그래서, 집으로 돌아왔는데 또 아프다는 거예요. 다시 의사에게 찾아가 보아도 역시 모르겠다고 한다는군요. 그러자 사람들이 수군거리기 시작한 거죠. 좀 주책없는 간호사가 입을 열어서, 그녀의 여동생이 이웃 사람에게 말하고, 또 그 이웃 사람은 일터에 나가서 재잘거린 거죠. 아주 이상하게 되었어요. 그러자, 사람들은 그녀의 남편이 그녀를 독살하려고 한 게 틀림없다고 수군거린 거예요.

사람들은 종종 그렇게 터무니없는 말을 하죠. 하지만, 이번 경우에는 정말 이치에 맞지 않는 얘기 같아요. 그래서, 나오미와 나는 오 페어 걸에 대해서 생각해 보았어요. 그녀는 그 노인의 친구이며 비서이기도 한데, 그녀가 레스태릭 부인에게 제초제를 먹였을 이유는 전혀 없어요."

"부인이 몇 가지 얘기를 하는 것 같던데요."

"가능성이 있는 얘기들이죠……."

"살인을 원한다……." 포와로는 생각에 잠겨서 말했다.

"그런데, 아직 저질러지지는 않았어."

제3장

올리버 부인은 보로딘 맨션 안뜰로 차를 몰고 들어갔다. 주차장은 여섯 대의 차로 빈틈이 없었다. 올리버 부인이 망설이고 있을 때, 마침 차 한 대가 후진해서 밖으로 나갔다. 올리버 부인은 급하게 그 자리로 차를 몰고 들어갔다.

그녀는 차에서 내려 문을 닫고 하늘을 올려다보았다. 그 건물은 2차 대전 때 지뢰의 폭발로 생긴 공간에 최근에 지은 것이었다. 도로공사에서 일괄적으로 터를 닦은 뒤 고사를 지내고, 그 자리에 공동주택 단지를 건설한 것을 올리버 부인은 기억하고 있었다. 그 건물은 아주 실용적인 구조로 설계되어 있다. 누가 설계했는지 장식물을 지독하게 싫어하는 사람이 분명할 것이다.

그때는 퇴근시간이 가까워졌기 때문에 차와 사람들이 번잡하게 들락거렸다.

올리버 부인은 힐끗 시계를 보았다. 6시 50분이었다. 그녀의 판단으로는 거의 알맞은 시간이었다. 지금 이 시간이면 직장에 나갔던 처녀들이 집에 돌아와서 화장을 고치고 몸에 착 달라붙는 바지나 화려한 장식물을 달고 다시 외출하거나, 아니면 집에서 속옷이나 양말 등을 빨고 있을 것이다. 아무튼, 부딪쳐 보기에는 적당한 시간이다.

그 구역은 동쪽과 서쪽이 똑같았으며, 가운데에 커다란 자동문이 달려 있다. 올리버 부인은 왼쪽으로 들어갔지만, 곧 자신의 생각이 틀렸다는 걸 깨달았다. 이쪽에는 100호에서부터 200호까지 있었다. 그녀는 다시 반대편으로 가로질러갔다.

67호는 6층에 있었다. 올리버 부인은 엘리베이터 단추를 눌렀다. 엘리베이터 문이 위협하는 듯한 소리를 내며 하품하듯이 열리자, 올리버 부인은 급하게 문 안으로 들어갔다. 그녀는 현대식 엘리베이터를 두려워했다.

꽝하는 소리와 함께 문이 닫히고, 엘리베이터가 올라가기 시작하더니 곧 멈쳤다. 또 두려웠다. 올리버 부인은 놀란 토끼처럼 후다닥 밖으로 빠져나왔다.

그녀는 벽을 쳐다보고, 오른쪽 복도를 따라 걸어갔다. 그리고 한가운데 67 이라고 쓰인 번호판이 붙여진 문앞에 멈춰 섰다. 그때 7이라는 숫자가 번호판 에서 헐거워져 흔들거리더니 그녀의 발등으로 떨어졌다.

'나를 반기지 않는 모양이군.' 올리버 부인은 속으로 중얼거렸다.

그녀는 발등이 아파 움찔하고는 조심스럽게 숫자를 주워서 문에 박혀 있는 못에 다시 걸었다.

올리버 부인은 모두 나가고 없을 거라고 생각하면서 벨을 눌렀다. 그러나 곧 문이 열리며 늘씬한 키에 미모의 여자가 나왔다. 그녀는 아주 짧은 치마와 흰색 실크 셔츠를 깔끔하게 차려입고 있었다. 그리고 옷에 잘 어울리는 구두 까지. 또, 잘 손질한 검은 머리에 은은하게 화장을 하고 있었는데, 무슨 이유 에서인지 올리버 부인을 보고 흠칫 놀라는 것 같았다.

"오—."

올리버 부인은 적당히 얼버무리려고 일부러 쾌활한 목소리로 말을 꺼냈다.

"혹시 레스태릭 양 안에 있나요?"

"죄송하지만, 나가고 없어요. 그 애에게 전할 말이 있으세요?"

올리버 부인은 본론을 시작하기 전에 또, "오—." 하고 말했다. 그러고는 갈 색 포장지로 대충 싼 꾸러미를 내밀면서, "그녀에게 책을 주겠다고 약속했거 든요." 하고 설명했다.

"내 작품 중에서 그녀가 읽지 않은 거예요. 어떤 책을 주기로 했는지 정확 하게 기억할 수 있으면 좋을 텐데. 그녀가 곧 돌아오진 않겠죠?"

"글쎄, 뭐라고 대답할 수가 없네요. 그 애가 오늘 밤에 무얼 하는지 잘 모 르거든요."

"혹시 리스홀랜드 양인가요?"

그녀는 좀 놀라는 눈치였다.

"그런데요"

"아가씨 아버지를 만난 적이 있죠." 올리버 부인이 말했다.

"나는 올리버 부인이에요. 글을 쓰고 있죠"

그녀는 그런 얘기를 할 때면 언제나와 마찬가지로 죄를 진 것처럼 덧붙여 말했다.

"좀 들어오세요."

올리버 부인이 안으로 들어가자, 클라우디아 리스홀랜드는 그녀를 응접실로 안내했다. 공동주택의 방들은 모두 똑같이 생나무 무늬의 벽지로 발라져 있었다. 그러면, 세든 사람들이 그 위에다 현대적인 그림이나 자신들이 좋아하는 장식물들을 걸어둔다.

응접실에는 현대식 가구, 찬장, 책장 등과 긴 소파, 그리고 접었다 폈다 할 수 있는 탁자가 놓여 있었다. 세든 사람들은 개인 물건들도 들어놓을 수 있었다. 한쪽 벽에는 거대한 어릿광대 그림이 붙어 있었으며, 또 다른 쪽에는 종려나무 가지에서 재롱을 부리는 원숭이 그림이 붙어 있었다.

"노마가 이 책을 받게 되면 무척 좋아할 거예요, 올리버 부인. 한잔하시겠어요? 세리쥬(酒)로 드릴까요, 아니면 진?"

그 여자는 유능한 비서답게 상냥한 태도가 몸에 배어 있었다. 올리버 부인은 그녀의 말을 거절했다.

"여기는 전망이 아주 좋은 곳이군요."

올리버 부인은 창밖을 내다보다가 지는 해가 자신의 눈에 똑바로 와서 비치자 눈을 깜빡거리며 말했다.

"하지만, 엘리베이터가 고장 나면 좋은 곳이 못 되죠."

"엘리베이터가 고장 난다는 걸 미처 생각지 못했군요. 그건 마치, 마치, 로봇 같아요."

"최근에 설치했다는 게 그 모양이에요. 얼마나 자주 수리를 한다고요."

클라우디아가 말했다. 그때, 다른 여자가 얘기를 하면서 응접실로 들어왔다.

"클라우디아, 어디에 두었는지 알아?"

그녀는 올리버 부인을 보고는 얼른 입을 다물었다.

클라우디아가 서둘러서 소개했다.

"프랜시스 캐리, 올리버 부인이셔. 애리어든 올리버 부인."

"정말, 이거 놀랄 만한 일인데요." 프랜시스가 말했다.

그녀는 키가 크고 가냘픈 몸매에 길고 검은색 머리칼을 갖고 있었다. 그리고 얼굴은 창백해 보일 정도로 짙게 화장을 했으며, 마스카라로 눈썹과 속눈썹을 조금씩 위로 추켜세웠다. 옷은 몸에 꼭 맞는 벨벳 바지에 두꺼운 스웨터를 입고 있었는데, 활발하고 유능한 클라우디아와는 완전히 대조를 이루는 분위기의 여자였다.

"노마 레스태릭에게 주기로 약속한 책을 가져왔답니다."

올리버 부인이 말했다.

"오! 저런, 그 애는 지금 시골에 갔는데."

"아직 돌아오지 않았나요?"

잠시 얘기가 끊어졌다. 올리버 부인은 두 처녀가 서로 눈짓을 주고받는 걸 알아차렸다.

"런던에서 직장에 다니고 있다고 아는데."

올리버 부인은 아무것도 모르는 것처럼 짐짓 놀란 표정을 지어 보였다.

"오, 그래요." 클라우디아가 말했다.

"그 애는 실내장식을 하는 데 다니고 있는데, 가끔 견본을 갖고 지방에 내려가기도 해요."

그녀는 미소를 지으며 설명했다.

"우리는 이곳에서 서로 다른 방을 쓰고 있어요. 그리고 각자 편한 대로 들어오고 나가죠. 하지만, 말을 전해 주는 것 정도는 하나도 귀찮게 생각하지 않아요. 그 애가 돌아오면 잊지 않고 부인이 갖고 오신 책을 전해 주겠어요."

무관심하다는 설명보다 더 적절한 표현은 없을 것이다.

올리버 부인은 자리에서 일어났다.

"고마워요."

클라우디아는 그녀를 따라 현관까지 나왔다.

"부인을 만났다고 아버지에게 얘기하겠어요. 아버지는 추리소설을 아주 좋아하시죠."

문을 닫고 나서 그녀는 응접실로 돌아왔다.

프랜시스가 창문에 기대어 있었다.

"미안해. 내가 너무 멍청하게 굴었지?"

"나는 그냥 노마가 밖에 나갔다고만 말했거든."

프랜시스는 어깨를 움츠려 보였다.

"나는 그렇게 말할 수 없었어. 클라우디아, 그 앤 도대체 어디에 간 거니? 왜 월요일에 돌아오지 않았을까? 혹시 어디로 떠나 버린 건 아닐까?"

"나도 모르겠어."

"가족들을 만나러 간 게 아닐까? 노마는 주말이면 늘 그곳에 갔었잖아."

"아니야, 내가 그 애 집에다 확인 전화를 걸어 보았어."

"그건 그리 문제가 되는 건 아니야……. 아무튼, 노마는 좀 유별난 편이야."

"그렇다고 유난히 유별난 편은 아니잖아."

그러나 그 목소리에는 자신감이 없었다.

"오, 그래, 노마는 가끔 나를 흥분하게 만들었어. 그 애는 정상이 아니야."

프랜시스가 말했다. 그녀는 갑자기 웃음을 터뜨렸다.

"노마는 정상이 아니야. 클라우디아, 너는 그 애가 정상이 아니라는 걸 알고 있으면서도 인정하지 않는 거야. 네 고용주에 대한 충성심 때문이겠지, 그렇잖니?"

제4장

에르퀼 포와로는 롱 배싱의 중심가를 걷고 있었다. 롱 배싱에서 중심가라고 한다면 오로지 그 길밖에 없을 것이다. 그 마을은 찻길을 따라 기다랗게 늘어선 곳이었다. 커다란 탑이 있는 교회가 눈에 띄었는데, 그 교회 안뜰에는 오래된 주목 한 그루가 턱 버티고 서 있었다. 그 마을 가게는 여러 가지 물건들을 많이 진열해 놓는 경향이 있었다. 골동품 가게가 두 개 있었는데, 한 가게에는 껍질을 벗긴 소나무로 만든 벽난로가 진열되어 있었으며, 다른 가게에는 고대 지도들이 차곡차곡 쌓여 있었다. 또, 대부분 이가 빠진 도자기들과 벌레 먹은 낡은 참나무 상자, 유리 선반, 빅토리아 시대의 은제품과, 자리가 모자라 진열하지 못한 잡다한 물건들이 지저분하게 쌓여 있었다.

다방이 두 개 있었는데, 둘 다 그런대로 깔끔해 보였다. 화려하게 꾸며진 바구니 가게에는 여러 가지 실내 장식품들이 있었다. 우체국 겸 채소가게와 여자 모자를 주로 취급하는 가게, 그리고 어린이 신발가게와 가지각색의 잡다한 물건을 판매하는 잡화점이 하나씩 있었다. 또, 담배와 사탕을 함께 판매하는 문방구 겸 신문 파는 가게가 하나 있었으며, 부유한 사람들만이 드나드는 털실가게도 있었다.

머리칼이 하얗고 단정해 보이는 두 명의 여점원이 뜨개질 재료가 전시된 진열장을 맡고 있었다. 그곳에는 옷본과 뜨개질 본이 많이 있었으며, 옆에서는 자수에 필요한 재료를 판매하고 있었다. 예전에는 자그마한 식품점이었던 것이 최근에 슈퍼마켓으로 번창한 곳이 있었는데, 화려한 종이상자 안에 철사로 만든 바구니들과 곡물 부대, 그리고 세제들이 가득 담겨 있었다.

또, 한껏 멋을 부린 글씨체로 릴라라고 쓰인 작은 진열창에는 '최신 유행'이라는 상표가 붙은 프랑스제 블라우스 하나와, '분리된 옷'이라는 상표가 붙은

짙은 감색 스커트, 보라색 줄무늬의 점퍼가 걸려 있었다. 그 옷들은 걸려 있다기보다는 아무렇게나 내팽개쳐 놓았다는 것이 맞는 표현일 것이다.

포와로는 담담한 마음으로 마을을 둘러보았다. 마을 안쪽 거리의 맞은편에 구식으로 지어진 자그마한 집들이 몇 채 있었다. 그중에는 조지아 시대풍의 깔끔한 인상을 풍기는 집도 있었지만, 베란다와 활 모양의 창문, 자그마한 온실 등으로 보아 빅토리아 시대에 개량된 집이 더 많아 보였다. 한두 집은 완전히 손질을 해서 마치 새로 지은 것처럼 자태를 뽐내고 있었다. 그리고 푸근함을 안겨 줄 정도로 오래된 집들도 몇 채 있었는데, 그중 몇 채는 보기보다도 100년 이상은 더 오래된 것 같았으며, 또 어떤 집들은 슬쩍 봐서는 잘 알 수 없지만, 자세히 쳐다보면 진미를 느낄 수 있는 그런 집들이었다.

포와로는 눈에 보이는 것들을 음미하면서 천천히 걸어갔다. 성질이 급한 올리버 부인이 동행했더라면, 목표로 하는 집이 마을 안쪽으로 겨우 1/4마일(약 0.4km) 떨어진 지점에 있는데, 왜 시간을 낭비하느냐고 즉시 따지고 들었을 것이다. 그 말에 대해 포와로는 이 지방의 분위기를 익히는 중이라고 대답했을 것이고, 때때로 이런 일은 아주 중요했기 때문이다.

마을의 끝쪽으로 가자 갑자기 풍경이 바뀌었다. 길에서 조금 떨어진 한쪽편에 새로 지은 공영주택이 한 줄로 나란히 서 있었다. 그리고 그 앞에는 초록색 줄이 그어져 있었으며, 현관문이 각각 다른 색으로 칠해진 집 옆에는 우스꽝스러운 낙서가 쓰여 있었다. 공영주택 위쪽으로는 들판과 울타리가 있으며, 나무와 정원을 가꾸어 놓은 곳도 있지만 전반적으로 파헤쳐 놓았거나 그대로 남겨둔 채 건축업자가 쓴 '건축 예정지'라는 푯말이 눈에 띄었다.

그때 앞쪽의 길 저 아래쪽으로 집 한 채가 포와로의 눈에 들어왔다. 그 집의 꼭대기에는 특이한 모양의 돔식 건축물이 세워져 있었는데, 그 건축물은 최근에 지은 것 같았다. 그 집이 바로 그가 발길을 향하고 있는 목적지이다.

그는 '크로스헤지스'라는 문패가 붙어 있는 문 앞으로 다가가서 그 집을 자세히 둘러보았다. 19세기 초반에 지어진 전통적인 가옥으로, 아름답지는 않았지만 그렇다고 흉측해 보이는 집은 아니었다. 평범하다는 것이 꼭 맞는 표현이리라. 집보다는 정원이 훨씬 더 아름다웠는데, 지저분해지지 않도록 제때에 정성을 기울여서 손질한 것이 역력히 나타나 보였다. 아직도 부드러운 초록색 잔디와 많은 꽃, 그리고 정성스럽게 심은 관목은 전원적인 분위기를 자아내고 있었다.

모든 것이 질서정연했다. 이 정원은 정원사가 관리하는 것이 틀림없을 거라고 포와로는 생각했다. 그는 집 가까운 곳의 모퉁이에서 한 여자가 꽃밭 쪽으로 몸을 구부리고 달리아를 묶어 주는 모습을 보자, 슬그머니 흥미가 일어났다. 그녀의 머리가 황금빛으로 반짝거리고 있었다. 키가 크고 야윈 편이었지만, 각이 진 어깨가 눈에 띄는 여자였다.

포와로는 문을 열고 들어가 집 쪽으로 걸어 올라갔다. 그녀가 고개를 들어 올리고, 물어보는 듯한 시선으로 그를 쳐다보았다. 그녀는 왼손에 이름을 알 수 없는 넝쿨을 들고 선 채로 그가 먼저 말을 꺼내기를 기다리는 태도였다. 포와로는 한 눈에 그녀가 당황하고 있다는 것을 알아차렸다.

"무슨 일이시죠?" 그녀가 말했다.

매우 이국적인 모습의 포와로가 화려한 모자를 벗고 인사했다. 그녀의 눈은 매력적으로 보이는 그의 콧수염에 고정되어 있었다.

"레스태릭 부인이시죠?"

"예, 제가 바로……."

"방해가 되지 않았나 모르겠습니다."

그녀의 입술에 희미하게 미소가 떠올랐다.

"아니에요. 당신은……."

"나는 부인 댁을 방문해도 좋다는 승낙을 받았지요. 내 친구인 애리어든 올리버 부인이……."

"오, 알겠어요. 누구신지 알겠어요. 포와레 씨죠."

"포와로입니다."

그는 마지막 모음에 힘을 주면서 그녀가 잘못 말한 것을 고쳐 주었다.

"에르퀼 포와로라고 하죠. 이 근처를 지나는 길에 로더릭 호스필드 경에게 인사를 드릴까 해서 이렇게 실례를 무릅쓰고 찾아왔습니다."

"알고 있어요. 나오미 로리머가 당신이 찾아올 거라고 말해 주었어요."

"폐가 되지나 않았는지 모르겠습니다."

"오, 전혀 그렇지 않아요. 애리어든 올리버는 지난 주말에 이곳에서 로리머 부부와 함께 지냈죠. 그녀 작품은 정말 재미있어요. 그렇잖아요? 하지만, 당신은 추리소설을 좋아하지 않을 것 같군요. 당신은 진짜 탐정이시죠?"

"나야말로 정말 생생한 탐정이죠." 에르퀼 포와로가 말했다.

그는 그녀가 그 말에 터져 나오려는 웃음을 억지로 참고 있다는 걸 눈치 챘다. 포와로는 그녀를 좀더 자세히 살펴보았다.

좀 부자연스러워 보이긴 하지만 기품이 있는 여자였다. 왠지 황금빛 머리가 어색하게 보였다. 포와로는 그녀가 내심 자기 자신에 대해서 자신감을 갖지 못하고 있거나, 정원에 파묻혀서 영국 부인이라면 해야 할 일을 제대로 해내지 못하는 것은 아닌가 하고 의심스러워했다. 또, 한편으로는 그녀가 사회적으로 어떤 배경이 있는 사람일지도 모른다는 생각이 들었다.

"정원이 아주 훌륭하군요." 포와로가 말했다.

"정원을 좋아하세요?"

"영국인만큼은 아니지만요. 부인은 영국에서도 정원을 가꾸는 데 특별한 재주를 가진 것 같습니다. 우리에게는 별것이 아니겠지만 부인에게는 중요한 거겠죠."

"프랑스인들에게 말인가요?"

"나는 프랑스인이 아닙니다. 벨기에 태생이죠."

"오, 그렇죠. 당신이 한때 벨기에 경찰에서 근무했었다고 올리버 부인이 얘기해 준 기억이 나는군요."

"맞습니다. 나는 벨기에의 늙은 경찰견(犬)이었죠."

그는 정중하게 살짝 미소 짓고는 손을 내저으면서 말을 이었다.

"하지만, 나는 당신네 영국인과 부인의 정원을 좋아합니다. 부인에게 찬사를 보내는 바입니다! 라틴계 사람들은 격식을 갖춘, 베르사유 궁전의 축소판처럼 웅장한 정원을 좋아하죠. 그리고 물론 그 사람들은 채소밭도 가꿉니다. 채소밭은 아주 중요한 거니까요. 영국에도 채소밭이 있긴 하지만, 그건 프랑스에서 모방해 온 거죠. 부인도 꽃만큼 채소를 사랑하진 않죠, 그렇죠?"

"그래요, 당신 말이 맞아요." 메리 레스태릭이 대답했다.

"안으로 들어오세요. 아저씨를 만나러 오셨으니까."

"로더릭 경께 경의를 표하러 오긴 했지만, 당신에게도 경의를 표합니다, 부인. 나는 미인에게는 항상 경의를 표하죠."

그는 고개를 숙여 인사했다.

그녀는 조금 당황해 하며 웃음을 터뜨렸다.

"저를 너무 칭찬하시는 것 같군요."

그녀가 열린 프랑스식 창문으로 길을 안내하자, 포와로는 그녀 뒤를 따랐다.

"1944년에 부인의 아저씨를 알았죠."

"가엾은 분. 지금은 아주 늙으셨어요. 귀도 어둡고, 두려워요."

"꽤 오래전에 만났으니까 그분은 아마 나를 잊어버리셨을 겁니다. 비밀 첩보 조직과 과학적인 발명에 관한 일 때문이었는데, 그 발명은 로더릭 경의 뛰어난 재능 덕분이었죠. 하지만, 반갑게 맞아 주실 겁니다."

"오, 저도 그러리라고 믿어요." 레스태릭 부인이 말했다.

"아저씨는 요즘 좀 무료하게 보내고 계셔요. 제가 런던에 자주 올라가야 하니까요. 그곳에서 적당한 집을 물색하고 있죠."

그녀는 한숨을 내쉬고 나서 말을 이었다.

"나이가 드신 분들은 가끔 아주 곤란할 때가 있어요."

"압니다. 나도 종종 곤란을 겪으니까요." 포와로가 말했다.

그녀는 소리 내어 웃었다.

"오, 아니에요, 포와로 씨. 그렇게 늙은 체하실 필요 없어요."

"나도 가끔 늙었다는 소리를 듣습니다."

포와로는 한숨을 내쉬고는 섭섭하다는 듯이 덧붙여 말했다.

"젊은 여자들이 그러더군요."

"철이 없어서 그렇죠. 아마 우리 딸애도 그럴 거예요."

그녀가 덧붙여 말했다.

"오, 따님이 한 분 있죠?"

"예, 의붓딸이긴 하지만요."

"따님을 만나보고 싶군요." 포와로가 정중하게 말했다.

"오, 글쎄, 그 애는 여기에 없는데요. 런던에서 직장에 다니고 있거든요."

"요즘 젊은 여자들은 모두 직업을 가지더군요."

"그래요. 모두 직업을 갖죠." 레스태릭 부인이 힘없이 말했다.

"결혼하고 나서도 다시 직장에 나오라든지, 교사로 복귀하라는 권유를 많이 받으니까요."

"부인도 직장에 복귀하라는 권유를 받았습니까?"

"아니에요. 저는 남아프리카에서 자랐어요. 남편과 함께 이곳으로 온 지 얼마 되지 않아요. 그래서, 아직은 모든 게 좀 낯선 편이에요."

그녀는 포와로가 자기 말에 별 관심을 나타내지 않는다는 걸 알아차리고는 주위를 둘러보았다. 전통적인 모양의 가구로 말쑥하게 장식되었지만, 개성이라곤 보이지 않는 방이었다. 벽에는 커다란 초상화 두 점이 걸려 있었다. 같은 사람이 그린 그림이었다. 첫 번째 것은 회색 벨벳 야회복 차림에 입술이 얄팍한 여자를 그린 것이었다. 그 그림 맞은편에 정력을 억제하는 듯한 인상의 서른 살이 넘어 보이는 남자가 그녀를 쳐다보고 있었다.

"따님이 시골 생활을 따분해했나 보죠?"

"예, 그 애에겐 런던에 있는 게 훨씬 나아요. 이곳을 좋아하지 않았으니까요."

그녀는 갑자기 말을 멈추었다가 마치 내뱉듯이 마지막 말을 되풀이했다.

"그리고 그 애는 저를 좋아하지 않았어요."

"그렇지 않았을 겁니다."

에르큘 포와로는 프랑스인처럼 정중한 태도로 말했다.

"그렇지 않아요! 오, 그건 흔히 있는 일이라고 생각해요. 젊은 여자들이 계모를 받아들인다는 건 쉽지 않은 일이죠."

"따님은 친어머니를 아주 좋아했나 보죠?"

"분명히 그랬을 거예요. 좀 다루기가 어려운 애예요. 하지만, 젊은 여자애들은 모두 그렇죠, 뭐."

포와로는 한숨을 내쉬고 나서 말했다.

"요즘엔 부모들이 딸들에게 마음대로 못 하죠. 옛날과는 다릅니다."

"정말 그래요."

"실례인 줄 알지만, 부인, 뭐라고 말해야 하나? 요즘 젊은 여자들은 남자친구를 고르는 데 별로 신중하지 않다고 하던데요?"

"노마는 그 문제 때문에 제 아버지에게 골칫덩어리예요. 하지만, 저는 그 문제로 걱정할 필요는 없다고 생각해요. 사람들은 누구나 스스로 경험을 해봐야 하니까요. 어서 로디 아저씨께 안내해 드리죠. 그분은 2층 방에 계실 거예요."

그녀는 방을 나와서 앞장섰다.

포와로는 어깨너머로 뒤를 돌아보았다. 초상화 두 점만 빼놓고는 특징이 없는 평범한 방이었다. 그는 초상화 속의 여자가 입은 옷을 보고는 꽤 오래전에 그려진 걸 거라고 판단했다. 그 여자가 레스태릭의 첫 번째 아내라면, 포와로는 그가 첫 번째 아내를 좋아하지 않았겠다고 생각했다.

"아주 훌륭한 그림이군요." 포와로가 말했다.

"예, 랜스버거가 그린 거예요."

랜스버거는 20년 전만 해도 유명하고 그림 값이 아주 비쌌던 화가였다. 하지만, 극단으로 치닫는 그의 자연주의 경향은 이제 시대에 뒤떨어진 것으로, 그가 죽고 나서는 거의 이름이 불리지 않았다. 그의 모델들은 간혹 '옷걸이'라는 놀림을 받았지만, 포와로는 그보다 훨씬 더 낫다고 생각했다. 그는 랜스버거가 성의없이 그린 이 부드러운 장식물 뒤에 어떤 비웃음이 감춰져 있는 것은 아닐까 생각해 보았다.

메리 레스태릭은 포와로 바로 앞에서 계단을 올라가며 말했다.

"얼마 전에 창고에서 꺼내어 손질한 거예요."

그녀는 갑자기 말을 멈추더니, 우뚝 선 채로 한쪽 손으로 난간을 꽉 움켜잡았다.

그녀의 위쪽에서 어떤 사람이 모퉁이를 돌아 내려오고 있었다. 그 사람은 어딘지 모르게 어색하고 이 집과 조화를 잘 이루지 못하는 것 같았다. 화려한 옷차림이라든지, 아무튼 이 집 분위기에는 전혀 어울리지 않는 사람이었다.

그는 포와로가 런던 거리나 파티 같은 좀 색다른 분위기에서 자주 볼 수 있는 그런 인물이었다. 한마디로 요즘 젊은이들을 대표할 만한 사람이라고 할까. 그는 검은색 외투와 화려한 벨벳 조끼에 몸에 착 달라붙는 바지를 입고 있었으며, 곱슬곱슬한 밤색 머리칼은 목까지 내려와 있었다. 이국적인 모습에다가 좀 예쁘장한 편이어서, 남자인지 여자인지 구별하려면 한참 시간이 걸려야 했다.

"데이비드!" 메리 레스태릭이 날카롭게 외쳤다.

"도대체 여기에서 뭘 하고 있었지?"

그 젊은이는 한 걸음도 뒤로 물러서지 않았다.

"놀라셨습니까? 그렇다면 죄송한데요."

"여기, 이 집에 뭘 하러 왔지? 노마와 함께 내려왔나?"

"노마요? 아니에요, 노마를 찾으러 여기에 온 건데요."

"노마를 찾으러 여기에 왔다고, 무슨 소리야? 그 애는 지금 런던에 있어."

"오, 그렇지 않습니다. 노마는 런던에 없어요. 아무튼, 보로딘 맨션 67호에는 없습니다."

"그 애가 거기에 없다니, 도대체 무슨 말이지?"

"글쎄요. 노마가 이번 주말엔 돌아오지 않아서 어머니와 함께 여기에 있는 모양이라고 생각했죠. 그래서, 무슨 일을 하고 있나 보러 내려온 겁니다."

"노마는 늘 그랬듯이 토요일 밤에 런던으로 돌아갔어."

그녀는 화난 목소리로 덧붙였다.

"왜 벨을 눌러서 여기에 왔다는 걸 알리지 않았지? 집 안을 어슬렁거리며 뭘 하는 거야?"

"내가 뭐 숟가락 나부랭이라도 훔치러 온 줄로 생각하시는 모양이군요. 환한 대낮에 집 안에 걸어 들어온다는 건 당연한 일 아닙니까. 왜 안 된다는 겁니까?"

"우리가 구식이라서 그런지는 몰라도 그런 걸 좋아하지 않아."

"오, 알았습니다." 데이비드는 한숨을 내쉬었다.

"모두 야단법석이군요. 나를 환영해 주지도 않고, 또 부인의 의붓딸이 어디에 있는지도 모른다면 그냥 나가는 게 좋겠습니다. 나가기 전에 주머니를 뒤

집어 보여 드릴까요?"

"장난하지 마, 데이비드"

"오, 알았습니다."

그 젊은이는 그들을 지나 쾌활하게 손을 휘저으며 계단을 내려가 열린 현관문을 통해 나갔다.

"아주 못된 녀석이에요"

메리 레스태릭이 마치 원한이라도 사무친 듯이 날카로운 목소리로 말하는 바람에 포와로는 깜짝 놀랐다.

"저는 저 녀석이 견딜 수 없도록 싫어요. 왠지 싫어요. 요새는 왜 영국이 저런 사람들로 가득 차 있는지 모르겠어요."

"오, 부인, 너무 불안해하지 마십시오. 모두 유행이라는 것 때문이니까요. 언제나 유행이라는 게 있잖습니까? 이런 시골에는 별로 눈에 띄지 않지만, 런던에 가면 저런 청년들이 버글버글 하답니다."

"끔찍해요, 정말 끔찍해요. 계집아이 같은 몰골 하며 외국인 같은 꼬락서니라니." 메리가 말했다.

"밴다이크 초상화와 비슷하더군요. 그렇잖습니까, 부인? 그가 레이스가 달린 옷을 입고 금빛 테두리의 액자 속에 들어 있는 초상화라면, 사내답지 못하고 외국인 같다고 비난받진 않을 텐데요."

"감히 그런 꼴로 여기에 나타나다니. 앤드루도 틀림없이 화를 냈을 거예요. 그이는 노마 때문에 무척 걱정하고 있어요. 딸애들이란 정말 골칫덩어리예요. 물론 앤드루가 노마를 잘 알지 못한다는 것도 문제겠죠. 그이는 그 애가 어렸을 때에 외국으로 나갔으니까요. 그래서 완전히 어머니 손에서 자랐는데, 이제 와서 아주 골칫덩어리라는 걸 깨달은 거죠. 그 점에 대해서는 저도 마찬가지예요. 아무리 생각해 봐도 그 애는 정상이 아닌 것 같아요. 하지만, 요즘엔 딸들을 어떤 권위 같은 걸로 다스리는 부모는 없죠. 그리고 젊은 여자애들은 아주 돼먹지 못한 녀석들을 좋아하더군요.

노마도 데이비드 베이커에게 완전히 빠져 있어서 어떻게 손을 써볼 도리도 없어요. 앤드루가 그 녀석이 이 집에 발을 들여놓지 못하도록 했는데, 보세요,

집 안까지 들어와서 아주 여유 있게 어슬렁거리고 돌아다니잖아요. 앤드루에겐 이 얘기를 하지 않는 게 좋겠어요. 그이가 걱정하는 걸 보고 싶지 않아요. 노마는 런던에서 그 녀석뿐만이 아니라 다른 녀석들과도 어울려 다닐 거예요. 훨씬 더 질이 나쁜 녀석들도 많겠죠. 세수도 하지 않고, 면도도 하지 않아 우스꽝스럽게 돋아난 수염에 기름때가 좔좔 흐르는 옷하고……."

포와로는 쾌활하게 웃으며 말했다.

"저런, 부인, 그 정도로 걱정할 문제는 아닙니다. 젊은 시절은 대개 무분별하게 지내는 거니까요."

"저도 그렇게 생각하고 싶어요. 하지만, 노마는 아주 곤란한 애예요. 어떤 때는 머리가 살짝 돈 애 같다는 생각이 들 정도라니까요. 한마디로 말해서 유별난 애죠. 그 앤 실제로 아무 데도 없는 것처럼 보일 때도 있어요. 또, 이상한 반항심 같은 걸 갖고 있는데……."

"반항심이라고요?"

"그 애는 저를 싫어해요. 지독스럽게 싫어하죠. 그 이유를 모르겠어요. 한편으로는 자기 친어머니를 무척 좋아했기 때문일 거라고 생각도 하지만, 그보다는 자기 아버지가 재혼했다는 것 때문이겠죠. 그렇게 생각지 않으세요?"

"따님이 부인을 싫어한다고 생각합니까?"

"오, 저는 그 애가 저를 싫어한다는 걸 알고 있어요. 충분한 증거도 갖고 있다고요. 그 애가 런던으로 떠났을 때는 얼마나 후련했는지, 뭐라고 표현할 수 없을 정도였죠. 저는 문제가 생기는 걸 원치 않았거든요."

그녀는 갑자기 말을 끊었다. 메리는 자신이 낯선 사람에게 얘기하고 있다는 걸 비로소 깨달은 모양이었다.

포와로는 상대방에게 자신감을 심어 주는 데는 유능한 사람이었다. 그래서, 사람들이 그와 얘기할 때는 자신이 누구에게 얘기하는지조차 깨닫지 못하곤 했다.

그녀는 짧게 소리 내어 웃고 나서 말했다.

"이런, 제가 왜 당신에게 이런 얘기를 하고 있죠? 어느 가정이나 다 문제점들을 안고 있을 거예요. 가엾은 계모들만 곤란을 겪는 거죠. 오, 여기예요."

그녀는 문을 똑똑 두드렸다.

"들어와요, 들어와요."

커다랗고 쩌렁쩌렁한 목소리였다.

"아저씨를 만나러 손님이 오셨어요." 메리 레스태릭이 말했다.

포와로는 그녀의 뒤를 따라서 방 안으로 들어갔다.

널찍한 어깨와 각이 진 얼굴에 불그스레한 뺨을 가진, 성질이 급해 보이는 노인이 서성거리고 있다가, 그들 쪽을 향해서 뚜벅뚜벅 걸어왔다. 그의 뒤쪽에 있는 탁자에선 어떤 처녀가 앉아서 편지와 서류를 분류하고 있었다. 그녀는 윤기가 도는 검은색 머리를 그들 쪽으로 돌렸다.

"에르퀼 포와로 씨세요, 로디 아저씨." 메리 레스태릭이 말했다.

포와로는 공손하게 앞으로 나아가서 얘기를 꺼냈다.

"로더릭 경, 당신을 만난 것은 아주 아주 오래전이었죠. 2차 대전 때로 거슬러 올라가야겠군요. 노르망디에서 마지막으로 뵌 것 같습니다. 지금도 기억이 생생합니다. 그때 레이스 대령과 애버크롬비 장군, 그리고 에드먼드 콜링스비 공군 중장도 있었죠. 우리는 어떤 결정을 내려야 했습니다! 그리고 모종의 어려운 일들을 안전하게 처리하기도 했지요. 오, 이제는 비밀로 할 필요가 없겠군요. 아주 오랫동안 정체를 숨겨왔던 비밀 첩자의 가면을 벗겨 내는 일이었다고 기억합니다. 기억하실 겁니다, 헨더슨 대위라고……."

"오, 헨더슨 대위. 빌어먹을, 야비한 녀석이었지! 끝내는 정체가 탄로 나고 말았지만."

"기억하시지 못하겠지만, 난 에르퀼 포와로라고 합니다."

"아니오, 기억하고 있소. 그때는 수염을 기르지 않았었지. 당신은 프랑스 측 대표자였던가 그랬지? 두 사람이 있었던 것 같은데? 한 사람과는 접촉할 기회가 없었기 때문에 이름이 생각나지 않는군. 오, 어서 앉아요, 앉아. 과거 얘기를 돌이켜보는 것도 아주 재미있는 일이오."

"경께서 나나 내 동료인 지로 씨를 기억하지 못하면 어떡하나 몹시 걱정했었습니다."

"아니오. 두 사람을 모두 기억하고 있소. 그래, 모두 오래전 일이지. 이미 지나가 버린 일이오."

탁자에 앉아 있던 처녀가 일어나서 의자 하나를 공손하게 포와로 쪽으로 밀어주었다.

"좋아, 소니아, 됐어." 로더릭 경이 말했다.

"여기 내 귀여운 비서를 소개하겠소. 내게는 아주 중요한 사람이오. 내 일을 도맡아 해주고 있지. 나는 소니아가 없으면 어떻게 해나가야 할지 모르겠소."

포와로는 정중하게 고개를 숙여 인사하며 웅얼거리듯이 말했다.

"만나게 되어 기쁩니다, 마드모아젤."

그 처녀도 뭐라고 웅얼거리며 대꾸했다. 그녀는 검은색 단발머리에 자그마한 몸집을 갖고 있었다. 그리고 짙푸른 색 눈을 겸손하게 내리뜨고는 고용주에게 수줍어하는 듯한 미소를 지어 보였다.

그러자, 그는 그녀의 어깨를 토닥거려 주었다.

"소니아가 없다면 어떻게 해야 좋을지 모르겠소. 정말 모르겠소."

"오, 그렇지 않아요." 그녀가 부인했다.

"전 정말 일을 잘하지 못해요. 타이프도 빨리 못 치잖아요."

"그 정도면 꽤 빨리 치는 편이야. 소니아는 바로 내 기억력이야. 또 눈과 귀, 그리고 그 밖의 다른 역할들도 해주고 있어."

그녀는 로더릭 경에게 다시 미소를 지어 보였다.

포와로가 나직한 목소리로 말했다.

"사람들은 떠도는 소문 중에서 특별한 얘기 몇 가지만 기억하죠. 그 얘기가 과장된 것인지 아닌지는 잘 모르겠습니다. 예를 들자면, 누군가가 당신의 승용차를 훔치던 그날……." 그는 얘기를 이어나갔다.

로더릭 경이 재미있다는 듯이 웃음을 터뜨렸다.

"하하, 그렇군. 그래, 좀 과장된 것도 같소. 하지만, 대체로 맞는 얘기요. 그래, 아주 오래전 일인데도 잘 기억하고 있군. 그런데 그것보다 더 재미있는 얘기가 있소."

그는 다른 얘기를 시작했다. 포와로는 그의 얘기에 귀를 기울이면서 가끔 맞장구도 쳐주었다. 이윽고, 그는 시계를 쳐다보고 나서는 자리에서 일어나며 말했다.

"아주 중요한 일을 하고 계신 것 같은데, 더 이상 시간을 빼앗지 않겠습니다. 바로 이웃에 있기 때문에 찾아뵙지 않을 수가 없어서 이렇게 온 겁니다. 세월이 흘렀어도, 여전히 정정하시고 인생의 즐거움도 한껏 만끽하고 계신 것 같습니다."

"글쎄, 당신 말이 틀린 것 같지는 않구려. 그리고 내게 그렇게 깍듯하게 대하지 않아도 되오. 잠깐 기다렸다가 차를 마시고 가지 그러시오? 아마 메리가 차를 가져올 거요."

그는 주위를 한 바퀴 둘러보았다.

"오, 나가 버렸군. 좋은 여자요."

"예, 그리고 아름다움까지도 갖추었더군요. 그녀가 오랫동안 당신 시중을 들어주었던 모양이죠?"

"아니! 그 애는 바로 얼마 전에 결혼했소. 내 조카의 두 번째 처(妻)지. 솔직하게 말하자면, 나는 앤드루라는 조카를 좋아하지 않소. 성실한 녀석이 못 되거든. 그 애보다는 사이먼이라고 그 애의 형이 있었는데, 나는 그 애를 더 좋아했소. 물론, 그 애에 대해서도 잘 알지는 못했지만. 앤드루는 첫 번째 처에게 너무 지독하게 굴었지. 그러고는 어디론가 훌쩍 떠나 버렸소. 신경질적이고 냉담한 처를 내버려 둔 채 말이오.

그리고 일은 악화할 대로 악화하고 말았소. 모두 그 녀석과 함께 간 여자를 잘 알고 있었소. 하지만 그 애는 그 여자에게 홀딱 빠졌으며, 1∼2년이 지난 뒤에는 모든 게 끝장나고 말았소. 어리석은 녀석. 이번에 결혼한 애는 나무랄 데 없는 여자인 것 같소. 아무런 결점도 없는 것 같고. 사이먼은, 어떻게 보면 둔할 정도로 성실한 애였지. 나는 여동생이 그 집안으로 시집가는 걸 찬성하지 않았소. 이를테면, 정략결혼이었으니까. 물론 부유하긴 했지만, 돈이 전부는 아니잖소. 우리는 대개 명예를 중시하는 집안과 결혼을 해왔었지. 그리고 나는 레스태릭 집안의 재산을 대단하다고 여기지 않소."

"첫 번째 아내와의 사이에 딸을 하나 두었다고 알고 있습니다. 내 친구 하나가 지난주에 그녀를 만났다고 하더군요."

"오, 노마 말이군. 어리석은 애야. 끔찍한 옷차림새를 하고 돌아다니더니, 이제는 웬 시시껄렁한 녀석과 붙어다니고 있다나. 요즘 젊은 애들은 모두 그 모양이라니까. 머리칼을 길게 늘어뜨리고, 비틀즈(영국의 4인조 록그룹으로, 지금은 해산되었음)인가 뭔가 하는 부랑자 같은 녀석들이나 좋아하지. 나는 그런 녀석들을 보면 견딜 수가 없소. 게다가 외국말까지 지껄여대고 우리 같은 나이 든 사람의 충고에 귀를 기울이는 녀석은 한 놈도 없소. 메리까지도, 현명하고 지각 있는 여자라고 늘 생각하고 있지만, 그 애도 건강 문제에 있어서만은 지나치게 행동하더군. 진찰인가 뭔가를 받으러 병원에 간다는 둥 소란을 피웠다오. 뭣 좀 마셔야지. 위스키? 마시지 않겠소? 굳이 가겠다면 차나 한잔 들고 가오."

"고맙습니다. 하지만, 친구들이 기다리고 있어서요."

"함께 얘기하게 되어 무척 즐거웠소. 예전에 있었던 일들을 기억해 낼 수 있어 더욱 즐거웠고. 소니아, 이분을 바래다 드려. 미안, 이름이 뭐라고 했더라? 또 잊어버렸군. 오, 그렇지, 포와로. 이분을 메리에게 모셔다 드려."

"아니, 됐습니다."

에르퀼 포와로는 얼른 손을 내저으며 깍듯하게 사양했다.

"더 이상 그녀를 귀찮게 하고 싶진 않습니다. 혼자서 조용히 나가겠습니다, 됐습니다. 혼자서도 나갈 수 있습니다. 다시 뵙게 되어서 무척 즐거웠습니다."

포와로는 그 방을 나왔다.

"저 친구가 누구인지 전혀 기억나지 않는데."

포와로가 나가고 나자 로더릭 경이 말했다.

"그분이 누구인지 모르겠다는 말씀이세요?"

소니아가 좀 뜻밖이라는 듯한 표정으로 물었다.

"요즘 개인적으로 찾아와서 얘기하는 사람의 반 정도는 통 기억나지 않아. 물론 대충 어림으로 짐작해서 상대해 주긴 하지만. 누구나 그런 상황에 부닥쳤을 때 무사히 빠져나가는 방법을 배우게 되지. 파티에서도 마찬가지야. 간혹 어떤 녀석이 다가와서, '아마 저를 모르실 겁니다. 1939년에 당신을 마지막으로 만났으니까요.' 하고 말을 걸곤 하지. 그럼 나는, '물론 기억하고 있네.' 하고 말은 하지만 사실은 그렇지가 못해. 눈과 귀가 거의 멀었으니까.

전쟁이 끝나갈 즈음에 우리는 그 친구 같은 프랑스인들과 사이좋게 지냈었지. 하지만, 지금은 그들의 반도 기억하지 못해. 맞아, 그 친구는 거기에 있었어. 그는 나를 알았고, 나도 그 친구가 얘기하는 사람들 대부분이 기억에 남아 있거든. 내게 한 얘기와 도난당한 차 등은 모두 사실이야. 물론 조금 과장되기는 했지만, 그 당시의 얘기를 아주 잘했어. 글쎄, 그 친구는 내가 자기를 기억하지 못한다는 걸 눈치 채지 못했을 거야. 명석한 친구이긴 하지만 철저한 프랑스인이잖아? 점잔빼며 춤을 추고는 인사를 하며 한쪽 발을 뒤로 빼내는 사람들 말이야. 그런데 우리가 어디까지 했었지?"

　소니아는 편지 한 장을 집어들어 그에게 건네주었다. 그러고는 슬쩍 안경을 내밀어 보았으나, 그는 즉시 거절했다.

　"그 빌어먹을 것을 쓰고 싶지 않아. 안경 없이도 다 볼 수 있는데."

　그는 눈을 가늘게 뜨고는 들고 있는 편지를 자세히 들여다보다가, 이내 포기하고는 편지를 그녀에게 넘겨주었다.

　"소니아가 읽는 게 좋겠군."

　그녀는 부드럽고 맑은 목소리로 읽어 내려갔다.

제5장

1

에르퀼 포와로는 잠시 동안 층계참에 서 있었다. 머리를 약간 한쪽으로 기울이고 무슨 얘기를 듣기라도 하는 것 같은 태도로. 아래층에서는 아무 소리도 들리지 않았다. 그는 층계참의 창문으로 가로질러 가서 밖을 내다보았다.

메리 레스태릭은 테라스 아래에서 정원 손질을 계속하고 있었다. 포와로는 만족스럽다는 듯이 고개를 끄덕이고는, 가벼운 걸음으로 복도를 걸어나가서 차례로 방문을 열어 보았다. 욕실, 마직으로 바른 선반, 2인용 침대가 놓인 예비방, 1인용 침대가 놓인 방, 2인용 침대가 있는 여자 방—메리 레스태릭 방일까? 이어서 옆에 딸린 방문을 열어 보았다. 앤드루 레스태릭이 사용하는 방인 것 같았다.

그는 층계참의 맞은편 쪽으로 걸어갔다. 첫 번째 열어본 방에는 1인용 침대가 놓여 있었다. 그 방은 늘 사용되는 것이 아니라 주말에만 사용되는 것처럼 보였다. 화장대 위에는 브러시가 몇 개 놓여 있었다. 그는 조심스럽게 주위를 살펴보고는 발뒤꿈치를 들고 안으로 들어가서 옷장을 열었다. 안에는 옷 몇 벌이 걸려 있었는데, 모두 시골티가 나는 것들이었다.

책상이 하나 놓여 있었는데, 그 위에는 아무것도 없었다. 그는 살그머니 서랍을 열어 보았다. 자질구레한 물건 몇 가지와 편지가 한두 통 있었지만, 사소한 내용인데다가 날짜도 꽤 지난 것들이었다. 그는 책상 서랍을 닫고는 아래층으로 내려와 정원으로 나가서 여주인에게 작별인사를 건넸다. 그녀가 차를 대접하겠다는 제의에, 포와로는 돌아가겠다는 약속을 했기 때문에 바로 런던으로 가는 열차를 타야 한다고 말했다.

"택시를 타시지 그러세요? 여기에서도 택시를 부를 수 있어요. 아니면, 제 차로 모셔다 드릴 수도 있는데요."

"아니, 아닙니다, 부인. 정말 친절하시군요."

포와로는 마을로 걸어나와서는 교회 옆으로 난 오솔길로 접어들었다. 개울 사이를 연결한 작은 다리를 지나 너도밤나무 아래에서 조용히 기다리는 대형 승용차 쪽으로 걸어갔다. 운전사가 문을 열어 주자, 포와로는 안으로 들어가 자리에 앉아 안도의 한숨을 내쉬며 에나멜 가죽구두를 벗었다.

"런던으로 돌아가지."

운전사가 문을 닫고 자리에 앉자, 차가 미끄러지듯이 조용히 앞으로 나아갔다. 어떤 청년이 길가에 서서 함께 타고 가자는 신호로 격렬하게 엄지손가락을 움직이고 있었다. 그런데 그는 포와로에게 낯선 청년이 아니었다.

포와로는 그 긴 머리칼에 무슨 단체에 속해 있는 듯이 화려한 옷을 입은 이국적인 모습의 청년을 무관심하게 쳐다보았다. 그 청년을 살짝 지나가는 순간 포와로는 몸을 반쯤 일으키고 운전사에게 말했다.

"미안하지만, 좀 세워 주게. 조금만 뒤로 가서……. 함께 타고 가자는 사람이 있어서."

운전사는 의아하다는 듯이 어깨너머로 돌아보았다. 하지만, 포와로가 아무 말 없이 살짝 고개를 끄덕이자 차를 뒤로 뺐다.

데이비드라는 청년이 문 앞으로 다가와서 쾌활하게 말했다.

"그냥 가버리시는 줄 알았습니다. 정말 고맙습니다."

그는 차 안으로 들어와서 어깨에 메고 있던 짐을 바닥에 내려놓고는 갈색 구리 자물쇠를 만지작거렸다.

"저를 알아보셨군요."

"좀 눈에 띄는 옷을 입고 있어서……."

"오, 그렇습니까? 사실 그런 편도 아닌데요. 저는 밴드부에 있거든요."

"밴다이크 학교 말인가? 아주 화려하군."

"저는 그렇게 생각하지 않습니다만, 그렇게 말씀하시니까 그런 것도 같군요."

"충고하고 싶은 게 있는데, 고상한 신사모에 목에 레이스가 달린 옷을 입는게 어떻겠나?"

"오, 저는 우리가 그렇게까지 얌전을 뺄 필요는 없다고 생각합니다."

그 젊은이는 소리 내어 웃었다.

"레스태릭 부인은 저를 보기만 해도 질색이죠. 사실, 저는 그 부인의 혐오에 대해서 보복하는 겁니다. 솔직히 말해서, 저는 레스태릭 씨에게 많은 관심을 두고 있지도 않거든요. 성공한 사업가에게는 좀 이상하게 혐오스러운 면이 있죠. 그렇게 생각지 않습니까?"

"그건 보기에 따라 다르지. 자네가 그 딸에게 관심이 있는 걸로 아는데."

"그거 아주 근사한 말씀인데요. 제가 그 딸에게 관심이 있다는 것 말입니다. 그렇다고 할 수도 있죠. 하지만, 그 문제라면 반반입니다. 그녀도 역시 제게 관심이 있으니까요."

"그녀는 지금 어디에 있나?"

데이비드는 고개를 홱 돌렸다.

"왜 그런 걸 물어보시는 거죠?"

"그녀를 만나보고 싶어서 그러네." 그는 어깨를 움츠리며 말했다.

"아시다시피, 그녀는 선생님보다는 제게 더 잘 어울리는 여자입니다. 노마는 지금 런던에 있습니다."

"그런데 자네, 그녀 계모에게는……."

"오! 계모에겐 모든 걸 털어놓지 않습니다."

"런던 어디에 있는가?"

"첼시(예술가·작가들이 많이 사는 런던의 한 구역) 근방의 킹로(路)에서 실내장식가로 일하고 있습니다. 그 가게 이름을 금방 잊어버렸군요. 아마 수잔 펠프스인가 그럴 거예요."

"하지만 그곳에서 살지는 않잖나? 자네 그녀의 주소를 알고 있지?"

"예, 공동주택에 살고 있죠. 왜 노마에게 관심을 갖는 건지 모르겠습니다."

"사람은 누구나 여러 가지에 관심을 갖기 마련 아닌가."

"무슨 말씀이시죠?"

"자네는 왜 오늘 그 집에, 이름이 뭐였더라……, 그래, 크로스헤지스에 들어갔나? 몰래 집 안으로 들어가서 2층에 올라간 이유가 있을 텐데."

"제가 뒷문으로 들어간 건 사실입니다."

"2층에서 무얼 찾고 있었지?"

"그건 제 일입니다. 저는 폐를 끼치고 싶지 않아서 그랬던 것뿐입니다. 그런데 선생님 생각이 지나치신 것 같군요."

"그래, 호기심이 생겨서 말이네. 그녀의 주소를 정확히 알고 싶은데."

"이제 알았습니다. 그 존경스러운 앤드루 씨와 메리 부인이 선생님을 고용한 거군요, 그렇죠? 그 사람들이 노마를 찾아 달라고 했죠?"

"아닐세. 그 사람들은 그녀가 없어진 것도 모르고 있을 거야."

"아무튼, 누군가가 선생님을 고용한 게 틀림없어요."

"자네는 지나치게 예민하군."

포와로는 몸을 뒤로 기대면서 말했다.

"저는 선생님이 무슨 일을 하시는 분인지 궁금했습니다. 그래서, 선생님에게 손을 흔들었던 거죠. 그만 이 일에서 손을 떼시고 제게 정보나 알려 주시죠. 노마는 제 여자친구입니다. 선생님도 잘 알고 계실 텐데요?"

"그건 자네 혼자만의 생각뿐인 것 같군." 포와로가 조심스럽게 말했다.

"여자친구라면, 어디에 사는지 정도는 알고 있어야지. 그렇잖은가, 미스터……, 미안하네, 자네 세례명이 데이비드라는 것밖에 몰라서."

"베이커입니다."

"베이커, 자네 그녀와 다투기라도 한 모양이지?"

"아닙니다. 우리는 다투지 않습니다. 왜 그런 생각을 하신 거죠?"

"노마 레스태릭 양은 크로스헤지스에서 일요일 저녁에 떠나나, 아니면 월요일 아침에 떠나나?"

"그건 사정에 따라 다릅니다. 아침에 일찍 떠나는 버스가 있는데, 그걸 타면 10시 조금 넘어서 런던에 도착하게 됩니다. 직장에 조금 늦긴 하겠지만, 많이 늦지는 않죠. 하지만, 대개는 일요일 저녁에 런던으로 돌아왔습니다."

"그녀가 일요일 저녁에 그곳을 떠나긴 했지만, 보로딘 맨션에는 도착하지 않았네."

"분명히 도착하지 않았습니다. 클라우디아가 말해 준 모양이군요."

"그녀의 이름이 리스홀랜드인가 그렇지? 그녀가 놀라거나 걱정했겠군?"

"오, 그녀가 왜 놀라거나 걱정을 해주겠습니까? 그들은 항상 서로에게 신경을 쓰고 있지는 않습니다."

"자네는 그녀가 직장으로 돌아올 거로 생각하고 있나?"

"돌아오지 않을 겁니다. 그 가게라면 진저리를 쳤으니까요."

"걱정하고 있나, 베이커?"

"아닙니다. 당연히, 글쎄, 제가 그녀의 행방을 알고 있다면 욕을 먹어도 좋습니다. 또, 제가 걱정해야 할 이유도 없습니다. 모든 건 시간이 흐르면 해결될 테니까요. 오늘이 무슨 요일이죠, 목요일인가요?"

"자네는 그녀와 싸우지 않았단 말이지?"

"예, 우리는 싸우지 않습니다."

"하지만, 자네는 그녀를 걱정하고 있지, 베이커?"

"그게 선생님과 무슨 관계가 있는 겁니까?"

"나와 관계있는 일은 아니지만, 집에서 걱정하는 것 같아서 하는 말일세. 그녀는 계모를 좋아하지 않는 모양이더군."

"그거야 당연한 일이죠. 그 여자는 심술궂은 사람입니다, 그 부인 말입니다. 냉랭하고 고집스럽죠. 그 여자도 역시 노마를 좋아하지 않는다는군요."

"그녀는 몸이 아팠다고 하던데, 병원에 가야 할 정도로 심한 상태였나?"

"누구를 말씀하시는 겁니까? 노마요?"

"아니, 레스태릭 양이 아니라 레스태릭 부인을 말하는 걸세."

"요양원에 들어갔다는 얘기를 들었습니다. 그 여자가 왜 아팠는지 모르겠군요, 말처럼 거센 여자가 말입니다."

"그리고 레스태릭 양은 계모를 미워하고 있네."

"노마는 가끔 불안정할 때가 있습니다. 그래서, 갑자기 우울증에 빠지곤 했죠. 잘 아시겠지만, 계모를 좋아하는 여자애들은 없습니다."

"그래서 계모들은 항상 괴로워하네. 그래서 병원에까지 가야 하는 거 아닌가?"

"도대체 알고 싶으신 게 뭡니까?"

"정원을 가꾸는, 제초제의 사용법."

"제초제라뇨, 도대체 무슨 말씀입니까? 노마가, 그녀가 그런 짓을 했다고 생각하시는 겁니까?"

"사람들이 수군거리는 것은 발 없는 소문이 천 리를 가듯이 퍼져 나가기 마련이네."

"사람들이 노마가 계모를 독살하려 했다고 말한다는 겁니까? 터무니없는 얘기입니다. 당치도 않은 소리라고요."

"나도 그렇게 생각하네. 사실, 사람들은 그렇게 말하지 않았어."

"오, 죄송합니다. 제가 잘못 들었군요. 그렇다면, 무슨 말씀을 하신 겁니까?"

"이것 보게, 젊은이, 소문이 떠돌고 있는데, 그게 모두 앤드루 레스태릭에 대한 것일세."

"뭐라고요, 그 가엾은 앤드루 씨가 말입니까? 그렇지 않을 텐데요."

"그래, 나도 그렇지 않을 거라고 생각하고 있네."

"선생님은 아까 그 집에서 무엇을 하셨죠? 선생님은 탐정이시죠?"

"그렇네."

"그때 무얼 하고 계셨습니까?"

"우리는 서로 다른 얘기를 하고 있군." 포와로가 말했다.

"나는 독살 사건에 대한 가능성이나 의심 때문에 그곳에 간 것이 아니네. 미안하지만, 자네의 그 질문에는 대답하기가 곤란하군. 아주 비밀스러운 일이어서."

"도대체 그게 무슨 뜻입니까?"

"나는 그곳에서 로더릭 호스필드 경을 만났네." 포와로가 말했다.

"뭐라고요, 그 영감님을 만나셨다고요? 완전히 망령이든 영감님을요?"

"그분은 중요한 비밀을 많이 갖고 있네. 지금은 활동을 안 하지만 많은 것을 알고 있지. 또, 2차 대전 때에는 중요한 일에도 많이 관여했었고 그분은 많은 사람을 알고 있었지."

"하지만, 그건 모두 옛날 일이 아닙니까?"

"그래, 그분이 관여했던 일들도 모두 오래전에 끝났지. 하지만, 알아두면 도움이 되는 일들이 있다는 걸 염두에 두게."

"구체적으로 어떤 일들을 말씀하시는 겁니까?"

"안면이지." 포와로가 말했다.

"잘 알려진 사람을 로더릭 경은 알아볼 수 있지. 얼굴이나 태도, 말하는 방법, 걸음걸이, 몸짓 등등으로 말일세. 나이 든 사람들은 1주일이나 한 달, 또는 1년 전의 일들은 기억하지 못하면서 거의 20년 전의 일들은 생생하게 기억하고 있지. 그래서, 기억하고 싶지 않은 사람들까지도 기억하는 거야. 그리고 그들은 어떤 남자나 여자, 또는 자신이 관여했던 일들에 대해서 정확하게 얘기할 수 있네. 내 얘기가 좀 모호하게 들리겠군. 아무튼, 나는 그분에게 정보를 얻으려고 간 걸세."

"정보를 얻으러 가셨다고요? 그 영감님한테서요? 하하, 그래서 얻어내셨습니까?"

"아주 만족스러운 정보를 얻었지."

데이비드는 뜻밖이라는 듯이 그를 쳐다보며 말했다.

"믿어지지 않습니다. 선생님은 그 영감님을 만나러 간 겁니까, 아니면 그 처녀를 만나러 간 겁니까? 그녀가 그 집에서 무슨 일을 하는지 알고 싶었던 거죠? 사실 저도 궁금했으니까요. 선생님은 그녀가 그 영감님에게서 한물간 정보를 빼내려고 그 집에 들어갔다고 생각하십니까?"

"이런 문제들은 얘기해 봤자 별 도움이 된다고 생각지 않네. 그녀는 아주 헌신적이고 세심한 것 같더군. 그녀를 뭐라고 부르지, 비서인가?"

"간호사, 비서, 동반자, 오 페어 걸, 영감님의 조수 등 여러 가지 혼합된 역할을 하죠. 온갖 이름을 다 갖다 붙일 수 있지 않겠습니까? 그 영감님은 그녀에게 홀딱 빠져 있어요. 눈치 못 채셨습니까?"

"로더릭 호스필드 경의 입장에선 어쩔 수 없는 일이네."

포와로가 냉담하게 말했다.

"하지만, 그녀를 좋아하지 않는 사람이 있습니다. 바로 메리 부인이죠."

"그럼, 그녀도 메리 레스태릭을 좋아하지 않겠군."

"그렇게 생각하십니까?" 데이비드가 말했다.

"사실, 소니아가 메리 레스태릭 부인을 좋아하지 않습니다. 그럼, 선생님은 그녀가 제초제를 어디에 보관해 두는지 조사해 보았을 거라는 생각까지도 해 보시겠군요? 태워다 주셔서 고맙습니다. 여기에서 내리겠습니다."

"여기에서? 런던까지는 7마일(약 6.4km)은 더 가야 할 텐데."

"여기에서 내려 주십시오. 안녕히 가십시오, 포와로 씨."

"잘 가게."

데이비드가 문을 닫자, 포와로는 자리 뒤로 기대어 앉았다.

2

올리버 부인은 불안한 마음으로 거실을 서성거리고 있었다. 한 시간 전에 그녀는 막 교정을 끝내고 타이프친 원고를 포장했다. 그러고는, 3~4일 간격으로 끈질기게 그녀를 재촉하며 애타게 기다리는 출판업자에게 보낼 예정이었다.

"여기 있어요"

올리버 부인은 출판업자를 생각하며 허공에다 대고 말했다.

"당신 마음에 들었으면 좋겠군요! 하지만, 그렇지 못할 거예요. 조금 지저분한 것 같거든요! 당신은 내 작품에 대해서 이렇다저렇다 말할 수 없을 거예요. 아무튼 미리 말해 두겠는데, 이건 좀 무시무시한 작품이에요. 당신은, '오, 아니, 아닙니다. 나는 한 순간도 그렇게 생각해 보지 않았습니다.' 하고 말하겠죠"

올리버 부인이 복수심에 불타는 듯한 목소리로 말했다.

"어디 기다려 보세요. 두고 보시라고요."

그녀는 문을 열고 하녀인 에디스를 불러 소포 꾸러미를 주며, 즉시 우체국에 가져가 부쳐야 한다고 말했다.

"이제는 뭘 하지?" 올리버 부인이 말했다.

그녀는 다시 서성거리기 시작했다. 올리버 부인은 생각했다.

'그래, 이 형편없는 버찌 대신에 열대조 같은 열대 분위기를 자아내는 벽지로 다시 바꾸어 버릴까? 난 열대림 속에 들어와 있는 듯한 기분이 들었거든. 사자나 호랑이나 표범이나 치타로! 놀란 새(鳥) 없이 버찌 과수원에 들어와 있는 듯한 기분을 느낄 수 있으려면 어떻게 해야 하지?"

그녀는 다시 주위를 둘러보았다.

"새처럼 지저귀는 거야."

그러고는 우울한 목소리로 웅얼거리듯이 말했다.

"버찌를 먹고……. 버찌가 열리는 계절이었으면 좋겠군. 버찌가 먹고 싶은데. 하지만 지금은……."

올리버 부인은 전화기 앞으로 다가갔다.

"계신가 알아보겠습니다, 부인."

그녀의 물음에 조지가 이렇게 대답했다. 곧 다른 목소리가 수화기를 통해서 들려왔다.

"에르퀼 포와로입니다, 부인."

"어디에 다녀오셨어요?" 올리버 부인이 말했다.

"온종일 댁에 계시지 않더군요. 레스태릭 집에 다녀오셨죠, 그렇죠? 로더릭 경을 만나보셨나요? 그리고 뭣 좀 알아내셨어요?"

"아무것도 알아내지 못했습니다." 에르퀼 포와로가 말했다.

"지루하셨겠군요." 올리버 부인이 말했다.

"아니, 그렇지 않았습니다. 아무것도 알아내지 못했다는 것이 오히려 좀 놀랍더군요."

"무엇이 놀랍다는 말씀이시죠? 이해하지 못하겠군요."

"왜냐하면, 아무것도 알아내지 못했다는 것은 사실과 일치하지 않거나, 또는 아주 교묘하게 숨겨진 게 있다는 것이기 때문입니다. 매우 흥미로운 얘기죠. 그런데 레스태릭 부인은 그 처녀가 없어졌다는 걸 모르고 있더군요."

"그럼, 그 처녀가 없어진 것이 레스태릭 부인과는 아무 관계가 없다는 말씀인가요?"

"그런 것 같습니다. 그리고 그곳에서 그 젊은 친구를 만났습니다."

"모든 사람들이 싫어할 타입의 젊은이죠?"

"그렇습니다."

"당신 마음에도 들지 않았나요?"

"누구의 관점에서 말입니까?"

"그 처녀의 관점에서 말이에요."

"나를 찾아왔던 처녀는 틀림없이 그 청년을 좋아했을 겁니다."

"끔찍한 모습을 한 청년인가요?"

"아니, 아주 예쁘장한 청년입니다." 에르큘 포와로가 말했다.

"예쁘장하다고요? 나는 예쁘장한 청년을 싫어하지 않는데요."

올리버 부인이 말했다.

"젊은 여자들도 싫어하지 않습니다." 포와로가 말했다.

"예, 그래요. 그들은 예쁘장한 청년들을 좋아하죠. 하지만 잘생기고 말쑥하고, 그리고 옷차림새가 깨끗하고 깔끔한 청년들은 좋아하지 않아요. 마치 왕정복고 시대의 희극에 나오는 인물 같은 차림새를 한 청년들이나, 무슨 끔찍한 방랑생활을 하는 듯한 청년들을 좋아하죠."

"그 젊은이도 그녀가 지금 어디에 있는지 모르는 것 같았습니다."

"혹시 알면서도 숨기는 게 아닐까요?"

"그럴지도 모르죠. 그런데 그 친구가 뭣 때문에 그곳에 내려왔을까요? 집 안에까지 들어와 있었거든요. 누구의 눈에도 띄지 않게 몰래 들어와야 하는 이유라도 있었던 걸까요? 왜 그랬을까요? 이유가 뭘까요? 그녀를 찾고 있었던 걸까요? 혹시 다른 것을 찾고 있었던 걸지도 모르죠."

"그 청년이 다른 걸 찾고 있었을 거라고 생각하세요?"

"그 친구는 그녀의 방에서 무언가를 찾고 있었습니다." 포와로가 말했다.

"그걸 어떻게 아시죠? 그가 그녀의 방에 있는 걸 보셨나요?"

"아니, 나는 그가 계단을 내려오는 것만 보았죠. 하지만, 노마의 방에서 아주 작고 축축한 흙덩어리를 발견했는데, 그건 그의 구두에서 떨어진 걸 겁니다. 그녀가 그에게 자기 방에서 무언가를 가져오라고 부탁했을 수도 있죠. 충분히 가능성이 있는 일입니다. 그 집에는 아주 귀여운 젊은 처녀가 또 한 명 있더군요. 그 친구는 그녀를 만나러 내려왔을 수도 있습니다. 그렇죠, 여러 가지 가능성을 생각해 볼 수 있는 거죠."

"이제는 어떻게 하실 거예요?" 올리버 부인이 물었다.

"이젠 할 일이 없습니다." 포와로가 대답했다.

"정말 따분해졌군요."

올리버 부인이 불만스럽다는 듯이 말했다.

"알아봐 달라고 부탁한 데가 있는데, 혹시 그곳에서 정보가 나올지도 모르겠습니다. 하지만, 아무것도 알아내지 못할 수도 있습니다."

"그래도, 무슨 일이든 하실 거잖아요?"

"결정적인 순간이 오기 전까지는 움직이지 않을 겁니다." 포와로가 말했다.

"글쎄, 나도 그래야겠어요." 올리버 부인이 말했다.

"제발 조심하십시오."

포와로가 올리버 부인에게 간곡하게 부탁했다.

"무슨 말씀이세요! 마치 내게 무슨 일이라도 일어날 것처럼 말씀하시는군요."

"살인사건이라면 무슨 일이든지 일어날 수 있어요. 나는 그걸 말하는 겁니다. 나, 포와로가 말입니다."

제6장

1

고비는 걸상에 앉아 있었다. 그는 얼굴에 주름살이 많은 자그마한 몸집의 사람으로, 이렇다 할 만한 특징은 없어 보였다.

그는 구식 식탁의 날카롭게 깎인 다리를 뚫어질 듯이 바라보며 말을 꺼냈다. 고비는 상대방을 똑바로 바라보며 말하는 법이 없었다.

"당신이 명단을 준 것이 내게는 퍽 다행이었습니다, 포와로 씨. 그렇지 않았다면, 시간이 오래 걸렸을 겁니다. 실제로 나는 여러 가지 중요한 사실들을 알아냈습니다. 그리고 몇 가지 소문도 알아냈죠……. 소문이란 항상 유용한 겁니다. 먼저 보로딘 맨션부터 시작할까요?"

포와로는 정중하게 고개를 끄덕였다.

고비는 벽난로 선반 위에 놓인 시계를 쳐다보며 말했다.

"이 일에 여러 명의 수위와 젊은 친구 한두 명을 고용했습니다. 물론 비용이 많이 들긴 했지만, 그만큼 얻은 것도 많죠. 누군가가 특별한 조사를 한다는 것을 눈치 채지 못하도록 조심했습니다! 약칭으로 사용할까요, 아니면 이름을 그냥 부를까요?"

"이 방에서는 이름을 불러도 괜찮소." 포와로가 말했다.

"클라우디아 리스홀랜드 양은 아주 괜찮은 여자라고 평판이 나 있더군요. 국회의원인 그녀의 아버지는 뉴스에도 자주 등장하는 야망이 있는 사람입니다. 그녀는 그의 외동딸로서 지금 비서 일을 하는데, 신중한 성격의 처녀입니다. 난잡한 파티에도 가지 않고, 술도 마시지 않으며, 불량배들과도 어울리지 않습니다. 공동주택을 다른 두 여자와 나눠 쓰고 있는데, 두 번째 여자는 본드 가(街)(런던의 상점가)의 웨더번 화랑에서 일하는 엉터리 화가죠. 첼시의 패거리들과 어울려 다니는 여자이며, 여러 지방을 순회하며 전시회와 아트 쇼를 하기도 합니다.

세 번째 여자가 바로 당신이 말하는 처녀인데, 그 공동주택에서 별로 오래 살지 않았더군요. 그녀는 '조금 모자란다.'라는 것이 일반적인 얘기입니다. 머리뿐만이 아니라 대체로 좀 분명치가 않은 모양입니다. 수위 중에 입이 가벼운 친구가 한 명 있는데, 그 친구에게 술을 한두 잔 사주었더니 놀랄 정도로 모두 다 털어놓더군요!

누가 술을 마시며 마약을 복용하는지, 그리고 누가 소득세 때문에 문제를 일으켰으며, 또 누가 물탱크 뒤에 돈을 감춰 두는지 등등 모두 말해 주었죠. 물론, 그 친구의 말을 전적으로 믿을 수는 없습니다. 그런데 그중에 어느 날 밤엔가 권총이 불을 뿜었다는 얘기가 있었습니다."

"권총을 쏘았단 말이오? 누가 상처를 입었소?"

"그 점이 좀 의심스럽습니다. 그의 말에 따르면, 어느 날 밤에 권총 소리가 들려서 밖으로 나와 보니 당신이 말한 바로 그 처녀가 권총을 들고 약간 멍청하게 서 있었다는 거였습니다. 그러고 나서, 함께 사는 여자 한 명이(사실은 두 명이 모두 나왔겠죠) 달려나왔답니다. 그리고 캐리 양이(사이비 화가 말입니다) '노마, 도대체 무슨 짓이야?' 하고 말했답니다. 그러자 리스홀랜드 양이 날카로운 목소리로, '그만둘 수 없겠니, 프랜시스 바보 같은 소리 하지 마!' 하고는 그 여자에게서 권총을 빼앗으며, '이리 줘.' 하고 말했답니다.

그리고 그 권총을 핸드백 속에 집어넣고 나서는 이 미키라는 수위를 쳐다보더니 그에게 다가와서 웃으며, '놀라셨죠?' 하고 말했다더군요. 그래서, 미키는 깜짝 놀랐다고 말했으며 그녀는, '걱정하실 필요 없어요. 그냥 장난으로 쏘아 본 걸 거예요. 누가 아저씨에게 물어보면 아무 일도 없었다고 대답하셔야 해요.' 하고 말했답니다. 그러고 나서, '이리 와, 노마.' 하면서 그녀의 팔을 이끌고 엘리베이터를 타고는 올라가 버렸다더군요. 하지만, 미키란 친구는 아무래도 의심스러워서 뜰을 한 바퀴 둘러보았답니다."

고비는 시선을 떨어뜨리고 수첩에 기록되어 있는 것을 읽었다.

"'나는 뭔가를 발견했는데, 그건 축축한 천 조각이었습니다. 틀림없습니다. 거기엔 핏자국이 있었죠. 나는 손가락으로 만져 보았습니다. 내 생각은 이렇습니다. 누군가가 총에 맞은 겁니다—그 사람은 도망가고 있었겠죠……. 나는 위층으로 올라가서 리스홀랜드 양과 얘기하고 싶다고 하고는 이렇게 말했습니다. '누가 총에 맞은 것 같아요. 뜰에 핏방울이 떨어져 있어.' 그러자 그녀는, '저런! 그렇지 않아요. 아마 비둘기 한 마리가 맞았겠죠. 아저씨가 놀라셨다면 정말 죄송해요. 하지만, 잊어버리세요.' 그러면서 5파운드짜리 지폐를 쥐여주는 거였습니다. 5파운드, 결코 적은 돈은 아니죠! 당연히 그 뒤로 나는 그 일에 대해서 입을 다물었죠.'

그는 위스키를 한잔 마신 뒤에 얘기를 이어나갔습니다.

'그녀는 아마 자기를 만나러 오는 그 저질스러운 젊은 친구를 쏘았을 겁니다. 그녀와 그 친구가 싸움을 했고, 그래서 그녀가 그를 쏘려고 했을 겁니다. 내 생각으로는 그렇습니다. 하지만, 말은 적을수록 좋다고 하니 더 이상 되풀이하지는 않겠습니다. 누가 와서 물어봐도 그들이 무슨 얘기를 했는지 모른다고 할 겁니다.'"

고비는 읽던 걸 멈췄다.

"재미있는 사실이군." 포와로가 말했다.

"예, 그 친구 말이 모두 거짓말 같지는 않습니다. 그 밖에 그 사건에 대해 아는 사람은 없는 모양입니다. 어느 날 밤에 젊은 불량배 녀석이 한 명 들어와 싸움이 붙었는데, 플릭나이프(날이 자동으로 튀어나오는 칼)로 모든 걸 끝내버렸다는군요."

"알겠소." 포와로가 말했다.

"뜰에 핏방울이 떨어질 만한 다른 일은 없었소?"

"그녀가 남자친구와 싸우다가 총을 쏘아 위협했을 수도 있죠. 그런 걸 갖고 미키가 모두 상상해 낸 겁니다. 특히 그때 자동차 소리가 요란하게 났다면, 충분히 있을 수 있는 일이죠."

"그렇지, 그런 상황이었다면 얼마든지 가능한 일이겠군."

에르쿨 포와로가 한숨을 내쉬며 말했다.

고비는 수첩을 넘기고서 말했다.

"조수아 레스태릭 회사. 100년이 넘은 가족 회사입니다. 시티에도 잘 알려졌으며, 기반이 단단해서 갑자기 휘청거린다든지 하는 일은 없죠. 1850년 조수아 레스태릭이 세웠는데, 제1차 세계대전 뒤부터는 남아프리카, 서아프리카, 오스트레일리아 등 외국에 대대적인 투자를 해나가기 시작했습니다.

사이먼과 앤드루 레스태릭이 레스태릭 가문의 마지막 자손들이죠. 형인 사이먼은 1년 전에 죽었는데 아이가 없습니다. 게다가, 그의 아내는 그보다 몇 년 전에 세상을 떠났죠. 앤드루 레스태릭은 침착한 친구가 아닌 모양입니다. 사람들 말로는 유능하다고 하지만, 얼마 전까지만 해도 회사 일에 전혀 신경 쓰지 않았습니다. 그는 아내와 다섯 살 난 딸을 내팽개치고는 다른 여자와 도망가 버리고 말았죠. 남아프리카, 케냐 등등 여러 군데를 돌아다닌 모양입니다.

이혼도 하지 않은 채 말이죠. 그의 아내는 한동안 병으로 시달리다가 2년 전에 죽었습니다. 앤드루는 많은 곳을 돌아다녔으며, 가는 곳에서 마다 돈을 벌어들인 모양입니다. 주로 광산 채굴권에 손을 댔는데, 하는 일마다 성공을 거두었다더군요. 형이 죽고 나자, 그는 이제 안정된 생활을 해야겠다고 생각한 것 같습니다. 그래서 재혼했으며, 영국으로 돌아와서 딸을 위해 가정을 꾸며야 겠다고 생각했습니다.

그들은 지금 로더릭 호스필드 경이라는 아저씨와 함께 살고 있지만, 그건 임시적인 일일 뿐입니다. 그의 아내가 런던에 올라가서 집을 보러 다니고 있으니까요. 돈에 파묻혀 사는 사람들일 테니까 경비는 문제가 되지 않겠죠."

포와로가 한숨을 내쉬며 말했다.

"알고 있소. 당신이 지금 얘기하는 건 성공담이군! 모두 돈을 법니다! 그리고 누구나 좋은 가문 출신이며 존경을 받죠. 친척들도 훌륭한 사람들이고, 사교계에서는 좋은 평판을 받고 있소. 하지만, 옥에도 티가 있는 법이오.

당신이 '조금 모자란다'라고 한 처녀는 한때 집행유예를 받은 적이 있는 시시껄렁한 녀석과 어울려 다니고 있소. 또, 계모를 독살하려고 했을지도 모르고, 환각증세에 시달리고 있을지도 모르며, 범죄를 저질렀을지도 모르는 처녀! 이런 것들은 당신이 내게 말한 성공담과는 전혀 어울리지 않는 거 아니오?"

고비는 풀이 죽어서 고개를 끄덕이며 좀 희미한 목소리로 말했다.

"어느 가족에나 한 사람은 있기 마련입니다."

"레스태릭 부인은 아주 젊더군. 앤드루가 함께 도망갔던 여자는 그 부인이 아니죠?"

"오, 아닙니다. 그 두 사람은 금방 헤어졌습니다. 그 여자는 누구에게 들어 봐도 평판이 좋지 않았으며, 성질이 거센 사람이었습니다. 앤드루는 그때까지 그 여자에게 속았던 거죠."

고비는 수첩을 덮고 나서 물어보는 듯한 눈길로 포와로를 쳐다보았다.

"더 알고 싶은 게 있습니까?"

"죽은 앤드루 레스태릭 부인에 대해서 좀더 알고 싶소. 그녀는 몸이 아파서 요양원에 자주 갔었다고 하는데, 구체적으로 어떤 요양원이었소? 혹시 정신요 양원은 아니었소?"

"무슨 말씀인지 알았습니다, 포와로 씨."

"그리고 그 집안에 정신이상자가 있었는지 그것도 궁금하오, 양쪽 집 모두."

"그것도 알아보겠습니다, 포와로 씨." 고비는 자리에서 일어났다.

"그만 가보겠습니다. 안녕히 계십시오."

고비가 나간 뒤, 포와로는 생각에 잠겨 있다가 자리에서 일어나며 눈썹을 찡그렸다. 그는 몹시 궁금했다.

이윽고 그는 올리버 부인에게 전화를 걸었다.

"내가 전에 조심하라고 얘기했죠? 다시 한 번 얘기하는데, 조심하십시오."
포와로가 말했다.

"무엇을 조심하라는 거죠?" 올리버 부인이 물었다.

"부인 자신을 조심하라는 겁니다. 위험한 일이 닥칠 것 같은 불길한 예감이 들어요. 여기저기 참견하고 다니는 사람에겐 어느 곳에서 위험이 닥쳐올지 모르는 일입니다. 적에게 공격 부위가 노출되어 살인이 일어날 수도 있죠. 나 는 부인이 그렇게 되지 않기를 바랄 뿐입니다."

"당신이 얻어낼지도 모른다는 정보는 어떻게 되었나요?"

"예, 몇 마디 듣긴 했지만, 대부분이 떠도는 소문들이죠. 그런데 보로딘 맨 션에서 무슨 일이 있었긴 있었던 모양입니다."

"무슨 일이요?"

"뜰에 떨어진 핏방울." 포와로가 말했다.

"정말이에요! 그건 옛날 추리소설의 제목 같은데요. 《층계 위의 핏방울》이라는 책이 있거든요. 지금은 당신이 《그녀는 죽음을 청했다》에서처럼 무언가 중요한 걸 말씀하시는 것 같아요." 올리버 부인이 말했다.

"어쩌면 뜰에 떨어진 건 피가 아닐 수도 있습니다. 아일랜드인 수위가 상상력으로 꾸며낸 얘기일지도 모르죠."

"혹시 우유가 엎질러진 게 아닐까요? 밤에는 잘 보이지 않잖아요. 무슨 일이 일어났대요?"

포와로는 한참 뒤에 대답했다.

"그녀는 '살인을 저질렀을지도 모른다.'라고 생각했는데, 그것이 그녀가 말한 그 살인일까요?"

"그럼 그녀가 누군가를 쏘았다는 말씀이세요?"

"그녀가 누군가를 쏘았는데, 모든 점을 미루어 볼 때 그 사람을 놓쳐 버렸다고 추측할 수도 있겠죠. 몇 방울의 피……. 그것이 전부입니다. 아무도 본 사람이 없었다는 겁니다."

"오, 저런……." 올리버 부인이 말했다.

"뭐가 뭔지 모르겠군요. 누군가 뜰 밖으로 뛰어나갈 수 있었다면 그를 죽였을 수도 있지 않았을까요?"

"어려운 일이죠."

포와로는 불어로 이렇게 말하고 나서 전화를 끊었다.

2

"걱정인데!" 클라우디아 리스홀랜드가 말했다.

그녀는 커피포트의 물을 자기 컵에 가득 따라 부었다. 프랜시스 캐리는 입을 커다랗게 벌리고 하품을 했다.

두 여자는 공동주택의 작은 부엌에서 아침식사를 하고 있었다. 클라우디아는 출근하려고 이미 옷을 차려입은 상태였으며, 프랜시스는 아직도 잠옷 차림이었다. 그녀의 검은색 머리칼은 앞으로 내려와 한쪽 눈을 가리고 있었다.

"노마 때문에 걱정이야." 클라우디아가 계속했다.

프랜시스는 또 하품을 했다.

"나는 걱정하지 않아. 그 애는 곧 전화를 걸어오거나 나타날 테니까."

"그럴까? 하지만, 프랜, 나는 불안해서 견딜 수가 없어."

"나는 네가 그렇게 안달하는 이유를 모르겠어."

프랜시스는 커피를 조금 더 넣고는, 맛을 보듯이 홀짝거렸다.

"노마는 우리와 아무 관계도 없는 애야. 그렇잖아? 우리가 그 애를 돌봐 주
거나 숟가락으로 음식을 떠먹이는 것도 아니잖아. 그 애는 단지 공동주택을
함께 쓴다는 것뿐이야. 그런데 네가 왜 그 애 어머니라도 되는 것처럼 걱정하
는지 모르겠어. 나는 조금도 걱정하지 않아."

"걱정하지 않겠지. 너는 절대로 무슨 일에 걱정하는 성격이 아니니까. 하지
만, 나는 너와는 달라."

"뭐가 다르다는 거니? 네가 이 공동주택의 차가인(借家人)이라는 것이 다르
다는 거야?"

"아무튼 나는 입장이 달라."

프랜시스는 또 커다랗게 하품을 했다.

"어젯밤 배실이 연 파티에서 너무 늦게까지 놀았더니 피곤해 죽겠어. 블랙
커피를 마시면 좀 괜찮아지겠지. 커피를 마시기 전에 뭘 좀 먹을까? 배실이
에메랄드 드림인가 하는 새로운 약을 먹어 보라고 주었어. 하지만, 어리석은
짓을 할 정도로 효과가 있는 것 같지는 않더구나."

"화랑에 늦겠어."

"오, 그런 건 괜찮아. 나한테 주의를 기울이거나 신경 쓰는 사람이 없으니
까. 그런데 어젯밤에 데이비드를 봤어."

그녀는 계속했다.

"옷을 말쑥하게 차려입은 모습이 그럴듯하게 보이던데."

"네가 그 사람에게 빠져 있다는 얘기는 제발 그만 해, 프랜. 그는 정말 끔
찍한 사람이야."

"오, 나도 네가 그렇게 생각한다는 걸 알고 있어. 너는 아주 보수적인 애니까, 클라우디아."

"천만에. 하지만, 나는 너 같은 엉터리 화가들을 좋아할 순 없어. 여러 가지 약을 먹고 정신이 나가서 미친 것처럼 싸움질이나 하고."

프랜시스가 재미있다는 듯한 얼굴로 쳐다보았다.

"나는 마약중독자가 아니야. 단지 약을 먹으면 어떤가 경험해 보고 싶었던 것뿐이라고. 그리고 그런 애들 중에는 멀쩡한 애도 많아. 데이비드도 자기가 원하면 그림을 그릴 수 있잖아."

"하지만, 데이비드는 거의 그림을 그리지 않아."

"네가 왜 데이비드를 못마땅하게 여기는지 모르겠어, 클라우디아. 그가 노마를 만나러 여기에 오는 것도 싫어하고. 그리고 칼 얘기도……."

"뭐라고? 칼?"

"사실 나는 네게 말해야 할지 망설이는 중이야."

프랜시스가 천천히 말을 꺼냈다.

클라우디아는 손목시계를 흘깃 쳐다보고 나서 말했다.

"지금은 시간이 없어. 그 얘기는 이따 저녁에 하자. 아무튼, 나는 기분이 좋지 않아. 오, 참—."

그녀가 한숨을 내쉬었다.

"어떻게 해야 좋을지 모르겠어."

"노마 문제 말이니?"

"그래. 그 애 부모님께 우리가 그 애의 행방을 모르고 있다는 것을 알려야 하는 건지 모르겠단 말이야."

"그건 바른 생각이 아니야. 가엾은 노마, 그 애는 자기가 원한다면 혼자서도 도망칠 수 있어."

"글쎄, 노마는 그렇지가 않아."

클라우디아는 말을 멈췄다.

"그래, 그렇지 않다고? 제정신이 아니야. 바로 그 말을 하려고 그랬지? 그 애가 일하는 곳에 전화해 봤어? '홈버스'라고 했던가? 오, 그래, 걸어 봤다고 했지."

"도대체 노마는 어디에 있는 걸까? 어젯밤에 데이비드가 무슨 얘기 하지 않던?" 클라우디아가 말했다.

"데이비드는 아무것도 모르는 것 같아. 사실, 클라우디아, 나는 그것이 별 문젯거리가 아니라고 생각해."

"내게는 문제가 돼. 우리 사장님이 바로 그 애 아버지잖아. 만일 노마한테 무슨 일이 생겼다면, 그 애 식구들은 내게 왜 그 애가 집에 돌아오지 않았다는 걸 말하지 않았느냐고 따지고 들 텐데."

"그래, 그 식구들이 너를 괴롭히겠지. 하지만, 노마가 하루 이틀 집에 돌아오지 않을 때마다 우리가 그 애 부모에게 보고해야 한다는 실질적인 이유는 없어. 심지어 며칠 밤을 들어오지 않는다고 해도 말이야. 그 애는 하숙생이 아니잖아. 다시 말해서, 너는 노마를 책임질 필요가 없다는 뜻이야."

"그래. 하지만, 레스태릭 씨는 노마가 우리와 함께 방을 쓰게 된 것을 무척 좋아하셨거든."

"그래서, 그 애가 아무 말 없이 집에 들어오지 않을 때마다 가서 고해 바쳐야 한다는 거야? 그 애는 아마 새 남자에게 홀딱 빠져 있을 거야."

"노마는 데이비드에게 빠져 있어. 그 애가 데이비드의 집에 숨어 있지는 않겠지?"

클라우디아가 물었다.

"오, 그렇지 않을 거야. 너도 알다시피, 데이비드는 노마를 진심으로 좋아하지 않아."

"좋아하지 않는다고 생각하고 싶은 거겠지. 네가 데이비드에게 반해 있으니까."

"그렇지 않아. 그런 게 아니라고." 프랜시스가 날카롭게 말했다.

"데이비드는 노마를 아주 좋아하고 있어. 그렇지 않다면, 왜 그날 여기로 노마를 찾아왔겠니?"

"너는 곧 그와 다시 만났지. 나는……."

프랜시스는 자리에서 일어나 부엌에 걸린 작은 거울을 들여다보며 말했다.

"데이비드가 진짜 보러 온 것은 나일 거라고 생각해."

"바보 같은 소리! 그는 노마를 만나려고 여기에 온 거야."

"노마는 제정신이 아니야."

"가끔 나도 그런 생각이 들긴 해!"

"그 애는 제정신이 아니야. 이것 봐, 클라우디아, 내가 새로운 사실을 얘기해 주지. 너도 알고 있어야 하니까. 언젠가 나는 갑자기 브래지어 끈이 끊어져서 허둥거리고 있었어. 너도 누가 네 물건에 손대는 걸 싫어하지?"

"당연하지." 클라우디아가 말했다.

"그런데 노마는 그런 일에 전혀 신경 쓰지 않아. 그래서, 나는 그 애 방으로 들어가서 서랍을 뒤적거렸어. 그런데, 이상한 물건이 나오는 게 아니겠니. 바로 칼이……."

"칼! 어떤 칼이 나왔다는 거야?"

클라우디아가 놀라서 소리쳤다.

"뜰에서 옥신각신하며 싸울 때 칼을 봤지? 공동주택 단지 안으로 들어온 10대 불량배 녀석들이 플릭나이프 같은 걸 가지고 싸움을 벌였잖아. 그 일이 있고 나서 노마는 바로 집으로 들어왔어."

"그래. 기억하고 있어."

"목격자의 말에 따르면, 그 녀석들 중에 한 명이 칼에 찔린 채 도망가 버렸대. 그런데 노마의 서랍에서 나온 칼이 바로 플릭나이프였어. 그리고 거기엔 피가 말라붙어 있었다고."

"프랜시스! 너는 지금 터무니없는 상상을 하는 거야."

"글쎄, 아무튼 그 칼은 틀림없이 무슨 문제가 있을 거야. 그리고 도대체 왜 그 칼이 노마의 서랍 속에 감춰져 있을까?"

"그 애가 주웠을 수도 있잖아."

"기념품으로? 그리고 그걸 감춰놓고 우리에게 얘기하지 않았단 말이니?"

"그래서, 그 칼을 어떻게 했니?"

"다시 넣어 두었어." 프랜시스가 천천히 말했다.

"나는, 나는 어떻게 해야 좋을지 몰랐어……. 그리고 네게 말해야 하는가도 결정하지 못했고 그런데 어제 다시 서랍을 열어 보니 그 칼이 없어진 거야. 흔적도 없어."

"너는 노마가 그 칼을 가져오라고 데이비드를 보냈다고 생각하는 거니?"

"글쎄, 그럴지도 모르지……. 클라우디아, 앞으로 나는 밤에 방문을 꼭 잠그고 잘 거야."

제7장

    올리버 부인은 개운하지 못한 상태에서 깨어났다. 그녀는 오늘 아무 할 일이 없다는 걸 깨달았다. 거드름을 피우며 완성된 원고를 소포로 보낸 것으로 일은 끝난 것이다. 전에도 그랬듯이, 창작욕이 다시 일어날 때까지 그녀는 늘어지게 휴식을 취하고 즐겨야 한다. 그녀는 집 안을 이리저리 서성거리며 물건을 만져 보고, 들었다가 다시 놓기도 했다. 책상 서랍 속을 열어보고 처리해야 할 편지가 많이 있다는 것을 알았지만, 홀가분하게 일을 마친 지금 이 기분으로서는 따분하게 편지 따위를 처리하고 싶진 않았다. 그녀는 그보다 재미있는 일을 원했다. 그녀는 원했다—그녀가 원하는 건 무엇일까?

    그녀는 에르큘 포와로와 나눈 얘기에 대해서 생각해 보았다. 그는 그녀에게 조심하라고 경고했다. 당치도 않은 소리! 포와로와 함께 관여하고 있는 이 문제에 왜 자기가 참가할 수 없다는 걸까? 포와로는 의자에 앉아 손가락 끝을 모은 채, 안락하게 사각의 벽에 몸을 기대고 회색 뇌세포를 움직여서 일을 할 것이다. 그것은 애리어든 올리버에게 호감을 주는 방법이 아니었다.

    그녀는 자신이 적어도 무엇인가를 할 거라고 큰소리를 쳐 놓았다. 그 수수께끼의 처녀에 대해 좀더 알아내야 하는 걸까. 노마 레스태릭은 어디에서 무엇을 하고 있을까? 애리어든 올리버는 그녀에 대해서 좀더 알아낼 수 있을까?

    올리버 부인은 더욱 수심에 찬 얼굴로 방 안을 서성거렸다. 무엇을 할 수 있을까? 결정하기가 어려웠다. 어디로 가서 물어볼까? 롱 배싱으로 내려가 볼까? 하지만, 그곳에는 이미 포와로가 다녀왔다. 그리고 그곳에서 발견되어야 하는 것이 있다면 이미 그가 찾아냈을 것이다. 그녀가 로더릭 호스필드 경을 찾아가겠다고 제안할 만한 어떤 구실이 없을까?

    그녀는 보로딘 맨션에 찾아가 볼까 하고 생각했다. 그곳에는 아직도 알려지지 않은 것이 남아 있을 것이다. 하지만, 그곳에 찾아가려면 어떤 구실을 생각해 내야 한다. 그녀는 어떤 구실을 대야 할지 결정하지 못했다. 아무튼, 그곳이 정보를 얻을 가능성이 있는 유일한 장소였다. 시간이 언제쯤이 좋을까? 오전 10시가 좋겠어. 어떤 가능성이 있어…….

보로딘 맨션으로 가는 도중에 그녀는 구실을 하나 만들어 냈지만, 아주 독창적인 것은 아니었다. 사실 올리버 부인은 좀더 흥미진진한 구실을 찾아내고 싶었지만, 그녀는 일상적이고 평범한 구실도 괜찮겠다고 신중한 판단을 내렸다. 올리버 부인은 침착하게 도착해서, 보로딘 맨션의 끔찍한 엘리베이터를 생각하며 뜰을 천천히 걸어갔다.

수위는 가구 운반차의 운전사와 얘기를 나누고 있었다. 우유 배달차를 몰고 온 우유 배달부가 업무용 엘리베이터 근처에 서 있는 올리버 부인 쪽으로 다가왔다. 올리버 부인이 멍하니 가구 운반차의 운전사를 바라보는 사이에 우유 배달부는 덜컥덜컥 우유병을 나르며 신바람이 나는지 휘파람을 불어댔다.

"76호가 이사하는 겁니다."

우유배달부는 그녀가 관심을 갖고 있다고 생각했는지 친절하게 설명해 주었다. 그는 차에서 우유병 한 상자를 내려 엘리베이터 쪽으로 옮겼다.

"하지만, 그녀는 이미 이사한 거나 마찬가지죠."

그는 다시 다가와서 덧붙여 말했다. 성격이 아주 쾌활한 우유 배달부였다.

그는 엄지손가락을 위로 치켜들어 보이며 말했다.

"창문 밖으로 몸을 날렸지요. 7층에서요. 바로 1주일 전 일입니다. 그것도 새벽 5시예요. 참 이상한 시간을 택했죠."

올리버 부인은 이상하다는 생각이 들지 않았다.

"왜 그랬대요?"

"그녀가 뛰어내린 이유 말입니까? 그건 아무도 모릅니다. 마음이 불안해서 그랬다고도 하더군요."

"젊은 여자였나요?"

"아닙니다! 나이 든 여자였죠. 쉰 살은 되었을 겁니다."

두 남자가 책장을 차에 실으려고 낑낑거리고 있었다. 그들이 힘에 겨워 휘청거리는 순간에 마호가니 서랍 두 개가 요란한 소리를 내며 땅에 떨어졌다. 그 바람에 종이 한 장이 펄럭펄럭 올리버 부인 쪽으로 날아왔다.

"다 부수진 말게, 찰리."

쾌활한 우유 배달부는 나무라듯이 말하고는 우유병 수레를 끌고 엘리베이터에 올라탔다.

가구 운반자들 사이에 싸움이 벌어졌다. 올리버 부인이 날아온 종이를 잡아 그들에게 건네주자, 필요 없다는 듯이 손을 흔들었다. 마음을 굳힌 올리버 부인은 건물 안으로 들어가 67호로 올라갔다. 안에서 찰칵 소리가 나더니 이내 가정부인 듯한 중년 여자가 자루걸레를 들고 나왔다.

"오—." 올리버 부인은 그녀가 잘 쓰는 탄성을 질렀다.

"안녕하세요. 안에 아무도 없나 보죠?"

"아무도 없어요, 부인. 모두 나갔어요. 출근했죠."

"예, 그렇겠군요……. 사실은 전에 여기에 왔다가 작은 노트를 두고 갔거든요. 그래서, 그걸 찾으러 온 거예요. 응접실 어딘가에 있을 텐데."

"글쎄, 나는 보지 못했는데요, 물론 봤다고 해도 부인 것인지는 몰랐겠죠. 들어오시겠어요?"

그녀는 친절한 태도로 문을 열어 주고는, 부엌 바닥을 닦고 있던 자루걸레를 한쪽으로 치워놓고 올리버 부인과 함께 응접실로 들어갔다.

"그러죠"라고 대답하며 올리버 부인은 가정부와 친해 봐야겠다고 결심했다.

"예, 저건 내가 레스태릭 양에게 준 책이에요. 노마 양 말이에요. 그녀는 시골에서 돌아왔나요?"

"그녀는 지금 여기에 살지 않아요. 그녀의 침대도 비어 있는걸요. 아마 시골에서 식구들과 함께 있을 거예요. 지난 주말에 그곳에 내려갔다고 하더군요."

"예, 나도 그렇게 알고 있어요. 이것이 내가 그녀에게 준 책이에요. 내가 쓴 거죠." 올리버 부인이 말했다.

올리버 부인의 그 책은 청소하는 여자의 관심을 끌 만한 것이 아니었다.

올리버 부인은 안락의자를 가볍게 두드리며 말했다.

"그때 나는 여기에 앉아 있었는데. 맞아요. 그리고 창문 쪽으로 갔다가 소파로 왔던 것 같아요."

그녀는 의자의 쿠션 뒤로 푹 기대어 앉았다. 가정부도 역시 소파에 털썩 앉았다.

올리버 부인은 수다스럽게 늘어놓았다.

"그런 걸 잃어버리면 얼마나 짜증이 나는지 모르실 거예요. 약속은 모두 거기에다 적어 놓거든요. 오늘도 틀림없이 점심 약속이 있을 텐데, 상대방이 누구이며 또 어디서 식사하기로 했는지 통 기억나지 않아요. 물론 내일일 수도 있겠죠. 그렇다면, 전혀 다른 사람과 점심식사를 하게 되는 거예요. 오, 끔찍해요."

"다시 한 번 찾아보죠." 가정부는 안됐다는 듯이 말했다.

"아주 훌륭한 공동주택이군요."

올리버 부인은 집 안을 한 바퀴 둘러보며 말했다.

"너무 많이 올라와야 하죠."

"대신 전망이 좋잖아요."

"예, 하지만 동쪽으로 향해 있어서 겨울이면 찬바람이 많이 들어오죠. 금속 창틀을 해서 달아도 소용이 없어요. 이중 창문을 단 사람들도 있어요. 오, 겨울에는 동쪽으로 난 집이 좋지 않아요. 나는 1층 공동주택이 좋아요. 아이들이 있으면 훨씬 더 편리하죠. 유모차나 뭐 그런 것들을 운반하기가 수월하니까요. 오, 그래요, 1층이 한결 좋죠. 그리고 불이 났을 때를 생각해 보세요."

"예, 아주 끔찍한 일이죠. 하지만, 화재 비상구가 있잖아요."

"항상 비상구를 찾을 수는 없죠. 나는 불이 무서워요. 늘 그래 왔죠. 그리고 이 공동주택은 세가 너무 비싸요. 부인이 믿지 못할 정도죠! 홀랜드 양이 두 사람을 구한 것도 바로 집세 때문이에요."

"오, 그렇군요. 그 두 사람을 만나 본 적이 있어요. 캐리 양은 화가죠?"

"화랑에서 일하고 있어요. 하지만, 성실한 편은 아니에요. 가끔 암소나 나무를 그리긴 하지만, 부인이 보셔도 뭐가 뭔지 알 수 없을 거예요. 한마디로 좀 단정치 못한 처녀죠. 그리고 그녀의 방이 어떤지 부인은 믿지 못하실 거예요! 하지만 홀랜드 양은 반대로 늘 깔끔하죠. 한때는 석탄 공사에서 비서로 있었다는데, 지금은 시티에서 개인 비서로 일하고 있어요. 지금 일하는 곳이 훨씬 좋다고 하더군요. 남아프리카인가 어딘가에서 돌아온 점잖고 부유한 신사의 비서로 있죠. 그런데 그 사람이 노마 양의 아버지라는군요. 홀랜드 양의 공동주택에 세들어 살던 마지막 여자가 결혼해서 나갔을 때, 그 사람이 자기 딸과 함께 있어 달라고 부탁했대요. 그래서, 그녀도 다른 여자를 찾고 있다고 말했다더군요. 홀랜드 양이 어떻게 그 사람의 부탁을 거절할 수 있었겠어요?"

"그녀는 거절하고 싶었다던가요?"

가정부가 코웃음을 쳤다.

"그녀가 알았다면, 거절하고 싶었겠죠."

"무엇을 알았다면요?" 그건 너무 직접적인 질문이었다.

"더 이상 말하지 않는 게 좋겠군요. 나와 관계된 일도 아닌데……."

올리버 부인이 온화하게 물어보는 듯한 눈길로 쳐다보자, 몹 부인이 입을 열었다.

"그녀가 좋은 처녀가 아니라는 말은 아니에요. 주의가 산만하긴 하지만, 그 나이 때는 모두 그렇잖아요. 그런데 그녀는 의사에게 진찰을 받아야 할 정도인 것 같아요. 자기가 무엇을 하는지, 또는 어디에 있는지조차 모르는 때도 있거든요. 남편의 조카가 발작을 일으키는 모습이 눈앞에 선해요—얼마나 끔찍한지 모르실 거예요. 단지 내가 그녀가 발작을 일으키는 걸 보지 못한 것뿐이죠. 아마 그녀는 여러 번 일으켰을 거예요."

"그녀의 가족이 싫어하는 젊은 남자친구가 있다고 들었는데요."

"예, 나도 얘기를 들었어요. 비록 보지는 못했지만. 그 젊은이가 그녀를 만나러 이곳에 한두 번 찾아왔었다는군요. 모드(1960년대 보헤미안적인 옷차림을 즐기던 10대들)족이라고 하죠, 아마. 홀랜드 양은 그런 걸 좋아하지 않지만, 요즘 세상이 다 그런데 어떻게 하겠어요? 젊은 여자들도 제멋대로죠."

"요즘 젊은 여자들을 보면 화가 치밀어요." 하고 말하며 올리버 부인은 애써 신중하고 책임을 느끼는 듯한 표정을 지어 보였다.

"제대로 교육을 받지 못해서 그렇죠."

"그래요. 노마 레스태릭 같은 처녀도 혼자 런던에 와서 실내장식가로 생활을 꾸려나가는 것보다 그냥 시골집에 있는 편이 훨씬 더 나을 텐데 말이에요."

"그녀는 시골집을 좋아하지 않아요."

"그렇겠군요."

"계모가 있거든요. 젊은 여자들은 계모를 좋아하지 않잖아요. 들은 얘기로는 계모가 그녀와 가깝게 지내려 하고, 불량한 젊은 친구를 집 안에 들어오지 못하게 하는 등 애를 쓰고 있다고 하는군요. 계모도 젊은 여자들이 나쁜 청년들과 어울려 다니면 좋지 못한 일이 벌어진다는 것 정도는 알고 있죠. 때로는……."

가정부는 목소리에 힘을 주어 말했다.

"내가 딸이 없다는 게 너무 다행이라는 생각이 들어요."

"아들만 있으세요?"

"아들만 둘 있죠. 하나는 학교에 잘 다니고 있고, 또 하나는 인쇄공인데 제 일을 잘해 가고 있어요. 아주 좋은 애들이에요. 물론 남자애들도 말썽을 부리긴 하지만, 여자애들이 더한 것 같아요. 부인도 요즘 젊은 여자들에게 무슨 조치를 취해야 한다고 느끼실 거예요."

"그래요, 모두 그렇게 느낄 거예요." 올리버 부인이 심각하게 말했다.

그녀는 가정부가 청소를 계속하고 싶어 한다는 눈치를 챘다.

"노트가 없군요. 고마웠어요. 공연히 시간만 빼앗은 것 같은데요."

올리버 부인이 말했다.

"노트를 찾았으면 좋았을 텐데요." 가정부가 친절하게 말했다.

올리버 부인은 공동주택을 나오면서 다음에는 무슨 일을 해야 좋은가 하고 생각했다. 내일의 계획이 머릿속에서 틀을 잡기 시작했다.

집으로 돌아온 올리버 부인은 노트를 꺼내어 신중한 태도로 '내가 알아낸 사실들'이라는 제목을 서두로 여러 가지를 적어 내려갔다. 그리 많은 내용은 아니었지만, 올리버 부인은 자기의 직업에 걸맞게 될 수 있는 대로 많이 써넣었다. 아마 그중에서 클라우디아 리스홀랜드가 노마의 아버지에게 고용되어 있다는 것이 가장 중요한 내용일 것이다. 전에는 몰랐던 일이었으니까. 그녀는 에르퀼 포와로가 이 사실을 알고 있을까 몹시 궁금해졌다. 올리버 부인은 그에게 전화를 걸어 말해 주려고 생각했다가는, 내일의 계획을 위해서 잠시 동안 자기 혼자만 알고 있기로 했다.

사실, 지금 올리버 부인은 자신이 추리소설 작가라기보다는 피 냄새를 추적하는 경찰견 같다는 생각이 들었다. 그녀는 추적해서 냄새를 맡았으며, 그리고 내일 아침이면—그래, 내일 아침이면 뭔가를 알게 될 것이다.

계획에 맞추어 올리버 부인은 아침 일찍 일어나 차 두 잔과 찐 달걀을 먹어치우고는 탐색을 시작했다. 다시 한 번 그녀는 보로딘 맨션 근처로 갔다. 혹시나 아는 사람을 만나게 될지도 몰라, 이번에는 뜰로 들어가지 않고 공동주택 이쪽 입구와 저쪽 입구 사이에 몸을 숨기고서, 출근하려고 이슬비 내리는 아침 길을 종종걸음으로 걸어가는 사람들의 모습을 살펴보았다.

대부분이 젊은 여자들이었는데 이상스럽게도 모두 비슷비슷해 보였다. 사람들이 제각기 목적의식을 갖고 마치 개미탑 같은 거대한 건물에서 쏟아져 나오는 걸 생각하며 올리버 부인은 인간이 신기하다는 느낌이 들었다. 사람들이 개미탑을 하찮게 여겨 왔다고 그녀는 생각했다. 그것이 목적 없는 것으로 보이는지 발끝으로 부숴 버리기까지도 했었다. 보잘것없는 미물들이라 아무 곳에도 가지 않는 것 같지만, 그들은 입에 풀 조각을 물고 이리저리 움직이며 열심히 노력하고, 그리고 근심하고 걱정하고 있는 것이다.

또한, 개미도 인간과 마찬가지로 체계가 잘 잡혀 있다. 예를 들어, 방금 뭐라고 중얼거리며 종종걸음으로 그녀 옆을 지나간 남자를 살펴보자. '무슨 일로 흥분해 있을까?' 하고 올리버 부인은 생각했다. 그녀는 그 주위를 서성거리다가 갑자기 뒤로 주춤 물러섰다. 클라우디아 리스홀랜드가 활달하고 민첩한 걸음걸이로 입구에서 나오는 거였다. 이전과 마찬가지로 아주 말쑥한 차림새였다.

올리버 부인은 그녀의 눈에 띄지 않도록 몸을 돌렸다. 그녀는 앞쪽으로 클라우디아와 충분한 거리를 두고서 윗몸을 옆으로 돌린 채 뒤를 따랐다. 클라우디아 리스홀랜드는 길 끝에서 오른쪽으로 돌아 큰길 쪽으로 나아가더니 버스 정류장 앞으로 다가가 줄을 섰다.

그녀를 따르고 있던 올리버 부인은 갑자기 불안한 느낌이 들었다. 혹시 클라우디아가 몸을 돌려서 그녀를 본다면 어떻게 하나? 올리버 부인은 소리를 내지 않고 코 푸는 시늉을 했다. 그러나 클라우디아 리스홀랜드는 완전히 자신의 생각에 골몰해 있는 것 같았다. 그녀는 버스를 기다리는 다른 사람들은 쳐다보지 않았다. 올리버 부인은 그녀 뒤쪽으로 세 번째쯤에 줄을 섰다.

이윽고 버스가 도착하자 사람들이 앞쪽으로 밀어닥쳤다. 클라우디아는 버스에 올라타서는 곧장 2층으로 올라갔다. 올리버 부인도 올라타서는 불편하긴 하지만 문 옆자리에 앉을 수 있었다. 차장이 요금을 받으러 오자 올리버 부인은 어처구니없게도 1파운드 6펜스를 건네주었다. 그녀는 이 버스가 어디로 가는 건지, 또 가정부가 '세인트 폴(성 바오로) 성당 옆에 있는 새 건물 중 하나'라고 모호하게 말한 곳이 얼마나 먼지도 모르는 거였다.

그녀가 잔뜩 긴장하고서 기다리는데, 드디어 웅장한 돔식 건물이 모습을 드러냈다. 그녀는 위쪽 계단으로 내려오는 사람들을 뚫어지게 바라보았다. 깨끗한 옷차림에 단정하고 세련되어 보이는 클라우디아가 나타났다. 그녀는 버스에서 내렸다. 올리버 부인도 차례대로 버스에서 내려 잘 계산된 거리를 두고서 그녀를 따랐다. 올리버 부인은 생각했다.

'재미있는 일이야. 내가 실제로 누군가를 미행하고 있다니! 작품에서 쓴 것처럼. 게다가, 그녀는 전혀 눈치 채지 못하고 있으니까 나는 분명히 잘해낼 거야.'

클라우디아 리스홀랜드는 완전히 자신의 생각에 빠진 것 같았다.

'아주 똑똑해 보이는 처녀야.' 올리버 부인은 다시 한 번 생각했다.

'내게 살인자를, 유능한 살인자를 추측해 보라고 한다면 저 여자와 비슷한 사람을 떠올릴 거야.'

하지만, 노마라는 처녀가 살인을 저질렀을지도 모른다는 가정이 사실이 아니라면, 누구도 살해당하지 않았을 것이다.

런던의 이 지역은 최근에 커다란 건물이 많이 들어서는 바람에 곤란을 겪기도 했겠지만, 즐거움도 만끽했을 것이다. 올리버 부인은 네모난 성냥갑 같은 모양으로 하늘을 찌를 듯이 거대하게 치솟아 있는 건물들을 보면 왠지 무시무시한 기분이 들었다.

클라우디아는 그중 어떤 건물 안으로 들어갔다.

'이제 분명하게 밝혀지겠군.'

올리버 부인은 이렇게 생각하면서 그녀를 따라 안으로 들어갔다. 네 대의 엘리베이터가 굉장한 속도로 오르내리고 있었다. 올리버 부인은 이것이 곤란한 문제라고 생각했다. 하지만 엘리베이터 안은 아주 넓었으며, 올리버 부인은 마지막 차례로 클라우디아가 탄 엘리베이터에 탔으므로 그녀와 클라우디아 사이에는 키가 큰 남자들이 여러 명 가로막고 서 있게 되었다.

클라우디아는 4층에서 내려 복도를 따라 걸었다. 키가 큰 남자 두 명 뒤에서 우물쭈물하고 있던 올리버 부인은 그녀가 어느 문으로 들어가나 주의 깊게 살펴보았다. 복도 끝에서 세 번째 문이었다. 올리버 부인은 그 문 앞으로 다가가서 문에 붙어 있는 푯말을 읽었다.

'조수아 레스태릭 회사.'

올리버 부인은 다음에는 어떻게 해야 하는지 마음을 정하지 못했다. 노마 아버지의 사무실과 클라우디아가 일하는 사무실을 알아냈지만, 그것은 그리 커다란 발견이 아니며 자신이 어리석었다는 걸 깨달았다. 솔직히 말해서, 그것이 무슨 도움이 될 수 있을까? 아마 아무 도움도 되지 못할 것이다.

그녀는 누가 레스태릭 회사 안으로 들어가나 보려고 복도를 서성거렸다. 두세 명의 젊은 여자가 들어가긴 했지만, 뭐 특별히 관심을 가질 만한 사람들은 아니었다. 올리버 부인은 다시 엘리베이터를 타고 내려와 좀 씁쓸한 기분으로 건물 밖으로 걸어나왔다. 그녀는 다음에 무슨 일을 해야 하는지 생각나지 않았다. 근처의 길을 걷다가 문득 세인트 폴 성당에 들어가 볼까 하는 생각이 들었다.

'휘스퍼링 화랑에 가서 얘기나 나눠 봐야지.' 올리버 부인은 생각했다.

'휘스퍼링 화랑이 살인하기에 적합한 장소일까?'

'아니야.' 그녀는 마음을 고쳐먹었다.

'너무 불경스러워. 아니야, 그곳은 적당한 장소가 아니야.'

그러고는 다시 심각한 표정으로 머메이드 극장을 향해서 걸음을 옮겼다. 극장이 좀더 가능성을 갖고 있을 거라는 생각이 들었다.

그녀는 새 건물들이 많이 들어서 있는 쪽으로 걸어갔다. 그때, 올리버 부인은 평상시보다 실속 있는 식사를 못 했다는 생각이 들어 근처의 카페에 들어갔다. 카페 안은 아주 늦은 아침식사나 좀 이른 간식을 먹는 사람들로 가득 차 있었다. 올리버 부인은 적당한 자리가 없을까 하고 한 바퀴 휘둘러보다가 갑자기 숨을 몰아쉬었다.

벽 옆의 탁자에 노마라는 처녀가 앉아 있었으며, 그녀 맞은편에는 빨간색 벨벳 조끼에 화려한 윗도리를 입은 젊은 남자가 앉아 있었다. 그는 구불구불한 밤색 머리칼을 어깨까지 늘어뜨리고 있었다.

"데이비드, 데이비드가 틀림없어." 올리버 부인은 작은 목소리로 속삭였다.

그와 노마는 흥분한 모습으로 얘기를 나누고 있었다.

올리버 부인은 계획을 세우고 마음을 굳힌 다음, 만족스럽다는 표정으로 고개를 끄덕이며 카페를 가로질러 '숙녀용'이라고 쓰인 화장실로 들어갔다. 그녀는 노마가 자기를 알아차릴지 그렇지 않을지는 확신할 수가 없었다. 가장 멍청해 보이는 사람이 실제로도 가장 멍청한 것은 아니니까. 지금 노마는 데이비드 말고는 아무도 쳐다보지 않는 것 같기는 하지만 누가 알겠는가?

"어떻게든 해볼 수 있겠지." 올리버 부인은 생각했다.

그녀는 지저분한 작은 거울에 자신의 얼굴을 비춰 보았다—특히 여자 외모에서 중요한 비중을 차지하는 머리 모양에 각별한 주의를 기울여서. 올리버 부인만큼 이 사실을 잘 아는 사람도 없을 것이다. 그녀가 머리 모양을 바꿀 때마다 번번이 친구들은 알아보지 못하곤 했다.

그녀는 머리 모양을 어림잡으면서 일을 시작했다. 머리에 있던 핀과 끈을 풀어 손수건에 잘 싸고 핸드백 속에 집어넣고는, 가운데 가르마를 타서 뒤쪽으로 잘 빗어넘겨 목 뒤쪽에서 적당히 말아 올렸다. 그러고 나서 안경을 꺼내어 코에 걸치듯이 썼다. 정말 그럴 듯한 모습이었다!

'아주 지적으로 보이는데.' 올리버 부인은 자신의 모습이 만족스러웠다.

마지막으로 립스틱을 꺼내어 입술 모양을 다시 그리고 나서 카페 안으로 들어갔다. 하지만, 독서용 안경을 썼기 때문에 앞이 흐릿하게 보여서 조심스럽게 움직여야 했다.

그녀는 카페를 가로질러 노마와 데이비드가 앉아 있는 탁자 옆의 빈자리로 갔다. 그러고는 데이비드와 마주 보는 자리에 앉았다. 바로 옆에 있는 노마는 그녀에게 등을 보인 채 앉아 있었다. 그러니, 노마가 고개를 오른쪽으로 돌리지 않고서는 그녀를 볼 수 없을 것이다.

여종업원이 이리저리 돌아다니고 있었다. 올리버 부인은 커피와 배스롤 빵을 주문하고는 눈에 띄지 않게 가만히 앉아 있었다. 노마와 데이비드는 그녀를 알아차리지 못했는지 정신없이 얘기에 빠져 있었다. 올리버 부인은 두 사람의 얘기에 귀를 기울였다.

"……하지만, 그런 것들은 네 환상일 뿐이야." 데이비드가 말하고 있었다. "네 환상일 뿐이라고. 그들은 모두 터무니없는 소리를 지껄이는 거야."

"모르겠어. 나는 뭐라고 말할 수 없어."

노마의 목소리는 이상할 정도로 흐릿했다.

노마는 등을 돌리고 앉아 있었기 때문에 올리버 부인에게 그녀의 목소리가 데이비드 목소리만큼 분명하게 들려오진 않았다. 하지만, 그녀의 흐릿한 목소리는 올리버 부인의 귀에 거슬렸다.

뭔가 문제가 있어. 그것도 아주 커다란 문제가. 문득 포와로가 처음에 그녀에게 한 말이 떠올랐다. '그녀는 자신이 살인을 저질렀을지도 모른다고 생각하고 있습니다.' 그 처녀에게 무슨 문제가 있는 걸까? 환각증세가 있나? 정말로 머리가 살짝 돈 것일까, 아니면 그것이 사실 그 이상도 이하도 아니기 때문에 그녀가 충격을 받은 것일까?

"그건 메리 쪽에서 공연히 소란을 피운 거야! 그 여자는 아주 멀쩡하면서도, 자신이 병에 걸렸다고 상상한 거라고."

"그 여자는 병에 걸렸어."

"그렇다면, 그 여자가 병에 걸렸다고 해보자. 분별력 있는 여자라면 의사에게 가서 항생제인가 뭐 그런 것을 받아서는 안정하라는 주의를 받고 끝냈을 거야."

"그 여자는 내가 자기를 병에 걸리게 했다고 생각했어. 우리 아버지도 같은 생각이고."

"노마, 그런 것들은 모두 네 상상이야."

"내게 한번 그렇게 말해 보는 거지, 데이비드. 나를 웃기려고 말하는 거겠지. 내가 메리에게 그걸 주었다고 가정해 봤어?"

"가정해 보다니, 그게 무슨 뜻이야? 너는 네가 했는지 안 했는지 분명히 알아야 해. 그렇게 멍청하게 굴어서는 안 돼, 노마."

"나도 모르겠어."

"너 또 그 말이구나. '모르겠어, 모르겠어.' 너는 계속 그 말을 되풀이하고 있잖아."

"너는 몰라. 너는 미움이 뭔지 모를 거야. 나는 그 여자를 처음 보는 순간부터 미웠어."

"알고 있어. 전에 이미 말했잖아."

"그게 이상해. 너는 내가 그렇게 말했다고 하는데, 나는 그런 얘기를 했는지 통 기억이 나지 않는단 말이야. 무슨 말인지 알겠어? 항상 나는 사람들에게 얘기를 해. 내가 하고 싶은 일, 내가 한 일, 또 앞으로 할 일들을 얘기하지. 하지만, 나는 그들에게 얘기를 했다는 것조차 기억하지 못한단 말이야. 마치 이런 일들을 모두 마음속으로만 생각하고 있다가 가끔 열어서 끄집어내어 사람들에게 얘기하는 것 같아. 내가 네게 말했다고 했지?"

"글쎄, 내 말은……, 이것 봐, 똑같은 말은 그만 하자고."

"하지만, 내가 네게 그 얘기를 했잖아?"

"그래, 그래! 누구나 그렇게 얘기해. '나는 그 여자를 미워해. 죽이고 싶어. 독살해 버릴 거야.' 하지만 이런 건(무슨 말이냐 하면) 어린애들 장난일 뿐이야. 아직 어른이 되지 않았다는 뜻이지. 그건 아주 자연스러운 일이라고. 어린애들은 그런 말을 많이 하잖아. '미워 죽겠어. 그의 머리를 베어 버리겠어!' 애들은 학교에서도 그런 말을 하지. 자기들이 특히 싫어하는 선생님에게."

"너는 그렇게 간단하게 생각하니? 결국, 네 말은 내가 어른이 아니라는 거잖아."

"그래, 너는 아직 어른이 아니야. 네가 어른이 되고 나면 그것이 얼마나 어리석은 행동인지 깨달을 거야. 네가 그 여자를 미워한다고 해서 무슨 문제가 되겠니? 너는 집을 떠났고, 이제 그 여자와 함께 살지 않아도 돼."

"집에서 살지 않아도 된다고, 우리 아버지와 함께? 그건 옳은 일이 아니야. 옳은 일이 아니라고. 아버지는 어머니를 버려둔 채 떠났다가 이제 메리와 결혼해서 내게 돌아온 거야. 나는 메리를 미워해. 그 여자도 나를 미워하지. 나는 그 여자를 살해하는 것과 그 살해 방법에 대해서 생각해 왔어. 그리고 그런 걸 생각하는 게 즐거웠지. 하지만 나중에, 그 여자가 정말 병에 걸렸을 때는……."

데이비드는 불안한 듯이 말했다.

"너는 네가 무슨 마녀나 그런 거라고는 생각지 않지? 밀랍인형을 만들어 바늘로 찌르거나 하지는 않잖아?"

"오, 아니야. 그건 어리석은 짓이야. 내가 한 것은 사실이야. 정말 사실이라고."

"이봐, 노마, 사실이라니 그게 무슨 뜻이야?"

"그 병이 거기에 있었어, 내 서랍 안에. 그래, 나는 서랍을 열다가 그 병을 보았어."

"무슨 병?"

"'드래곤 익스터미네이터. 선택성 제초제.' 이런 상표가 붙어 있었지. 짙은 초록색 병이었는데, 아마 잡초에 뿌리는 것일 거야. 그리고 '주의—독성이 강함'이라는 글도 쓰여 있었어."

"그리고 그때 너는—너는—기억해 냈던 거야."

"그래." 노마가 말했다.

"그래……." 노마의 목소리는 꿈을 꾸는 것처럼 희미해졌다.

"그래, 그때 나는 그것이 떠올랐어. 너도 그렇게 생각하지, 데이비드?"

"너를 어떻게 생각해야 할지 모르겠어, 노마. 정말 모르겠어. 너는 모든 걸 꾸며서 얘기하는 것 같아."

"하지만, 그 여자는 진찰을 받으러 병원에 갔어. 의사들이 정상이라고 해서 그냥 집으로 돌아왔지. 그러고 나서 다시 아프기 시작했어. 나는 겁이 났어. 아버지는 이상한 눈초리로 나를 보기 시작했고, 의사가 집으로 와서 아버지와 함께 서재로 들어가 문을 잠그고 얘기를 나누었어. 나는 밖으로 나가 창문 쪽으로 살그머니 다가가 그들의 얘기를 들어보려고 했지. 무슨 얘기를 하는지 알고 싶었거든. 그런데 그들은 나를 고립된 곳으로 보낼 계획을 세우고 있었어! 내가 '치료 과정' 같은 걸 받을 곳으로. 내가 미쳤다고 생각했던 거야.

나는 두려웠어……. 사실 나는 내가 무슨 일을 했는지, 안 했는지 확신할 수 없었거든."

"그래서 그 길로 도망간 거니?"

"아니, 그 뒤에……."

"어서 계속해 봐."

"더 이상 얘기하고 싶지 않아."

"네 행방에 대해서 빨리 그들에게 알려줘야 해."

"싫어! 나는 그들이 미워. 아버지도 싫고 메리도 싫어. 모두 죽어 버렸으면 좋겠어. 두 사람 모두 죽어 버렸으면 좋겠단 말이야. 그러고 나면, 다시 행복해질 것 같아."

"쓸데없는 소리 그만둬! 이것 봐, 노마." 그는 좀 멋쩍어하며 말을 끊었다.

"나는 결혼이나 뭐 그런 것을 달갑게 여기지 않아……. 내가 결혼하게 된다는 걸 생각해 본 적이 없다는 말이야—오, 물론 영원히 안 한다는 건 아니지. 사람들은 누구나 구속당하는 걸 좋아하지 않아. 하지만, 지금의 네게 최상책은 결혼하는 거야. 우리 결혼하자. 등기소나 뭐 그런 데에 가면 돼. 너는 스물한 살이 넘었다고 말해야 해. 머리를 감아올리고, 안경이나 뭐 그런 걸 써봐. 좀 나이 들어 보이게 꾸미란 말이야. 우리가 결혼하게 되면, 네 아버지도 어떻게 할 수 없어. 네가 두려워하는 곳으로 널 보낼 수도 없고, 네게 아무것도 강요할 수 없게 돼."

"나는 아버지가 싫어."

"너는 모든 사람을 싫어하는 것 같구나."

"우리 아버지와 메리만 싫어해."

"남자가 재혼한다는 건 자연스러운 일이야."

"아버지가 어머니한테 어떻게 했는지 알기나 해!"

"그건 모두 오래전 일이잖니?"

"그렇지. 내가 꼬마였을 때이지만, 모두 기억할 수 있어. 아버지는 어머니와 나를 남겨 두고 떠나버렸어. 크리스마스 때면 내게 선물을 보내 주곤 했지만, 나를 만나러 온 적은 한 번도 없었어. 이번에 아버지가 돌아와서 만나보기 전에 길에서 부딪쳤더라면 아마 알아보지 못했을 거야. 그때까지 아버지는 내게 아무런 의미도 주지 않았지. 아버지는 어머니를 꼼짝 못하게 했던 것 같아. 어머니는 몸이 아파서 어딘가로 가곤 했는데, 그곳이 어디인지는 모르겠어. 또, 어머니가 무슨 병이었는지도 몰라. 가끔 나는 이런 생각이 들어……생각이 들지, 데이비드. 내 머리에 어떤 나쁜 것이 도사리고 있어서 언젠가는 그것이 정말로 나쁜 짓을 저지르게 할 것만 같다고. 마치 칼처럼."

"무슨 칼?"

"별것 아니야. 그냥 칼."

"그게 무슨 얘기인지 자세하게 설명해 주겠니?"

"그 칼엔 피가 묻어 있었는데, 그게 내 스타킹 밑에 숨겨져 있었어."

"네가 그곳에다 칼을 숨겨 놓았다는 걸 기억하고 있어?"

"그런 것 같아. 하지만, 그 전날에 그 칼로 무엇을 했는지는 기억이 나질 않아. 어디에 있었는지도 생각나지 않고……. 그날 밤에 나는 한 시간 동안 밖에 나가 있었는데, 그 한 시간 동안 어디에 있었는지 모르겠는 거야. 어딘가에서 무슨 일을 했겠지."

"쉿!"

그는 여종업원이 그들 탁자 쪽으로 다가오자 얼른 속삭였다.

"괜찮을 거야. 내가 돌봐 줄 테니까. 뭣 좀 더 먹자."

그러고는 메뉴를 들고서 여종업원에게 커다란 목소리로 외쳤다.

"여기 구운 콩을 얹은 토스트 2인분."

제8장

1

에르퀼 포와로는 비서인 레몬 양에게 뭔가를 받아쓰게 했다.

"일전에 베풀어 주신 호의에 깊은 감사를 드리며, 유감스럽게도 꼭 알려 드려야 할 사항이 있어서……."

전화벨이 울렸다. 레몬 양이 수화기 쪽으로 손을 뻗었다.

"예? 누구 말씀이세요?"

그녀는 수화기를 포와로에게 건네주며 말했다.

"올리버 부인이세요."

"오, 올리버 부인이라……."

그는 이 시간만큼은 누구에게도 방해받고 싶지 않았지만, 레몬 양에게서 수화기를 받아들었다.

"여보세요, 에르퀼 포와로입니다."

"오, 포와로 씨, 통화하게 되어 정말 기뻐요! 그녀를 찾아냈어요."

"무슨 말씀입니까?"

"내가 그녀를 찾아냈단 말이에요. 당신이 말하던 바로 그 처녀요! 자신이 살인을 저질렀거나, 저질렀을지도 모른다고 생각하는 처녀 말이에요. 그녀가 그 얘기를 하는데, 제정신이 아닌 것 같아요. 하지만, 지금은 그런 게 문제가 아니죠. 이곳으로 오시겠어요?"

"어디에 있습니까, 부인?"

"세인트 폴 성당과 머메이드 극장 사이인데, 캘소프 가(街)예요."

올리버 부인은 얼른 자신이 서 있는 공중전화 박스 밖을 내다보며 말했다.

"이곳으로 빨리 오실 수 있으세요? 두 사람이 레스토랑 안에 있어요."

"두 사람이라뇨?"

"오, 그녀는 자기와 전혀 어울리지 않는 남자친구와 함께 있거든요. 괜찮아 보이는 청년인데, 그녀를 아주 좋아하는 것 같아요. 이유는 모르겠어요. 그런 걸 보면 사람들은 참 이상해요. 난 다시 레스토랑으로 들어가야 하니까 이만 전화를 끊겠어요. 난 그들을 찾고 있었거든요. 그런데 무심코 그 레스토랑에 들어가 보니 그들이 거기에 있는 게 아니겠어요?"

"그렇습니까? 아주 잘하신 것 같습니다, 부인."

"아니, 사실은 그렇지 않아요. 순전히 우연이었죠. 무심코 작은 카페 안에 들어가 보니 그녀가 앉아 있었던 건데요 뭐."

"하, 그럼 운이 아주 좋았군요. 운도 중요한 겁니다."

"내 자리는 바로 그들 옆 탁자인데, 그녀가 내 쪽으로 등을 돌리고 앉아 있어요. 하지만, 나를 알아차리지는 못했을 거예요. 내가 머리 모양을 좀 바꾸었거든요. 두 사람은 정신없이 얘기를 하다가는 음식을 주문하더군요. 구운 콩 요리를 말이에요. 나는 그걸 아주 싫어해요. 그런 걸 먹는 사람들을 보면 왠지 우습다는 생각이 들죠."

"구운 콩 요리 얘기는 그만두고, 어서 하던 얘기나 계속해요. 그럼, 부인은 지금 두 사람을 두고 나와서 전화를 건 거군요, 그렇죠?"

"그래요. 구운 콩 요리를 먹으려면 시간이 걸릴 테니까요. 지금 다시 들어갈 거예요. 어쩌면 밖에서 서성거리고 있을지도 몰라요. 아무튼, 이곳으로 빨리 오세요."

"카페 이름이 뭡니까?"

"메리 샴록(즐거운 클로버라는 뜻)이에요. 하지만, 하나도 즐겁지 않은 곳이에요. 오히려 좀 지저분한 편이죠. 그런데 커피맛은 그런대로 괜찮아요."

"그만 됐습니다. 어서 들어가세요. 곧 출발하겠습니다."

"좋아요." 올리버 부인은 전화를 끊었다.

2

유능한 레몬 양은 그보다 앞서 거리로 나와 택시 옆에서 기다리고 있었다.

그녀는 묻지도 않았으며, 호기심도 나타내 보이지 않았다. 그리고 포와로가 없는 동안에 무슨 일을 해야 하는지도 물어보지 않았다. 사실, 물어볼 필요도 없었다. 그녀는 자기가 무슨 일을 해야 하는지 항상 알고 있었으며, 그리고 그녀가 한 일은 언제나 모두 옳았다.

포와로는 알맞은 시간에 캘소프 가의 모퉁이에 도착해서 택시요금을 지불하고 내려 주위를 둘러보았다. 메리 샴록이란 간판은 보였지만, 그 근처에는 올리버 부인 비슷한 사람의 모습도 보이지 않았다. 올리버 부인이 아주 변장을 잘한 모양이라고 생각하면서, 그는 그 길의 끝까지 걸어갔다가 되돌아왔다. 역시 올리버 부인은 없었다. 문제의 두 사람이 카페를 나갔다면, 올리버 부인은 미행작업에 나섰을 것이다. 그렇지 않다면……

포와로는 카페 쪽으로 걸어갔다. 수증기 때문에 밖에서는 카페 안을 들여다볼 수 없어서, 그는 카페 문을 부드럽게 밀고 안으로 들어갔다. 그러고는 재빨리 한 바퀴 둘러보았다. 이내 포와로의 눈에 자기를 찾아왔던 처녀가 탁자에 앉아 있는 모습이 들어왔다.

그녀는 벽 옆의 탁자에 혼자 앉아 담배를 피우면서 멍하니 앞을 바라보고 있었다. 무슨 깊은 생각에 빠져 있는 모습이었다. 하지만, 포와로는 그렇지 않을 거라고 생각했다. 이곳은 어떤 깊은 생각을 할 수 있을 만한 장소가 아니었다. 그녀는 망상에 사로잡혀 마음이 엉뚱한 곳에 가 있는 거였다.

그는 조용히 카페를 가로질러 그녀에게 다가가서 맞은편 의자에 앉았다. 그러자, 그녀는 고개를 들어 올려다보았다. 포와로는 그녀가 자신을 알아보는 걸 눈치 채고는 기분이 좋아졌다.

"다시 만나게 되었군요, 마드모아젤." 그는 쾌활한 목소리로 말했다.

"나를 알아보겠소?"

"예, 그래요."

"단 한 번, 그것도 짧은 시간 동안 만났던 젊은 숙녀가 알아본다는 건 기분 좋은 일이지."

그녀는 그 말에는 대꾸하지 않고 계속 그를 쳐다보았다.

"어떻게 나를 알아봤소? 무엇으로 나를 알아봤는지 궁금한데."

"콧수염 때문이에요. 특이하잖아요." 노마가 얼른 대답했다.

그는 콧수염 때문이라는 말에 더욱 기분이 좋아져서, 이런 상황이 되면 언제나 내보이는 자부심과 자만심에 찬 태도로 수염을 어루만졌다.

"하, 그렇지, 사실이오. 이런 콧수염을 가진 사람은 흔치 않지. 멋있습니까?"

"예, 글쎄, 그런 것 같아요."

"아, 물론 아가씨가 콧수염 감식가는 아니겠지만, 레스태릭 양, 노마 레스태릭 양이죠? 이건 아주 훌륭한 콧수염이오."

포와로는 일부러 그녀의 이름을 길게 빼면서 말했다. 하지만, 멍청하게 있는 그녀가 그걸 알아차릴 수 있을까 무척 궁금했다. 그런데 뜻밖에 그녀는 금방 알아차리고는 깜짝 놀란 표정을 지었다.

"제 이름을 어떻게 아셨어요?"

"아가씨는 그날 아침에 나를 만나러 왔을 때 내 하인에게 이름을 말해 주지 않았더군."

"그런데 제 이름을 어떻게 아셨느냐니까요? 어떻게 알게 되셨죠? 누가 말해 주었나요?"

그녀는 놀라고 두려워하고 있었다.

"어떤 친구가 말해 주었다오. 친구들이 아주 유용할 때가 있지."

"그 친구라는 분이 누구예요?"

"마드모아젤, 아가씨가 내게 사소한 비밀을 알리고 싶지 않듯이 나도 아가씨에게 알리고 싶지 않다오."

"제 이름을 어떻게 아셨는지 정말 모르겠네요."

"나는 에르퀼 포와로요."

포와로가 여느 때와 마찬가지로 당당하게 말했다. 그러고는 부드러운 미소를 지으며 그녀의 반응을 기다렸다.

"저는……." 그녀는 입을 열었다가는 곧 다물어 버렸다.

"그러니까……."

그녀는 다시 말을 멈췄다.

에르퀼 포와로가 말했다.

"우리는 그날 아침에 얘기를 끝맺지 못했소. 아가씨가 내게 말한 것만으로 본다면, 아가씨는 살인을 저질렀다는 얘기가 되는데?"

"오, 그거!"

"그래요, 마드모아젤. 그거!"

"하지만, 저는 그런 뜻으로 말한 게 아니었어요. 그런 뜻이 아니었어요. 그냥 농담이었어요."

"정말이오? 그날 아가씨는 좀 이른 아침에 나를 만나러 왔소. 아침식사 때였으니까. 그리고 아주 절박하게 말했소. 아가씨가 살인을 저질렀을지도 모른다고 말이오. 그런데 그게 농담이었다는 말입니까?"

돌아다니고 있던 여종업원이 포와로를 뚫어지게 바라보고 있다가 그에게 다가와서는, 아이들이 욕조에서 띄우기 위해 만드는 것 같은 종이배를 건네주었다.

"포릿 씨죠? 어떤 부인이 이걸 전해 드리라고 하셨어요."

"아, 그렇습니까. 그런데 어떻게 나를 알아보았죠?"

"콧수염을 보면 알아볼 수 있을 거라고 그 부인이 말씀해 주셨어요. 정말 선생님 콧수염 같은 것은 처음 봐요. 부인 말씀이 사실이군요."

그녀는 포와로의 콧수염을 보면서 말했다.

"그래요, 고맙소."

포와로는 종이배를 받아들고 펼쳐 보았다. 연필로 급하게 휘갈겨 쓴 글씨였다.

'그 청년이 나가고 있어요. 그녀는 그냥 앉아 있는데, 당신에게 맡기겠어요. 그 청년을 따라나갈 거예요.'

뒤에 애리어든이라고 서명이 되어 있었다.

"아, 예."

에르퀼 포와로는 종이를 접어 주머니에 넣으면서 얘기했다.

"우리가 무슨 얘기를 하고 있었지? 아가씨의 유머 감각에 대해서 얘기하고 있었던 것 같은데, 레스태릭 양."

"제 이름만 알고 계신 건가요, 아니면 저에 대해서 모든 걸 알고 계신 건가요?"

"몇 가지 알고 있소. 이름이 노마 레스태릭 양이며, 런던의 주소는 보로딘 맨션 67호, 고향은 롱 배싱 군 크로스헤지스. 그곳에는 아버지와 계모, 그리고 할아버지뻘 되는 분이 살고 계시고, 아, 또 오 페어 걸이 있군. 이 정도면 꽤 아는 편인가요?"

"저를 미행하셨군요."

"아니, 절대로 미행하지 않았소. 그건 내 명예를 걸고 말할 수 있소."

"하지만, 선생님은 경찰이 아니잖아요? 경찰이라고는 말씀하시지 않았어요."

"나는 경찰이 아닙니다."

그녀의 의심과 반항적인 태도가 누그러졌다.

"어떻게 해야 좋을지 모르겠군요." 그녀가 말했다.

"아가씨에게 나를 고용하라고 강요하지는 않겠소. 일전에 내가 너무 늙었다는 얘기를 들었으니까. 그 말이 옳을지도 모르오. 하지만 내가 누구이며, 또 아가씨에 대해서 이 정도 아는 이상 아가씨를 괴롭히는 문제에 대해 우리가 친구처럼 논의하지 못할 이유도 없지 않겠소? 나이 많은 사람들은 물론 행동력은 없겠지만, 풍부한 경험이 있다는 걸 알고 있어야 합니다."

노마는 전에도 포와로를 불안하게 했던 그 둥그런 눈으로 의심스러운 듯이 그를 계속 바라보았다.

하지만, 그녀는 어느 정도 함정에 걸려들고 있었다. 포와로가 판단하건대, 그녀는 지금 이 순간 어떤 일에 대해서 무척 얘기하고 싶을 것이다. 몇 가지 이유 때문에 포와로는 항상 얘기를 털어놓기 쉬운 상대였다.

"사람들은 제가 미쳤다고 생각해요." 그녀는 퉁명스럽게 말을 꺼냈다.

"그리고, 그리고 제 생각에도 제가 미친 것 같아요. 정신이 나간 것 같다는 말이에요."

"그거 아주 재미있는 말이군." 에르퀼 포와로가 쾌활하게 대꾸했다.

"그런 것에는 많은 이름이 붙어 있지. 그것도 거창한 이름들만 붙어 있어요. 정신병 학자들과 심리학자 같은 사람들이 수많은 이름을 갖다 붙이는 겁니다. 하지만 아가씨가 자신이 미쳤다고 말하는 건, 그건 일반적인 형상이 정상일 거라는 걸 나타내 주는 겁니다. 좋아요, 아가씨가 미쳤거나, 미친 것 같거나, 아니면 스스로 미쳤다고 생각하거나, 또 앞으로 미칠지도 모른다든가 모두 있을 수 있는 일이오. 하지만, 결국 그건 상태가 심각하다는 뜻은 아니지. 많은 사람들이 그런 병으로 고통을 받고 있는데, 대개는 적당한 치료를 받으면 쉽게 완치됩니다. 그런 증세는 정신적으로 너무 긴장하고 있다든지, 근심거리가 많다든지, 시험공부를 너무 열심히 한다든지, 자신의 감정에 지나치게 사로잡혀 있다든지, 신앙심이 너무 깊다든지, 아니면 신앙심이 전혀 없다든지, 또는 자신의 부모를 미워하는 이유가 많은 사람들에게 나타납니다. 오, 물론 단순히 사랑에 실패해도 그렇게 되는 수가 있고"

"저는 계모가 있는데, 그녀가 싫어요. 아버지도 싫고요. 제가 좀 지나친 것 같지 않은가요?"

"누군가를 싫어한다는 건 아주 평범한 일이오." 포와로가 말했다.

"어머니를 무척 좋아했던 모양이군. 어머니는 이혼하신 겁니까, 아니면 돌아가신 겁니까?"

"돌아가셨어요. 2~3년 전에 돌아가셨죠."

"어머니를 좋아했소?"

"예, 좋아했던 것 같아요. 물론 좋아했죠. 어머니는 몸이 아프셔서 요양원에 자주 가셨어요."

"아버지는?"

"아버지는 오랫동안 외국에 나가 계셨었죠. 제가 대여섯 살 때 남아메리카로 가셨어요. 아버지는 어머니와 이혼하고 싶어 했는데, 어머니가 반대했던 것 같아요. 아버지는 남아메리카로 가서 광산업인가 그런 일을 했어요. 아버지는 크리스마스 때면 제게 편지와 선물을 보내 주시면서 만나러 오겠다는 약속을 하곤 했지만, 그것이 전부였어요. 그래서, 저는 아버지에게 정이 가지 않아요. 아버지는 큰아버지 문제와 다른 금전적인 문제를 매듭지어야 했기 때문에 작년에 집으로 돌아오셨죠. 그런데, 그때 계모를 데려오신 거예요."

"그래서, 아가씨는 그 계모 때문에 불쾌했겠군?"

"예, 불쾌했어요."

"하지만, 이미 어머니는 돌아가셨잖소. 남자가 재혼한다는 건 이상한 일이 아닙니다, 특히 부부가 오랫동안 떨어져 있었을 때에는. 계모는 전에 아버지가 어머니에게 이혼하자고 요구했을 당시 결혼하려고 했던 바로 그 여자인가요?"

"오, 아니에요. 계모는 아주 젊고도 아름다운 여자예요. 그리고 마치 아버지를 소유한 것처럼 행동하죠!"

그녀는 잠시 멈추었다가 좀 어린애 같은 목소리로 계속했다.

"이번에 아버지가 돌아오시면 제게 잘해 주고, 저를 많이 사랑해 줄 거라고 생각했어요. 하지만, 계모가 아버지를 내버려 두지 않았어요. 그 여자는 저를 미워했으며, 그래서 저를 쫓아낸 거예요."

"하지만, 그런 건 아가씨 같은 나이의 사람에게는 전혀 문제가 되지 않아요. 오히려 잘된 일이지. 이제 아가씨는 다른 사람의 도움이 필요하지 않은 겁니다. 혼자 힘으로 생활할 수 있고, 즐길 수 있고, 또 친구들도 고를 수 있단 말이오."

"선생님의 생각은 집에 있는 식구들과는 다르군요. 아무튼, 전 제 스스로 친구들을 선택할 생각이에요."

"오늘날 대부분의 아가씨들은 자기 친구들에 대한 비판 정도는 견뎌내야 하잖겠소."

"하지만 모든 것이 완전히 달라졌어요. 아버지는 제가 다섯 살 때 보았던 모습과 너무 달라요. 그때 아버지는 늘 저와 함께 놀아 주시며 즐거워하시곤 했죠. 그런데 지금은 그렇지가 않아요. 늘 걱정하시고, 좀 무서워지셨어요. 오, 너무 달라지신 것 같아요."

"그 사이에 15년이라는 세월이 흘렀잖습니까, 사람들은 누구나 변하는 법이오."

"하지만, 그렇게 다르게 변할 수도 있는 건가요?"

"겉모습도 달라지셨습니까?"

"오, 아니에요. 그렇진 않아요. 아버지 의자 뒤쪽에 걸려 있는 초상화를 보셨다면 아실 거예요. 그건 아버지가 훨씬 젊었을 때의 모습인데도 지금과 거의 똑같잖아요. 하지만, 제가 기억하는 아버지는 그렇지 않아요."

"하지만 마드모아젤―." 포와로가 부드럽게 말했다.

"사람들은 아가씨가 기억하는 것과 똑같지는 않아요. 세월이 흐르면서 모습도 변하죠. 그런데 아가씨는 그들이 이런 모습이었으면 하고 바라다가, 나중에는 아예 그들이 아가씨가 바라는 모습이었다고 생각하는 거요. 다시 말해서, 그들이 명랑하고 쾌활하고 잘생겼다고 기억하고 싶으면 실제보다도 훨씬 더 그런 모습으로 기억하고 있을 거란 말이오."

"그렇게 생각하세요? 정말 그렇게 생각하시나요?"

그녀는 잠시 멈추었다가 불쑥 이렇게 말했다.

"그런데, 그런데 왜 제가 사람을 죽이고 싶어 한다고 생각하시는 거죠?"

그 질문은 자연스럽게 나왔다. 두 사람 사이는 어느새 그렇게까지 가까워진 것이다. 포와로는 드디어 중대한 순간이 왔다고 느꼈다.

"그거 아주 재미있는 질문이군." 포와로가 말했다.

"그리고 아주 재미있는 이유가 있을 것 같은데. 그 질문은 의사들만이 대답할 수 있는 그런 종류인 것 같소."

그녀는 즉시 반응을 나타냈다.

"저는 의사에게 가고 싶지 않아요. 의사 근처에는 얼씬거리고 싶지도 않단 말이에요! 사람들은 저를 의사에게 보내려고 해요. 그러면, 저는 정신병원에 갇혀서 다시는 밖으로 나오지 못할 거예요. 전 그렇게 하고 싶지 않다고요."

그녀는 자리에서 일어나려고 몸을 들썩였다.

"나는 아가씨를 의사에게 보낼 수 있는 사람이 아니니까 놀라지 않아도 됩니다. 아가씨가 원한다면 아가씨 혼자서 의사에게 찾아갈 수 있소. 의사에게 찾아가서 내가 얘기했던 대로 말하면서 원인을 물어봐요. 그러면, 아마 대답해 줄 게요."

"데이비드도 그렇게 말했죠. 데이비드는 제가 꼭 그렇게 해야 한다고 했어요. 하지만, 그는 아무것도 몰라요. 저는 일을 저지르려고 했을지도 모른다고 의사에게 말해야겠죠……."

"왜 그렇게 생각하는 거요?"

"그건 제가 무엇을 했는지, 어디에 있었는지 기억하지 못하기 때문이에요.

저는 한 시간, 두 시간 전의 일조차 기억하지 못해요. 언젠가 저는 그 여자 문 밖의 복도에 있었죠. 손에 무엇을 들고 있었는데, 어떻게 해서 들고 있게 되었는지 모르겠어요. 그 여자가 제게로 걸어오고 있었죠. 그런데 그 여자가 가까이 다가왔을 때 그 여자의 얼굴이 바뀌어 버렸어요. 그 여자의 얼굴이 아니었단 말이에요. 다른 사람으로 바뀌어 있었던 거예요."

"악몽을 꾸었던 모양이군. 악몽 속에서는 사람이 다른 얼굴로 바뀌곤 하지."

"그건 악몽이 아니었어요. 저는 권총을 주웠어요. 제 발밑에 떨어져 있었거든요."

"복도에서 말이오?"

"아뇨, 안뜰에서요. 그녀는 제게 다가와서 그 권총을 빼앗아갔죠."

"그녀가 누구입니까?"

"클라우디아예요. 그녀는 저를 위층으로 데리고 올라가서 무슨 씁쓸한 것을 주며 마시라고 했어요."

"그때 계모는 어디에 있었소?"

"그 여자는 거기에 있었어요─아니, 없었어요. 클로스헤지스에 있었던가, 아니면 병원에 있었겠죠. 병원에서는, 그 여자가 독을 먹고 있었는데, 내가 그 독을 먹였을 거라고 생각했어요."

"꼭 아가씨가 먹였다고 말할 수는 없지요. 다른 사람이 그랬을 수도 있으니까."

"누가 그런 짓을 했겠어요?"

"글쎄, 남편이 먹였는지도 모르지."

"아버지가? 아버지가 왜 메리를 독살시키려고 했겠어요? 아버지는 계모를 사랑하고 있어요. 계모에게 홀딱 빠져 있다고요."

"집에 또 다른 사람이 있죠?"

"로더릭 할아버지요? 그건 터무니없는 생각이에요!"

"그분이 정신적으로 문제가 있을 수도 있습니다." 포와로가 말했다.

"그분은 미녀 첩보원일지도 모르는 여자를 독살시키는 것이 자신의 의무라고 생각했을지도 모르지. 아무튼, 그런 경우도 생각해 볼 수 있다는 게요."

"재미있는 얘기군요."

노마는 그 순간 즐거워하는 듯하더니 이내 아주 자연스러운 태도로 얘기를 이었다.

"로더릭 할아버지는 1차 대전 때 첩보원 문제를 많이 다루셨다고 하더군요. 또 누가 있죠? 소니아? 그녀가 미녀 첩보원일 수도 있겠지만, 제 생각과는 다른 인물이에요."

"나도 그녀가 계모를 독살하고 싶어 할 만한 이유는 없다고 봐요. 또, 하인과 정원사들이 있지?"

"그 사람들은 집에 온 지 얼마 되지 않아요. 또, 그런 짓을 할 만한 이유를 가진 사람들도 아니고요."

"그렇다면, 그녀 스스로 그렇게 했을 수도 있겠지."

"자살을 말씀하시는 건가요? 다른 사람들처럼?"

"있을 수 있는 일이오."

"계모가 자살한다는 건 상상할 수도 없는 일이에요. 그 여자는 분별력 있는 사람이에요. 그리고 무엇 때문에 그런 식으로 자살하려고 하겠어요?"

"아가씨는 그녀가 자살하려고 한다면, 가스 오븐에 머리를 집어넣거나 잘 정돈된 침대에 누워서 많은 양의 수면제를 복용하는 방법을 택할 거라고 생각하는 모양이군, 응?"

"그런 게 훨씬 더 자연스러운 방법인 것 같아요." 노마가 진지하게 말했다.

"그래서, 선생님도 제가 범인일 거라고 생각하시는군요."

"아하, 그거 재미있는 말이군. 아가씨는 자신이 범인이어야 한다고 생각하는 것 같소. 아가씨 손으로 이런저런 치명적인 극약들을 집어넣었다는 생각에 매력을 느끼는 모양이야, 응? 아가씬 그렇게 생각하고 싶은 거요?"

"어떻게 그런 말씀을! 어떻게 그런 말씀을 하실 수 있죠?"

"그게 사실이라고 생각하기 때문이오." 포와로가 말했다.

"아가씬 왜 자신이 살인을 저질렀을지도 모른다는 생각에 흥분하고 즐거워하는 겁니까?"

"그렇지 않아요."

"그럴까?"

그녀는 가방을 집어들더니 떨리는 손으로 안을 뒤적거렸다.

"이대로 선생님이 말씀하시는 끔찍한 얘기를 더 이상 듣고 싶지 않아요."

그녀는 여종업원을 손짓으로 불렀다. 여종업원은 종이철에 뭐라고 휘갈겨 써서는 떼어내어 노마의 쟁반 아래로 밀어 넣었다.

"내가 내겠소." 에르퀼 포와로가 말했다.

그는 재빠른 동작으로 그 종이를 집어들고는 주머니에서 지갑을 꺼내려고 했다. 그러자, 그녀가 그 종이를 낚아챘다.

"제가 내겠어요."

"좋을 대로 하시오." 포와로가 말했다.

그때, 그는 자신이 보고자 한 것을 확인했다. 그 계산서는 두 사람분이었다. 말쑥하게 차려입은 데이비드는 이 멍청한 처녀가 계산하는 것에 반대하지 않았던 모양이다.

"친구와 커피타임을 즐긴 모양이군."

"제가 누구와 함께 있었다는 걸 어떻게 아셨어요?"

"아까도 말했지만, 나는 많은 걸 알고 있소."

그녀는 탁자 위에 동전을 올려놓고는 자리에서 일어났다.

"그만 나가겠어요. 저를 따라오지 마세요."

"아마 따라가지 못할 게요." 포와로가 말했다.

"아가씨도 말했듯이 나는 너무 늙었소. 아가씨가 거리를 뛰어가기라도 한다면 나는 도저히 따라갈 수 없으니까."

그녀는 문쪽으로 걸어갔다.

"제 얘기를 들으셨죠? 선생님은 저를 따라오지 않는다고 하셨어요."

"문을 열어 주는 건 괜찮겠지."

그는 좀 커다란 몸짓으로 문을 열었다.

"다음에 봅시다, 마드모아젤."

그녀는 좀 미심쩍어하는 눈길로 포와로를 힐끗 쳐다보더니 밖으로 나갔다. 그러고는 자꾸 어깨너머로 뒤를 돌아다보았다. 포와로는 문 옆에 서서 그녀를 바라보고 있을 뿐, 거리로 나가서 그녀를 잡으려 하지 않았다. 이윽고 그녀의 모습이 시야에서 사라지자, 그는 카페 안으로 다시 들어왔다.

"도대체 무슨 뜻일까?" 포와로는 혼잣말로 중얼거렸다.

여종업원이 찡그린 얼굴로 그에게 다가오고 있었다. 포와로는 다시 그 탁자의 의자에 앉아서 커피를 주문했다.

"이상한 데가 있어." 그는 입속말로 웅얼거렸다.

"그래, 틀림없이 이상한 데가 있어."

옅은 베이지색 액체가 든 컵이 그의 앞에 놓였다. 그는 컵을 들어 한 모금 마시고는 얼굴을 찡그렸다.

올리버 부인은 지금쯤 어디에 있을까?

제9장

올리버 부인은 버스 안의 의자에 앉아 있었다. 그녀의 마음은 추적의 열기로 가득 차 있었지만, 숨이 조금 차올랐다.

그녀가 마음속으로 공작새라고 부르는 인물은 좀 빠른 속도로 걸었다. 하지만, 올리버 부인의 걸음은 빠른 편이 아니었다. 그녀는 둑을 따라서 20야드(약 18m) 정도 거리를 두고 그의 뒤를 따랐다. 채링 크로스(런던시 중심부에 있는 번화한 광장)에 도착한 그는 지하도로 들어갔다. 올리버 부인도 역시 지하도로 들어갔다. 그는 슬론 스퀘어 광장으로 나왔고, 올리버 부인도 그곳으로 나왔다.

그녀는 버스 정류장에서 그의 뒤로 서너 명의 사람을 두고 줄을 섰다. 그가 버스를 타자, 그녀도 따라 올라탔다. 그가 월즈엔드에서 내리자, 올리버 부인도 내렸다. 그는 킹로(路)와 강 사이에 복잡하게 얽힌 길로 들어섰다. 그러더니 어떤 건축 공사장 안마당 같은 곳으로 들어갔다. 올리버 부인은 문간 뒤쪽에 우두커니 서서 지켜보았다.

그가 골목길로 들어서자, 잠시 시간을 두고서 그녀는 그의 뒤를 따랐다. 그런데 그의 모습이 보이지 않았다. 올리버 부인은 주위 환경을 대강 살펴보았다. 모든 것이 낡을 대로 낡아서 덜컹거리는 소리를 낼 것만 같았다. 그녀는 골목길로 좀더 깊숙이 들어가 보았다. 그 골목길에서 다른 골목길들이 연결되어 있었으며, 그중 몇 개는 막다른 길이었다. 그녀가 건축 공사장 같은 안마당으로 다시 나왔을 땐, 완전히 방향감각을 잃어버리고 말았다.

그때 그녀 뒤에서 어떤 목소리가 들리는 바람에 그녀는 깜짝 놀랐다. 그것은 공손한 목소리였다.

"내 걸음이 너무 빨랐던 모양이군요."

그녀는 얼른 뒤돌아보았다. 지금까지 가뿐한 마음에 최상의 기분으로 미행을 해왔었는데, 지금은 그렇지가 못하다. 그녀는 예기치 못했던 두려움에 가슴이 두근거렸다. 그렇다, 올리버 부인은 공포에 떨고 있었다. 갑자기 위협적인 분위기가 맴돌기 시작했다. 그 목소리는 쾌활하고 공손했지만, 뒤에는 분노가 깔려 있다는 걸 그녀는 느낄 수 있었다.

그녀는 신문에서 보았던 무시무시한 일들이 떠올랐다. 나이 든 여자들이 젊은 불량배 녀석들에게 당했다는 기사를 몇 번 읽은 기억이 났다. 그녀가 미행하는 젊은이도 바로 그런 종류의 인물이었다. 그는 그녀가 미행하는 것을 눈치 채고서, 그녀를 따돌리려고 이 골목으로 끌어들여서 저렇게 우뚝 길을 막은 것이다.

런던의 골목길은 이상해서, 한때는 많은 사람들에게 둘러싸여 있다가도 금방 주위에 아무도 보이지 않게 된다. 틀림없이 옆의 거리에는 사람이 있을 것이며 근처의 집에도 누군가가 있겠지만, 그보다 가까운 곳에는 억세고 잔인한 손을 가진 건방진 인물이 버티고 서 있는 것이다. 그녀는 지금이라도 당장 그가 그 끔찍한 손을 사용할 것만 같은 느낌이 들었다.

공작새. 벨벳으로 만든 몸에 꼭 맞는 화려한 검은색 바지를 입은 거만한 공작새. 명랑하면서도 분노가 담겨 있는 목소리로 말하는 공작새……

올리버 부인은 세 번 크게 숨을 내쉬었다. 그러고는, 순간적으로 방어 태세를 취해야겠다는 생각을 했다. 그녀는 얼른 바로 옆의 벽에 붙어 있는 쓰레기통 위에 주저앉았다.

"어머나, 깜짝 놀랐어요." 그녀가 말했다.

"당신이 거기에 있는 줄 몰랐네요. 성가시게 군 것이나 아닌지 모르겠군요."

"내 뒤를 밟는 겁니까?"

"예, 그래요. 좀 성가셨죠? 이번이 좋은 기회라고 생각했거든요. 화가 난 것 같은데, 기분을 풀어요. 당신도 알다시피, 특별한 목적이 있는 건 아니거든요."

올리버 부인은 여전히 쓰레기통 위에 앉아서 얘기했다.

"나는 글을 쓰는 사람이에요. 추리소설을 쓰는데, 오늘 아침에 몹시 걱정스러운 일이 생겼어요. 그래서, 생각 좀 정리하면서 커피를 마시려고 카페에 들어갔죠. 그때 마침 나는 누군가를 미행하는 대목을 쓰고 있었어요. 주인공이 누구를 미행하는 거였죠.

나는 속으로 이렇게 생각했어요. '나는 미행에 대해서 아무것도 몰라.' 나는 항상 그런 것을 글로만 쓰고, 미행하는 내용이 많이 나오는 다른 사람의 책을 읽죠. 미행이라는 것이 어떤 사람의 책에서처럼 그렇게 쉬운 것인가, 아니면 다른 사람의 책에서처럼 완전히 불가능한 것인가 궁금했어요. 그래서 나는, '그래, 내가 직접 해보는 거야.' 하고 생각했죠. '직접 경험해 보지 않고서는 어떻다고 확실하게 말할 수 없어.' 미행하는 순간 어떤 느낌인지, 또 미행하는 사람을 놓쳤을 때의 기분이 어떨지를 모를 거라는 말이에요. 슬쩍 주위를 둘러보았더니, 옆 탁자에 앉아 있는 당신이 눈에 들어왔어요. 나는 당신이 좋겠다고 생각했죠(화내지 마세요). 미행하기에 아주 좋은 사람이라고 생각했던 거예요."

그는 그 이상하고 차가운 푸른 눈으로 그녀를 바라보고 있었는데, 그녀는 그 눈빛에서 뭔가 긴장된 느낌을 받았다.

"왜 내가 미행하기에 좋은 사람이라고 생각하셨죠?"

"글쎄요, 당신은 좀 화려하잖아요." 올리버 부인이 설명했다.

"옷차림새가 아주 매력적이에요—예전 섭정기(1811~1820) 때의 복장 같기도 하고 당신이 다른 사람보다 눈에 잘 띈다는 게 커다란 이점이 될 거라고 생각했죠. 그래서, 당신이 카페를 나갈 때 함께 따라나온 거예요. 그런데 그것이 쉬운 일이 아니더군요."

올리버 부인은 그를 올려다보았다.

"내가 줄곧 당신 뒤를 밟았다는 걸 알고 나니까 기분이 좋지 않죠?"

"전혀 그렇지 않습니다. 전혀—."

"그래요?" 올리버 부인은 생각에 잠겨서 말했다.

"하지만, 나는 당신처럼 눈에 띄는 사람이 아니죠. 내 나이의 다른 여자들 사이에서 두드러져 보이지 않는다는 말이에요. 그렇죠?"

"책을 쓰신다고 하셨죠? 내가 당신 작품을 본 적이 있었을까요?"

"글쎄요, 아마 본 적이 있을 거예요. 지금까지 마흔세 권을 썼으니까요. 내 이름은 올리버예요."

"애리어든 올리버 말입니까?"

"내 이름을 알고 있군요. 내 이름을 알고 있다니, 내 작품을 좋아하지 않는 다고 해도 정말 유쾌한 일이네요. 당신은 아마 내 작품이 구식이라고 생각할 거예요. 폭력을 다루는 장면이 거의 없으니까요."

"이전에 개인적으로 나를 알고 있지는 않았죠?"

올리버 부인은 고개를 흔들었다.

"물론이죠. 전혀 몰랐어요."

"나와 함께 있던 여자는?"

"카페에서 당신과 구운 콩 요리를 먹던 여자 말이에요? 전혀 모르는데요. 물론 머리 뒷모습만 보았지만. 그녀는 나와 같은 방향으로 앉아 있었으니까요. 글쎄, 아가씨들은 모두 비슷비슷해 보여서……?"

"그녀는 부인을 알고 있습니다."

그 청년이 불쑥 말했다. 그의 목소리가 갑자기 날카로워졌다.

"그녀는 얼마 전에 부인을 만난 적이 있다고 했어요. 1주일 전이라고 했던 가."

"어디에서요? 무슨 파티에서였나요? 만났었을지도 모르죠. 그녀 이름이 어 떻게 되죠? 아마 아는 이름일지도 모르겠네요."

그녀는 그가 이름을 말해야 하나 말아야 하나 망설이고 있다는 걸 알아차 렸다. 드디어 그는 무슨 마음을 먹었는지 그녀의 얼굴을 날카롭게 쏘아보았다.

"노마 레스태릭이라고 합니다."

"노마 레스태릭. 오, 알아요. 시골 파티에서 만났었죠. 음, 롱 노튼에서였던 가? 그 집 이름이 기억나지 않는군. 몇몇 친구와 함께 있었죠. 그때 그녀가 내 책에 대해서 무슨 얘기를 한 것은 기억나는데, 얼굴은 통 생각나지 않네요. 내 책을 한 권 주겠다고 약속했었죠. 내가 조금 아는 사람과 친분관계가 있는 사 람을 미행 대상으로 고르고, 또 실제로 미행하기로 결심했다는 것이 정말 이 상한 일이군요. 정말 이상한 일이에요. 작품 속에서도 이런 건 쓰지 못할 거예 요. 너무 많은 우연의 일치죠, 그렇죠?"

올리버 부인이 일어섰다.

"이런, 내가 어디에 앉아 있었지? 쓰레기통이잖아! 이런 일이! 그것도 깨끗한 쓰레기통이 아니고"

올리버 부인은 피식 웃었다.

"내가 왜 이런 데 앉아 있었지?"

데이비드가 그녀를 쳐다보았다. 그 순간 갑자기 그녀는 좀 전에 자기가 생각하고 있었던 것이 모두 잘못된 거라고 느꼈다.

'터무니없어.' 올리버 부인은 생각했다.

'터무니없어. 나를 해칠지도 모를 위험한 인물이라고 생각했다니.'

그는 아주 매력적인 표정으로 그녀를 바라보며 미소 짓고 있었다. 그가 고개를 살짝 돌리자 밤색 고수머리가 어깨 위에서 찰랑거렸다. 요즘 젊은이 중에 저런 환상적인 피조물이 있다니!

"내가 할 수 있는 일이라면……." 그가 말했다.

"지금까지 부인이 나를 따라왔으니까 내가 있는 곳을 부인께 보여 드리는 거겠죠. 이 계단으로 올라오세요."

그는 다락 같은 곳으로 이어져 있는 흔들거릴 듯한 계단을 가리켰다.

"이 계단으로 올라가라는 거예요?"

올리버 부인은 믿을 수가 없었다. 그는 그녀를 올라오라고 유혹한 다음에 머리 위에서 밀어 떨어뜨릴지도 모른다.

'그건 좋은 생각이 아니야, 애리어든.' 올리버 부인은 자신에게 말했다.

'너는 네 발로 여기까지 왔으며, 지금도 더 많은 걸 알아내려고 애쓰고 있잖아.'

"이 계단이 내 몸무게를 버텨 낼 수 있을지 모르겠네요. 금방 부서질 것 같아요." 그녀가 말했다.

"괜찮습니다. 그럼, 내가 먼저 올라갈 테니까 따라 올라오십시오."

올리버 부인은 그의 뒤를 따라 사다리 같은 계단을 올라가긴 했지만, 기분이 썩 좋지는 않았다. 그녀는 여전히 두려웠다. 공작새가 두려운 것이 아니라 공작새가 데려갈 곳이 두려웠던 것이다. 아무튼 곧 알게 되겠지.

그는 꼭대기에 있는 문을 열고 안으로 들어갔다. 그곳은 커다랗고 휑뎅그렁한 방으로서, 임시로 화실로 꾸며놓은 곳이었다. 여기저기에 침대 매트가 몇 개 깔려 있었으며, 벽 쪽으로 캔버스가 늘어서 있었고 이젤이 두 개 있었다. 그림물감 냄새가 진하게 풍기는 그 방에는 두 사람이 있었다. 그중 턱수염을 기른 젊은이가 이젤 앞에 서서 그림을 그리고 있다가 그들이 들어가자 고개를 돌려 쳐다보았다.

"어이, 데이비드, 친구와 함께 온 거야?"

그는 여태까지 올리버 부인이 본 젊은이 중에서 가장 지저분한 사람이었다. 기름이 끼어 끈적끈적한 단발형의 검은 머리는 목 뒤까지 내려와 있었으며, 앞쪽은 눈을 거의 덮을 정도로 길었다. 수염이 나지 않은 얼굴의 다른 부분도 면도를 하지 않았으며 때가 꼬질꼬질하게 묻은 검은색 가죽 옷에 목이 높은 부츠를 신고 있었다.

올리버 부인은 그 젊은이 너머로 모델 자세를 취한 젊은 여자에게 눈길을 돌렸다. 그녀는 단(壇) 위에 놓인 걸상에 몸을 반쯤 눕힌 채 비스듬히 앉아 있었으며, 머리를 뒤로 젖혔기 때문에 검은색 머리칼이 밑으로 늘어져 있었다.

올리버 부인은 한눈에 그녀를 알아보았다. 그녀는 보로딘 맨션의 세 여자 중 두 번째 여자였다. 올리버 부인은 그녀의 성은 기억할 수 없었지만 이름은 알고 있었다. 화려하게 꾸미고 다니긴 하지만 게을러빠진 프랜시스라는 여자였다.

"피터." 데이비드가 혐오스러워 보이는 화가를 가리키며 말했다.

"신인 천재화가 중 한 명입니다. 그리고 필사적으로 낙태를 요구하는 포즈를 취하고 있는 프랜시스."

"닥쳐, 이 원숭이." 피터가 말했다.

"혹시 나를 본 적이 있지 않아요?"

올리버 부인은 좀 애매하지만 명랑한 목소리로 말했다.

"어디선가 아가씨를 만난 적이 있는 것 같은데! 그것도 아주 최근에."

"올리버 부인이시죠, 맞죠?" 프랜시스가 말했다.

"올리버 부인이야." 데이비드가 말했다.

"역시 사실이었군."

"그런데 우리가 어디에서 만났었지?" 올리버 부인이 계속했다.

"어떤 파티에서였던가요? 아니야, 잘 생각해 봐야지. 알겠어. 보로딘 맨션에서 만났었어요."

프랜시스는 의자에 거의 똑바로 앉아서 지친 듯하지만 세련된 말투로 얘기를 했다. 피터가 좀 커다란 목소리로 핀잔을 주었다.

"포즈가 엉망이 되었잖아! 계속 그렇게 몸을 움직여야겠어? 제대로 포즈를 취할 수 없어?"

"더 이상 못 하겠어. 너무 어려운 포즈야. 어깨가 부서질 것 같단 말이야."

"사람을 미행하는 걸 시험 중이었죠." 올리버 부인이 말했다.

"생각했던 것보다 훨씬 어려운 일이더군요. 여기는 화실인가 보죠?"

그녀는 밝은 표정으로 주위를 한 바퀴 둘러보며 덧붙였다.

"요즘에는 이렇게 바닥이 내려앉을 것 같은 다락방에 화실을 꾸미는 게 유행입니다." 피터가 말했다.

"그래도 필요한 것은 모두 갖추고 있잖아." 데이비드가 말했다.

"북쪽 창문으로 빛이 들어오고, 방이 넓고, 베고 잘 베개도 있고, 아래층에 화장실도 있고, 또 요리할 수 있는 시설도 되어 있잖아. 거기엔 술도 한두 병 있다고"

그는 올리버 부인을 쳐다보며 말투를 완전히 바꾸어 아주 공손하게 말했다.

"한잔하시겠습니까?"

"나는 술을 못 해요." 올리버 부인이 말했다.

"물론, 숙녀는 술을 못 하겠죠." 데이비드가 말했다.

"하지만, 누가 그런 걸 생각하겠습니까."

"좀 무례한 표현이긴 하지만, 틀린 말은 아니에요." 올리버 부인이 말했다.

"많은 사람이 내게 와서는, '부인은 술을 잘 마실 거라고 생각했는데요.'라고 말하죠."

그녀는 핸드백을 열었다. 그러자, 회색 머리핀 세 개가 바닥으로 떨어졌다. 데이비드는 얼른 주워서 그녀에게 건네주었다.

"고마워요!" 올리버 부인이 핀을 받으면서 말했다.

"오늘 아침에 좀 바빴거든요. 머리핀이 더 있는지 모르겠군요."

그녀는 핸드백 속을 뒤적거려 핀을 찾아서는 머리에 꽂기 시작했다.

피터가 커다란 소리로 웃음을 터뜨렸다.

"멋집니다."

올리버 부인은 속으로 생각했다.

'어리석게도 내가 지금까지 위험에 처해 있다고 생각하고 있었다니. 이런 사람들이 위험하다고! 겉모습이야 어떻든 친절하고 좋은 젊은이들이야. 사람들이 늘 말하는 것처럼 나는 상상력이 너무 풍부해서 탈이란 말이야.'

그녀가 그만 가봐야겠다고 말하자, 데이비드는 친절한 태도로 흔들거리는 계단을 내려가는 걸 도와주며 킹로(路)로 가는 가장 빠른 길을 상세하게 설명해 주었다. 그가 말했다.

"그곳에 가면 버스나 택시를 탈 수 있을 겁니다."

"택시를 탈 거예요." 올리버 부인이 말했다.

"발이 너무 아프거든요. 빨리 택시를 탈 수 있었으면 좋겠는데."

그녀는 덧붙여 말했다.

"매우 특별한 방법으로 미행한 것을 알고서도 이렇게 친절하게 대해 줘서 고마워요. 사립탐정인가 사설탐정인가 하는 사람들이 나 같다면 아무것도 알아내지 못할 거예요."

"아마 그렇지 않을 겁니다." 데이비드가 엄숙하게 말했다.

"여기에서 왼쪽으로 가서 오른쪽으로 도세요. 그래서, 다시 왼쪽으로 돌아가면 강이 나올 겁니다. 그 강을 따라 쭉 걷다가 오른쪽으로 돌아서 앞으로 곧장 가십시오."

이상하게도 올리버 부인은 그 지저분한 안마당을 가로질러 나올 때, 왠지 들어갔을 때와 똑같이 불안하고 초조한 기분이었다.

"다시는 상상력을 작동시키지 말아야지."

그녀는 고개를 돌려 화실 창문과 계단을 쳐다보았다. 데이비드는 아직도 그 자리에 서서 그녀를 바라보고 있었다.

'세 젊은이 모두 훌륭해!' 그녀는 속으로 생각했다.

'성격도 좋고 친절한 젊은이들이야. 여기에서 왼쪽으로 돈 다음 오른쪽으로 가라고 했지. 겉모습이 좀 이상하게 보이기 때문에 위험한 인물일 거라고 어리석은 생각을 하는 거겠지. 다시 오른쪽으로 도는 걸까, 왼쪽으로 도는 걸까, 왼쪽이었던 것 같아. 오, 발이 너무 아프군. 비가 올 것 같은데.'

길은 끝이 없었으며, 킹로는 아득하게 먼 것만 같았다. 이제는 자동차 소리도 거의 들리지 않았다. 도대체 강이 어디에 있는 걸까? 그녀는 길을 잘못 들어선 것이 아닐까 하는 생각이 들기 시작했다.

'오! 이런—.' 올리버 부인이 생각했다.

'어느 것이든 나와야 할 텐데. 강이든지 퍼트니든지, 아니면 윈즈워스든지.'

그녀는 지나가는 사람에게 킹로로 가는 길을 물어보았으나, 그는 영어를 할 줄 모르는 외국인이었다.

올리버 부인이 지칠 대로 지쳐서 다음 모퉁이를 돌았을 때, 그녀 앞으로 물줄기가 반짝거렸다.

그녀는 급하게 그 물줄기를 향해서 좁은 길을 내려가다가 뒤에서 발걸음 소리가 들려 몸을 반쯤 돌렸다. 그 순간, 그녀는 뒤쪽에서 무언가로 세게 얻어맞고 정신을 잃었다.

제10장

1

어떤 목소리가 말했다.

"이걸 마셔요"

노마는 부들부들 떨고 있었으며, 눈동자는 흐릿했다. 그녀는 의자에 앉아서 조금 뒤로 몸을 움츠렸다. 그 목소리가 똑같은 말을 되풀이했다.

"이걸 마셔요"

그녀는 순순히 받아 마시고는 잔기침을 몇 번 했다.

"너무, 너무 독해요" 그녀가 숨을 몰아쉬며 말했다.

"마음이 가라앉을 겁니다. 곧 괜찮아질 테니까 가만히 앉아서 기다려요."

그녀를 혼란스럽게 만들었던 현기증과 고통이 사라졌다. 그리고 얼굴에 핏기가 조금씩 돌기 시작하면서 몸이 떨리는 것도 멈췄다. 처음으로 그녀는 주위를 돌아보았지만, 아무도 없었다.

지금까지 두려움과 공포에 사로잡혀 있다가 이제야 정상으로 되돌아온 것이다. 그곳은 중간 정도 크기의 방이었으며, 익숙지 않은 형태로 가구들이 놓여 있었다. 책상, 소파, 팔걸이의자, 평범한 의자, 탁자에 놓인 청진기, 그리고 눈에 관계되는 것으로 보이는 기계. 다음에 그녀의 관심은 일반적인 것에서 특별한 것으로 옮겨졌다. 그녀에게 마시라고 말한 남자가 보였다.

붉은 머리칼에 못생겼지만 매력적인 얼굴, 우락부락하면서도 재미있는 인상의 서른 살이 넘어 보이는 남자였다. 그는 마음이 놓인다는 듯한 표정으로 고개를 끄덕이고 있었다.

"정신이 드는 것 같죠?"

"그런, 그런 것 같아요. 저, 무슨 일이 있었죠?"

"기억나지 않나요?"

"자동차, 자동차가 내게로 달려왔어요. 자동차가……."

그녀는 그를 쳐다보았다.

"나를 치었어요."

"오, 아니, 당신이 치인 게 아니에요."

그는 고개를 흔들었다.

"내가 봤습니다."

"당신이 봤다고요?"

"당신이 길 복판에 서 있는데, 자동차 한 대가 당신 쪽으로 달려왔어요. 그 순간, 내가 간신히 당신을 길 밖으로 끌어냈죠. 자동차에 뛰어들다니, 무슨 생각을 하고 있었습니까?"

"기억나지 않아요. 하지만, 틀림없이 무슨 생각을 하고 있었던 것 같아요."

"재규어(영국제 고급 승용차) 한 대가 아주 빠른 속도로 달려오고 있었고, 반대쪽에서는 버스가 달려오고 있었습니다. 그 차가 일부러 당신을 치려고 하지는 않았죠?"

"저, 그래요. 그렇지는 않았어요. 내 말은……."

"뭔가 이유가 있을 거라고 생각했습니다."

"무슨 말씀이세요?"

"당신이 계획적으로 그렇게 했을 수도 있다는 겁니다."

"계획적이라니, 그게 무슨 뜻이에요?"

"자살하려고 그랬을지도 모른다는 생각이 들었단 말입니다."

그는 별일 아니라는 듯이 덧붙였다.

"그렇지 않나요?"

"오, 아니에요, 그렇지 않아요."

"만일 그렇다면, 아주 바보스러운 방법이죠."

그는 말투를 바꾸어 아주 가볍게 말했다.

"무슨 이유였는지 기억해 내야 합니다."

그녀는 다시 부들부들 떨기 시작했다.

"모든 게 끝났다는 생각이 들었어요. 나는……."

"그래서, 자살하려고 한 건가요? 무슨 일입니까? 어서 말해 봐요. 남자친구 때문입니까? 그런 문제 때문에 많은 사람들이 괴로워하죠. 그러다가, 마침내 자신이 자살한다면 그 남자친구가 미안하게 생각할 거라는 희망을 품습니다. 하지만, 그럴 거라고는 절대로 믿지 마십시오. 사람들은 누구에게 미안해한다 든지, 또는 그 일이 자신의 잘못 때문이라고 느끼는 걸 좋아하지 않으니까요. 그럴 때 대개 남자친구들은 이런 식으로 말할 겁니다. '나는 그 애가 좀 불안 하다고 생각했었는데, 정말 잘된 일이야.' 다음에도 당신은 재규어에 뛰어들고 싶은 충동을 갖게 될 수 있다는 걸 기억해야 합니다. 하지만, 재규어도 생각해 줘야죠. 그 문제 때문입니까? 남자친구가 당신을 배신했나요?"

"아니에요." 노마가 말했다.

"그렇지 않아요. 그와 정반대인걸요." 그녀는 불쑥 덧붙여 말했다.

"그는 나와 결혼하고 싶어 했어요."

"그렇다면 그건 당신이 재규어 앞으로 뛰어들 이유가 못 되는군요."

"그렇죠. 나는 왜냐하면……."

"내게 모두 털어놓아도 괜찮습니다."

"내가 어떻게 여기에 와 있는 거죠?" 노마가 물었다.

"내가 당신을 택시에 태워서 이리로 데려왔죠. 크게 다치지는 않았지만, 몇 군데 타박상이 있는 것 같습니다. 그리고 충격 때문이었는지 몸을 몹시 떨고 있었죠. 주소를 물어봐도, 내가 무슨 말을 하는 건지 모르는 것처럼 빤히 쳐다 보기만 했습니다. 그러자, 사람들이 모여들기 시작했어요. 그래서, 급히 택시를 잡아타고 이곳으로 온 겁니다."

"여기가 수술실인가요?"

"여기는 진찰실이며, 나는 의사입니다. 스틸링플리트라고 하죠."

"나는 의사를 만나보고 싶지 않아요! 의사와 얘기하고 싶지 않단 말이에요! 싫어요!"

"진정해요, 진정하십시오. 당신은 겨우 10분 동안 의사와 얘기하고 있는 겁 니다. 도대체 의사가 어때서 그럽니까?"

"두려워요. 의사가 말하는 것이 두려워요."

"당신은 내게 전문적인 진찰을 받는 게 아닙니다. 나를 그냥 참견하기 좋아하는 구경꾼이라고 생각하십시오. 당신의 목숨을 구해 준다든지, 또는 팔다리가 부러져 불구가 된다든지, 머리를 다친다든지, 아니면 평생 불구가 될지도 모르는 어떤 불행한 상황에서 구해 준 구경꾼이라고 말입니다. 그리고 여기엔 다른 문제가 있습니다. 예전에는 고의적으로 자살하려고 하면 재판에 회부될 수 있었습니다. 자살 계획이라면, 지금도 재판이 가능합니다. 내 말이 사실이 아니라고 반박하지는 못할 겁니다. 이제 왜 의사를 두려워하는지 솔직하게 털어놓으세요. 전에 의사가 당신에게 어떻게 했습니까?"

"아니에요. 아무 일도 없었어요. 하지만, 의사들이 어떻게 할 것 같아서 두려워요."

"어떻게 한단 말입니까?"

"나를 가둘 것 같아요."

스틸링플리트는 모래 빛 눈썹을 추켜세우고 그녀를 쳐다보았다.

"의사에 대해서 이상한 생각을 하고 있군요. 내가 왜 당신을 가두고 싶어 하겠습니까. 차 한잔 마실래요?" 그는 계속했다.

"아니면, 진정제나 환각제는 어떻습니까? 당신 나이 또래의 젊은이들은 그런 걸 좋아하죠. 당신도 그런 걸 먹어 본 적이 있겠죠?"

그녀는 고개를 흔들었다.

"아니에요, 먹어 본 적이 없어요."

"믿어지지 않는군. 그런데 왜 그렇게 놀라고 의기소침해 있는 거요? 당신은 정신병 환자는 아니잖습니까? 아, 내가 잘못 말했군. 의사들은 사람들을 가두려고 애쓰지 않습니다. 정신요양원은 이미 만원이기 때문에 사람들을 더 집어넣기가 어려운 형편이죠. 사실, 요즘에는 많은 사람들을 내보내는 형편입니다. 오히려 입원시켜야 하는 환자들까지도 필사적으로 밀어내고 있죠. 우리나라는 모든 것이 초만원이니까요." 그가 계속했다.

"그럼, 무얼 들겠습니까? 약을 넣어놓은 찬장에서 꺼낸 어떤 것인가요, 아니면 아주 단단하고 고풍스러운 영국 찻잔에 담긴 차인가요?"

"차를 마시고 싶어요." 노마가 말했다.

"인도산(産)입니까, 중국산입니까? 그걸 물어봐야겠죠? 중국산은 없을 텐데."

"인도산이 더 좋아요."

"됐습니다."

그는 문을 열고는 소리쳤다.

"애니, 찻잔 두 개 갖다 줘요."

그는 자리로 돌아와서 앉으며 말했다.

"이건 분명히 밝혀야 돼요. 이름이 어떻게 되죠?"

"노마 레스……." 그녀는 말을 멈췄다.

"뭐라고 했습니까?"

"노마 웨스트예요."

"좋아요, 웨스트 양, 이걸 분명히 밝혀둬야 합니다. 나는 당신을 치료하고 있는 것이 아니며, 당신도 내게 진찰받고 있는 것이 아닙니다. 당신은 길에서 일어난 사건의 피해자예요. 우리는 어떻게 해서든지 진상을 밝혀내야 합니다. 이번 일로 재규어를 타고 있는 사람은 엄청난 충격을 받았을 거요."

"처음에는 다리에서 뛰어내릴까 생각했어요."

"그래요? 그런데 그것이 쉽지 않았던 모양이군. 요즘에는 다리를 세울 때 아주 신경을 많이 쓰니까요. 아래로 뛰어내리려면 난간 위로 올라가야 하는데, 그게 쉬운 일이 아니죠. 누군가가 당신을 가로막을 테니까. 그건 그렇고, 내 얘기를 계속하겠습니다. 당신은 너무 충격을 받아서 주소도 제대로 대지 못했기 때문에 이곳으로 데려온 겁니다. 그런데 주소가 어떻게 되죠?"

"주소가 없어요. 사는 곳이 없으니까."

"재미있는 얘기군." 스틸링플리트 의사가 말했다.

"경찰이 '사는 곳이 일정치 않음'이라고 말하는 바로 그런 겁니까? 그럼 어떻게 합니까? 둑에 앉아서 밤을 지새우나요?"

그녀는 미심쩍은 눈길로 그를 바라보았다.

"이 사건을 경찰에 신고할 수도 있었지만, 내게 그렇게 해야 하는 의무감은 없습니다. 나는 당신이 어떤 생각에 잠겨 왼쪽을 쳐다보지 않고서 길을 건너고 있었다고 보기로 했죠."

"당신은 내가 생각하는 의사와 다르군요." 노마가 말했다.

"그렇습니까? 나는 영국에서 의사 생활을 하는 데 점점 환멸을 느끼고 있습니다. 그래서, 이곳 병원을 그만두고 2주일쯤 뒤에는 오스트레일리아로 갈 생각입니다. 그러니 내게는 부담감 같은 걸 갖지 마세요. 말하고 싶으면, 벽을 뚫고 걸어나오는 분홍색 코끼리가 보인다느니, 나무들이 가지를 뻗쳐 당신의 목을 휘감는 것 같다느니, 사람들의 눈동자에서 악마가 튀어나오는 모습이 보인다느니, 아니면 다른 즐거운 환상 따위를 얘기해도 괜찮습니다. 나는 그런 걸 절대로 문제 삼지 않을 테니까! 내가 당신에게 정상이라고 하면, 당신은 정상인 겁니다."

"나는 정상이 아니에요."

"당신은 정상이오."

스틸링플리트 의사가 너그러운 표정을 지으며 말했다.

"어서 이유나 들어 봅시다."

"나는 일을 하고서도 무슨 일을 했는지 통 생각나지 않아요. 또, 사람들에게 얘기를 하고도 무슨 얘기를 했는지 기억할 수 없고요……."

"기억력이 좋지 않은 편인 모양이죠?"

"당신은 이해하지 못할 거예요. 모두 사악한 일들이니까요."

"종교적인 광증인가요? 그것참 재미있겠군."

"종교적인 게 아니에요. 그건, 그건 증오예요."

문 두드리는 소리가 들리더니 중년 여자가 찻쟁반을 들고 들어왔다. 그녀는 쟁반을 책상 위에 내려놓고 나갔다.

"설탕을 넣습니까?" 스틸링플리트 의사가 말했다.

"예, 넣어요."

"현명하군요. 충격을 받은 사람에겐 설탕이 아주 좋죠."

그는 차를 두 잔 따르고 나서, 한 잔을 그녀 쪽으로 주며 그 옆에 설탕 그릇을 놓았다.

"자, 그럼—."

그는 자리에 앉았다.

"우리가 무슨 얘기를 하고 있었더라? 증오에 대해서 얘기했죠?"

"누군가를 몹시 증오한 나머지 죽이고 싶은 마음이 든다는 건 있을 수 있는 일이 아닌가요?"

"예, 물론이죠." 스틸링플리트는 여전히 쾌활한 목소리로 말했다.

"얼마든지 있을 수 있는 일이죠. 그건 아주 자연스러운 일이에요. 하지만 정말로 누군가를 죽이고 싶어도, 대개는 그럴 만한 용기를 갖지 못합니다. 사람에겐 자연 제동 체계라는 게 있어서 적절한 순간에 제동이 걸리게 되어 있으니까요."

"대수롭지 않게 말씀하시는군요."

노마가 말했다. 그녀의 목소리에는 분명히 분노가 섞여 있었다.

"그건, 그건 아주 자연스러운 현상입니다. 아이들은 거의 매일 그런 기분을 느끼죠. 아이들은 화가 나면 부모들에게, '나빠, 미워. 죽었으면 좋겠어.'라고 말합니다. 그런 경우에 어머니들은 현명하게 행동하기도 하지만, 대개는 신경을 쓰지 않습니다. 그 아이들은 어른이 되어서도 여전히 사람들을 증오하지만, 그때는 죽이고 싶다는 마음 때문에 고통스러워하지는 않죠. 그렇지 않고, 여전히 죽이고 싶은 마음이 일어난다면, 그때는 감옥으로 가는 수밖에 없겠죠. 그렇게 복잡하고 어려운 일을 행동에 옮긴다면 말이죠. 하지만, 그런 일을 하고 있지는 않겠죠?"

그는 지나가는 듯한 말투로 물었다.

"물론 아니에요."

노마는 벌떡 일어섰다. 그녀의 눈동자는 분노로 번쩍거렸다.

"물론 그렇게는 하지 않았어요. 하지만, 내가 그렇게 했다고 해도 사실대로 대답할 거라고 생각하세요?"

"음, 또, 사람들은 이렇게 말합니다. 자신에 대해서 끔찍한 일들을 모두 다 말하고, 또 그렇게 말하는 걸 좋아한다고요."

그는 그녀에게서 빈 잔을 건네받았다.

"내게 모든 걸 말하는 게 좋을 겁니다. 당신이 증오하는 사람이 누구이며, 그 이유가 무엇인지, 또 그들에게 어떻게 하고 싶은지 말하세요."

"사랑이 미움으로 변할 수 있어요."

"감상적인 노랫말 같군요. 그리고 미움도 사랑으로 변할 수 있습니다. 두 가지는 서로 주고받고 하죠. 그러나 당신은 남자친구 때문이 아니라고 했습니다. 애인이 있었는데, 그가 당신을 배신하고 떠나버렸다─이런 일은 아니라고 했죠?"

"아니, 아니에요. 그런 건 아니에요. 그건 계모 때문이에요."

"잔인한 계모가 동기였군요. 하지만, 그건 당치도 않은 이유입니다. 당신 정도의 나이라면 계모와 떨어져서 지낼 수 있으니까. 그녀가 당신 아버지와 결혼한 거 말고 당신에게 무슨 짓을 했습니까? 당신은 아버지도 미워하나요? 아니면, 아버지를 너무 좋아하기 때문에 계모와 함께 살고 싶지 않은 건가요?"

"그런 게 아니에요. 아니라고요. 전에는 아버지를 좋아했어요. 아주 좋아했죠. 아버지는, 아버지는 아주 좋은 분이라고 생각했어요."

"자, 그럼, 이제 내 얘기를 들어봐요. 내가 한 가지 제안을 하죠. 지금 저 문을 보고 있습니까?"

노마는 당황해 하는 표정으로 고개를 돌려 그 문을 쳐다보았다.

"아주 평범한 문이죠? 잠겨 있지도 않습니다. 평상시에 그냥 여닫는 문이죠. 저쪽으로 가서 직접 열고 닫아 봐요. 가정부가 그 문으로 들어왔다가 나가는 걸 보았죠? 꿈이 아닙니다. 어서 일어나서 내가 말한 대로 해봐요."

노마는 의자에서 일어나더니 좀 주저주저하며 문쪽으로 걸어가서 문을 열었다. 그러고는 문틈 새에 서서 물어보는 듯한 눈길로 그를 쳐다보았다.

"됐습니다. 무엇이 보이죠? 평범한 복도입니다. 손질을 해야겠지만, 내가 오스트레일리아로 떠나기 때문에 그럴 필요가 없지요. 그럼, 그 복도를 걸어나가 현관문을 여세요. 아무런 속임수도 없습니다. 그리고 밖으로 나가서 길을 걸어가는 겁니다. 누구도 당신을 가두려 하지 않으며, 당신은 완전히 자유의 몸이라는 걸 알게 될 거요. 그리고 언제든지 이곳에서 나갈 수 있다는 자신감이 생기거든 다시 돌아와서 이 안락의자에 앉아 자신에 대해서 말해 주시오. 그다음에 내가 몇 가지 충고를 드리겠습니다. 물론, 그 충고를 받아들이지 않아도 됩니다."

그는 위로하듯이 덧붙여 말했다.

"사람들은 좀처럼 남의 충고를 받아들이지 않으려고 하지만, 당신은 받아들이는 게 좋을 겁니다. 알겠죠? 내 제안에 동의합니까?"

노마는 천천히 조금 비틀거리는 걸음으로 방을 나가서, 의사가 말한 것처럼 아주 평범한 복도를 지나 간단하게 현관문을 열고 계단 네 개를 내려와 깨끗한 거리로 나왔다. 주위의 집들은 별로 매력이 없어 보였다.

그녀는 스틸링플리트 의사가 레이스 블라인드 사이로 지켜보고 있다는 걸 눈치 채지 못한 채 잠시 그 자리에 서 있었다. 우두커니 2분 정도 서 있다가 그녀는 무슨 마음을 먹었는지, 몸을 돌려서 다시 계단을 올라와 현관문을 닫고 방으로 들어왔다.

"어떻습니까?" 스틸링플리트가 말했다.

"내가 당신 옷소매를 잡아당기지 않아서 만족했습니까? 모든 게 분명하고 사실 그대로죠?"

그녀는 고개를 끄덕였다.

"좋습니다. 여기에 앉아요. 마음을 편안하게 갖고, 담배 피웁니까?"

"저, 나는……."

"마리화나 같은 종류만 피운다는 말인가요? 걱정하지 마십시오. 대답하지 않아도 됩니다."

"물론, 그런 건 피우지 않아요."

"나는 그런 것에 대해 '물론'이라는 말은 쓰지 않습니다. 하지만, 환자가 하는 말을 믿어요죠. 됐습니다, 당신에 대해서 말해 보세요."

"나는, 나는 모르겠어요. 정말 말할 게 아무것도 없어요. 내가 거짓말을 하는 건 원치 않으시겠죠?"

"오, 꿈에 대한 기억들이나 뭐 그런 것들 말입니까? 나는 특별한 얘기를 원하는 게 아닙니다. 단지 당신의 환경 정도나 알고 싶은 것뿐이죠. 시골에서 태어나 자랐는지, 아니면 도시에서 자랐는지, 형제자매가 있는지, 아니면 무남독녀인지 하는 것들 말입니다. 어머니는 언제 돌아가셨습니까? 그 당시에 무척 슬퍼했겠습니다."

"물론 슬퍼했었죠." 노마는 화가 난 목소리로 말했다.

"물론이라는 말을 좋아하는 모양이군요, 웨스트 양. 그건 그렇고, 웨스트는 진짜 성이 아니죠? 아, 괜찮습니다. 진짜 성을 말해 달라고 하지는 않을 테니까. 웨스트, 이스트, 노스, 당신이 좋아하는 성이면 뭐든지 갖다 붙일 수 있는 거죠. 그리고 어머니가 돌아가시고 나서는 어떻게 지냈습니까?"

"어머니는 병으로 시달리다가 돌아가셨어요. 그래서, 요양원에서 오랫동안 지내셨죠. 나는 나이가 많은 이모와 데번셔에서 지냈어요. 그 이모는 친 이모가 아니라 어머니의 사촌이었죠. 그리고 여섯 달 전에 아버지가 집으로 돌아오셨어요. 나는 정말 기분이 좋았죠."

그녀의 얼굴이 갑자기 밝아졌다. 그녀는 젊은 의사가 민첩하고 날카로운 눈초리로 자신을 힐끗 쳐다보는 걸 눈치 채지 못했다.

"나는 아버지에 대한 기억이 거의 없어요. 아버지는 내가 다섯 살 때 떠나셨으니까요. 다시 아버지를 만나게 될 거라고는 기대도 하지 않았죠. 어머니는 아버지 얘기를 별로 하지 않으셨어요. 처음에는 아버지가 다른 여자를 포기하고 돌아오시기만을 기다리시는 것 같았어요."

"다른 여자라뇨?"

"아버지는 어떤 여자와 함께 떠난 거예요. 어머니는 아주 질이 좋지 않은 여자라면서 욕을 퍼부었죠. 아버지에게도 마찬가지였어요. 하지만 나는, 아버지는 어머니가 말씀하시는 것처럼 나쁜 사람이 아니며, 모든 것은 그 여자의 잘못일 거라고 생각했어요."

"아버지는 그 여자와 결혼했습니까?"

"아니에요. 어머니는 절대로 아버지와 이혼하지 않을 거라고 말씀하셨거든요. 어머니는(영국 국교(성공회)도였던가) 고교회파(교의 · 의식을 중요시하는 영국 국교의 한 파)신자였거든요. 로마 가톨릭과 비슷한 거죠. 어머니는 이혼을 용납하지 않으셨어요."

"아버지는 죽 그 여자와 함께 살았습니까? 그 여자의 이름이 뭡니까? 그것도 비밀인가요?"

"그 여자의 성은 생각나지 않아요." 노마는 고개를 흔들었다.

"아버지는 그 여자와 오랫동안 산 것 같지는 않아요. 그 일에 대해선 잘 몰라요. 두 사람은 남아프리카로 가서 곧 헤어진 모양이에요. 왜냐하면 그때쯤 어머니는 아버지가 곧 돌아오실 거라고 말씀하셨거든요. 하지만, 아버지는 돌아오시지 않았으며 편지조차도 없었죠. 내게도요. 그러다가 크리스마스 때가 되자 내게 선물을 보내 주셨어요. 늘 선물뿐이었죠."

"아버지가 당신을 귀여워했던 모양이군요?"

"모르겠어요. 뭐라고 대답하기가 어려운 질문이군요. 아무도 아버지에 대해서 얘기해 준 사람이 없으니까요. 사이먼 큰아버지만 빼놓고요. 큰아버지는 시티에서 사업을 하셨었는데, 아버지가 모든 걸 포기하고 떠났다는 걸 알고는 몹시 화를 내셨어요. 큰아버지는, '그 녀석은 늘 그 모양이야. 한 가지 일에 집중하지 못하고. 하지만, 천성이 나쁜 녀석은 아닌데. 의지가 약한 게 흠이지.'라고 말씀하셨어요. 하지만, 큰아버지도 자주 뵐 수는 없었죠. 늘 어머니의 친구 분들이 오셨어요. 그분들은 끔찍할 정도로 따분한 사람들이에요. 내 생활도 역시 따분했죠……

그런데 아버지가 돌아오신다니 정말 얼마나 기뻤는지 몰라요. 나는 아버지를 좋은 쪽으로 생각하려고 애썼죠. 아버지가 해준 얘기와, 나와 함께 놀아 주던 모습 등등. 아버지는 나를 즐겁게 해주셨거든요. 나는 아버지의 옛날 사진들을 볼 수 있을까 하고 찾아보았지만, 한 장도 보이지 않았어요. 어머니가 모두 찢어 버렸던 모양이에요."

"어머니는 끝까지 아버지에게 원한을 품고 있었군요."

"어머니가 진짜 원한을 품고 있었던 사람은 아버지가 아니라 루이즈라고 생각해요."

"루이즈?"

그는 노마의 몸이 좀 뻣뻣해지는 걸 보았다.

"모르겠어요. 말씀드렸잖아요, 아무 이름도 기억나지 않는다고요."

"신경 쓰지 마세요. 당신은 아버지와 함께 떠난 여자 얘기를 하는 겁니다. 그렇죠?"

"예, 어머니는 그녀가 술을 너무 많이 마시고, 약물까지 복용하기 때문에 끝이 좋지 못할 거라고 했어요."

"하지만, 그 여자가 어떻게 됐는지 모르잖습니까?"

"나는 아무것도 몰라요." 그녀는 감정이 복받쳐 올라서 말했다.

"더 이상 물어보지 마세요! 그 여자에 대해서 아무것도 모른단 말이에요! 그 뒤론 그 여자 얘기를 듣지 못했어요! 당신이 그 여자 얘기를 꺼내기 전에는 잊고 있었어요. 아무것도 모른다고 말씀드렸잖아요."

"됐어요, 됐습니다." 스틸링플리트 의사가 말했다.

"너무 흥분하지 마세요. 지나간 일 때문에 괴로워할 필요는 없습니다. 앞으로의 일을 생각해 봅시다. 이제 어떻게 할 겁니까?"

노마는 깊게 한숨을 내쉬었다.

"모르겠어요. 갈 데도 없고, 어떻게 해야 할지도 모르겠어요. 그게 좋겠군요, 차라리 그렇게 하는 것이 좋겠어요. 모든 걸 끝내는 것이……."

"당신만이 다시는 그런 행동을 해서는 안 됩니다. 또 그런 행동을 한다면 아주 어리석은 사람입니다. 좋아요, 당신은 갈 곳도 없고, 의지할 사람도 없다고 했는데 돈은 갖고 있습니까?"

"예, 은행계좌가 있어서 아버지가 3개월마다 많은 돈을 넣어 주세요. 하지만, 확실치가 않아요……. 아마 지금쯤이면 사람들이 나를 찾고 있을 거예요. 나는 그들을 만나고 싶지 않아요."

"만나지 않아도 됩니다. 내가 그럴 듯한 곳을 한 군데 제공해 드릴 테니까. 켄웨이 코트라는 곳인데, 이름처럼 썩 훌륭한 데는 아닙니다. 회복기에 있는 환자들이 안정을 취하는 곳이죠. 그곳에는 의사나 침상이 없으며, 절대로 당신의 행동을 구속하지 않을 겁니다. 약속할 수 있습니다. 나오고 싶으면 언제든지 나올 수 있으며, 침대에서 아침식사를 할 수도 있고, 또 원한다면 온종일 침대에서 뒹굴 수도 있습니다. 그곳에서 편히 지내봐요. 그러면, 언제 내가 내려가서 당신과 몇 가지 문제점들을 의논하겠습니다. 어떻습니까? 그렇게 하겠어요?"

노마는 그를 쳐다보았다. 그녀는 자리에 앉은 채 무표정한 얼굴로 그를 빤히 바라보고 있다가는 천천히 고개를 끄덕였다.

2

그날 밤늦게 스틸링플리트 의사는 전화를 걸었다.

"아주 훌륭한 납치였습니다." 그가 말했다.

"그녀는 켄웨이 코트로 내려갔어요. 어린 양처럼 순순히 말입니다. 지금으로서는 많은 걸 말씀 드릴 수 없지만, 마약에 완전히 절어 있어요. 각성제와 환각제를 복용했던 것 같습니다. 아마 LSD(청각·시각의 환각을 일으키는 마약의 일종)도 복용했겠죠……또, 여러 가지 마약을 섞어서 복용하기도 했습니다. 그녀는 아니라고 극구 부인했지만, 그녀가 하는 말을 모두 믿지는 않습니다."

그는 잠시 상대방이 하는 얘기를 들었다.

"그런 건 묻지 마십시오! 그곳에 가려면 아주 조심해야 할 겁니다. 그녀가 겁을 낼 테니까요……예, 무언가를 두려워하고 있었어요. 아니면, 두려워하는 체한 건지도 모르죠……. 아직은 모르겠습니다. 마약을 복용한 사람들은 거짓말을 잘하잖습니까. 그래서, 그들이 하는 말을 모두 믿을 수는 없는 거죠. 우리는 성급하게 행동하지 않았고, 또 나는 그녀를 놀라게 하는 것도 원치 않습니다…….

어린아이처럼 아버지 콤플렉스를 갖고 있더군요. 모든 상황으로 봐서, 그녀는 엄격한 어머니를 좋아하지 않았을 것 같습니다. 어머니는 독선적인 순교자 타입이었던 모양이에요. 아버지는 명랑한 사람인 것 같은데, 그런 사람이 그 모진 결혼생활을 견뎌내기가 어려웠겠죠. 루이즈라는 사람을 압니까?……그녀가 그 이름을 말하면서 좀 두려워하는 표정이었습니다. 그리고 루이즈라는 사람을 몹시 미워하고 있습니다. 루이즈는 그녀가 다섯 살 때 아버지를 빼앗아 갔답니다. 그 나이 때의 아이들은 이해심은 없지만, 책임이 있다고 느끼는 사람에겐 분개심을 쉽게 갖습니다.

그녀는 몇 달 전에서야 아버지를 다시 만나게 되었죠. 그녀는 자기가 아버지의 친구이자 가장 소중한 사람일 거라는 감상적인 생각을 하고 있었습니다. 그런데 그 생각이 산산조각 나버렸던 거죠. 아버지는 아주 매력적인 젊은 아내와 함께 돌아온 겁니다. 그 여자는 루이즈가 아니라고요?……오, 나는 한 번밖에 물어보지 않았습니다. 전체적인 상황만 대충 말씀드리는 겁니다."

수화기 저쪽 편에서 날카로운 목소리가 들렸다.

"뭐라고 했소? 다시 말해 보시오."

"상황을 대충 말씀드리는 거라고 했습니다."

잠시 침묵이 흘렀다.

"그런데 당신 관심을 끌 만한 일이 있었습니다. 그녀가 좀 서툰 방법으로 자살하려고 했다는 겁니다. 놀라운 일이죠?

오, 그런 게 아닙니다……아닙니다, 아스피린 병을 삼켰거나 가스 오븐에 머리를 집어넣은 게 아닙니다. 그녀는 과속으로 달리는 재규어에 달려든 겁니다……그런데 마침 내가 그녀를 구할 수 있었죠……예, 틀림없이 충동적인 행동이었을 겁니다……그녀도 그렇다고 인정했고요. 보통 하는 말로, 그녀는 '모든 걸 끝내고 싶었던' 거죠"

그는 봇물 터지듯이 흘러나오는 말을 다 듣고 나서 말했다.

"모르겠습니다. 확신할 수는 없지만, 지금까지 밝혀진 상황으로는 거의 분명한 것 같습니다. 그녀는 신경과민인데다가 너무 많은 종류의 약을 먹어서 지쳐 있는 상태입니다. 효과가 조금씩 다르게 나타나는 약들이 수없이 많죠. 혼란스러워지고, 기억력이 없어지며, 이유 없이 공격적으로 되고, 당황하게 되기도 하고, 또 머리가 멍해지기도 합니다! 그리고 실제 반응과 약 때문에 일어나는 반응이 서로 상반된다고 말하는 것이 문제죠. 여기엔 두 가지 방법이 있습니다. 하나는 그녀가 자신을 과장해서 신경쇠약증과 신경과민이라고 묘사하여 자살하려고 한다는 것인데, 이건 실제로 있을 수 있는 일입니다. 그리고 또 하나는 모든 것이 새빨간 거짓말이라는 겁니다.

그녀가 자신의 인상을 완전히 숨기려고, 그녀만이 아는 분명치 않은 이유 때문에 그런 얘기를 꾸몄다는 가능성도 나는 완전히 배제하지 않습니다. 그렇다면, 그녀는 아주 영리하게 일을 해나가는 거죠. 그녀가 제시하는 상황에는 종종 앞뒤가 맞지 않는 것이 있습니다. 그녀는 연기를 하는 영리한 배우일까요, 아니면 정말 자살하려고 한 멍청이일까요? 이 두 가지에 모두 해당할 수도 있죠……뭐라고 하셨습니까? 오, 재규어요!……예, 그 차는 과속으로 달리고 있었습니다. 자살하려고 한 게 아니라고 생각하시는 모양이군요. 그럼, 그 재규어가 고의적으로 그녀를 치려고 했다는 겁니까?"

그는 잠시 생각에 잠겼다가 천천히 말했다.

"뭐라고 말하기 어렵군요. 그럴 수도 있겠죠. 하지만, 나는 그렇게 생각지 않습니다. 문제는 모든 것이 가능하다는 거 아닙니까? 아무튼, 조만간 그녀에게서 더 많은 걸 알아낼 생각입니다. 내가 너무 서둘러서 의심을 사지 않는 한, 그녀는 나를 믿을 겁니다. 그러면 더 많은 얘기를 하겠죠. 또 그녀가 진실한 사람이라면 내게 모든 걸 털어놓을 것이고, 끝내는 그러지 않고서는 견디지 못할 겁니다. 지금 그녀는 무언가에 겁을 먹고 있습니다…….

물론, 그녀가 나를 속이고 있다면 그 이유를 알아내야겠죠. 그녀는 지금 있는 켄웨이 코트에서 당분간 머물 겁니다. 하루 이틀 정도 감시해서, 만일 떠날 기미가 보인다면 그녀가 알지 못하는 사람에게 뒤를 밟으라고 해야겠죠."

제11장

1

앤드루 레스태릭은 평소와 마찬가지로 조금 얼굴을 찡그리고 수표를 쓰고 있었다. 그의 사무실은 널찍하고 전형적인 관습대로 실업계의 거물답게 가구가 잘 놓여 있었다―그 가구와 시설물들은 대개가 사이먼 레스태릭의 것이었는데, 앤드루 레스태릭은 별생각 없이 그대로 물려받았다. 단지 달라진 것이라고는, 그림 두 점을 떼어내고 그 자리에 시골에서 가져온 자신의 초상화와 남아프리카 케이프타운의 테이블 산을 그린 수채화 한 점을 건 것뿐이었다.

앤드루 레스태릭은 살이 찌기 시작하는 중년에 들어섰지만, 그의 위에 걸려 있는 15년 전 초상화 속의 모습과 거의 똑같았다. 앞으로 나온 턱과 굳게 다문 입술, 그리고 조금 우스꽝스럽게 치켜 올라간 눈썹, 한마디로 눈에 띄지 않는 평범한 생김새였다. 초상화 속의 얼굴은 행복해 보이는 표정이 아니었다.

비서가 방으로 들어와서 그의 책상 앞으로 다가오자 그는 고개를 들어 쳐다보았다.

"에르퀼 포와로 씨가 오셨습니다. 사장님과 약속하셨다고 하는데, 제게는 기록되어 있지 않아요."

"에르퀼 포와로?"

어디선가 귀에 익은 이름 같기는 한데, 어떻게 듣게 되었는지 생각나지 않았다. 그는 고개를 흔들었다.

"들어 본 이름 같기는 한데, 기억이 나지 않는군. 어떻게 생긴 사람이지?"

"몸집이 아주 작은 외국인이에요. 프랑스인 같아요. 그리고 거창한 콧수염을 기르고 있고요."

"그래! 메리가 한 말이 생각나는군. 그 사람은 로디 아저씨를 만나러 왔었다는데, 나와 약속을 했다니 무슨 소리지?"

"사장님의 편지를 받았다고 하던데요."

"기억이 없어. 아마 메리가, 오, 신경 쓰지 말고 들여보내. 어떻게 된 일인지 만나보는 게 좋겠군."

잠시 뒤에 클라우디아 리스흘랜드는 달걀 모양의 머리에 거창한 콧수염을 기르고 끝이 뾰족한 에나멜 구두를 신은 자그마한 몸집의 남자를 안내해서 들어왔다. 아내가 설명한 것과 거의 비슷한 인상의 사근사근한 사람이었다.

"에르퀼 포와로 씨입니다." 클라우디아 리스흘랜드가 말했다.

그녀가 나가자 에르퀼 포와로는 책상 쪽으로 걸어갔다. 레스태릭이 자리에서 일어났다.

"레스태릭 씨죠? 부탁하신 대로 찾아온 에르퀼 포와로입니다."

"그렇습니까. 아내에게서 아저씨를 만나러 오셨다는 얘기를 들었습니다. 그런데 내게는 무슨 일로……?"

"당신 편지를 받고 이렇게 찾아왔습니다."

"무슨 편지요? 나는 당신에게 편지를 쓴 적이 없습니다, 포와로 씨."

포와로는 그를 빤히 쳐다보았다. 그러더니, 주머니에서 편지를 한 장 꺼내어 슬쩍 훑어보고 나서 공손하게 책상 너머로 그에게 건네주었다.

"직접 읽어 보시죠."

레스태릭은 편지를 읽었다. 그건 자기 사무실에서 쓰는 종이에 타이프쳐진 것이었다. 그리고 끝에는 잉크로 그의 서명이 되어 있었다.

> 친애하는 포와로 씨
> 가까운 시일 안으로 위의 주소로 찾아와 주시면 고맙겠습니다. 아내에게 들은 얘기와 내가 런던에서 여러 가지 조사해 본 결과, 당신은 믿을 만한 분이라고 여겨집니다. 당신이라면 중요한 일을 성공적으로 잘 처리해 주리라 믿습니다.
>
> 앤드루 레스태릭

"이 편지를 언제 받았습니까?" 그는 날카롭게 말했다.

"오늘 아침에 받았습니다. 마침 할 일도 없고 해서 이렇게 찾아온 겁니다."

"참 이상한 일이군요, 포와로 씨. 이 편지는 내가 쓴 게 아닙니다."

"당신이 쓰지 않았다고요?"

"그렇습니다. 그리고 내 서명은 이렇지 않습니다. 직접 보시죠."

그는 자신의 필적을 찾으려고 손을 뻗어서는 별생각 없이 방금 서명한 수표책을 포와로가 볼 수 있도록 돌려놓았다.

"보셨죠? 이 편지의 서명은 내 서명과 전혀 다르잖습니까?"

"이상한 일이군요. 정말 이상한 일입니다. 그럼, 이 편지를 누가 썼을까요?"

"그건 내가 물어보고 싶은 말입니다."

"죄송한 말씀입니다만, 당신 부인이 쓰지 않았을까요?"

"아닙니다. 메리는 그런 걸 쓸 사람이 아닙니다. 설령 아내가 썼다고 해도 왜 내 서명을 했겠습니까? 아닙니다. 만일, 메리가 그런 편지를 썼다면 당신이 방문할 것이라고 미리 말해 줬을 겁니다."

"그럼 누가 이 편지를 보냈는지 모른다는 말씀입니까?"

"정말 모르겠습니다."

"레스태릭 씨, 이 편지에서 내게 맡기려고 한 일이 무엇인지도 모르겠습니까?"

"그걸 내가 어떻게 알 수 있겠습니까?"

"죄송하지만, 당신은 아직 편지를 끝까지 읽지 않았습니다. 서명 아래쪽에 작은 글씨로 뒷면에 계속이라고 쓰여 있습니다."

레스태릭은 편지를 뒤집었다. 뒷면 맨 위에 타이프가 쳐져 있었다.

당신에게 부탁하고 싶은 문제는 내 딸 노마에 관한 겁니다.

레스태릭의 태도가 바뀌면서 얼굴이 어두워졌다.

"그렇군요! 하지만 누가 알 수 있을까, 누가 이 문제에 끼어들 수 있을까? 누가 아는 걸까?"

"그 문제라는 것이 내게 부탁할 만한 것입니까? 혹시 당신과 절친한 친구가 쓴 게 아닐까요? 누가 그 편지를 썼는지 정말 모르겠습니까?"

"아무것도 모르겠습니다."

"그럼, 노마라는 따님에게 아무 문제가 없습니까?"

레스태릭이 천천히 말했다.

"노마라는 딸이 있습니다. 외동딸이죠."

외동딸이라는 말을 할 때 그의 목소리가 조금 바뀌었다.

"그런데 그녀가 어려운 문제를 겪고 있습니까?"

"모르겠습니다."

하지만, 이렇게 말하는 그의 목소리는 조금 주저하는 듯했다.

포와로는 몸을 앞으로 기울였다.

"나는 당신이 지금 한 말이 사실이라고 생각지 않습니다, 레스태릭 씨. 따님에게 곤란한 문제가 있지요?"

"왜 그런 생각을 하는 겁니까? 누가 그 문제에 대해서 얘기해 주었습니까?"

"당신의 목소리를 듣고 그렇게 생각한 겁니다."

에르퀼 포와로는 계속했다.

"많은 사람들이 요즘 딸 문제로 걱정을 하고 있죠. 순진한 처녀들이 갖가지 곤란하고 어려운 문제를 일으키고 있으니까요. 당신에게도 그와 똑같은 일이 있을 수 있는 겁니다."

레스태릭은 아무 말 없이 잠시 동안 손가락으로 책상을 두드렸다.

"그렇습니다. 노마 때문에 골치를 썩는 게 사실입니다."

"아주 곤란한 앱니다." 그가 드디어 입을 열었다.

"신경질적인데다가 신경과민이죠. 게다가, 안타깝게도 나는 그 애에 대해서 잘 알지 못합니다."

"물론, 남자 문제겠죠?"

"그렇다고 할 수도 있죠. 하지만, 그 문제는 하나도 걱정하지 않습니다. 음……."

그는 살피는 듯한 눈길로 포와로를 쳐다보았다.

"당신을 신중한 사람이라고 믿어도 되겠죠?"

"신중하지 않다면, 내 일에서도 좋은 평판을 받지 못했을 겁니다."

"그건 바로 내 딸을 찾는 문제입니다."

"예?"

"그 애는 여느 때와 마찬가지로 지난 주말에 시골집에 왔습니다. 그런데 일요일 저녁에 다른 두 명의 여자와 함께 지내는 공동주택으로 가겠다며 고집을 부리는 거였습니다. 하지만, 그 애는 그곳으로 가지 않았더군요. 어디 다른 곳으로 간 것이 틀림없습니다."

"그렇다면, 따님이 행방불명되었다는 거군요?"

"꼭 무슨 멜로드라마 같은데, 아직 그렇게 말할 단계는 아닙니다. 아주 자연스럽게 설명할 수도 있을 것 같은데, 그렇지만, 이런 경우에 애비된 사람으로선 걱정하기 마련 아닙니까. 전화 연락도 없고, 또 공동주택에 함께 사는 처녀들에게도 아무 말 하지 않았다는군요."

"그 처녀들도 걱정하고 있겠군요?"

"아니, 그렇지 않습니다. 요즘 젊은 여자들은 서로의 일에 간섭하지 않으니까요. 내가 15년 전 영국을 떠날 때보다 더한 것 같습니다."

"당신이 못마땅해한다는 그 청년은 어떻습니까? 그와 함께 어디로 가버린 게 아닐까요?"

"그러지 않기를 진심으로 바랍니다. 가능성이 있는 일이긴 하지만, 나는 그렇게 생각하지 않습니다. 아내도 마찬가지고요. 당신이 아저씨를 만나러 우리 집에 왔을 때 그 녀석을 보았을 거라고 생각하는데요."

"아, 예, 어떤 청년인지 알고 있습니다. 아주 잘생기긴 했지만, 당신이 좋아할 사람은 아닌 것 같습니다. 부인도 그 청년을 좋아하지 않더군요."

"아내는 그 녀석이 그날 남의 눈을 피해서 집 안으로 들어왔다고 했어요."

"그 청년도 자기가 환영받지 못한다는 걸 알고 있겠죠?"

"알고 있습니다." 레스태릭이 정색을 하며 말했다.

"그런데 왜 따님이 그와 함께 있을 거라고는 생각지 않는 거죠?"

"나도 뭣 때문에 그렇게 생각하는지 모르겠습니다. 처음에는……"

"경찰에 다녀오셨군요."

"아닙니다."

"사람이 행방불명됐을 때는, 먼저 경찰에 알리는 것이 좋습니다. 그들은 신중하고, 나 같은 사람들이 할 수 없는 많은 수단을 마음대로 이용할 수 있지요."

"경찰서에는 가고 싶지 않습니다. 이건 내 딸애 문제입니다. 아시겠습니까? 내 딸이란 말입니다. 그 애가 잠시 어디에 가 있으면서 우리에게 알리고 싶지 않은 거라면, 그건 그 애에게 달린 문제죠. 그 애가 어떤 위험이나 그와 비슷한 일에 빠져 있다고 믿을 만한 이유는 없습니다. 단지, 나는 그 애가 어디 있는지만 알면 그걸로 만족합니다."

"그럴까요, 레스태릭 씨? 당신이 따님을 걱정하는 게 그 한 가지 일 때문만이 아니라고 생각한다면, 내 추측이 너무 지나친 건가요?"

"왜 다른 일이 있을 거라고 생각하는 겁니까?"

"왜냐하면 요즘 젊은 여자들이 부모에게나 함께 사는 친구에게 어디로 간다는 말없이 며칠씩 집을 비운다는 건 그리 특별한 일이 아니기 때문이죠. 당신이 놀라는 것 같아서 다른 일과 연결해 본 겁니다."

"당신 말이 맞을지도 모릅니다. 그건……."

그는 의심스러운 눈으로 포와로를 쳐다보았다.

"처음 만나는 사람에게 이런 말을 한다는 게 좀 뭣하군요."

"실제로는 그렇지 않습니다." 포와로가 말했다.

"그런 문제는 친구들이나 친척들에게 얘기하는 것보다 처음 만나는 사람에게 얘기하는 것이 훨씬 쉬운 법이죠. 당신도 그렇게 느끼고 있을 겁니다."

"글쎄요. 당신 말뜻을 알 수 있을 것 같습니다. 내가 딸아이 때문에 정신이 없다는 건 사실입니다. 그 애는 다른 애들과 다릅니다. 어쩌면 내가, 아니, 우리 부부가 걱정해 오고 있던 일이 벌어졌을지도 모르죠."

포와로가 말했다.

"따님은 지금 그 또래의 젊은 처녀들이 겪는 어려운 고비에 와 있습니다. 쉽게 말해서, 무책임한 일을 저지를 수도 있는 감정적인 사춘기라는 겁니다. 감히 짐작해서 하는 말인데, 그걸 나쁘게만 생각하지 마십시오. 따님은 아마 계모가 생긴 것에 불만을 품은 거겠죠?"

"그렇습니다. 하지만, 그 애가 그렇게 행동하는 이유를 모르겠습니다, 포와로 씨. 나는 첫 번째 아내와 최근에 헤어진 것도 아닙니다. 벌써 몇 년 전의 일이죠." 그는 잠깐 말을 멈추었다가 계속했다.

"솔직하게 말하는 게 좋겠군요. 어차피 그 문제 대해선 숨길 것이 없으니까요. 첫 번째 아내와 나는 물과 기름이었습니다. 자세한 설명은 않겠습니다. 나는 다른 여자를 만났으며, 그녀에게 푹 빠지게 되었죠. 그리고 영국을 떠나서 다른 여자와 남아프리카로 갔습니다. 아내는 이혼을 찬성하지 않았기 때문에 나는 요구하지도 않았습니다. 하지만, 아내와 아이에게는 적당한 액수의 생활비를 보내 주었습니다—그때 그 애는 겨우 다섯 살이었죠."

그는 잠시 멈췄다가 계속했다.

"돌이켜보면, 나는 한때 아주 만족스럽지 못한 생활을 보냈었다는 생각이 듭니다. 나는 늘 여행을 갈망하고 있었죠. 인생의 황금기를 사무실 책상에 붙어 앉아서 보내야 한다는 것이 증오스럽기까지 했습니다. 형은 내가 가족 사업에 좀더 관심을 갖지 않는다고 몇 차례 야단을 쳤습니다. 그리고 이제는 내가 자기와 함께 일을 해나가야 한다고 충고도 했죠. 형은 내가 제 구실을 하지 못한다고 말했지만, 나는 그런 생활을 원치 않았습니다. 여기저기 돌아다니며 모험을 하고 싶었고, 세상 물정을 알고 미개지를 구경하고 싶었습니다 ……." 그는 갑자기 말을 멈췄다.

"내가 살아온 얘기를 듣고 싶은 건 아니겠죠. 나는 루이즈와 함께 남아프리카로 갔는데, 그게 바로 불행의 씨앗이었습니다. 솔직하게 인정하는 겁니다. 나는 그녀를 사랑했지만, 우리는 쉴 새 없이 말다툼을 했습니다. 그녀는 남아프리카에서의 생활을 싫어했습니다. 런던이나 파리처럼 번잡한 곳으로 돌아가고 싶어 했죠. 그래서, 우리는 남아프리카로 간 지 1년 만에 헤어지고 말았습니다."

그는 한숨을 내쉬었다.

"그때 나는 생각하기조차 싫은 그 길들여진 생활로 돌아갔어야 하는 건데요. 하지만, 나는 돌아가지 않았습니다. 아내가 나를 받아 줄 것인지도 의심스러웠으니까요. 그건 지금도 모르겠습니다. 아마 그녀는 나를 받아 주는 게 의무라고 생각했을 겁니다. 의무를 수행하는 데는 위대한 여자였죠."

포와로는 그가 그 말을 하면서 좀 씁쓸한 표정을 짓는 걸 알아차렸다.

"하지만, 나는 노마에 대해서 좀더 신경을 썼어야 했습니다. 거기에 문제가 있었던 거죠. 그 애는 어머니와 함께 잘 지냈으며, 나는 계속 경제적인 뒷받침을 해주었으니까요. 그리고 가끔 그 애에게 편지나 선물을 보냈습니다. 그렇지만, 그 애를 만나러 영국으로 돌아가겠다는 생각은 한 번도 해보지 않았습니다. 내가 보기에 그건 그렇게 비난받을 만한 행동은 아니었습니다. 나는 다른 생활방식으로 살아왔으며, 아버지가 왔다 갔다 하는 건 오히려 아이에게 불안감만 주며 아이의 평안한 마음을 흩트려놓을 것이라고 생각했던 겁니다. 아무튼, 그 당시로써는 최선을 다하고 있다고 생각했었죠."

레스태릭의 말이 빨라지기 시작했다. 그는 감동을 잘하는 청취자에게 자신의 얘기를 털어놓을 수 있다는 데 위안을 느끼는 것 같았다. 그건 포와로가 이전부터 알아차렸던 반응이었으며, 그가 그렇게 느끼도록 고무했던 것이다.

"당신은 결코 집으로 돌아오고 싶지 않았단 말이군요?"

레스태릭은 고개를 설레설레 흔들었다.

"그렇습니다. 아시다시피, 나는 내가 좋아하고 계획하고 있었던 생활방식으로 살고 있었습니다. 나는 남아프리카에서 동아프리카로 갔으며, 사업적인 일도 잘해 나가고 있었습니다. 내가 손대는 일들은 모두 번창하는 것 같았습니다. 내가 관계하는 일들, 가끔 다른 사람과 함께 하는 일, 또 나 혼자서 하는 일 모두가 잘 되어가고 있었죠. 그리고 가끔 밀림으로 여행을 하곤 했습니다. 그런 건 내가 늘 원했던 생활이었죠. 나는 천성적으로 그런 사람입니다. 그래서, 첫 번째 아내와 결혼했을 때 덫에 걸린 것처럼 답답했던 모양입니다. 나는 자유로웠으며, 여기에서 지냈던 판에 박힌 생활로 돌아가고 싶지 않았던 겁니다."

"하지만, 결국은 돌아왔잖습니까?"

레스태릭은 한숨을 내쉬고 나서 말했다.

"예, 돌아왔죠. 글쎄, 사람은 누구나 나이를 먹게 되죠. 나는 어떤 사람과 손을 잡고 아주 좋은 광맥을 발견했습니다. 그리고 매우 중요한 결과를 가져다 줄지도 모르는 채굴권도 얻어냈죠. 그런데 그 일을 하려면 런던에 와서 협상을 해야 했습니다. 형이 있었다면 형에게 부탁할 수 있는 일이었지만, 형은 죽고 없었습니다. 그때까지도 나는 회사의 동업자로 남아 있었죠. 내가 마음만 먹는다면 돌아와서 일할 수도 있었습니다. 그때 처음으로 나는 돌아오겠다는 생각을 해보았습니다. 시티 생활로 돌아온다는 것 말입니다."

"그런데 당신 아내가, 두 번째 아내는……."

"예, 그녀 때문일 수도 있죠. 나는 형이 죽기 한두 달 전에 메리와 결혼했습니다. 메리는 남아프리카에서 태어났지만, 영국에도 몇 차례 와 봤으며 이곳의 생활을 좋아했죠. 또, 특히 영국식 정원을 갖고 싶어 했습니다!

그리고 나 말입니까? 처음에는 영국에서 사는 것도 괜찮을 거라고 느꼈습니다. 그리고 노마 생각도 했지요. 그 애 어머니는 2년 전에 세상을 떴으니까요. 나는 메리에게 모든 걸 얘기했으며, 그녀는 딸아이를 위해서 가정을 꾸미는 걸 기꺼이 돕겠다고 나섰습니다. 앞으로의 생활이 순풍에 돛단배인 것 같았는데……." 그는 미소를 지으며 말했다.

"그리고 나는 집으로 돌아왔습니다."

포와로는 레스태릭 머리 뒤쪽에 걸려 있는 초상화를 쳐다보았다. 그건 시골집에 있을 때보다 훨씬 더 밝게 보였다.

책상에 앉아 있는 평범한 남자의 모습이었다. 고집스러워 보이는 턱, 조금 우스꽝스러운 눈썹, 균형잡힌 머리가 눈에 띄었다. 하지만, 그 초상화는 아래의 의자에 앉아 있는 남자에게는 없는 한 가지를 갖고 있었다. 그것은 바로 젊음이었다!

포와로의 머릿속에 또 다른 생각이 떠올랐다. 앤드루 레스태릭은 왜 그 초상화를 시골집에서 런던의 자기 사무실로 옮겨 놓았을까? 그와 그의 아내 초상화는 똑같은 때에 그려진 것으로써, 당대의 유명한 초상화 전문 화가의 작품이었다. 그 초상화는 처음에 있었던 것처럼 두 개를 함께 옮겨다 놓았다면 더 자연스러워 보였을 거라고 포와로는 생각했다.

레스태릭은 자신의 것만 사무실에 갖다놓았다. 일종의 허영심일까, 아니면 자신이 시티의 중요한 인물이라고 드러내 보이고 싶은 욕망 때문일까? 하지만 그는 미개척지에서 많은 시간을 보냈으며, 그곳을 더 좋아한다고 말했다. 어쩌면 마음속에 자신이 시티의 명사라는 걸 새겨 두기 위해서일지도 모르지. 하지만, 그런 걸 재확인할 필요가 있었을까?

'아니면, 물론 단순한 허영일 수도 있지. 나도 가끔 허영을 부릴 때가 있으니까.'

포와로는 여느 때와는 달리 겸손한 생각을 했다.

두 사람 모두 깨닫지 못했던 잠시 동안의 침묵을 깨뜨리며 레스태릭이 사과하듯이 말했다.

"용서하십시오, 포와로 씨. 내가 지내온 얘기를 너무 지루하게 늘어놓은 것 같습니다."

"용서할 게 뭐 있습니까, 레스태릭 씨. 당신은 따님에게 영향을 미쳤을지도 모르는 생활에 대해서만 얘기했습니다. 따님 때문에 몹시 걱정하는 것 같군요. 하지만, 아직 구체적인 이유는 말하지 않았다고 생각하는데요. 따님을 찾고 싶습니까?"

"예, 그 애를 찾고 싶습니다."

"따님을 찾고 싶단 말이죠. 그럼, 내게 따님을 찾아 달라고 부탁할 겁니까? 아, 망설이지 마십시오. 예절이란 살아가는 데 있어서 꼭 필요한 거긴 하지만, 지금은 그런 걸 따질 필요가 없습니다. 내 얘기를 잘 들으세요. 따님을 찾고 싶다면(나, 에르퀼 포와로가 충고하는데) 편의 시설을 갖춘 경찰에 찾아가십시오. 내가 보기에, 그들은 신중하게 일을 처리할 수 있는 능력을 갖춘 사람들입니다."

"나는 피치 못할 사정이 아닌 한 경찰엔 찾아가지 않을 겁니다."

"그럼, 사립탐정에게 부탁할 겁니까?"

"그렇습니다. 하지만, 사립탐정에 대해선 아는 바가 없어서요. 또, 누가 믿을 만한 사람인지 알아야죠. 도대체 누가……."

"나에 대해서는 얼마나 알고 있습니까?"

"당신에 대해서는 어느 정도 알고 있죠. 예를 들어, 당신이 전시(戰時)에 정보국의 책임자로 있었다는 것 정도는 알고 있습니다. 하지만, 그런 것보다는 아저씨가 당신을 보증했기 때문이죠. 그건 인정된 사실이지요."

포와로의 얼굴에 희미하게 떠오른 냉소적인 표정을 레스태릭은 알아차리지 못했다. 포와로도 알다시피, 그 인정된 사실이란 건 완전히 환상이었다. 물론, 레스태릭은 로더릭 경의 기억력과 시력이 좋지 않다는 걸 알고 있었지만, 포와로가 경에게 한 말을 곧이곧대로 받아들인 것이다.

포와로는 그 환상을 깨우쳐 주지 않았다. 단지 사전에 점검해 보지 않고서는 그 어떤 것, 어떤 사람도 믿지 말라는 그의 신조를 확신시켜 주었을 뿐이다. '모든 사람을 의심하라'—이것은 그의 전 생애는 아니었지만, 오랫동안 포와로의 첫 번째 신념 중 하나였다.

"안심하십시오." 포와로가 말했다.

"나는 직업 면에 있어서는 아주 성공한 사람입니다. 여러 가지 면에서 나와 견줄 만한 상대는 없습니다."

레스태릭은 이 말에 안심하는 표정이 아니었다! 사실, 영국인에게 이런 식으로 자기 칭찬을 하는 사람은 약간의 오해를 불러일으키는 법이다.

레스태릭이 말했다.

"어떻게 생각합니까, 포와로 씨? 딸아이를 찾아낼 자신이 있습니까?"

"경찰이 하는 것보다 빨리는 찾아내지 못하겠지만 찾아내긴 할 겁니다. 틀림없이 찾아낼 겁니다."

"그리고, 그리고 찾아낸다면……."

"내가 따님을 찾아내기 바란다면, 레스태릭 씨, 모든 상황을 말씀해 주셔야 합니다."

"이미 말씀드렸잖습니까? 때와 장소, 그리고 그 애가 있어야 할 곳. 그 애 친구들 이름을 적어 드릴 수도 있습니다……."

포와로는 세게 고개를 흔들었다.

"아니, 그런 게 아니라 나는 사실을 말해 달라는 겁니다."

"내가 사실대로 말하지 않았다고 생각합니까?"

"당신은 모든 걸 다 얘기하진 않았습니다. 틀림없습니다. 무엇을 두려워하는 거죠? 숨김없이 죄다 얘기해 주십시오. 따님을 찾아내려면 모든 사실을 알아야 합니다. 따님은 계모를 싫어했습니다. 이건 평범한 현상이죠. 이상할 게 아무것도 없으며, 오히려 자연스러운 반응입니다. 따님은 남몰래 몇 해 동안 당신을 꿈꾸어 왔다는 걸 기억해 두십시오. 파탄 지경에 놓인 부부관계 때문에 어린애가 심각한 애정 결핍을 느낀 경우, 그렇게 될 가능성이 있죠.

예, 내가 무슨 얘기를 하는지 알고 있습니다. 당신은 어린애는 잘 잊어버린다는 말을 하고 싶겠죠? 그건 사실입니다. 따님은 당신을 다시 보았을 때, 당신의 얼굴이나 목소리를 기억하지 못했을 수도 있다는 의미에서는 당신을 잊어버렸다고 말할 수 있겠죠. 하지만, 따님은 그동안 자기 나름대로 아버지의 모습을 그려 왔습니다. 당신이 떠났을 때, 따님은 당신이 다시 돌아오기를 바랐겠죠. 하지만 어머니는 당신 얘기를 꺼내지도 못하게 했을 것이며, 그럴수록 따님은 당신 생각이 절실해졌을 겁니다. 당신은 따님에게 점점 더 커다란 위치를 차지하게 되었죠. 그리고 따님은 어머니에게 당신 얘기를 할 수 없었기 때문에, 어린이들로서는 아주 자연스러운 반응을 하게 된 겁니다.

떠나버린 아버지 대신에 남아 있는 어머니를 비난하는 거죠. 따님은 아주 자연스럽게, '아버지는 나를 좋아했어. 아버지가 싫어한 건 어머니야.' 하는 생각을 하게 되었습니다. 그리고 그 생각으로부터 점점 현실과 동떨어진 환상을 갖게 되었으며, 당신과 따님 사이에는 드러나지 않은 어떤 유대감이 싹트기 시작했지요. 그렇게 된 것은 아버지의 잘못입니다. 하지만, 따님은 그렇게 믿으려 하지 않을 겁니다!

오, 물론 그런 일은 종종 일어납니다. 나는 심리학에 대해서 좀 알고 있죠. 따님은 당신이 영국으로 돌아와서 자기와 함께 살게 될 거라는 것을 알고는, 한쪽으로 밀어놓고 오랫동안 생각하지 않았던 여러 가지 기억들을 되새겼습니다. 아버지가 돌아온다! 나와 아버지는 함께 행복하게 살 거야!

따님은 계모를 보기 전까지는 계모에 대해서 전혀 생각도 하지 않았습니다. 그리고 나서 따님은 질투심을 갖게 되었죠. 그건 아주 자연스러운 일이라고 생각합니다. 당신의 아내가 아름답고 세련되었으며, 게다가 균형잡힌 몸매를 갖고 있기 때문에 따님은 더욱더 질투심이 일어났습니다. 특히, 젊은 여자들은 몸매에 신경을 쓰기 때문에 더 화를 냈겠죠. 따님은 아마 외적인 아름다움에 열등감을 느꼈을 겁니다. 그래서, 똑똑하고 아름다운 계모를 보는 순간 증오심이 일었던 거죠. 하지만, 아직은 성숙지 못한 사춘기 소녀로서 미워하는 겁니다."

레스태릭이 머뭇거리며 말했다.

"그럼……, 그건 우리가 상담했던 의사가 한 말과 거의 비슷하군요."

"그렇습니까, 의사에게 찾아갔었습니까? 의사를 찾아간 데는 어떤 이유가 있었을 텐데요. 그렇잖습니까?"

"아무 이유도 없습니다."

"아, 아닐 겁니다. 에르퀼 포와로에게는 그런 게 통하지 않습니다. 이유가 없을 리가 없죠. 무슨 중요한 문제가 있었을 텐데, 내게 모두 말해 주시는 게 좋습니다. 왜냐하면 내가 따님의 마음 상태를 알게 된다면, 좀더 빨리 찾을 수 있거든요. 일이 그만큼 빨리 해결된다는 말입니다."

레스태릭은 잠시 입을 다물고 있다가 마음을 결정했다.

"이건 절대 비밀입니다, 포와로 씨. 당신을 믿어도 되겠죠, 틀림없이 비밀을 지켜 주는 겁니까?"

"물론이죠. 무슨 문제였습니까?"

"확실한 건 아닙니다."

"따님이 당신 아내에게 어떻게 했군요? 단순히 어린애처럼 버릇없이 굴었다든지 불쾌한 말을 한 것보다 좀 심한 행동이었겠죠. 아니, 그보다 더 나쁜 일이었겠군요. 좀더 심각한 일이었던 모양이죠? 따님이 당신 아내에게 육체적인 공격을 가했습니까?"

"아닙니다. 공격이 아닙니다. 육체적인 공격이 아닙니다. 하지만, 증명될 만한 것이 없습니다."

"아, 아닙니다. 그 사실을 인정할 겁니다."

"아내는 점점 몸이 나빠졌습니다." 그는 머뭇거렸다.

"아, 알았습니다." 포와로가 말했다.

"어디가 좋지 않았습니까? 소화기 계통이었나요? 장염의 일종입니까?"

"보통이 아니시군요, 포와로 씨. 정말 굉장히 비상하십니다. 예, 소화기 계통이었습니다. 평상시에 그렇게 건강하던 아내가 아프다고 하는 건 좀 이상한 일이었죠. 주위에서 병원에 가서 진찰을 받아보라고 하더군요. 그래서, 검사를 해보았습니다."

"결과는?"

"그 결과가 아주 만족스러운 것은 아니었습니다……. 아내는 완쾌된 것 같아서 집으로 돌아왔죠. 그런데 그 병이 재발한 겁니다. 그래서, 우리는 아내가 먹던 음식물을 조심스럽게 검사해 보았습니다. 아내는 원인 모를 장염 증세 같은 걸로 고통받고 있었거든요. 그리고 아내가 쓰던 그릇도 검사해 보았습니다. 결국, 집에 있는 그릇을 모두 조사해 본 결과, 몇 개의 접시에 어떤 물질이 발라져 있다는 것이 밝혀졌습니다. 그런데 그건 모두 아내가 사용하던 그릇에만 묻어 있었습니다."

"쉽게 말해서, 누군가가 당신 아내에게 비소를 먹이고 있었다는 거군요, 맞습니까?"

"그렇습니다. 결국에 가서는 누적 효과를 나타내도록 한 거죠."

"따님을 의심했겠군요?"

"아닙니다."

"그랬을 것 같은데요. 그렇지 않다면, 누가 그런 짓을 하겠습니까? 당신은 따님을 의심했을 겁니다."

레스태릭은 길게 한숨을 내쉬었다.

"솔직히 말해서, 그렇습니다."

2

포와로가 집에 도착하자, 조지가 그를 맞이했다.

"에디스라는 여자분에게 전화가 왔었습니다."

"에디스?" 포와로는 이맛살을 찌푸렸다.

"올리버 부인의 시중을 드는 여자 같습니다. 주인님께 올리버 부인이 세인트 질 병원에 입원해 있다고 전해 달라고 하더군요."

"무슨 일이라던가요?"

"올리버 부인이, 음, 곤봉 같은 것에 얻어맞은 모양입니다—."

조지는 말을 끝맺지 않았다.

"주인님은 모든 게 범인 탓이라고 말씀하시겠죠."

포와로는 혀를 끌끌 내찼다.

"그렇게 주의를 주었는데도 마음이 안 놓여서 어젯밤에 전화를 했더니 받지 않더군. 그 여자도 참!"

제12장

"공작새 한 마리를 사야겠어요."

올리버 부인은 눈을 감은 채 느닷없이 이렇게 말했다. 분노에 가득 찬 목소리이긴 했지만, 힘없이 들렸다.

세 사람은 깜짝 놀라 눈을 휘둥그렇게 뜨고 그녀를 바라보았다. 그녀는 말을 계속했다.

"머리를 얻어맞았어요."

이윽고 올리버 부인은 눈을 뜨고 가까스로 초점을 맞추어 자신이 어디에 있는지 알아보려고 애썼다.

먼저 그녀의 눈에 들어온 것은 완전히 낯선 얼굴이었다.

노트에 뭔가를 적는 젊은이. 그는 손에 연필을 쥐고 있었다.

"경찰관." 올리버 부인이 또렷하게 말했다.

"다시 한 번 말씀해 보시겠습니까, 부인?"

"당신을 경찰관이라고 했어요. 맞죠?" 올리버 부인이 말했다.

"그렇습니다, 부인."

"부녀자 폭행이에요."

올리버 부인은 이렇게 말하고 나서 만족스럽다는 듯이 눈을 감았다. 그리고 다시 눈을 떴을 때, 그녀는 자신이 처해 있는 상황을 좀더 확실히 알 수 있었다. 자신이 아주 위생적인 침대에 누워 있다고 생각했다. 사람들이 주위를 급하게 오르내리며 돌아다녔다. 자기 집은 아니었다. 올리버 부인은 주위를 한 바퀴 둘러보고는 자신이 어디에 와 있는지 알아차렸다.

"병원이나 요양원이군." 그녀가 말했다.

수간호사가 근엄한 표정으로 문 옆에 서 있었으며, 그녀의 침대 옆에는 간호사가 서 있었다. 그녀는 네 번째 인물을 알아보았다.

"당신 수염을 기억하지 못하는 사람은 없을 거예요. 여기에서 무얼 하세요, 포와로 씨?"

에르퀼 포와로는 그녀 침대 쪽으로 다가갔다.

"내가 조심하라고 말했잖습니까, 부인?"

"누구든지 길을 잃어버릴 수 있는 거예요."

올리버 부인은 좀 힘없는 목소리로 덧붙여 말했다.

"머리가 아파요."

"좋은 증거로군요. 부인 추측대로 머리를 얻어맞은 모양입니다."

"예, 공작새에게 얻어맞았죠."

경찰관이 의아스럽다는 듯이 말했다.

"죄송합니다만, 부인, 공작새에게 폭행을 당했다는 말입니까?"

"물론이에요. 나는 한동안 불안한 기분이었어요. 분위기라는 것이 뭔지 아실 거예요."

올리버 부인은 분위기를 손짓으로 나타내 보이려 애쓰다가 포기했다.

"휴, 다시 생각하지 않는 게 좋겠어요."

"환자를 너무 흥분시키지 마세요." 수간호사는 못마땅하다는 듯이 말했다.

"어디에서 폭행을 당했는지 말씀해 주시겠습니까?"

"생각이 잘 나지 않아요. 길을 잃어버렸거든요. 나는 화실 같은 곳에서 나오고 있었어요. 아주 더러운 곳이었죠. 그곳에는 며칠 동안이나 수염을 깎지 않는데다가 때가 꼬질꼬질 묻은 가죽 옷 저고리를 입은 청년이 있었어요."

"그 청년이 부인을 때렸습니까?"

"아니에요, 다른 사람이에요."

"그 사람 얘기를 해주시죠."

"지금 얘기하고 있잖아요? 나는 카페에서부터 줄곧 그의 뒤를 따랐어요. 하지만, 나는 미행에는 익숙지 못하죠. 경험이 없었으니까. 미행한다는 건 생각보다 훨씬 더 어려운 일이더군요."

그녀는 경찰관을 바라보았다.

"당신은 잘 알겠군요. 당신들은 미행하는 교육을 받는다죠? 오, 신경 쓰지 마세요. 별일 아니니까." 그녀는 갑자기 좀 빠른 말투로 얘기했다.

"아주 간단해요. 나는 월즈엔드에서 그를 놓쳤어요. 그가 다른 사람과 함께 있거나 아니면, 다른 길로 가버린 모양이라고 생각했죠. 그런데 그가 내 뒤에 불쑥 나타난 거예요."

"그가 도대체 누굽니까?"

"공작새 말이에요." 올리버 부인이 말했다.

"나는 깜짝 놀랐어요. 사람들은 누구나 일이 잘못되었다는 걸 알게 되면 깜짝 놀라죠. 내 말은, 당신이 그를 미행하는 것이 아니라, 그가 당신을 미행하고 있었다는 걸 알게 되면 놀랄 거라는 말이에요. 그런 일이 좀 일찍 일어났던 거죠. 나는 불안해졌어요. 사실, 무슨 이유 때문이었는지 모르지만 두려웠어요. 그는 아주 공손하게 말했지만, 나는 두려웠어요. 아무튼 그랬어요.

그런데 그가, '올라가서 화실을 구경하시죠' 하고 말하는 게 아니겠어요. 나는 덜커덕거리는 사닥다리 같은 계단을 올라갔죠. 그곳에서는 아주 지저분한 차림새의 젊은이가 그림을 그리고 있었으며, 어떤 젊은 여자가 모델 자세를 취하고 있었죠. 그녀는 꽤 깔끔하고 예뻤장했어요. 그래서, 우리는 함께 있게 되었던 거예요. 그들은 공손하고 괜찮은 젊은이들이었어요.

내가 집으로 돌아가겠다고 하자, 그들은 내게 킹로로 가는 길을 가르쳐 주더군요. 하지만, 올바른 길을 말해 줄 리 없죠. 물론, 내가 잘못 들어섰는지도 몰라요. 두 번째는 왼쪽으로, 세 번째는 오른쪽으로 하는 식으로 길을 가르쳐 주면 잘못 들어서기 십상이니까요. 적어도 나는 그래요. 아무튼, 나는 이리저리 헤매다가 강 근처의 좀 이상한 빈민가로 들어갔어요. 그때는 이미 두려움 같은 것이 모두 사라진 상태였죠. 내가 그렇게 방심하는 사이에 공작새가 뭔가로 내리쳤던 거예요."

"헛소리를 하시는 것 같아요." 간호사가 설명하는 듯한 투로 말했다.

"아니에요." 올리버 부인이 말했다.

"나는 지금 내가 무슨 말을 하는지 알아요."

간호사는 무슨 말인가를 하려다가 수간호사의 눈치를 보고는 이내 입을 다

물어 버렸다.

"벨벳과 공단 옷에 길고 구불구불한 머리칼……." 올리버 부인이 말했다.

"공단 옷을 입은 공작새라고요? 진짜 공작새입니까? 첼시의 강 근처에서 공작새를 보았다는 겁니까?"

"진짜 공작새?" 올리버 부인이 말했다.

"아니에요. 우스운 말을 하는군요. 진짜 공작새가 첼시 강둑에서 뭘 하겠어요."

이 말엔 아무도 대꾸하지 않았다.

"으스대며 뽐내는 사람 같아서……." 올리버 부인이 말을 이었다.

"내가 공작새라는 별명을 붙였죠. 남에게 자신을 과시하고 싶어 하고, 허영심도 많고, 또 자신의 용모에 대해 자신감을 가진 사람이에요. 그 밖의 다른 이유도 있지만요."

그녀는 포와로를 바라보았다.

"데이비드 말이에요. 내가 누굴 말하는 건지 아실 거예요."

"데이비드라는 청년이 부인의 뒤통수를 쳤다는 말입니까?"

"예, 그래요."

"그 사람의 얼굴을 봤습니까?" 에르퀼 포와로가 말했다.

"보지는 못했어요." 올리버 부인이 말했다.

"얼굴은 보지 못했어요. 뒤에서 무슨 소리가 들리는 것 같아서 머리를 돌리려고 하는데 일이 벌어졌으니까! 벽돌 더미 같은 것이 나를 짓누르는 것 같았죠. 이제 그만 자고 싶어요."

그녀는 몸을 뒤척거리다가 고통스럽다는 듯이 얼굴을 찡그리고는 이내 완전히 무의식의 세계로 빠져들었다.

제13장

포와로는 자기의 공동주택에 들어가는 데 거의 열쇠를 사용하지 않는다. 대신에 옛날 방법대로 벨을 누르고는, 충실한 하인인 조지가 문을 열어 주기를 기다렸다. 병원에 다녀온 지금은 레몬 양이 문을 열어 주었다.

"손님이 두 분 와 계세요"

레몬 양은 속삭이는 정도는 아니지만, 여느 때보다 훨씬 낮은 목소리로 말했다.

"한 분은 고비 씨고, 또 한 분은 로더릭 호스필드 경이라는 노신사분이세요. 어느 분을 먼저 만나보시겠어요?"

"로더릭 호스필드 경을 먼저 만나보지."

포와로는 중얼거리듯이 말했다. 그러고는 머리를 한쪽으로 기울인 채 마치 올새 같은 모습으로 이 마지막 전개가 전체적인 상황에 어떤 영향을 미칠 것인가 하고 생각해 보았다.

고비는 여느 때와 마찬가지로 레몬 양이 타이프를 치는 작은 방에 들어가 있었다. 그녀가 분명히 그를 그곳에 잡아두었을 것이다.

포와로가 외투를 벗자 레몬 양이 받아서 홀스탠드(거울·외투걸이·우산꽂이 등이 달린 가리개)에 걸었다. 고비는 버릇대로 레몬 양의 뒤에 대고 말했다.

"조지와 부엌에서 차를 마시겠소. 내게 주어진 시간은 나의 것이니까 내 마음대로 하겠소"

그는 슬그머니 부엌으로 들어가 버렸다. 포와로가 응접실로 들어가 보니, 로더릭 경이 활기찬 걸음걸이로 이리저리 서성거리고 있었다.

"다시 만나게 되었구려." 그가 부드럽게 말했다.

"전화란 놀라운 거요"

"내 이름을 기억하셨습니까? 이거 영광입니다."

"아니, 당신 이름은 정확하게 기억하지 못하오. 당신도 알다시피, 나는 사람 이름을 잘 기억하지 못하잖소. 하지만, 얼굴만은 좀처럼 잊어버리지 않지."

로더릭 경은 자랑스럽게 말했다.

"런던경시청으로 전화를 걸었었소."

"오!"

포와로는 로더릭 경이 그렇게 할 만한 사람이라고 생각하긴 했지만, 그래도 좀 뜻밖이었다.

"누구와 통화하고 싶으냐고 묻더군. 그래, 제일 윗사람을 바꿔 달라고 했지. 내 생활방식은 그렇소. 어떤 일을 담당하는 데 있어서 2등은 절대 하지 마시오. 무조건 맨 꼭대기까지 올라가는 거요. 나는 내 신분을 밝히고는 제일 윗사람과 통화하고 싶다고 했소. 그랬더니, 그렇게 해주더군. 아주 예의 바른 친구던데. 나는 언제 프랑스의 어느 지방에서 연합군 정보국에 나와 함께 근무하다 물러난 친구의 주소를 알고 싶다고 했소. 그 말에 그 친구가 좀 어리둥절해 하는 것 같아서 이렇게 덧붙여 주었지. '내가 누굴 말하는지 알 거요. 아마 프랑스인가 벨기에인인가 그렇소.' 당신이 벨기에인이라고 그랬던가? '세례명이 아킬레스와 비슷한 발음인데, 아킬레스는 아니오. 발음이 비슷할 뿐이지. 자그마한 몸집에 커다란 콧수염을 기른 사람인데.' 그러자 그 친구는 기억이 났는지, 전화번호부에 당신 이름이 있을 거라고 하더군. 나는 그렇긴 하다고 대답하면서 이렇게 말했소. '하지만 아킬레스나 에르큘이란 이름으로 나와 있지는 않잖소? 그 친구의 성이 기억나지 않아서 묻는 거요.' 그러자, 당신 성을 말해 주더군. 아주 예의 바른 친구야. 암, 그렇고말고."

"만나뵙게 되어 기쁩니다."

포와로는 로더릭 경과 통화한 사람이 나중에 자기에게 무슨 말을 할 것인가 생각해 보았다. 다행히도 그는 제일 윗사람은 아닌 것 같았다. 그는 아마 포와로를 아는 사람으로서, 과거의 유명인사에게 공손하게 대답해 주는 일을 맡고 있을 것이다.

"그래서, 이렇게 찾아왔소." 로더릭 경이 말했다.

"잘 오셨습니다. 뭣 좀 마시셔야죠. 차, 석류 주스, 위스키, 소다수, 까치밥나무 주스……."

"됐소"

로더릭 경이 까치밥나무 주스라는 말에 깜짝 놀라서 말했다.

"위스키가 좋겠군. 술을 마시지 말라고 했지만." 그가 덧붙여 말했다.

"의사들은 엉터리야. 먹고 싶은 것은 무조건 먹지 말라고 하지."

포와로는 벨을 눌러 조지를 불러서 적당히 지시했다. 위스키와 사이편 병을 로더릭 경의 앞에 갖다놓고 조지는 물러갔다.

포와로가 먼저 말을 꺼냈다.

"그런데 무슨 일로 찾아오셨습니까?"

"당신에게 부탁할 일이 있소"

시간이 지날수록 로더릭 경은 과거에 포와로와 자기 사이에 긴밀한 유대관계가 있었다는 것을 더욱더 확신하는 것 같았다. 포와로도 역시 그렇게 생각했는데, 그건 로더릭 경의 조카 때문에 포와로의 능력을 훨씬 더 신뢰하게 된 것이기 때문이다.

"서류 문제요." 로더릭 경이 목소리를 낮추어 말했다.

"몇 가지 서류를 잊어버렸는데 그걸 찾아 달라는 거요, 알겠소? 나는 시력도 예전 같지 않은데다가 기억력도 좋지 않아서, 안면 있는 사람에게 이 일을 맡기는 게 좋겠다고 생각했소. 알겠소? 그런데 당신이 그날 마침 때를 맞추어서 나를 찾아온 거요. 왜냐하면, 나는 무심코 서류 얘기를 털어놓게 되었거든"

"재미있는 얘기군요." 포와로가 말했다.

"어떤 서류인지 말씀해 주시겠습니까?"

"당신이 그 일을 맡겠다면, 당연히 그렇게 물어봐야겠지. 명심해 두시오, 이건 아주 비밀이오. 극비라고 할 수 있지. 아니, 적어도 한때는 극비였던 것이오. 그런데 그것이 이제 다시 극비로 될 것 같소. 그건 그렇고, 그 서류란 내가 주고받은 편지들이오. 그 당시에는 특별히 중요한 것도 아니었으며, 앞으로 중요해질 것이라고도 생각지 않았었소. 그렇지만, 정치란 변하는 법이지. 당신도 그것이 어떻다는 걸 잘 알 거요. 한 바퀴 빙 돌아 반대편에서 얼굴을 내미

는 것 말이오. 전쟁이 일어났을 때 실감했지. 우리 중 누구도 한 치 앞을 내다
보지 못했던 거요. 1차 대전 때 우리는 이탈리아와 우방이었는데, 2차 대전에
선 서로 적이 되어서 싸웠소. 어느 쪽이 나빴는지 그건 모르겠소. 또, 1차 대
전 때 우리의 동맹국이었던 일본은 2차 대전 때 진주만을 공격했소! 당신도
어디에 가담했었는지 몰랐을 거요! 러시아와도 같은 편으로 시작했다가는 서
로 적이 되어서 끝났소. 이보시오, 포와로, 요즘에는 동맹이라는 문제보다 더
어려운 것은 없을 거요. 하룻밤 사이에도 휙 돌아서 버리니까."

"서류를 잃어버리셨다고요."

포와로는 그 노신사가 찾아온 목적을 상기시켜 주었다.

"그렇소. 당신도 알다시피, 나는 많은 서류를 갖고 있는데 요즘 그걸 정리하
고 있다오. 전에는 안전하게 은행에 보관해 두었는데, 최근에 모두 찾아서
분류하고 있소. 회고록을 써볼까 하고 말이오. 요즘 많은 사람들이 그런 걸 쓰
고 있잖소. 몽고메리, 앨런브룩, 오친렉 같은 친구들이 지면에다 자신의 얘기
를 떠들어대고 있지. 대부분이 다른 장군들에 대한 자신의 생각을 말한 거지
만. 심지어는 존경받는 내과의사인 모런조차도 자기의 중요한 환자 비밀을 폭
로해 버렸소. 그러니, 다음에는 무슨 일이 벌어질지 누가 알겠소! 모든 게 그
렇소. 그래서, 나는 내가 아는 몇몇 사람에 대해서 한두 가지 사실을 얘기하는
것도 꽤 흥미를 불러일으킬 거라고 생각했소! 나라고 다른 사람처럼 하지 말
라는 법 없잖소? 그래, 나는 지금 그 일에 몰두하는 거요."

"틀림없이 많은 관심을 불러일으키게 될 겁니다." 포와로가 말했다.

"아—하, 물론 그럴 거요! 대부분이 뉴스를 통해서만 알고 있기 때문에 경
외심을 갖고 그들을 바라보지. 그러므로 그들이 얼마나 바보스러운지 모르겠
지만, 나는 다 알고 있소. 고급 장교들이 저지른 실수 몇 가지를 알게 되면 당
신도 놀랄 거요. 그래서, 서류들을 끄집어내어 그녀에게 분류하라고 시켰소.
훌륭한 처녀요. 그리고 똑똑하고. 영어를 잘하는 편은 아니지만, 성실하고 영
리해서 내게 많은 도움을 주고 있지. 나는 많은 서류에 손도 대지 않는데,
대부분이 조금씩 흐트러져 있는 게 아니겠소? 그리고 무엇보다도 중요한 건
내가 찾는 서류가 그곳에 없다는 거요."

"그곳에 없다뇨?"

"그러니까, 처음에는 실수로 빠뜨린 게 아닌가 하고 몇 차례나 살펴보았는데, 포와로, 많은 서류를 도난당한 것 같소. 그중 몇 가지는 중요한 것이 아니오. 사실, 내가 찾는 서류도 특별히 중요한 것은 아니었소. 아무도 그것이 중요하다고 생각지 않았을 거란 말이오. 그렇지 않다면 내가 보관하도록 내버려두지 않았겠지. 그런데 그 편지들이 거기에 없었던 거요."

"실례의 말입니다만." 포와로가 말했다.

"경께서 언급하시는 그 편지들에 대해서 말씀해 주실 수 있겠습니까?"

"나도 자세한 내용은 기억나지 않소. 내가 말할 수 있는 것은, 그 편지에 요즘 자신의 과거 언행에 대해서 떠들어대고 있는 어떤 자에 대한 내용이 쓰여 있다는 것뿐이오. 그런데 그 친구가 말하는 것은 진실이 아니오. 그 편지들이 그가 얼마나 새빨간 거짓말쟁인지를 증명해 줄 거요! 하지만, 그 편지들을 지금 발표하지는 않을 거요. 먼저 그에게 편지 사본을 보내어 그가 그 당시에 한 말을 정확하게 알게 한 다음 집필을 시작할 거요. 그 뒤에 상황이 조금 달라진다고 해도 놀라지 않을 테니까. 알겠소? 그건 물어볼 필요도 없는 거지. 당신도 그렇고 그런 얘기에는 이골이 나 있을 테니까."

"맞는 말씀입니다, 로더릭 경. 경께서 무슨 말씀을 하시는 건지 분명히 알았습니다. 하지만, 내가 그 물건이 어떤 것이며 또 지금 어디에 있음직하다는 것도 모른다면, 경을 도와서 그 물건을 찾아 드리기가 어렵다는 걸 아실 겁니다."

"먼저, 나는 그걸 누가 훔쳐갔는지 알고 싶소. 당신도 그게 가장 중요하다고 생각할 거요. 그중에는 극비에 속하는 것도 있을지 모르는데, 누가 그걸 갖고 장난을 치는 거나 아닌지 궁금하단 말이오."

"뭐 짚이는 데라도 있습니까?"

"내가 꼭 짚이는 데가 있어야 하오?"

"중요한 가능성이 될 수도 있으니까요."

"무슨 말인지 알겠소. 그 처녀애를 두고 하는 얘기 같군. 나는 그 애라고는 생각지 않소. 그 애도 자기가 그러지 않았다고 말했고, 나는 그 애 말을 믿어요. 알겠소?"

"알았습니다……." 포와로는 가볍게 한숨을 내쉬며 말했다.

"알았습니다."

"그리고 그 애는 너무 어려서 그런 것들이 중요한 건지도 모르오. 그건 그 애가 태어나기도 전의 일이니까."

"누군가가 그녀에게 가르쳐 줬을 수도 있습니다." 포와로가 지적했다.

"그렇소, 그렇지. 있을 수 있는 일이오. 하지만, 그런 일은 없었을 거요."

포와로는 한숨을 내쉬었다. 로더릭 경이 저렇게 편파적인 생각을 하는데, 고집을 부려 봤자 소용없는 일이다.

"누구 또 접근한 사람이 없습니까?"

"앤드루와 메리가 있긴 하지만, 앤드루는 그런 일에 관심을 갖고 있지 않을 거요. 그 애는 어렸을 때부터 예절이 깍듯했으니까. 늘 그랬지. 내가 그 애를 아주 잘 알고 있지는 않지만 말이오. 휴일에 형과 함께 한두 번 놀러 온 게 전부였으니까. 물론, 그 애는 아내를 버리고 반반한 여자와 함께 남아프리카로 떠났었지만, 그런 일은 남자라면 누구에게나 있을 수 있는 거요. 특히 그레이스 같은 여자와 함께 살고 있었다면. 그 여자도 여러 번 보지는 못했지만, 거만하고 사람을 달달 볶는 성격이었지. 아무튼, 앤드루 같은 애가 스파이라고는 상상도 못 할 거요. 그리고 메리는 괜찮은 여자요. 내가 보기에는 장미밭을 가꾸는 것 외에는 어떤 일에도 관심이 없는 것 같았소. 정원사가 있기는 하지만, 여든세 살이나 된데다가 집 안에서 함께 기거하지 않고 마을에서 살고 있지. 그리고 후버스와 함께 요란스러운 집을 요리조리 피해 다니는 여자가 두 명 있는데, 그들이 스파이라고는 생각할 수 없소. 결국, 스파이는 외부인이라는 얘기요. 물론 메리가 가발을 쓰긴 하지만……."

로더릭 경은 좀 엉뚱한 얘기를 계속했다.

"그 애가 가발을 쓴다고 하니까 당신이 의심할지도 모를 것 같아서 하는 말인데, 그건 그렇지가 않소. 그 애는 열여덟 살 때 열병을 앓아 머리카락이 모두 빠져 버렸다고 하오. 그 나이의 처녀에게는 충격적인 일이었겠지. 나도 처음에는 그 애가 가발을 썼다는 걸 몰랐는데, 언젠가 장미 나무에 머리칼이 걸려 가발이 옆으로 벗겨졌소 그렇지, 아주 운이 나빴었지."

"나도 그녀가 머리를 매만진 모습이 조금 이상하다고 생각했었습니다."

포와로가 말했다.

"훌륭한 첩보원은 절대로 가발을 쓰지 않소" 로더릭 경이 말했다.

"불쌍한 녀석들은 성형외과에 가서 얼굴을 뜯어고치기도 하지. 그건 그렇고, 어떤 녀석이 내 서류를 만지작거리고 있는 거요."

"혹시 그 서류를 서랍이나 다른 서류철 사이에 끼워둔 것은 아닐까요? 그 서류를 마지막으로 보신 것이 언제였습니까?"

"1년 전이었소 그때 그것이 좋은 자료가 될 거라고 생각하고는, 그 편지들을 주의 깊게 봐두었던 기억이 있소 그런데 그것이 사라져 버렸소 누군가가 가져간 게 틀림없어."

"경께선 앤드루나 그의 아내, 또는 집에서 일하는 사람은 의심하시지 않는 군요. 그럼, 그 딸은 어떻습니까?"

"노마 말이오? 글쎄, 노마가 조금 이상하다는 건 사실이오 그 애가 아무도 모르게 남의 물건을 훔치는 도벽증이 있을지는 모르지만, 내 서류들을 뒤적거리는 건 보지 못했소"

"그럼, 경께서는 어떻게 생각하고 계십니까?"

"당신은 우리 집에 가보았으니까, 그 집이 어떻다는 걸 알 거요. 누구든지 어느 때나 마음대로 들락거릴 수 있소 문을 잠그지 않으니까. 잠그는 적이 없지."

"경의 방문도 잠그지 않습니까? 런던에 가실 때도요?"

"잠글 필요가 있다고 생각한 적이 없었소 물론 지금은 잠그고 있지만, 그게 무슨 소용이 있겠소? 소 잃고 외양간 고치는 격이지. 나는 어느 문이라도 열 수 있는 만능열쇠를 하나 갖고 있소 누군가가 밖에서 침입한 게 틀림없소 요즘에는 왜 이렇게 도둑들이 많은지. 대낮에 집 안으로 들어와 2층으로 올라가서, 미리 봐둔 방으로 들어가 보석 상자를 털어갖고 나온다 해도, 그를 본 사람도 없고, 그가 누구인지 신경 쓰는 사람도 없을 거요

그런 녀석들은 대개 장발에다가 손톱에 때가 낀, 요즘 로큰롤 광(狂)이거나

비트족이라고 불리는 10대 불량배들일 거요. 그런 녀석들 중 한 명이 집 안을 기웃거리는 걸 본 적이 있긴 하오. 하지만, 누구도 '도대체 네 녀석들은 어떤 놈들이냐?' 하고 물어보고 싶어 하지 않소. 남자인지 여자인지 구별하기 어려워 아주 당황할 때가 있으니까. 그 집에는 그런 녀석들이 수시로 들락거리고 있소. 아마 노마의 친구들이겠지. 옛날 같으면 도저히 용납할 수 없는 일이겠지만. 하지만, 집 밖에서 만난 그런 녀석들이 엔더슬레이 자작이거나 샬럿 마조리뱅크스 공작 딸이라는 거요. 요즘에는 뭐가 뭔지 모르겠소."

그는 잠시 말을 멈췄다.

"그 일의 진상을 캐낼 수 있는 사람은 포와로 당신뿐이오."

그는 남은 위스키 한 모금을 마시고는 자리에서 일어났다.

"상황이 이렇소. 모두 당신에게 달려 있는 거요. 어때, 맡아 보겠소?"

"최선을 다하겠습니다." 포와로가 말했다.

그때 현관벨이 울렸다.

"그 애일 거요." 로더릭이 말했다.

"1분도 틀리지 않는군. 놀랍지 않소? 난 그 애 없이는 런던을 돌아다닐 수가 없소. 장님이나 마찬가지지. 길도 건널 수 없으니까."

"안경을 쓰시지 않습니까?"

"어딘가에서 몇 개 사긴 했는데, 늘 콧잔등에서 미끄러져 내리거나 잃어버리지. 또, 안경 쓰는 걸 좋아하지 않소. 얼마 전에만 해도, 예순다섯 살까지만 해도 안경 없이 책을 읽을 수 있었는데. 그때가 좋았지."

"이 세상에 영원한 것은 아무것도 없습니다." 에르퀼 포와로가 말했다.

조지가 소니아를 안내해 왔다. 아주 아름다운 여자였다. 조금 수줍어하는 모습이 그녀를 더욱 돋보이게 한다고 포와로는 생각했다. 그는 프랑스인처럼 정중한 태도로 앞으로 걸어나왔다.

"만나게 되어 기쁩니다, 마드모아젤." 그는 그녀의 손을 잡았다.

"제가 늦지는 않았죠, 로더릭 경."

그녀는 그를 건너다보며 말했다.

"기다리실까 봐 걱정했어요."

"아주 정확했어." 로더릭 경이 말했다.

"단정해 보이는군."

소니아는 좀 당황해 하는 눈치였다.

"차는 마셨겠지?" 로더릭 경이 말했다.

"차 한잔하고, 롤빵이나 에클레어(속에 크림을 넣은 과자의 일종)나 뭐 요즘 젊은 처녀들이 좋아하는 걸 몇 개 사라고 일렀는데, 그대로 했나?"

"그대로 하지 못했어요. 구두 한 켤레 사는 데 시간이 거의 다 가버렸거든요. 보세요, 예쁘죠, 그렇죠?"

그녀는 한쪽 발을 내밀었다. 정말 예쁜 발이었다.

로더릭 경은 미소를 지으며 그녀의 발을 내려다보았다.

"어서 가서 열차를 타야 해." 그가 말했다.

"나는 구식이라서 늘 열차를 탄다오. 제시간에 출발해서 정시에 도착하지. 아니면, 그들이 그렇게 해야 해. 하지만, 자동차는 붐비는 시간에는 길게 줄을 늘어서서 한 시간 반 이상은 기다려야 하지. 자동차! 휴!"

"조지에게 택시를 잡아 놓으라고 할까요? 번거로운 일은 절대 아닙니다."

에르큘 포와로가 말했다.

"제가 이미 택시를 대기시켜 놓았어요." 소니아가 말했다.

"이것 보오, 모든 걸 생각하고 있잖소." 로더릭 경이 말했다.

그는 그녀의 어깨를 토닥거려 주었다. 그녀는 에르큘 포와로도 충분히 느낄 수 있는 시선으로 그를 바라보았다.

포와로는 그들을 배웅하러 현관으로 나가서 정중하게 인사했다. 고비가 부엌에서 나와 있다가 현관에 서서 가스를 검사하러 온 사람처럼 훌륭한 연기를 했다.

그들이 엘리베이터 안으로 사라지자마자 조지는 현관문을 닫고는 포와로 쪽으로 돌아섰다.

"젊은 여자가 어떻게 보이는가, 조지?" 포와로가 말했다.

그는 어떤 점에 있어선 조지의 의견이 거의 확실하다고 생각해 왔다.

"글쎄요―." 조지가 말했다.

"이런 식으로 말씀드려도 괜찮을지 모르겠지만, 그 노신사분이 잘못 생각하고 계신 것 같습니다, 주인님. 주인님께서도 말씀하셨는지 모르겠지만, 그녀에게 흠뻑 빠져 있는 것 같더군요."

"자네 생각이 옳은 것 같군." 에르퀼 포와로가 말했다.

"물론, 그 나이의 노인에게는 이상한 일이 아니죠. 마운트브라이언 공이 생각나는군요. 그분은 경험도 많고 빈틈이 없는 분이셨습니다. 그런데 놀라운 일이 있었죠. 그분에게 마사지를 해주러 오는 젊은 여자가 있었는데, 그분이 그녀에게 뭘 주었는지 아시면 놀라실 겁니다. 야회복과 팔찌를 주었습니다. 잊지 말라는 뜻이었죠. 또, 터키석과 다이아몬드도 주었습니다. 그렇게 비싼 것은 아니었지만, 그래도 꽤 값이 나가는 거죠. 그리고 밍크는 아니지만 모피 목도리와 러시아 담비 모피, 예쁜 점박이 무늬의 이브닝 핸드백도 주었습니다.

그 뒤에 그녀는 오빠가 빚인가 뭔가로 곤란한 지경에 빠져 있다고 사정했습니다. 사실, 저로서는 정말 그녀의 오빠가 있었는지도 의심스럽습니다. 마운트브라이언 공은 빚을 청산하라고 또 그녀에게 돈을 주었죠. 그때는 그녀도 어리둥절했을 겁니다! 이런 것이 모두 정신적인 사랑이라는 거 아닙니까. 그 나이쯤 되면 그렇게 이성을 잃어버리는 모양입니다. 그런 분들이 좋아하는 건 찰싹 달라붙는 여자이지, 대담한 여자들은 좋아하지 않죠."

"자네 생각이 옳네, 조지." 포와로가 말했다.

"하지만, 그건 내 질문에 대한 대답이 아니야. 나는 자네에게 젊은 여자에 대해서 물었잖나."

"오, 그 젊은 여자 말이죠……. 글쎄요, 뭐라고 딱 꼬집어서 말씀드릴 수는 없지만, 그래도 아주 분명한 사람인 것 같습니다. 주인님이 꼬투리를 잡을 만한 점이 전혀 없어 보이더군요. 하지만, 그분들은 자신들이 무얼 하는지 알고 있을 겁니다."

포와로가 응접실로 들어가자 고비가 따라 들어왔다. 고비는 여느 때와 똑같은 자세로 딱딱한 의자에 앉았다. 무릎을 모으고 발가락을 안쪽으로 구부린 채, 그는 주머니에서 모서리가 접힌 작은 수첩을 꺼내어 조심스럽게 펼치고는 소다수 병에 시선을 고정한 채 얘기를 시작했다.

"조사를 부탁한 레스태릭 가문의 배경입니다.

레스태릭 가문은 평판이 좋고 존경을 받고 있습니다. 나쁜 소문은 없더군요. 아버지인 제임스 패트릭 레스태릭은 장사에 뛰어난 사람이었답니다. 3대에 걸쳐 그 사업을 하고 있습니다. 할아버지가 창업하여 아버지가 확장시켰고, 사이먼 레스태릭이 경영해 왔습니다. 사이먼 레스태릭은 2년 전에 관상동맥 이상으로 건강이 악화하였다가 1년 전에 관상동맥 혈전증으로 죽었습니다. 동생인 앤드루 레스태릭은 옥스퍼드에서 내려와 그레이스 볼드윈 양과 결혼한 다음에 가족사업에 참여했습니다. 두 사람 사이엔 노마라는 딸이 하나 있죠. 그런데 그는 아내를 두고서 비렐 양이라는 여자와 함께 남아프리카로 떠났습니다. 이혼을 하지 않은 상태로 말이죠. 앤드루 레스태릭 부인은 2년 전에 죽었는데, 한동안 병으로 앓았던 모양입니다. 노마 레스태릭은 메도우필드 여학교 기숙사에 있었으며, 이상한 점은 없습니다."

고비는 지나가는 눈길로 포와로의 얼굴을 쳐다보았다.

"사실, 그 점에 대해서는 모든 것이 정상입니다, 정확하고요."

"말썽꾸러기나 정신적으로 이상이 있는 사람이 없단 말이오?"

"없는 것 같습니다."

"실망이군." 포와로가 말했다.

고비는 이 말을 흘려 넘겼다. 그는 목청을 가다듬고는 손가락에 침을 묻혀 수첩을 넘겼다.

"데이비드 베이커. 만족스럽지 못한 기록이 있습니다. 집행유예를 두 번 받았더군요. 경찰은 그에게 관심을 갖고 있는 모양입니다. 그가 지금까지 몇 가지 의심스러운 일을 해왔기 때문에 중요한 미술품 도난 사건에 관련되어 있을 거라고 생각하곤 있지만, 증거가 없습니다. 그 친구는 사이비 화가입니다. 특별히 생계수단도 없으면서 넉넉하게 생활하고 있으며, 돈 많은 처녀들을 좋아하죠. 자기에게 반한 몇몇 처녀들에게 얹혀살면서, 그들의 아버지에게 돈을 받아내곤 합니다. 나쁜 친구이긴 하지만, 문제가 생기지 않도록 자신을 도사리는 데는 머리가 비상한 녀석이죠."

고비는 흘긋 포와로를 쳐다보았다.

"그 친구를 만나보셨죠?"

"그렇소." 포와로가 대답했다.

"어떤 결론을 내리셨는지 물어봐도 되겠습니까?"

"당신과 마찬가지요." 포와로가 말했다.

"번지르르하게 차려입었더군." 그는 생각에 잠겨 덧붙였다.

"여자들에게 호감을 받고 있습니다." 고비가 말했다.

"요즘 젊은 여자들은 열심히 일하는 훌륭한 청년은 두 번 다시 쳐다보려고 하지 않으니 문제입니다. 남의 눈을 속이는 녀석들 뒤꽁무니나 따라다니고요. 그들은 이렇게 말하죠. '운이 없어. 불쌍한 사람이야.'라고 말입니다."

"공작새처럼 뽐내며 돌아다니더군."

"그렇게 말씀하실 줄 알았습니다."

고비는 미심쩍다는 듯이 말했다.

"누군가에게 몽둥이를 휘두를 만한 인물이오?"

고비는 잠시 생각에 잠겼다가 천천히 고개를 흔들었다.

"아무도 그 친구가 그런 사람이라고는 비난하지 않았습니다. 그런 일에는 전문가가 아니라는 말이죠. 거친 인상이라기보다는 부드러운 편이니까요."

"아니, 아니오, 나는 그렇게 생각하지 않소. 그가 돈을 받고 물러섰을 수도 있다? 그게 당신 생각이지?"

"그 친구는 이용 가치가 있다면 어느 여자에게라도 접근합니다."

포와로는 고개를 끄덕였다. 그에게 문득 어떤 생각이 떠올랐다. 앤드루 레스태릭은 포와로가 서명한 것을 읽을 수 있도록 수표를 돌려놓았었는데, 그때 그는 그 서명만 읽은 것이 아니었다. 거기엔 그 수표가 누구 앞으로 발행되는지도 쓰여 있었다. 그건 데이비드 베이커에게 주는 것이었으며, 꽤 많은 액수였다.

데이비드가 그 수표를 거절했을지도 모른다고 포와로는 생각했다. 하지만, 그렇지 않았을 가능성이 더 크다고 여겼다. 고비도 분명히 똑같은 생각을 하고 있을 것이다. 어느 때 어느 시대나 돼먹지 못한 젊은 남자들이 돈을 받고 물러났으며, 돼먹지 못한 여자들도 마찬가지였다. 아들들은 앞으로 절대로 그러지 않겠다고 맹세를 했으며 딸들은 눈물을 흘리며 호소했지만, 돈이면 그만이었다.

데이비드가 노마에게 결혼하자고 했었다. 그게 진심이었을까? 그가 정말로 노마에게 관심이 있는 걸까? 그렇다면, 그는 그렇게 돈을 받고 쉽게 물러서지는 않았을 것이다. 그 친구는 진심이라고 말했으며, 노마도 그렇게 믿었다. 앤드루 레스태릭과 고비, 그리고 에르큘 포와로는 각각 다른 생각을 하고 있었으며, 서로 자신의 생각이 옳을 것이라고 여기고 있었다.

고비는 목청을 가다듬고 얘기를 계속했다.

"클라우디아 리스홀랜드 양은 정상입니다. 그녀에게는 이상한 점이나 의심스러운 점이 한 가지도 없습니다. 아버지가 국회의원인데, 아주 부유한 편이며 나쁜 소문도 없습니다. 그렇고 그런 국회의원들과는 다른 사람이라고 들었습니다. 그녀는 로데인 레이디 마거릿 홀에서 교육을 받고 내려와서 비서 과정을 밟았습니다. 처음에는 할리가(街)에서 의사의 비서로 있다가 석탄 공사에 들어갔습니다. 1급 비서죠.

두 달 전부터 레스태릭의 비서로 있는데, 특별히 좋아하는 사람도 없고 시시껄렁한 남자친구도 없습니다. 그녀는 적당하고 유능한 젊은이와 데이트하고 싶어 하겠죠. 또 그녀와 레스태릭 사이에 아무 일도 없다고 나타났지만, 확신할 수는 없습니다. 그녀는 보로딘 맨션에서 3년째 사는데, 세가 엄청나게 비싼 곳이죠. 그래서 두 명의 여자에게 방을 빌려 주어 함께 살아오고 있지만, 특별히 가까운 친구들은 아닙니다. 여러 사람이 들락거렸죠. 프랜시스 캐리라는 처녀는 두 번째 세든 사람으로 꽤 오랫동안 그곳에서 지내고 있습니다. 한동안 왕립 극예술원에 다니다가 슬레이드로 옮겼죠. 지금은 본드가에 있는 아주 유명한 웨더번 화랑에서 일하고 있습니다. 맨체스터나 버밍햄 등에서 열리는 미술전을 준비하는 전문가이며, 때로는 스위스나 포르투갈 같은 곳으로 가기도 합니다. 화가나 배우 친구들이 많습니다."

그는 잠깐 말을 멈추고 목청을 가다듬고는 수첩을 슬쩍 들여다보았다.

"지금까지 남아프리카에 대해서 많은 정보를 얻어내지 못했는데, 앞으로도 얻어내리라고 기대하지 않습니다. 레스태릭이 워낙 여러 곳을 돌아다녔으니까요. 케냐, 우간다, 황금해안, 또 한동안은 남아메리카에도 있었습니다. 끊임없이 옮겨다녔죠. 그래서, 그에 대해서 잘 아는 사람이 없습니다. 그는 자기가 가고 싶은 곳으로 갈 수 있을 만큼 많은 돈을 갖고 있었죠. 떼돈을 벌었으니까요. 그는 사람들 발길이 닿지 않는 곳에 가는 걸 좋아했다는군요. 또, 그를 만나본 사람들은 모두 그를 좋아했던 모양입니다. 그는 타고난 방랑자여서 절대로 한 사람과 관계를 지속하지 않았답니다. 그는 밀림으로 들어간 뒤 다시 모습을 나타내지 않아 죽었다고 보도된 적도 세 차례나 있었습니다. 하지만 결국 모습을 나타내긴 했는데, 5~6개월 뒤에 완전히 다른 나라나 엉뚱한 곳에서 나타났다는군요.

지난해에 런던에 있는 그의 형이 죽었을 때, 식구들은 그를 찾아내는 데 좀 애를 먹었죠. 형의 죽음으로 그는 충격을 받았던 모양입니다. 그리고 드디어 자기에게 맞는 여자도 만났습니다. 그보다 훨씬 어린 여자였는데, 선생이었다고 합니다. 착실한 여자입니다. 아무튼 그는 그때 방랑생활을 청산하고 영국으로 돌아오기로 마음먹었죠. 그는 자신의 많은 재산에다가 형의 유산까지 물려받게 되었습니다."

"성공담과 불행한 여자라……." 포와로가 말했다.

"그녀에 대해서 좀더 알고 싶군. 내게 필요한 사실들을 최선을 다해서 조사했구려. 그녀 주변 사람들과 그녀에게 영향을 주었을 만한 사람들—그녀의 아버지와 계모, 그녀가 사랑하는 남자, 그녀와 함께 사는 여자들, 그리고 런던에서 그녀가 하는 일 등등에 대해서도 알고 싶군. 그녀와 관련해서 죽은 사람은 없소? 그게 중요한 문젠데."

"그런 냄새는 나지 않았습니다." 고비가 말했다.

"그녀는 파산하기 직전에 놓인 홈버스라는 회사에서 일하는데, 보수는 좋은 편이 아닙니다. 계모는 최근에 치료를 받으려고 시골 병원에 입원한 적이 있습니다. 그 정도입니다. 여러 가지 떠도는 소문이 있긴 하지만, 특별한 것은 없는 것 같습니다."

"하지만, 계모는 죽지 않았소." 포와로가 말했다.

그는 좀 잔인한 표정으로 덧붙였다.

"내게 필요한 건 죽음이오."

고비는 그 말에 대해 미안하다고 사과하고는 자리에서 일어났다.

"더 필요한 건 없습니까?"

"정보의 성질로 봐서는 없소."

"알았습니다."

고비는 수첩을 주머니에 집어넣으며 말했다.

"얘기 순서가 바뀌어서 죄송합니다만, 방금 여기에 왔었던 처녀 말입니다."

"그녀가 어떻다는 거요?"

"글쎄요, 그녀가 이 일에 관계가 없겠지만, 말씀드리는 게 좋을 것 같습니다."

"말해 보시오. 전에 본 적이라도 있소?"

"그렇습니다. 두 달 전에요."

"어디에서?"

"국립 식물원에서 보았습니다."

"국립 식물원?"

포와로가 뜻밖이라는 표정을 지었다.

"그녀를 미행하고 있었던 게 아니라 그녀와 만난 사람을 미행하고 있었습니다."

"그게 누구요?"

"당신에게 말씀드릴 얘기가 아닙니다만, 헤르초고비니아 대사관의 2등 공관원입니다."

포와로는 눈썹을 추켜세웠다.

"재미있는데, 아주 재미있어졌군. 국립 식물원이라……." 그는 중얼거렸다.

"접선하기에는 좋은 장소지. 정말 좋은 곳이야."

"그때 나도 그렇게 생각했습니다."

"그들이 서로 얘기를 나누었소?"

"아닙니다. 두 사람이 서로 아는 사이 같지는 않더군요. 그 처녀는 책을 한 권 들고 의자에 앉아서 잠시 읽다가는 옆에다 내려놓았습니다. 그러자, 그 친구가 다가와서 바로 옆자리에 앉는 거였습니다. 그들은 서로 말하지 않았으며, 잠시 뒤에 그 처녀는 일어서서 어디론가 사라져 버리더군요. 그 친구도 잠시 앉았다가는 곧 일어서서 가버렸습니다. 그 처녀가 두고 간 책을 들고서 말이죠. 그것이 전부입니다."

"그랬었군. 아주 흥미 있는 얘기요." 포와로가 말했다.

고비는 책장을 바라본 뒤 인사하고는 나갔다.

포와로가 거칠게 한숨을 내쉬었다.

"결국은……." 그가 말했다.

"힘들어! 너무 힘들어. 스파이와 반스파이라. 처음에는 단지 약물 중독자의 머릿속에서 살인이 일어났다고 의심했었는데!"

제14장

"부인一."

포와로는 고개를 숙여 인사하고는 빅토리아식으로 꾸민 꽃다발을 선사했다.

"포와로 씨! 정말 고마워요. 꽃다발이 당신을 닮은 것 같군요. 내 꽃들은 항상 지저분하죠."

그녀는 좀 특별한 모양으로 국화가 꽂힌 꽃병을 쳐다보고는 다시 장미 꽃다발로 눈길을 돌렸다.

"이렇게 찾아와 주셔서 정말 고마워요."

"회복을 축하합니다, 부인."

"예. 이제 다 나은 것 같아요." 올리버 부인이 말했다.

그녀는 조심스럽게 머리를 이리저리 흔들어 보았다.

"아직도 머리가 조금 아파요. 두통은 정말 끔찍해요."

"조심하라고 주의를 드렸잖습니까, 부인."

"사실 위험을 각오하고 미행한 건 아니에요. 의심스러운 건 내가 무엇을 했느냐 하는 거예요." 그녀는 덧붙여 말했다.

"주위에 어떤 악마가 도사리고 있는 것 같아서 두려웠어요. 그래서, 나는 스스로 두려워할 것이 없는데 왜 바보처럼 겁을 먹고 있느냐고 타일렀죠. 그곳은 런던의 한복판이었으니 어디에나 사람들이 있을 거라고 말이에요. 그러니, 내가 두려워할 게 뭐 있겠어요? 그곳은 호젓한 숲 속 같은 데도 아니었는데요."

포와로는 심각한 표정으로 그녀를 쳐다보면서 생각했다.

올리버 부인은 정말로 그런 신경질적인 두려움을 느꼈으며, 또 악마가 있는 것 같다고 느꼈을까? 혹시 그녀가 아프기를 원하는 어떤 일이나 어떤 사람이 있다는 불길한 예감을 했던 것은 아닐까? 그리고 나중에 그런 걸 모두 사실로 받아들인 건 아닐까? 포와로는 그런 일이 쉽게 일어난다는 걸 잘 알고 있었다.

그를 찾아왔던 수많은 손님이 올리버 부인과 똑같은 말을 했었다. '뭔가가 잘못되었다는 것을 알았어요. 불길한 생각이 들었어요. 무슨 일이 일어날 것만 같았어요.' 하지만, 실제로 그들은 그런 생각을 가져 보지 않았을 것이다. 올리버 부인은 어떤 종류의 사람일까?

포와로는 그녀를 자세히 쳐다보았다. 올리버 부인은 그녀 자신의 말에 따르면, 통찰력이 뛰어난 사람이었다. 하나의 통찰력은 급속도로 또 다른 통찰력과 이어졌으며, 올리버 부인은 늘 사실과 일치된 특별한 통찰력을 정당화시키려고 애썼다!

아직도 사람들은 천둥이 치기 전에 개나 고양이 같은 동물들이 느끼는 불안감이나 뭔가가 잘못되었다는 생각을 갖고 있었다. 잘못된 것이 무엇인지는 잘 모를지라도.

"언제부터 그런 두려움을 느끼게 되었습니까?"

"큰길을 벗어날 때부터였어요." 올리버 부인이 말했다.

"그때까지만 해도 마냥 들떠 있었죠. 그래요, 누군가의 뒤를 추적한다는 것이 얼마나 어려운 일인지 알고는 당황하기도 했지만, 한편으로는 즐거웠어요."

그녀는 잠시 멈추었다가 생각에 잠겨서 얘기를 계속했다.

"처음에는 게임을 하는 것 같았어요. 그런데 갑자기 상황이 달라진 거예요. 왜냐하면 이상한 골목길에다 마치 불모지와 같은 곳으로 헛간과 집을 지으려고 치워놓은 넓은 공간이 나왔기 때문이에요. 오, 모르겠어요, 뭐라고 설명하지 못하겠어요. 꿈이 어떤 건지 아실 거예요. 파티나 뭐 그런 것에서 시작했다가는 갑자기 정글이나 이상한 곳에 들어가 있죠. 모두 불길한 징조들이에요."

"정글이라고 했습니까? 재미있는 말이군요. 그래서 부인은 마치 정글에 들어가 있는 듯한 기분을 느꼈으며 그 때문에 공작새가 두려워졌던 겁니까?"

"내가 특별히 그를 두려워했는지는 모르겠어요. 공작새는 위험한 동물이 아닌데 말이에요. 그가 화려했기 때문에 공작새라고 생각했던 것 같아요. 공작새는 아주 화려하잖아요, 그렇죠? 그리고 그 끔찍한 청년도 역시 화려하고요."

"부인이 얻어맞기 전에 누군가가 부인의 뒤를 따르고 있다는 생각은 들지 않았습니까?"

"그런 느낌은 들지 않았어요. 단지 그가 길을 잘못 가르쳐 주었다고만 생각했죠."

포와로는 생각에 잠겨 고개를 끄덕였다.

"아무튼, 나를 때린 건 그 공작새가 틀림없어요. 그렇지 않다면 누구겠어요? 때가 꼬질꼬질하게 묻은 옷을 입은 청년? 그는 불결한 인상을 풍기긴 했지만, 불길한 인상은 아니었어요. 그리고 그 흐느적거리는 듯한 프랜시스인가 하는 여자는 가능성이 없어요. 그녀는 길고 검은 머리칼을 바닥으로 늘어뜨린 채 포장 상자 위에서 포즈를 취하고 있었죠."

"모델 자세를 취하고 있었다는 겁니까?"

"그래요. 공작새의 모델이 아니라 그 지저분한 청년의 모델이었어요. 당신도 그녀를 봤을지 모르겠네요."

"아직 그런 즐거움을 맛보지 못했습니다—만일 그것이 즐거움이라면 말입니다."

"그녀는 사이비 화가치고는 예쁘고 깔끔한 편이었는데, 화장을 진하게 했더군요. 시체 같은 새하얀 얼굴에 마스카라를 잔뜩 칠하고, 나풀거리는 머리칼은 얼굴을 덮고 있었죠. 화랑에서 일을 한다니까, 모델 일을 하고 비트족들과 어울려 다닌다는 건 당연한 일이라고 생각해요. 그런 여자가 어떻게 나를 때릴 수 있었겠어요! 그녀는 공작새에게 빠져 있을지도 모르죠. 그러나 지금은 그 지저분한 청년을 더 좋아하겠죠. 하여튼, 그녀가 몽둥이로 내 머리를 때렸다고는 생각지 않아요."

"나는 다른 가능성을 생각하고 있습니다, 부인. 누군가가 부인이 데이비드를 미행한다는 걸 눈치 채고는, 거꾸로 부인을 미행한 겁니다."

"내가 데이비드를 미행하는 걸 본 사람이 있으며, 그리고 그 사람이 나를 미행했다고요?"

"아니면 누군가가 뒤뜰이나 마구간에 몸을 숨기고, 부인이 뒤따르던 바로 그 사람을 감시하고 있었을 수도 있습니다."

"물론, 그럴 수도 있겠죠. 하지만, 누가 그럴 수 있는지 궁금하군요."

포와로는 거칠게 한숨을 내쉬었다.

"오, 그렇겠죠, 어려운 문제입니다. 몹시 어렵군요. 너무 많은 사람들, 너무 많은 사실들, 나는 아무것도 분명하게 아는 것이 없습니다. 단지 살인을 저질렀을지도 모른다고 말한 여자를 만나보았을 뿐이죠! 이것이 내가 아는 전부인데, 거기에도 문제가 있습니다."

"문제라니 무슨 말씀이시죠?"

"곰곰이 생각해 봐야 합니다." 포와로가 말했다.

올리버 부인은 곰곰이 생각하는 걸 중요하게 여기지 않았다.

"당신은 늘 나를 혼란스럽게 하죠." 그녀가 불평을 했다.

"나는 지금 살인에 대해서 말하고 있습니다만, 실제로 어떤 살인이 일어났습니까?"

"계모의 죽음을 말하는 거겠죠."

"하지만, 계모는 죽지 않았습니다. 살아 있죠."

"당신은 정말 어려운 분이군요." 올리버 부인이 말했다.

포와로는 의자에서 자세를 똑바로 하고는, 손가락 끝을 한 곳으로 모으며 자신만의 시간을 가질 준비를 했다.

"부인은 곰곰이 생각해 보고 싶지 않겠지만……." 그가 말했다.

"뭔가를 얻어내려면 생각해 봐야 합니다."

"나는 생각하고 싶지 않아요. 내가 알고 싶은 건, 내가 병원에 있는 동안 당신이 무슨 일을 했는가 하는 거예요. 당신은 틀림없이 무슨 일을 하셨어요. 그동안 무슨 일을 하셨죠?"

포와로는 아무 대답도 하지 않았다.

"처음부터 시작해 봅시다. 어느 날 부인이 내게 전화를 걸었죠. 그때 나는 괴로워하고 있었습니다. 그렇습니다, 나는 괴로워하고 있었죠. 몹시 고통스러운 말을 들었거든요. 그런데 부인은 친절하게도 내게 즐거움과 용기를 주었습니다. 그리고 달콤한 초콜릿 한잔도요. 게다가, 나를 도와주겠다고 제의했을 뿐만 아니라 실제로 도움을 주었습니다. 부인은 내게 왔던 처녀를 찾아냈으며, 그녀가 자신이 살인을 저질렀을지도 모른다고 했으며, 그라고 알려 주었죠. 그럼, 부인, 이 살인에 대해서 생각해 봅시다. 누가 살해된 것이며, 또 어디에서, 왜 살해당했을까요?"

"오, 그만 하세요. 머리가 아파 와요. 이러면 좋지 않아요."

포와로는 그녀의 호소에도 아랑곳하지 않고 계속했다.

"도대체 우리는 살인에 접해 보기라도 했습니까? 부인은 계모라고 말했지만, 나는 계모는 죽지 않았다고 대답했습니다. 결국, 살인은 일어나지 않은 거죠. 하지만, 살인사건이 있었어야만 합니다. 나는 먼저 누가 죽었는지, 그걸 알고 싶습니다. 누군가가 내게 와서 살인에 대해 얘기합니다. 어느 곳에서인가 저질러졌을 살인을 말이죠. 하지만, 나는 그 살인을 찾아내지 못합니다. 부인은 다시 메리 레스태릭의 살인미수라면 되지 않겠느냐고 말하겠지만, 그건 에르큘 포와로를 만족하게 할 만한 대답이 아닙니다."

"당신이 더 이상 뭘 원하는 건지 모르겠어요." 올리버 부인이 말했다.

"나는 살인사건을 원합니다." 에르큘 포와로가 말했다.

"그런 식으로 말씀하시니까 너무 잔인하게 들려요."

"나는 살인을 찾고 있는데 찾을 수가 없습니다. 부아가 치미는 일이죠. 그래서, 부인에게 함께 곰곰이 생각해 보자고 부탁하는 겁니다."

"한 가지 멋진 생각이 떠올랐어요." 올리버 부인이 말했다.

"앤드루 레스태릭이 서둘러서 남아프리카로 떠나기 전에 첫 번째 아내를 죽였다는 건 가능성이 없을까요?"

"그런 건 생각해 보지도 않았습니다." 포와로가 볼멘소리로 말했다.

"글쎄, 나는 그걸 생각해 봤어요. 아주 재미있는 일이잖아요. 그는 다른 여자를 사랑해서 크리픈(아내를 죽여 지하실에 묻은 의사)처럼 그녀와 함께 떠나고 싶었어요. 그래서 첫 번째 아내를 죽였으며, 그를 의심하는 사람은 아무도 없죠."

포와로는 긴 한숨을 거칠게 내쉬었다.

"그의 아내는 그가 남아프리카로 떠나고 나서도 11~12년 동안이나 살아 있었으며, 당시에 다섯 살이었던 어린 딸은 어머니의 살인에 관심을 가질 수가 없었을 겁니다."

"그 딸애가 어머니에게 몹쓸 약을 주었을 수도 있고, 아니면 레스태릭이 자기 아내가 죽었다고 말한 것일 수도 있죠. 그녀가 정말로 죽었는지 살았는지도 모른다는 거예요."

에르큘 포와로가 말했다.

"내가 조사한 것에 따르면, 첫 번째 레스태릭 부인은 1963년 4월 14일에 죽었습니다."

"그것을 어떻게 알아내셨어요?"

"사람을 시켜서 조사해 보라고 했습니다. 부탁입니다, 부인, 성급하게 불가능한 결론으로 비약시키지 마십시오."

"나는 총명한 편이라고 생각해요. 내가 그 사건을 책으로 쓴다면 그런 식으로 전개할 거예요. 어린애가 하는 것으로 말이에요. 그 애는 그럴 의도가 없었는데, 아버지가 어머니에게 독을 탄 음료수를 갖다주라는 식으로요."

"원 세상에 그럴 수가!" 포와로가 불어로 말했다.

"좋아요. 당신은 늘 그렇게 말씀하시죠." 올리버 부인이 말했다.

"저런, 나는 아무런 말도 하지 않았습니다. 살인을 찾고 있는데, 알아내지 못했다는 것뿐입니다."

"메리 레스태릭이 몸이 아파 병원에 가서 완쾌되어 돌아왔는데 그 병이 재발했어요. 그래서 조사해 보면, 노마가 숨겨 놓은 비소나 뭐 그런 것을 찾아낼 수 있을 거라는 얘기는 아니겠죠?"

"그들이 바로 그걸 찾아냈습니다."

"정말, 포와로 씨, 그렇다면 뭘 더 알고 싶은 거죠?"

"내가 하는 말에 주의를 기울여 주셨으면 좋겠습니다. 그 처녀는 내 하인인 조지에게 한 것과 똑같은 말을 내게 했습니다. 하지만, '누군가를 죽이려고 했어요.'라든가 '계모를 죽이려고 했어요.'라고는 말하지 않았습니다. 그녀는 그 행위가 이미 저질러졌다는 투로 말했어요. 그렇습니다, 이미 저질러졌다고 했죠. 과거의 일이라고 말입니다."

올리버 부인이 말했다.

"나는 이제 그만두겠어요. 당신은 노마가 계모를 죽이려고 했다는 걸 믿으려 하지 않는군요."

"노마가 계모를 죽이려고 했다는 건 분명히 가능한 일이라고 생각합니다. 그런 일이 일어났을지도 모르죠. 심리적인 이론에도 맞는 얘기고, 그녀의 정신이 불안정하다는 것과도 어느 정도 연결이 됩니다. 하지만, 그건 증명되지 않은 겁니다. 누군가가 노마의 물건 속에 비소를 숨겨 놓을 수도 있다는 걸 기억해 두십시오. 남편이 숨겨 놓을 수도 있겠죠."

"아내를 죽이는 남편이 있다고 생각하시는 것 같군요."

"일반적으로 남편이 가장 가능성이 큰 인물입니다. 그래서, 먼저 그를 고려해 보는 거죠. 물론 노마라는 처녀일 수도 있으며, 하인 중 한 명일 수도 있고, 오 페어 걸일 수도 있습니다. 또는, 로더릭 경이나 레스태릭 부인 자신일 수도 있죠."

"터무니없는 말씀이에요. 그럴 만한 이유가 없잖아요."

"이유가 있을 수 있습니다. 좀 무리한 이유가 될지도 모르겠지만, 모두 혐의에서 벗어날 수 없다는 것이 이유입니다."

"하지만, 포와로 씨, 모든 사람에게 혐의를 둘 수는 없어요."

"아니, 그것이 바로 내가 할 수 있는 일입니다. 나는 먼저 모든 사람을 의심하죠. 그러고 난 다음에 이유를 찾아보는 겁니다."

"그 가엾은 외국 처녀에겐 무슨 이유가 있죠?"

"그것은 그녀가 그 집에서 무슨 일을 하고 있느냐에 달렸습니다. 물론, 그녀가 영국에 온 이유와 그 밖의 여러 가지 문제도 생각해 봐야겠죠."

"정말 정신이 나가셨군요."

"데이비드라는 청년일 수도 있습니다. 부인이 공작새라고 부르는 친구 말이죠."

"정말 억지를 쓰시는군요. 데이비드는 그곳에 있지도 않았어요. 그 집 근처에 얼씬거린 적도 없다고요."

"오, 아닙니다. 있었습니다. 내가 그 집에 갔을 때 복도를 어슬렁거리고 있었죠."

"하지만, 그가 노마 방에 독을 숨겨 놓지는 않았을 거예요."

"그걸 부인이 어떻게 압니까?"

"그녀와 그 끔찍스러운 청년은 서로 사랑하는 사이예요."

"겉보기에는 서로 사랑하고 있다고 나도 인정합니다."

"또 일을 어렵게 만드시는군요." 올리버 부인이 투덜거렸다.

"절대로 그렇지 않습니다. 모든 일이 나를 어렵게 만드는 것뿐이죠. 내게 정보를 줄 수 있는 사람이 한 명 있는데, 그녀가 행방불명된 겁니다."

"노마 말씀이군요."

"그렇습니다, 노마요."

"그녀는 행방불명되지 않았어요. 우리가 그녀를 찾았잖아요."

"카페에서 나와서는 다시 어디론가 사라져 버렸습니다."

"그녀가 사라지는 걸 그냥 보고만 있으셨어요?"

올리버 부인이 떨리는 목소리로 비난하듯이 말했다.

"저런!"

"그녀를 사라지게 내버려 두었어요? 다시 찾으려고 하지 않았단 말이에요?"

"그녀를 찾으려고 힘쓰지 않았다고 말하진 않았습니다."

"하지만, 결국 놓쳐 버리고 말았잖아요. 포와로 씨, 정말 당신에게 실망했어요."

"한 가지 유형이 있습니다." 에르큘 포와로가 몽롱한 목소리로 말했다.

"예, 한 가지 유형이 있죠. 하지만, 한 가지 요소가 없어서 그 유형이 성립되지 않는 겁니다. 부인 생각은 어떻습니까?"

"그렇지 않아요." 올리버 부인이 말했다. 또 두통이 시작된 모양이다.

포와로는 올리버 부인에게라기보다는 자기 자신에게 말을 계속했다. 만일 올리버 부인이 그 얘기를 들었다면, 포와로에게 분노를 품고서 레스태릭 양의 말대로 포와로는 너무 늙었다고 생각했을 것이다!

올리버 부인은 그 처녀를 발견하고 그에게 전화를 걸었으며, 그가 제시간에 도착할 것이라고 믿고는 그 처녀와 함께 있던 청년을 미행하려고 카페를 나왔다. 그녀는 포와로에게 그 처녀를 맡긴 것인데, 포와로가 한 일이란, 그 처녀를 놓쳐 버린 것이다! 사실, 올리버 부인은 포와로가 어느 때 어떤 목적으로 무슨 일을 하는지 알 수가 없었다. 그녀는 그에 대해서 실망하고 있었다. 그가 말을 끝내고 나면, 그녀는 다시 그렇게 말할 것이다.

포와로는 '유형'이라는 것에 대해서 조용하고 체계적인 방법으로 윤곽을 잡고 있었다.

"그건 서로 연결되어 있어. 그래, 서로 연결되어 있기 때문에 어려운 거야. 한 가지는 다른 것에 연결되어 있으며, 또 그건 그 유형 외부에 존재하는 것 같은 어떤 것에 연결되어 있다는 걸 알게 되지. 하지만, 그건 유형 외부에 있는 게 아니야. 그래서, 더 많은 사람을 의심하게 되는 거지. 무엇을 의심하는 걸까? 그건 아무도 몰라. 먼저 그 처녀를 의심해 보고 나서, 복잡한 유형을 통해 가장 핵심적인 질문으로 대답을 찾아내는 거야. 그 처녀는 희생자일까, 아니면 단지 위험에 빠진 것뿐일까? 아니면, 아주 교활한 여자일까? 혹시 자신의 목적을 위해서 필요한 인상을 만들어 내는 건 아닐까? 대답은 이것들 중 어느 것일 수도 있어. 나는 아직도 무언가가 필요해. 어떤 암시가 어딘가에 있는 게 틀림없어. 분명히 어딘가에 있어."

올리버 부인은 핸드백 안을 뒤적거렸다.

"필요할 때에 꼭 아스피린을 찾을 수가 없단 말이에요."

그녀는 짜증스런 목소리로 말했다.

"하나로 연결된 일련의 친족관계가 있습니다. 아버지와 딸, 그리고 계모 그들의 생활은 서로 연결되어 있죠. 또, 좀 망령기가 있는 나이 많은 아저씨도 함께 살고 있습니다. 그리고 그 아저씨와 연결되어 있는 소니아라는 처녀가 있습니다. 그를 도와서 일하는데, 훌륭한 예의와 습관을 갖고 있더군요. 그는 그녀와 함께 있는 걸 좋아합니다. 말하자면, 그녀를 사랑하는 거죠. 그런데 그녀가 그 집에 있는 목적이 무엇일까요?"

"영어를 배우기 위해서겠죠." 올리버 부인이 말했다.

"그녀는 국립 식물원에서 헤르초고비니아 대사관의 2등 공관원을 만났습니다. 하지만, 두 사람은 아무 말도 나누지 않았습니다. 그녀는 책 한 권을 두고 갔으며, 그는 그걸 집어들고서……."

"그게 무슨 말이에요?" 올리버 부인이 물었다.

"이것이 다른 유형과 관계가 있을까요? 아직은 모르겠군요. 관계가 없을 것 같긴 하지만, 꼭 그렇다고 할 수만도 없는 겁니다. 메리 레스태릭이 뜻하지 않게 노마를 위험에 빠뜨릴지도 모르는 어떤 일에 걸려든 것일까요?"

"이번 일이 스파이 활동인가 뭔가 하는 것에 관련되어 있다고는 말씀하지 마세요."

"부인에게 얘기하는 것이 아니라, 나 혼자 생각하는 겁니다."

"늙은 로더릭 경이 망령이 들었다고 말씀하셨죠?"

"그가 망령이 들었건 안 들었건, 그게 문제가 아닙니다. 그는 전쟁 중에 중요한 직책을 맡고 있었기 때문에 중요한 서류들이 그의 손을 거쳐 갔을 것이며, 또 중요한 편지들을 받아보기도 했을 겁니다. 그리고 그 편지들은 일단 중요성을 상실하고 나면 그가 보관하게 되는 거죠."

"전쟁 때 얘기로군요. 그건 이미 오래전 일이에요."

"그렇습니다. 하지만, 과거가 이미 지나가 버린 것이기 때문에 끝난 일이라고는 할 수 없죠. 새로운 동맹 관계가 성립됩니다. 이것을 거부하고 저것을 부인하며 어떤 것에 대해서 갖가지 거짓말을 늘어놓는 대중연설이 행해집니다. 그런데 아직 어떤 유명 인물의 상황을 바꾸어 놓을 서류나 편지가 존재한다고 생각해 보면 어떻겠습니까? 나는 지금 부인에게 어떤 사실을 얘기하는 것이 아니라, 단지 가정을 세우는 것뿐입니다. 과거에 사실이라고 알아왔던 가정들 말이죠. 어떤 편지나 서류들이 파기된다거나 외국 정부의 손에 넘어간다는 건 아주 중요한 일이 되는 겁니다. 저명한 노신사가 회고록을 쓰는 데 자료 수집을 도와주는 젊고 아름다운 여자보다 그런 일을 더 훌륭히 해낼 수 있는 사람이 있을까요? 요즘은 너도나도 회고록을 쓰고 있죠. 아무도 쓰지 못하게 막지 않으니까요! 그 유능한 비서 겸 오 페어 걸이 요리를 했을 때, 계모가 자기 음식에 어떤 것을 조금 넣었다고 생각해 볼까요? 그리고 노마에게 혐의가 가도록 일을 꾸몄다고 생각해 보십시오."

"당신 마음이 너무 엉뚱하다고밖에 말할 수 없겠군요. 지금 말씀하신 일들은 모두 일어날 수 없는 거예요." 올리버 부인이 말했다.

"바로 그겁니다. 아주 많은 유형이 있는데, 그중에 어느 것이 맞을까요? 노마라는 처녀는 집을 떠나서 런던으로 왔습니다. 부인이 알려준 대로, 그녀는 다른 두 명의 여자와 함께 공동주택에 사는 세 번째 여자입니다. 여기에서 한 가지 유형을 생각해 볼 수 있죠. 그녀에게 그 두 명의 여자는 낯선 사람들입니다. 그런데 그때 내가 알아낸 것이 있습니다. 클라우디아 리스홀랜드가 노마 레스태릭 아버지의 개인 비서라는 거죠. 여기에서 다시 한 가지 연관성을 생각할 수 있습니다. 그건 단순히 우연일까요, 아니면 그 뒤에 어떤 종류의 유형이 감춰져 있는 걸까요? 부인이 모델 자세를 취하는 걸 봤다는 두 번째 여자는 노마가 사랑하는 공작새 청년과 잘 아는 사이입니다. 이것도 연관성이 있는 거죠. 좀더 많은 연관성이 있습니다. 그리고 데이비드는, 공작새는 이 일에서 어떤 역할을 하는 걸까요? 그는 노마를 사랑하고 있을까요? 물론 겉으로는 그렇게 보이죠. 노마의 부모는 그들의 사랑이 사실처럼 자연스러워서 좋아하지 않습니다."

"클라우디아 리스홀랜드가 레스태릭의 비서라는 건 좀 이상한 일이에요."

올리버 부인이 생각에 잠겨 말했다.

"그녀는 어떤 일을 맡겨도 비상할 정도로 훌륭하게 해낼 사람이에요. 그 여자를 7층 창문 밖으로 밀어낸 것도 아마 클라우디아 리스홀랜드였을 거예요."

포와로는 천천히 그녀를 돌아다보았다.

"무슨 얘기입니까?"

그가 다시 물었다.

"무슨 얘기죠?"

"공동주택에 사는 어떤 여잔데, 이름은 모르겠어요. 그 여자가 7층에서 창문 밖으로 떨어졌거나, 아니면 스스로 몸을 날려서 자살했다는군요."

포와로의 목소리가 높아지며 날카로워졌다.

"그런데, 왜 내게 얘기하지 않았습니까?" 그가 비난하듯이 말했다.

올리버 부인은 깜짝 놀란 얼굴로 그를 물끄러미 쳐다보았다.

"무슨 말씀을 하시는 건지 모르겠군요."

"무슨 얘기냐고요? 부인은 그 얘기를 내게 했었어야 한다는 겁니다, 그 죽음에 대해서 말입니다. 부인은 이번 일에 관련된 죽음이 없었으며, 그건 단지 독살 미수사건일 거라고 생각했습니다. 그런데 여기에 죽음이 있습니다. 죽음

―그 맨션 이름이 뭐라고 했죠?"

"보로딘 맨션이에요."

"그렇죠. 그 일이 언제 일어났습니까?"

"그 자살인가 뭔가 하는 것 말이에요? 음, 내가 그곳에 가기 1주일 전에 일어났다고 알고 있어요."

"좋습니다. 그 얘기를 어떻게 들었습니까?"

"우유 배달부가 얘기해 줬어요."

"우유 배달부라, 젠장!"

올리버 부인이 말했다.

"그는 별일 아니라는 듯이 얘기했어요. 조금 슬프게 들렸죠. 그리고 이른 새벽에 떨어졌다고 한 것 같아요."

"그 여자의 이름이 뭡니까?"

"모르겠어요. 이름은 말하지 않았던 것 같아요."

"젊은 여자입니까, 중년입니까, 아니면 늙었습니까?"

올리버 부인은 곰곰이 생각했다.

"글쎄요, 정확한 나이는 말해 주지 않았어요. 그냥 50대라고 한 것 같군요."

"갑자기 생각났는데, 그 세 명의 여자가 알고 있던 여자입니까?"

"그걸 내가 어떻게 알겠어요? 아무도 그 사건에 대해서 말해 주지 않았는데요."

"부인은 왜 내게 그 얘기를 하지 않았습니까?"

"글쎄요, 포와로 씨, 나는 그것이 이 일과 관련되어 있다고는 생각지 않아요. 물론 관련이 있을 수도 있겠죠. 하지만, 지금까지 그렇게 말한 사람이나 그 일에 대해서 생각한 사람은 아무도 없는 것 같아요."

"하지만, 여기에 연관성이 있는 겁니다. 노마라는 처녀가 사는 공동주택에서 어느 날 누군가가 자살을 했습니다. 지금 나는 일반적인 견해를 말하는 겁니다. 누군가가 7층의 높은 창문에서 떨어졌거나 몸을 날려서 죽었습니다. 그리고 그다음에는요? 며칠 뒤에 노마라는 처녀는, 파티에서 부인이 내 얘기를 하는 걸 듣고 나를 찾아왔습니다. 그리고 자신이 살인을 저질렀을지도 몰라 두

렵다고 내게 말했습니다. 아시겠습니까? 어떤 죽음과, 며칠 지나지 않아서 자신이 살인을 저질렀을지도 모른다고 생각하는 사람. 그렇습니다, 이것이 바로 그 살인사건이 틀림없습니다."

올리버 부인은 '터무니없는 소리'라고 말하고 싶었지만, 차마 그렇게 하지는 못했다. 그럼에도 그녀는 그렇다고 생각했다.

"이건 내가 지금까지 접해 보지 못했던 새로운 사실입니다. 이것이 모든 걸 하나로 묶어 주어야 할 텐데! 그렇습니다. 나는 아직 방법을 모르고 있긴 하지만, 틀림없이 그렇게 될 겁니다. 나는 생각해야 합니다. 그게 내가 해야 할 일이죠. 집으로 돌아가서 그 조각들이 서로 맞추어질 때까지 생각해 봐야겠습니다. 왜냐하면, 이것이 모든 걸 연결해 줄 열쇠가 될 것이기 때문이죠……. 그렇습니다. 드디어, 드디어 내가 갈 길을 알아냈습니다."

그는 자리에서 일어나, "안녕히 계십시오, 부인" 하고 인사하고는 급히 방을 나갔다. 올리버 부인은 마침내 마음속에 있는 말을 내뱉었다.

"터무니없어."

그녀는 빈방에다 대고 말했다.

"당치도 않은 소리야. 아스피린을 네 알 먹으면 너무 많이 먹는 걸까?"

제15장

조지는 쌍화차를 에르큘 포와로의 옆에다 갖다 놓았다. 그는 쌍화차를 홀짝홀짝 마시면서 생각에 잠겼다.

이번에는 포와로 자신에게도 좀 독특한 방법으로 생각에 잠겼다. 그건 그림 맞추기의 조각을 고르는 것처럼 생각을 선택하는 사람의 기술이었다. 완벽하고 서로 일치되는 그림을 만들기 위해서 차례대로 그 조각들은 서로 조립될 것이다. 그 순간 가장 중요한 건 선택과 분해였다.

그는 쌍화차를 홀짝 마시고 컵을 내려놓고는 의자의 팔걸이 위에 손을 올려놓았다. 여러 가지 조각들이 차례대로 그의 마음속에 떠올랐다. 일단 모든 걸 알고 난 다음에 선택할 것이다. 하늘 조각들, 푸른 제방 조각들, 호랑이 무늬처럼 줄이 쳐진 조각들…….

에나멜 가죽구두를 신은 발의 아픔. 그는 거기에서부터 시작했다. 포와로는 좋은 친구인 올리버 부인 덕분에 이 길과 접해 있는 도로를 걷고 있었다.

한 계모. 그는 문을 잡은 자신을 보았다. 몸을 구부리고 장미 나무를 손질하고 있다가 고개를 들어 그를 쳐다본 여자. 거기에서 그는 무엇을 찾았을까? 아무것도 없었다. 금빛 머리, 옥수수밭처럼 반짝이는 황금빛 머리칼을 올리버 부인과 비슷한 모양으로 돌돌 말아서 올렸다.

그는 살짝 미소를 지었다. 하지만, 메리 레스태릭의 머리는 올리버 부인보다 좀더 깨끗하게 손질되어 있었다. 그 황금빛 머리는 그녀의 얼굴에 비해 좀 큰 편이었다.

포와로는 그녀가 병을 앓았기 때문에 가발을 써야 했다는 로더릭 경의 얘기를 기억했다. 젊은 여자에게는 슬픈 일이지. 그 생각을 하게 되었을 때, 그녀의 머리 주위에는 어색하고 무거운 어떤 것이 있었다. 너무 정적이고 완벽하게 손질되어 있었다.

그는 메리 레스태릭의 가발을 생각했다(그것이 가발이었다면). 그는 로더릭 경을 완전히 믿지 않았기 때문이다. 그는 중요한 가능성을 갖고 있을지도 모르는 가발에 대해서 곰곰이 생각해 보았다. 그리고 그들이 나누었던 대화도 되새겨 보았다. 중요한 문제를 얘기했던가? 포와로는 그렇지 않다고 생각했다.

그는 그들이 들어갔던 방을 떠올렸다. 최근에는 아무도 쓰지 않았던 평범한 방. 벽에 걸린 초상화 두 점—회색 옷을 입은 여자. 얄팍하고 꼭 다문 입술. 회색빛이 도는 갈색 머리. 첫 번째 레스태릭 부인.

그녀는 남편보다 나이가 더 들어 보였다. 남편의 초상화는 그녀와 마주 보면서 반대편 벽에 걸려 있었다. 둘 다 유명한 초상화 화가인 랜스버거의 작품으로 훌륭한 초상화였다.

포와로의 마음이 남편의 초상화에 머물렀다. 처음에는 그 초상화를 그리 유심히 보지 않았다. 나중에 레스태릭의 사무실에서처럼……

앤드루 레스태릭과 클라우디아 리스홀랜드 그 두 사람은 어떤 사이일까? 단순히 비서와 사장 사이라는 관계일까? 그렇지 않을 수도 있다. 오랫동안 외국에 나가 있다가 고국으로 돌아왔지만 가까운 친척이나 친구가 없는데다가, 딸의 성격과 행동 때문에 고민하고 당황하고 있는 남자가 한 명 있다. 그런 그가 최근에 고용한 비서에게 자기 딸이 런던에서 지낼 만한 곳을 알아봐 달라고 부탁한다는 건 충분히 있을 수 있는 일이다. 또, 그녀도 마침 세 번째 여자를 구하고 있었으므로 그 부탁을 들어준다는 건 그녀의 편으로서는 호의가 되는 것이다.

세 번째 여자…… 올리버 부인에게 들었던 그 말이 늘 마음속에서 맴도는 것 같았다. 그건 그가 알지 못했던 이유 때문에 마치 두 번째로 중요한 의미를 가진 것처럼 보였다.

하인인 조지가 방으로 들어와서는 조심스럽게 문을 닫았다.

"젊은 숙녀분이 오셨습니다, 주인님. 그전에 한 번 오셨던 숙녀분입니다."

그 말은 포와로가 생각하고 있었던 것과 교묘하게 맞아들어가는 것이었다. 그는 깜짝 놀라 자리에서 일어났다.

"아침식사 때에 왔던 젊은 숙녀분 말이지!"

"오, 아닙니다, 주인님. 로더릭 호스필드 경과 함께 오셨던 숙녀분입니다."

"아, 그래."

포와로는 눈썹을 추켜세웠다.

"들여보내. 지금 어디에 있지?"

"레몬 양의 방에 들어가 있으라고 했습니다, 주인님."

"아, 그래, 들여보내게."

소니아는 조지가 들어와도 좋다는 말을 전할 때까지 기다리고 있지 않았다. 그녀는 조지보다 앞서서 다소 도전적인 걸음걸이로 방 안으로 들어왔다.

"제가 혐의에서 벗어나긴 어렵겠지만, 저는 그 서류들을 훔치지 않았다고 말씀드리려고 온 거예요. 아무것도 훔치지 않았다고요. 아시겠어요?"

"누가 아가씨가 훔쳤다고 말하던가요?" 포와로가 말했다.

"우선 앉아요, 마드모아젤."

"앉고 싶지 않아요. 그리고 시간도 없고요. 저는 그것이 터무니없는 거짓말이라는 걸 말하러 온 것뿐이에요. 저는 정직한 사람이에요. 그리고 시키는 일만 했단 말이에요."

"무슨 말인지 알았어요. 알았습니다. 아가씨 말은 로더릭 호스필드 경의 집에서 어떤 서류나 편지, 정보, 문서 따위를 빼내지 않았다는 뜻이죠? 그렇죠, 안 그렇습니까?"

"그래요, 저는 그 말을 하러 온 거예요. 그분은 저를 믿어요. 그리고 제가 그런 짓을 하지 않았다는 것도 알고 계세요."

"그렇다면 됐군요. 그건 아가씨의 주장이긴 하지만, 주의 깊게 들어두겠습니다."

"선생님은 그 서류들을 찾으실 건가요?"

"지금은 다른 사건을 조사하는데, 차례가 되면 로더릭 경의 서류도 조사할 겁니다." 포와로가 말했다.

"그분은 걱정하고 계세요. 몹시 걱정하고 계시죠. 그분에게는 말씀드릴 수 없는 일이 있는데, 선생님께는 말씀드리죠. 그분은 늘 물건을 잃어버리세요.

그건 그분이 있을 거라고 생각하는 곳에 없어요. 그분은 그 물건들을(뭐라고 말할까요) 좀 우스꽝스러운 곳에 두시더군요. 오, 선생님이 저를 의심하고 있다는 걸 알아요. 사람들은 제가 외국인이라는 이유 때문에 저를 의심하고 있죠. 제가 외국에서 왔기 때문에 터무니없는 영국 스파이 소설에서처럼 비밀 서류를 훔쳐냈다고 생각하고 있어요. 하지만, 저는 그런 걸 좋아하지 않아요. 저는 지식인이란 말이에요."

"아—, 안다는 건 항상 즐거운 일이죠." 포와로가 덧붙여 말했다.

"내게 말하고 싶은 게 더 없습니까?"

"무슨 말이요?"

"그거야 아무도 모르는 거죠."

"선생님이 조사하시고 있다는 다른 사건이란 무엇인가요?"

"오, 아가씨를 더 이상 붙잡아 두고 싶지 않습니다. 오늘은 아마 쉬는 날인 모양이군요."

"예, 1주일에 하루는 제가 하고 싶은 걸 할 수 있어요. 런던으로 갈 수도 있고, 대영 박물관에도 갈 수 있죠."

"아, 그렇습니까. 또, 빅토리아 앨버트로도 갈 수 있겠군요."

"그럼요."

"그리고 국립 미술관에 가서 그림 감상을 할 수도 있겠군요. 또, 날씨가 좋은 날에는 켄싱턴 식물원이나 국립 식물원까지도 갈 수 있겠죠."

그녀의 표정이 굳어졌다. 그러고는 분노에 찬 의심스러운 눈길로 포와로를 쏘아보았다.

"왜 갑자기 국립 식물원 얘기를 꺼내시는 거죠?"

"그곳에는 아주 훌륭한 식물과 관목, 교목이 있기 때문이죠. 아! 국립 식물원은 꼭 가보십시오. 입장료도 아주 싸죠. 1펜스인가 2펜스일 겁니다. 그 돈만 내면 돌아다니면서 열대나무들도 구경할 수 있으며, 의자에 앉아서 책도 읽을 수 있죠."

그는 그녀가 경계심을 풀도록 미소를 지어 보였다. 그러고는, 그녀가 불안해하는 모습을 주의 깊게 바라보았다.

"이렇게 붙잡아 두어서는 안 되는데요, 마드모아젤. 아가씨 친구 중에 대사관에 다니는 사람이 있죠?"

"왜 그런 걸 물어보시는 거죠?"

"특별한 이유는 없습니다. 아가씨가 말한 것처럼, 아가씨는 외국인이니까 영국에 있는 당신 나라의 대사관과 관계하는 친구들이 있을 수 있다는 거죠"

"누군가가 선생님에게 그런 얘기를 한 모양이군요. 저를 미워하는 누군가가! 그분은 물건들을 제대로 관리하지 못하는 어리석은 노인네예요. 그것뿐이에요! 그리고 그분은 중요한 사실을 아무것도 몰라요. 또, 비밀 서류나 문서들을 갖고 있지도 않고, 과거에 가져 본 적도 없어요"

"아가씨는 지금 자신이 무슨 얘기를 하는지 생각해 보지 않고 있군요. 아가씨도 알겠지만, 시간은 흐르는 겁니다. 그분은 한때 중요한 비밀을 갖고 있었던 높은 분이었습니다."

"저를 겁주려고 하시는군요."

"아니, 그렇지 않습니다. 나는 그렇게 감상적인 사람이 아니에요."

"레스태릭 부인이죠. 선생님에게 그런 얘기를 한 건 레스태릭 부인일 거예요. 그 여자는 저를 좋아하지 않으니까요."

"그 부인은 그런 말을 하지 않았습니다."

"어쨌든, 저는 그 여자를 좋아하지 않아요. 그 여자는 믿을 만한 사람이 못 되죠. 제 생각이지만, 그 여자는 무슨 비밀을 갖고 있어요."

"정말입니까?"

"그래요. 그 여자는 남편에게 숨기는 일이 있어요. 다른 남자를 만나러 런던이나 다른 곳으로 가는 것 같거든요. 아무튼, 다른 남자를 만나는 것은 틀림없어요."

"정말 재미있는 얘기로군요." 포와로가 말했다.

"그 부인이 다른 남자를 만나고 있다니 말입니다."

"그렇죠. 그 여자는 런던에 자주 올라가면서 남편에게는 말하지 않을 거예요. 아니면, 뭐 그렇고 그런 물건들을 사러 간다고 말하겠죠. 그 남편은 회사일 때문에 아내가 왜 런던에 올라가는지 그 이유를 생각해 볼 겨를이 없을 거예요. 솔직히 말해서, 그 여자는 시골집에 있는 것보다 런던에 있는 시간이 더 많아요. 그러면서 정원 가꾸는 걸 아주 좋아하는 체하고 있죠."

"그 부인이 어떤 남자를 만나는지는 모릅니까?"

"제가 그걸 어떻게 알겠어요? 그 여자 뒤를 밟지도 않았는데요. 레스태릭 씨는 의심이 많은 사람이 아니에요. 아내가 말하는 걸 모두 그대로 믿을 사람이죠. 그리고 사업 생각만 하겠죠. 또, 딸 문제로 걱정하고 있을 거예요."

"그렇습니다. 그 사람은 딸 때문에 걱정하고 있죠. 그 딸에 대해서 얼마나 알고 있습니까? 그녀를 잘 알고 있나요?"

"잘 알지는 못하지만 제 생각을 물어보신다면, 대답해 드리죠. 제 생각에는 그녀가 미친 것 같아요."

"미친 것 같다고? 그렇게 말하는 이유가 뭡니까?"

"가끔 이상한 말을 하기도 하고, 또 있지도 않은 것을 보았다고 하거든요."

"있지도 않은 것을 보았다고 한다고요."

"그곳에 있지도 않은 사람이 보인다는 거예요. 어떤 때는 몹시 흥분하기도 하고, 또 어떤 때는 꿈을 꾸는 것 같기도 해요. 그런 때는 무슨 말을 해도 듣지 못하는지 아무 대꾸도 하지 않아요. 그리고 누가 죽기를 바라는 것 같아요."

"레스태릭 부인을 말하는 겁니까?"

"그리고 그녀의 아버지도요. 그녀는 몹시 증오하는 눈빛으로 아버지를 바라보죠."

"아버지와 계모가 자기가 선택한 청년과 결혼을 못 하게 하기 때문이겠죠?"

"그래요. 그들은 그녀가 그 청년과 결혼하기를 바라지 않아요. 물론 그들의 생각이 옳죠. 그런데 그 일 때문에 그녀가 화를 내는 거예요. 언젠가는……."

소니아는 머리를 커다랗게 끄덕이며 말했다.

"그녀가 자살할 것만 같다는 생각이 들어요. 그렇게 어리석은 행동을 하지 않기를 바라지만, 사랑에 빠진 사람들은 물불을 가리지 않잖아요!"

그녀는 어깨를 움츠렸다.

"그러면, 이만 가보겠어요."

"한 가지만 더 물어보겠소. 레스태릭 부인은 가발을 썼습니까?"

"가발요? 모르겠는데요."

소니아는 잠시 생각을 하고 나서 말했다.

"아마 썼을지도 모르죠." 그러고는 고개를 끄덕였다.

"여행하는 데는 편리하니까요. 또, 유행이잖아요. 저도 가끔 가발을 써요. 초록색으로! 그럼 가겠어요."

제16장

"오늘은 할 일이 많군."

에르퀼 포와로는 다음 날 아침 식탁에서 일어서면서 이렇게 말하고는 레몬 양에게 다가갔다.

"조사를 해야겠어. 필요한 기록과 약속, 연락은 해놨겠지?"

"물론이죠. 모두 여기에 있어요."

레몬 양이 말했다. 그녀는 작은 서류가방을 그에게 건네주었다.

포와로는 가방 안을 흘끗 보고는 고개를 끄덕였다.

"항상 믿을 만해, 레몬 양. 아주 훌륭하군." 포와로가 말했다.

"정말, 포와로 씨, 저는 뭐가 훌륭하다고 하시는 건지 모르겠어요. 선생님이 지시를 내려서, 저는 그대로 했을 뿐인데요. 그건 당연한 일이에요."

"흠, 그건 당연한 일이 아니야. 내가 가스기사나 전기공, 또는 물건을 고치러 오는 사람에게 지시를 내리면 그들이 항상 내 지시대로 했나? 거의, 거의 그렇게 한 사람이 없어."

그는 홀로 나갔다.

"좀 두툼한 외투를 주게, 조지. 가을 날씨가 썰렁한 것 같군."

그는 갑자기 비서 방으로 고개를 내밀었다.

"그런데 어제 왔던 처녀는 어땠던가?"

타이프를 치려고 하던 레몬 양은 짤막하게 대답했다.

"외국인이더군요."

"그래, 그렇지."

"틀림없는 외국인이에요."

"그것 말고는 달리 생각하는 게 없나?"

레몬 양은 생각해 보았다.

"뭐라고 판단할 만한 근거가 없어요."

그러고는 좀 미심쩍다는 듯이 말했다.

"무슨 일이 있는지 흥분해 있는 것 같더군요."

"그래. 무엇을 훔쳤다는 혐의를 받고 있으니까! 돈이 아니라, 고용주의 서류를 빼돌렸다는 혐의를 받고 있지."

"저런, 중요한 서류인가요?" 레몬 양이 말했다.

"그럴 가능성이 크지. 하지만, 그 고용주가 그 서류를 잃어버리지 않았을 가능성도 커."

"오, 글쎄요ㅡ."

레몬 양은 그녀 특유의 시선으로 포와로를 쳐다보며 말했다. 그 시선은 자기 일을 계속할 수 있도록 포와로가 나가 주었으면 좋겠다고 말하는 것 같았다.

"글쎄요, 선생님이 어디에 계시든지 사람을 고용할 때는 영국인을 선택하는 게 좋겠다고 말씀드리고 싶군요."

에르퀼 포와로는 밖으로 나와서, 보로딘 맨션으로 가려고 택시를 잡았다.

맨션의 안뜰에서 내린 포와로는 주위를 둘러보았다. 제복을 입은 수위가 구슬픈 멜로디를 흥얼거리며 출입구에 서 있었다. 포와로는 그에게 다가갔다.

"무슨 일입니까?"

포와로가 말했다.

"최근에 이곳에서 일어난 슬픈 사건에 대해서 좀 아시오?"

"슬픈 사건이오? 저는 모르는 일인데요." 수위가 말했다.

"어떤 여자가 고층에서 떨어졌거나 몸을 날려서 죽었다고 하던데."

"오, 그거요. 저는 이곳에 온 지 1주일밖에 되지 않기 때문에 아무것도 모릅니다."

그때 그 건물 반대편에서 수위 한 명이 나타나더니 이쪽으로 다가왔다.

"당신은 7층에서 떨어진 여자에 대해서 알겠구먼. 한 달 정도 되었죠?"

"그렇게 오래되지 않았습니다." 조가 말했다.

그는 나이가 좀 지긋한 사람으로서 말을 천천히 했다.

"아주 좋지 않은 일이었죠"

"그녀는 그 자리에서 바로 죽었소?"

"그렇습니다."

"이름이 뭐죠? 내 친척인 것 같아서 물어보는 거요."

포와로가 설명을 했다. 그는 사실이 아닌 말을 하면서 주저하거나 머뭇거릴 타입의 남자가 아니었다.

"그렇습니까. 그렇다면, 매우 유감입니다. 샤르팡티에 부인이라고 했습니다."

"공동주택에서는 얼마 동안 살았소?"

"글쎄요. 1년, 1년 반 정도 된 것 같습니다. 아니, 2년 정도 살았군요. 7층 76호입니다."

"그게 맨 꼭대기층이오?"

"그렇습니다. 샤르팡티에 부인은……."

포와로는 더 이상 캐묻지 않았다. 왜냐하면, 그녀가 자신의 친척이라면 어느 정도 알고 있어야 하기 때문이었다.

"그 사건으로 많은 사람이 흥분하고 의심을 품었겠군? 언제쯤 일어났소?"

"아침 5~6시경이었습니다. 뭐 어떤 경고 같은 것도 없이 그냥 뛰어내렸죠. 그렇게 이른 아침이었는데도, 사람들이 저 건너편에 있는 철책을 넘어서 금세 몰려들었습니다. 사람들이란 그렇잖습니까?"

"그리고 물론 경찰도 왔겠군."

"그렇습니다, 즉시 경찰이 왔었지요. 그리고 의사와 앰뷸런스도 왔습니다. 여느 때와 다를 게 없었습니다."

그 수위는 한 달에 한두 번씩 7층에서 뛰어내리는 사건이 있는 것처럼 좀 지루해하는 듯이 말했다.

"공동주택 주민들도 그 소리를 듣고서 나왔겠구려."

"오, 공동주택 주민들은 많이 나오진 않았습니다. 자동차 소리나 뭐 그런 소리 때문에 사건이 일어났는 줄 몰랐을 겁니다. 누군가가 그녀가 뛰어내리면서 비명을 질렀다고 말하긴 했는데, 크게 들리진 않았습니다. 거리를 지나가던 몇몇 사람만이 그 사건 당시를 목격했죠. 그들은 철책 너머로 목을 쭉 빼고 넘겨다보았으며, 그들의 그런 모습을 보고는 또 다른 사람들이 다가왔죠. 그런 사건이 어떤 건지 잘 아실 겁니다."

포와로는 알고 있다고 대답했다.

"그 여자는 혼자 살았소?" 그는 의심스럽다는 듯이 물었다.

"그렇습니다."

"다른 공동주택에 사는 친구들은 있었겠죠?"

조는 어깨를 움츠리고는 고개를 저었다.

"있었을지도 모르죠. 그건 뭐라고 대답해 드리지 못하겠습니다. 그녀가 레스토랑에서 우리 공동주택 사람과 함께 있는 걸 본 적이 없으니까요. 가끔 밖에 있는 친구들을 불러들여 여기에서 저녁식사를 하곤 했죠. 하지만, 이곳 사람 중에는 특별히 친하게 지낸 친구가 없는 것 같습니다."

조는 조금 거친 말투로 얘기했다.

"더 알고 싶으면, 이곳을 관리하는 맥팔레인 씨에게 가서 물어보십시오."

"아, 고맙소. 그렇게 해야겠군."

"그 사람 사무실은 저쪽 저 건물 1층에 있습니다. 문에 표시된 게 보일 겁니다."

포와로는 그가 가리켜 준 곳으로 갔다. 그는 서류가방에서 맨 위에 있는 편지를 끄집어냈다. 그건 레몬 양이 준 것으로 '맥팔레인 씨'라고 적혀 있었다.

맥팔레인은 마흔다섯 살 가량 된 미남에 약삭빠른 인상의 남자로 기록되어 있었다. 포와로는 그 편지를 그에게 주었다.

그는 편지를 읽고 나서 말했다.

"아, 예, 알았습니다."

그러고는 편지를 책상 위에 내려놓고 포와로를 쳐다보았다.

"건물 주인께서 루이즈 샤르팡티에 부인의 슬픈 죽음에 대해서라면 무엇이든지 당신을 도와주라고 했습니다. 구체적으로 알고 싶은 게 뭡니까─."

그는 다시 그 편지를 흘끗 쳐다보았다.

"포와로 씨?"

"지금 하는 얘기는 물론 모두 비밀입니다." 포와로가 말했다.

"그녀의 친척들은 경찰과 변호사들에게서 연락을 받긴 하지만, 내가 영국으로 가서 개인적인 사실들을 알아내 주기를 바라고 있습니다. 가만히 앉아서 공식적인 보고만 받는 건 괴로운 일이죠."

"예, 그렇죠. 틀림없이 그럴 겁니다. 내가 아는 거라면 모두 대답해 드리겠습니다."

"그녀는 이곳에서 얼마나 살았으며, 또 어떻게 이 공동주택으로 오게 됐습니까?"

"그녀는 이곳에서 약 2년 동안 살았습니다. 임대주택이 하나 있었는데, 그 집에 세든 사람은 그녀와 안면이 있는데다가 그녀에게 그 집을 비울 생각이라고 말했던 모양입니다. 월터 부인이라고 하는 여자인데 BBC 방송국에 근무했었죠. 한동안 런던에서 지내다가 캐나다로 갔다고 합니다. 아주 훌륭한 부인이었죠. 그 부인이 사망자와 잘 아는 사이 같지는 않습니다. 우연한 기회에 공동주택을 비울 거라고 말했겠죠. 그런데 샤르팡티에 부인이 이 공동주택을 좋아했던 겁니다."

"그녀가 세들어 살기에 알맞은 사람이라고 생각합니까?"

맥팔레인은 이 물음에 대답하기 전에 조금 망설이는 눈치였다.

"예, 만족할 만한 사람이었습니다."

"내게 숨길 필요 없소." 에르퀼 포와로가 말했다.

"그녀는 좀 난잡스러운 파티를 열었죠? 조금, 글쎄, 음탕하게 놀았다고 할까요?"

맥팔레인은 이제 더 이상 신중하게 말하지 않았다.

"가끔 나이 든 사람들이 불평을 하곤 했습니다."

에르퀼 포와로는 의미심장한 몸짓을 해보였다.

"술을 너무 마셨으니까요. 그것도 어떤 건방진 녀석과 어울려 다니면서요. 나중에는 말다툼까지 벌이곤 했습니다."

"그녀가 남자들을 좋아했죠?"

"글쎄요, 대답하기 어려운 질문이군요."

"아니, 숨길 필요 없소. 모두 아는 일이니까요."

"그녀는 그리 젊은 편은 아니잖습니까."

"겉만 보고는 속기가 쉽죠. 그녀가 얼마나 된 것 같습니까?"

"어려운데요. 마흔이나 마흔다섯." 그러고는 덧붙여 말했다.

"아시겠지만, 그녀는 건강이 좋지 않았습니다."

"알고 있소."

"술을 너무 마셔서 그럴 겁니다. 그리고 거의 우울한 기분으로 지냈죠. 신경질도 자주 냈고요. 의사에게 자주 찾아갔으면서도 의사의 말을 믿지 않았던 모양입니다. 그 나이 때의 여자들이 대개 그렇듯이 그녀는 자신이 암에 걸렸을 거라고 생각했죠. 그리고 나중에는 아예 암에 걸렸다고 확신했죠. 의사가 그렇지 않다고 안심시켜도 그녀는 믿지 않았습니다. 의사는 진단 결과 아무 이상이 없다고 말했죠. 오, 글쎄요, 그런 얘기는 매일같이 들을 겁니다. 그녀는 주변의 일을 모두 정리하고는 어느 화창한 날에."

그는 고개를 끄덕였다.

"아주 슬픈 일입니다." 포와로가 말했다.

"공동주택 주민들 가운데 그녀와 가깝게 지낸 친구는 없습니까?"

"내가 알기로는 없습니다. 아시다시피, 이곳은 서로 허물없이 터놓고 지내는 곳이 아닙니다. 주민들 대부분이 사업을 하거나 직장에 다니고 있으니까요."

"클라우디아 리스홀랜드 양이던가, 그녀가 사망자와 가깝게 지내지 않았습니까?"

"리스홀랜드 양이요? 그렇지 않을 겁니다. 오, 두 사람이 엘리베이터를 함께 탔을 때는 말을 걸거나 아는 체하는 정도였겠죠. 하지만, 특별히 친분관계가 있지는 않았을 겁니다. 내 말은……."

맥팔레인은 좀 당황해 하는 것 같았다.

포와로는 의아스러운 생각이 들었다. 포와로가 말했다.

"홀랜드 양의 공동주택에 세들어 사는 처녀 가운데 한 명이 샤르팡티에 부인을 알고 있었는데……, 노마 레스태릭 양입니다."

"그녀가요? 모르겠습니다. 그녀는 이곳에 온 지 얼마 되지 않기 때문에 겨우 얼굴만 아는 정도입니다. 좀 겁에 질린 듯한 얼굴에 학교를 갓 나온 젊은 처녀죠." 그러고는 덧붙여 말했다.

"내가 도와 드릴 일이 더 있습니까?"

"이제 됐소. 친절하게 대답해 줘서 고맙습니다. 혹시 그 공동주택을 구경할 수 있을까요? 가족들에게 말해 주려면……."

포와로는 무엇을 말해 주려는 건지 더 이상 얘기하지 않았다.

"글쎄, 글쎄요. 지금 트래버스 씨가 사는데, 온종일 시티에 나가 있죠. 구경하시고 싶다면 함께 올라가 봅시다."

그들은 7층으로 올라갔다. 맥팔레인이 열쇠를 문에 끼웠을 때, 문에서 번호판이 떨어져서는 포와로의 에나멜 구두를 살짝 피해 바닥에 나뒹굴었다.

그는 얼른 발을 피하고는 몸을 구부려 번호판을 주웠다. 그러고는 조심스럽게 문 위에 박혀 있는 커다란 못에 걸었다.

"번호판들이 헐거운 모양이오."

"죄송합니다, 주의하겠습니다. 간혹 헐거워진 것들이 있죠. 여깁니다."

포와로는 거실로 들어갔다. 특징이라고는 전혀 없는 곳이었다. 벽에는 생나무 무늬의 벽지가 발라져 있었다. 평범한 모양의 안락한 가구가 있었으며, 개인적인 물건으로는 텔레비전 한 대와 상당한 양의 책이 있었다.

"공동주택엔 부분적으로 가구가 비치되어 있습니다." 맥팔레인이 설명했다.

"세드는 사람들이 원치 않는다면, 자기 물건을 가져오지 않아도 됩니다. 자주 옮겨다니는 사람들에게도 거의 만족할 만한 시설이죠."

"장식은 모두 똑같습니까?"

"완전히 똑같지는 않습니다. 주민들이 대개 이런 생나뭇결 무늬를 좋아하는 것 같습니다. 그림을 걸기에는 아주 훌륭한 배경이니까요. 단 한 가지 다른 것은 문과 마주 보는 벽입니다. 프레스코 벽화의 벽지 한 세트 가운데서 주민들이 마음에 드는 것 한 가지를 골라 바를 수 있죠. 한 세트엔 열 가지가 들어 있습니다."

맥팔레인은 좀 자랑스럽게 말했다.

"그중에 동양인이 그린 게 하나 있는데, 아주 예술적입니다. 그렇게 생각지 않습니까? 또, 영국식 정원을 그린 것도 있습니다. 아주 인상적인 새 한 마리와 나무 한 그루, 그리고 어릿광대 한 명이 그려진 조금 우스꽝스러운 추상화입니다. 선들과 입방체로 뚜렷한 대조를 이루는 색깔로 그려져 있죠. 모두 훌륭한 화가들이 디자인한 겁니다. 가구들도 마찬가지죠. 주민들이 마음에 드는 것 두 가지를 골라 갖다놓는 겁니다. 아니면, 자기들이 좋아하는 걸 별도로 갖다놓을 수도 있습니다. 하지만, 일부러 갖다놓는 사람은 거의 없죠."

"당신 말대로, 주민들이 대부분 살림만 하는 주부가 아니니까."

"철새처럼 들락거리거나, 아니면 안락함과 편리한 가스시설이 필요한 바쁜 사람들이 대부분이죠. 그래서인지 장식에는 특별히 신경 쓰지 않습니다. 한두 명 직접 꾸미는 사람이 있긴 하지만, 우리가 보기에는 정말 형편없습니다. 그래서 임대계약서에 물건을 처음에 있던 위치로 되돌려놓든가, 아니면 그렇게 하는 데 드는 비용을 지불해야 한다는 조건을 달아 두었죠."

두 사람은 샤르팡티에 부인의 죽음과는 좀 거리가 먼 얘기를 하고 있었다.

포와로는 창문 쪽으로 다가갔다.

"여기에서였지요?"

그는 작은 목소리로 중얼거리듯이 말했다.

"그렇습니다. 바로 그 창문입니다. 왼쪽 창문이죠. 밖에는 발코니가 있습니다."

포와로는 아래를 내려다보았다.

"7층이라……, 꽤 높군." 그는 중얼거렸다.

"예, 즉사했을 겁니다. 물론 돌발적인 사건일 수도 있죠."

포와로는 고개를 저었다.

"진심으로 그렇게 생각하지는 않을 거요, 맥팔레인 씨. 나는 의도적인 행동인 것이 틀림없다고 봅니다."

"글쎄요. 사람들은 좀더 편안한 가능성을 제시하고 싶어 하죠. 그 여자는 행복하지 않았던 사람일 겁니다."

포와로가 말했다.

"호의를 베풀어 주어 고맙소. 프랑스에 있는 그녀의 가족들에게 상황을 확실하게 말해 줄 수 있겠군요."

하지만, 포와로 자신은 사건이 어떻게 일어났는지 만족할 만큼 분명하게 파악하지 못했다. 루이즈 샤르팡티에의 죽음이 중요한 것이라는 지금까지의 그의 가정에 도움이 될 만한 것이라고는 아무것도 알아내지 못했다.

그는 생각에 잠겨 그녀의 세례명을 되뇌었다. 루이즈……. 왜 루이즈라는 이름에 어떤 기억이 맴도는 걸까? 포와로는 머리를 흔들었다. 그리고 맥팔레인에게 고맙다는 인사를 하고 밖으로 나왔다.

제17장

닐 경감은 아주 사무적이고 엄숙한 표정으로 자기 책상에 앉아 있었다. 그는 포와로에게 정중하게 인사하고는 의자를 권했다. 포와로를 안내해 준 젊은 사람이 나가자마자 닐 경감의 태도가 달라졌다.

"이제는 뭘 할 거요, 이 엉큼한 늙은 양반?" 그가 말했다.

"그거라면, 자네도 이미 알고 있을 텐데." 포와로가 말했다.

"오, 알았습니다. 몇 가지 잡동사니를 긁어모아 놓긴 했지만, 그 특별한 쥐구멍에는 당신에게 필요한 게 있을 것 같지가 않군요."

"왜 쥐구멍이라고 하는 건가?"

"그건 당신이 쥐를 잘 잡는 고양이처럼 빈틈이 없기 때문이오. 구멍 위에 앉아서 쥐가 나오기를 기다리는 고양이처럼 말이오. 그런데 이 특별한 구멍에는 쥐가 한 마리도 없단 말입니다. 하지만, 너무 실망하지는 마시오. 당신이 수상한 거래를 몇 가지 캐낼 수 없다고는 말하지 않겠습니다. 이런 자본가들에 대해서 잘 알고 있겠지만, 광산업과 채굴권, 그리고 석유 사업 등등과 같은 것엔 많은 속임수가 있는 게 사실이니까. 하지만, 조수아 레스태릭 회사는 좋은 평판을 받고 있습니다. 과거에는 가족 사업이었지만 지금은 그렇지가 않아요. 사이먼 레스태릭에겐 자식이 없었으며, 그의 동생인 앤드루 레스태릭에게는 딸 하나만이 있지요. 어머니 쪽으로 나이가 많은 아주머니가 한 사람 있었는데, 앤드루 레스태릭의 딸은 학교를 마친 뒤 어머니가 죽자 당분간 그녀와 함께 살았었더군요. 그런데 그 아주머니도 여섯 달 전에 심장마비로 세상을 떠났습니다. 그녀는 좀 특이한 몇몇 종교 단체에 소속되어 있었는데, 그렇게 열성적이지는 않았던 것 같아요. 그런 데에 나간다고 해서 손해 볼 건 없지요. 지극히 평범한 사이먼 레스태릭은 빈틈없는 사업가였으며, 그의 아내는 무척 사교적인 여자였죠. 두 사람은 좀 늦은 나이에 결혼한 편이더군요."

"앤드루는?"

"앤드루는 방랑벽 때문에 오랫동안 방황했던 모양입니다. 그에 대해서는 알려진 것이 거의 없군요. 한곳에 오랫동안 머물러 있지 않고 남아프리카, 남아메리카, 케냐 등 여러 군데를 돌아다녔으니까요. 형이 돌아오라고 몇 차례 압력을 가했지만, 그는 돌아오지 않았죠. 앤드루는 런던이나 사업을 좋아하지 않았으면서도 돈을 버는 데는 레스태릭 가문답게 비범한 재주를 갖고 있었던 모양입니다. 그는 광상(鑛床)이나 그와 비슷한 곳을 찾아다녔죠. 하지만, 코끼리 사냥꾼이나 고고학자, 식물 채집가 같은 사람은 아니었어요. 그가 하는 일은 모두 사업에 관계되는 것이었으며, 항상 성공을 거두었죠."

"그도 역시 그 나름대로 보수적인 사람이었군?"

"그렇죠. 대체로 그런 편이라고 할 수 있습니다. 형이 죽고 난 뒤 왜 그가 영국으로 돌아왔는지 그 이유는 모르겠습니다. 내 생각으로는 새로 얻은 부인 때문인 것 같은데(재혼했거든요), 그보다 훨씬 나이가 어린데다가 미인이지요. 지금은 로더릭 호스필드 경과 함께 살고 있습니다. 경의 여동생이 앤드루 레스태릭의 숙모죠. 하지만, 그들이 함께 사는 건 일시적인 일일 겁니다. 지금까지 내가 한 얘기는 처음 들어보는 겁니까, 아니면 이미 모두 아는 겁니까?"

"대부분 들었던 얘기일세. 양쪽 집안에 정신이상자는 없나?"

"이상한 종교를 가졌던 나이 많은 아주머니를 빼고는 없는 것 같습니다. 그리고 그건 혼자 사는 여자에게는 특별한 일도 아니잖습니까."

"결국, 자네가 내게 말해 줄 수 있는 건 돈이 많다는 것뿐이군."

"돈도 많지만 존경을 받는 가문이지요." 닐 경감이 말했다.

"또 한 가지가 있습니다. 앤드루 레스태릭이 회사를 하나 세웠는데, 그 회사에서는 남아프리카의 광업권과 광산들을 다룰 예정이랍니다. 그곳의 물건들이 개발되어 시장으로 나오게 되면 정말 어마어마한 돈을 벌게 된다는군요."

"그건 누가 물려받게 되나?" 포와로가 물었다.

"그 문제는 앤드루 레스태릭이 어떻게 하느냐에 달렸죠. 그 자신에게 달려 있는 것이지요. 하지만, 아내와 딸 말고는 이렇다 할 만한 사람이 없는 것 같습니다."

"그럼, 그 두 사람이 언젠가는 거액의 재산을 물려받게 되겠군?"

"그렇겠죠. 그럼, 가족 위탁제 같은 것이 많이 생길 겁니다. 시티에서는 흔한 일이죠."

"그럼, 예를 들자면 그가 관심을 둔 다른 여자는 없는가?"

"아직 알려지지 않았지만, 그런 여자는 없는 것 같습니다. 아주 예쁜 아내를 맞아들였으니까."

포와로가 심각해져서 말했다.

"젊은 남자라면 이런 모든 일을 쉽게 알 수 있겠지?"

"그리고 그 딸과 결혼할 거라는 말인가요? 그렇다면, 그 딸이 법원 같은 곳의 보호를 받는다고 해도 그를 막을 수는 없죠. 물론 그녀의 아버지가 원한다면, 딸에게 물려주지 않을 수도 있지만 말입니다."

포와로는 손에 든 깨끗하게 쓰인 메모지를 내려다보았다.

"웨더번 화랑 쪽은 어떤가?"

"그런 것까지 알고 있다니 놀랍군요. 가짜 그림에 대해서 상담하러 오는 손님도 있나요?"

"그곳에서 가짜 그림을 다루나?"

"그렇지는 않습니다." 닐 경감이 비난하듯이 말했다.

"그런데 한 가지 좀 불미스러운 일이 있었죠. 텍사스의 어떤 백만장자가 그곳에 와서 굉장한 돈을 지불하고 그림을 샀습니다. 그 화랑에서 르누아르 그림과 반 고흐 그림을 각각 한 점씩 샀다더군요. 르누아르 그림은 어떤 소녀의 작은 머리를 그린 것이었는데, 그게 좀 문제가 생겼죠. 웨더번 화랑이 처음부터 진짜라고 완전히 믿고 그 그림을 구입한 게 아니라고 믿을 만한 근거는 없는 것 같아요. 그런데 한 가지 문제점이 생겼습니다. 여러 명의 저명한 미술 감정가들이 와서 그 그림을 감정했죠. 그리고 여느 때와 마찬가지로 그들의 의견은 서로 대립했던 모양입니다. 그러자, 화랑에서는 어떻게 해서든지 그 그림을 회수하겠다고 했죠. 그런데 백만장자가 승낙하지 않은 겁니다. 왜냐하면, 최근에 명성을 떨치는 한 전문가가 그림이 진짜가 틀림없다고 했기 때문이지요. 그 이후로는 그 화랑 주변에서 계속 의심스러운 문제가 맴돌고 있습니다."

포와로는 다시 메모지를 쳐다보았다.

"데이비드 베이커에 대해서는? 그를 조사해 보았나?"

"오, 그는 평범한 불량배더군요. 여러 명이 이리저리 몰려다니며 나이트클럽 따위에서 행패를 부리는 쓰레기 같은 존재죠. 헤로인과 코카인 같은 환각제에 빠져 사는 녀석들이지. 그런데 젊은 여자들이 미친 듯이 그런 녀석들의 꽁무니를 따라다니는 겁니다. 베이커는 생활이 곤란해서 낑낑거리는 녀석인데, 머리는 아주 비상하답니다. 하지만, 그의 그림은 인정받지 못하고 있죠. 성적 기교를 제외하고는 아무 데도 쓸데없는 녀석입니다."

포와로는 다시 메모지를 쳐다보았다.

"리스홀랜드 국회의원에 대해서 아는 게 있나?"

"정치적 수단이 아주 뛰어난 사람입니다. 말재주도 좋은 편이고 시티에서 좀 이상한 거래를 한두 번 했다는데 아무 탈 없이 잘 빠져나왔더군요. 믿을만한 사람은 아닙니다. 좀 의심스러운 방법으로 꽤 많은 돈을 벌기도 했죠."

"로더릭 호스필드 경은 어떤가?" 포와로는 마지막 질문을 했다.

"훌륭한 노인이긴 하지만 망령기가 있더군요. 냄새도 잘 맡습니다, 포와로 모든 걸 죄다 아는 거 아닙니까? 그렇습니다, 특별수사부에는 많은 골칫거리가 있죠. 그중의 하나가 회고록을 마구 써대는 겁니다. 다음에는 어떤 비밀이 무분별하게 폭로될지 아무도 모르는 일이지요. 요즘 나이 든 사람들은 재직 중이건 아니건 간에 다른 사람의 경솔한 행동에 대해 자신들이 기억하는 특별한 인상을 책으로 출판해 내고자 열심히 뛰어다니고 있답니다. 대부분이 별문제가 되지는 않지만, 가끔—당신도 알다시피, 내각은 정책을 바꾸면서 다른 사람의 감정을 건드린다거나 앞뒤가 틀린 발표를 하고 싶어 하지 않습니다.

그래서, 우리는 노인네들의 입을 막으려고 애쓰는 거죠. 그런데 그중 몇몇 사람은 쉽지가 않아요. 그것에 대해 좀더 알고 싶다면 특별수사부로 가는 게 좋을 겁니다. 내 생각으로는 커다란 잘못이 있는 것 같지는 않아요. 문제는 그들이 없애야 할 서류를 없애지 않는다는 거죠. 그들은 많은 걸 보관하고 있습니다. 하지만, 그것이 그렇게 중요한 문제라고는 생각지 않습니다. 그런데 어떤 강대국이 냄새를 맡으며 돌아다닌다는 증거가 있습니다."

포와로는 길게 한숨을 내쉬었다.

"내 말이 도움되지 않았나요?" 경감이 물었다.

"공식기관으로부터 진상을 듣게 되어서 기쁘네. 하지만, 자네 얘기가 많은 도움이 된 것 같지는 않군." 그는 한숨을 내쉬고 나서 말했다.

"어떤 여자가, 그것도 젊고 아름다운 여자가 가발을 썼다는 얘기를 듣는다면, 자네는 어떻게 생각하겠나?"

"별로 특별한 생각은 하지 않습니다." 닐 경감이 좀 퉁명스럽게 말했다.

"우리 집사람도 여행할 때는 가발을 쓰니까요. 걱정거리가 덜어진다고 하더 군요."

"미안하네." 에르큘 포와로가 말했다.

두 사람이 작별인사를 나누고 난 다음에 경감이 물었다.

"당신이 조사하는 공동주택 자살 사건에 대해서 비밀 정보를 얻어냈나요? 내가 당신에게 돌렸는데요."

"그렇네. 적어도 공식적인 사실들이었지. 공공연한 기록이고."

"당신이 방금 한 얘기를 듣고 어떤 생각이 떠올랐습니다. 잠시 그 사건을 생각해 보시지요. 그건 흔히 일어나는 좀 슬픈 사건이었습니다. 남자들을 밝히는 색기 있는 여자가 생활하기에 충분한 돈을 갖고 있고, 특별한 걱정거리가 없는데도 술을 너무 많이 마셔서 위험한 상태까지 갔죠. 그러고 나서 그녀는 건강광(狂)이 되었습니다. 당신도 알다시피, 그런 사람들은 자신이 암이나 뭐 그런 몹쓸 병에 걸렸을 거라고 확신하고 있거든요. 그들은 의사에게 진찰을 받고, 의사가 아무 이상이 없다고 해도 집으로 돌아와서는 의사의 말을 믿으려 하지 않아요. 그런 건 대개가 자신이 예전만큼 남자들을 사로잡지 못한다는 걸 깨닫기 때문이지요. 그거야말로 정말 비참한 일이지요. 글쎄, 그런 건 늘 일어나는 일이랍니다. 외롭고 불쌍한 사람들. 샤르팡티에 부인도 그런 사람 중 한 명이었죠. 나는 어떤……." 그는 말을 멈추었다.

"오, 그렇지. 생각났어요. 당신이 리스홀랜드 국회의원에 대해서 물었었죠? 그는 아주 신중한 방법으로 즐기는 사람이었죠. 루이즈 샤르팡티에는 한때 그의 정부(情婦)였습니다."

"심각한 관계였나?"

"그렇다고는 생각지 않습니다. 그들은 좀 이상한 클럽 같은 곳에 몇 차례 함께 갔었죠. 당신도 알겠지만, 우리는 그런 종류의 일을 신중하게 감시하고 있잖습니까. 하지만, 일체 언론기관에는 보도되지 않았습니다. 아무것도 보도되지 않았죠."

"알겠네."

"그 두 사람의 관계는 얼마 동안 지속하였죠. 여섯 달 정도 둘이 함께 있는 모습이 눈에 띄었어요. 하지만, 그에게 그녀가 유일한 여자였다고는 생각지 않아요. 그도 역시 그녀에게 유일한 남자는 아니었을 겁니다. 그게 중요한 사실 아니겠습니까?"

"나는 그렇게 생각지 않네." 포와로가 말했다.

그는 계단을 내려오면서 혼잣말로 중얼거렸다.

"하지만 그래도, 그렇더라도 그건 하나의 고리지. 맥팔레인이 당황해 하던 이유가 설명되는군. 에밀린 리스홀랜드 국회의원과 루이즈 샤르팡티에 사이의 고리, 하나의 작은 고리."

그건 아마 별 의미가 없을 것이다. 왜 그럴까? 하지만 아직도……

포와로는 화가 나서 소리 내어 말했다.

"나는 너무 많이 알고 있어. 너무 많이 알고 있어. 모든 일과 모든 사람에 대해서 거의 다 알고 있긴 한데, 내 나름대로 유형을 세우지 못하겠어. 내가 아는 사실의 반은 잘못 짚은 걸 거야. 유형을 세워야 하는데. 하나의 유형을 세우기 위한 나의 왕국은……"

"뭐라고 하셨습니까?"

엘리베이터 보이가 깜짝 놀란 얼굴로 돌아보며 물었다.

"아무것도 아니야." 포와로가 말했다.

제18장

포와로는 웨더번 화랑의 입구 쪽에 서서 그림을 감상하고 있었다. 그 그림에는 거대한 상(傷)에 가려진 굉장히 가늘고 긴 몸을 가진 성난 표정의 황소 세 마리와 복잡한 모양의 풍차들이 그려져 있었다. 그 두 물체는 서로 아무 관계가 없는 것 같았으며, 또 아주 이상한 보라색으로 칠해져 있었다.

"재미있는 그림이죠?" 부드러운 목소리가 들렸다.

처음 보는 중년 남자가 하얀 이빨을 거의 다 드러내 보이며 웃으면서 그의 옆에 서 있었다.

"아주 참신한 작품입니다."

그는 커다랗고 살이 찐 하얀 손을 마치 아라베스크(발레 포즈의 한 가지로 한쪽 다리를 곧게 뒤로 뻗고, 한쪽 팔은 앞으로, 다른 팔을 뒤로 뻗치는 자세)를 하는 것처럼 흔들었다.

"훌륭한 전시회였습니다. 지난주에 끝났죠. 그저께부터 클라우드 라파엘 전시회가 시작되었습니다. 이번에도 아주 좋은 성과를 거둘 겁니다. 틀림없습니다."

"아—." 하고 말하고 포와로는 회색 벨벳 커튼을 젖히고 긴 전시실로 들어갔다.

포와로는 의심스러운 점이 없는가 하고 화랑 안을 주의 깊게 살펴보았다. 그 살찐 남자는 익숙한 태도로 그를 안내했다. 그는 이곳에 소스라치게 놀라게 해서는 안 될 누군가가 있다고 느꼈다. 그 남자는 그림을 파는 기술이 뛰어난 사람이었다.

누구나 그림을 사지 않고 화랑에 온종일 머물러 있어도 환영받는다는 걸 금방 느끼게 될 것이다. 이런 즐거운 그림들을 오로지 감상만 하면서—화랑에 들어갔을 때는 즐거운 그림들이 있을 거라고는 생각하지 않았을지도 모른다.

그러나 밖으로 나와서는 '즐겁다'라는 것이 그 그림들을 표현하기에 적합한 말이라는 걸 확신하게 될 것이다. 몇 가지 그림을 보는 방법을 듣고 나서, '저 그림이 좋은데요.' 하고 아마추어들이 하는 말을 몇 마디 하자 보스콤은 아주 활기차게 그 말을 되받았다.

"그렇게 말씀하실 만한 재미있는 그림입니다. 위대한 통찰력을 나타내는 주는 거죠. 물론, 손님도 그 그림이 평범한 반항심을 나타낸 것이 아니라는 걸 알고 계실 겁니다. 대부분의 사람은 어떤 특별한 것을 좋아하죠. 글쎄요, 그런 건 속이 들여다보이는 행동입니다."

그는 캔버스의 한쪽 모퉁이에 그려진 푸른색과 초록색의 줄무늬를 가리켰다.

"하지만 이것은, 그렇습니다. 손님이 제대로 보신 거죠. 다시 말해서(물론 나 혼자만의 생각이지만) 그 그림은 라파엘의 걸작 중 하나입니다."

포와로와 그 남자는 고개를 한쪽으로 기울인 채, 두 사람의 눈이 그려진 오렌지색 다이아몬드를 바라보았다. 그건 한쪽으로 약간 기울어진 모양인데 거미줄처럼 보이는 것에 매달려 있었다.

즐거운 대화가 계속되며 시간이 많이 흘렀다.

"프랜시스 캐리 양이 당신 밑에서 일하고 있죠?"

"아, 그렇습니다. 프랜시스, 똑똑한 처녀죠. 예술성도 뛰어나고 유능합니다. 곧 포르투갈에서 돌아올 겁니다. 그곳에서 전시회가 열렸었는데 매우 성공적이었죠. 프랜시스가 훌륭한 화가이기는 하지만, 창조력이 뛰어나다고는 생각지 않습니다. 사업 쪽에 훨씬 적합한 처녀죠. 그녀 자신도 그걸 알고 있을 겁니다."

"그녀는 화가 후원자라고 하던데요?"

"오, 그렇습니다. 레 퓌느에 관심이 있죠. 재능을 북돋아 주기도 하고, 지난 봄에는 내게 젊은 화가들을 위해서 전시회를 열어 주라고 설득하기도 했습니다. 그 전시회도 역시 아주 성공을 거두었죠. 언론계에 보도되기도 했습니다. 당신도 아시다시피 모든 것을 아주 조그맣게 다루었는데도 말입니다. 그녀가 후원하는 사람들이 몇몇 있습니다."

"내가 구식이라서 그런지, 그 젊은 남자들 중 몇몇은 정말로!"

포와로는 두 손을 들어 올렸다.

"아—." 보스콤이 너그러운 말투로 얘기했다.

"그들의 외모에 대해선 신경 쓰지 않는 게 좋습니다. 아시다시피, 유행이니까요. 긴 머리와 청바지, 그리고 화려한 무늬의 옷과 머리 모양, 모두 한때 지나가는 것일 뿐입니다."

"데이비드라는 친구를—." 포와로가 말했다.

"성을 잊어버려서. 캐리 양이 그에 대해서 높이 평가하는 것 같더군요."

"피터 카디프를 말씀하시는 게 아닙니까? 지금 그녀가 후원하는 청년이죠. 나는 그녀 생각만큼 그가 유망하다고 보진 않습니다. 그는 진정한 전위화가는 아니지만, 글쎄, 반발주의자인 것만은 틀림없습니다. 때로는 번 존스 같기도 하죠! 아직은 아무도 모르는 사실입니다. 손님도 내 얘기를 곧 이해하시게 될 겁니다. 그녀는 가끔 그의 모델 노릇도 하죠."

"데이비드 베이커, 이제야 생각이 났군요." 포와로가 말했다.

"그 친구는 괜찮습니다." 보스콤이 담담하게 말했다.

"독창성은 없지만요. 내가 말한 화가 중 한 친구이긴 하지만, 특별한 인상을 나타내지 못하고 있습니다. 좋은 화가이기는 한데, 뛰어난 편은 아니라는 말입니다. 이류 화가죠!"

포와로는 집으로 돌아갔다. 레몬 양이 그에게 서명할 편지들을 갖고 와서 차례대로 서명을 받고는 밖으로 나갔다. 이어서, 조지가 신중한 태도로 오믈렛을 갖다주었다. 점심식사를 마치고 난 포와로는 커피 잔을 옆에 놓고서 네모난 등받이가 달린 팔걸이의자에 앉아 휴식을 취하는데 전화벨이 울렸다.

"올리버 부인입니다, 주인님."

조지가 전화기를 들어 그의 옆에 갖다놓았다.

포와로는 마지못해서 수화기를 들긴 했지만, 올리버 부인과 얘기하고 싶은 기분이 아니었다. 왠지, 그녀는 그가 하고 싶지 않은 어떤 일을 하라고 재촉할 것만 같은 느낌이 들었다.

"포와로 씨세요?"

"그렇습니다."

"무얼 하고 계세요? 무얼 하셨죠?"

"의자에 앉아서 생각하고 있었습니다."

"그것뿐이세요?"

"그건, 내가 그 문제를 해결하느냐, 아니면 아무것도 알아내지 못하느냐가 달려 있는 중요한 일입니다."

"하지만, 그 처녀를 찾아내야 해요. 그녀가 납치당한 것 같아요."

"틀림없이 그런 것 같습니다. 정오 편으로 그녀의 아버지가 보낸 편지가 도착해 있습니다. 자기에게 와서 내가 그동안 알아낸 걸 말해 달라는 내용이더군요."

"그래, 얼마나 알아내셨어요?"

포와로는 마지못해 하며 말했다.

"지금으로서는 아무것도 없습니다."

"정말, 포와로 씨, 각성을 좀 하셔야겠어요."

"그건 부인도 마찬가지입니다."

"나도 마찬가지라니, 그게 무슨 말씀이세요?"

"나를 다그치는 것 말입니다."

"왜 첼시의 그곳으로 내려가지 않는 거죠? 내가 머리를 얻어맞은 곳 말이에요."

"거기에 가서 나도 한 대 맞으라는 겁니까?"

"당신을 이해하지 못하겠어요. 나는 카페에서 그 처녀를 찾아내어 당신에게 실마리를 주었어요. 당신도 그렇게 말했잖아요."

"압니다, 알고 있습니다."

"창문에서 뛰어내린 여자에 대해서 뭣 좀 알아내셨나요?"

"조사해 보았습니다."

"그래서요?"

"아무것도 없습니다. 그저 평범한 여자더군요. 젊었을 때는 아름다워서 정열적인 연애에 빠지곤 했습니다. 그러나 점점 아름다움이 사라지면서 불행을 알게 되었고 술도 많이 마시게 되었습니다. 그리고 스스로 암인가 뭐 불치의 병에 걸렸다고 생각하고는, 절망과 외로움에 빠져 창밖으로 몸을 던진 겁니다!"

"그녀의 죽음이 중요하다고 말씀하셨잖아요, 어떤 사실을 의미하는 거라고요."

"글쎄, 중요한 것이었어야 하는 건데 말입니다."

"정말이에요?"

올리버 부인은 당황해서 더 이상 말을 잇지 못하고 전화를 끊었다.

포와로는 팔걸이의자 깊숙이 기대어 앉아 조지에게 커피잔과 전화기를 치우라고 손짓하고는, 자기가 알아낸 것과 알아내지 못한 사실들을 곰곰이 생각해 보았다. 그는 자기의 생각을 분명하게 하려고 소리 내어 말했다. 그는 세 가지의 철학적인 질문을 떠올렸다.

"나는 무엇을 알고 있을까? 나는 무엇을 바랄 수 있을까? 나는 무엇을 해야 하는가?"

그는 그 질문들을 올바른 순서대로 했는지, 또 정말로 그것들이 올바른 질문이었는지 확신할 수 없었다. 하지만, 포와로는 그 질문들을 곰곰이 생각하기로 했다.

"이제 나도 너무 늙었어."

에르퀼 포와로는 절망에 빠진 목소리로 말했다.

"내가 무엇을 알고 있을까?"

곰곰이 생각한 끝에, 그는 자신이 너무 많이 알고 있다는 결론을 내렸다! 그는 잠시 그 질문을 접어두기로 했다.

"나는 무엇을 바랄 수 있을까?"

사람은 누구나 늘 바랄 수 있었다. 그는 다른 사람보다 훨씬 뛰어난 두뇌 덕분에, 자기가 정말 이해하지 못했다고 불안하게 느꼈던 그 문제에 대한 대답을 조만간 떠올려 주기를 바랄 수 있었다.

"나는 무엇을 해야 하는가?"

글쎄, 그건 매우 중요한 문제였다. 포와로는 앤드루 레스태릭을 찾아가야 한다. 그는 분명히 딸 문제 때문에 고심하고 있을 것이며, 아직도 딸을 찾아주지 않았다고 포와로를 비난할 것이 틀림없다. 포와로는 그의 입장을 이해할 수도 있고 동정이 가기도 했지만, 이렇게 불리한 상황에서 그의 앞에 나타나고 싶지는 않았다. 그가 할 수 있었던 또 다른 일은 어떤 번호로 전화를 걸어 무슨 진전이 있었는지 물어보는 것이었다.

하지만, 그러기 전에 포와로는 조금 전에 접어두었던 문제로 되돌아갔다.

"나는 무엇을 알고 있을까?"

그는 웨더번 화랑이 혐의를 받고 있다는 사실을 알고 있었다. 법률적으로는 별문제가 없겠지만, 무식한 백만장자를 속여 의심스러운 그림들을 파는 걸 주저하지 않았을 것이다.

포와로는 살이 찐 하얀 손과 가지런한 이빨을 가진 보스콤의 모습을 떠올리고는 별로 좋은 사람은 아닐 거라는 결론을 내렸다. 그는 비록 자신을 놀라우리만큼 철저하게 보호하고는 있었지만, 지저분한 일에 종사하고 있다는 사실은 숨길 수 없었다. 이건 아주 유용한 것이 될지도 모르는 사실이었다. 왜냐하면, 그것이 데이비드 베이커와 관계가 있을지도 모르기 때문이다.

그래, 데이비드 베이커, 바로 공작새가 있었다. 그가 보스콤에 대해서 무엇을 알고 있을까? 포와로는 그를 만나 얘기를 해보았으며, 그리고 어떤 결론을 내렸다. 그는 돈을 위해서는 어떤 밀매(密賣)라도 할 것이며, 또 사랑 때문이 아니라 돈을 탐내어 부유한 상속녀와 기꺼이 결혼이라도 할 사람이다. 그러다가 아마 돈을 받고 내쫓길지도 모르지. 그래, 그는 돈을 받고 물러날 수도 있을 것이다. 앤드루 레스태릭은 분명히 그렇게 믿었으며, 아마 그가 옳을 것이다. 만일 그렇지 않다면……

포와로는 앤드루 레스태릭의 실제 모습보다는 그의 뒤쪽 벽에 걸려 있는 초상화를 떠올리면서 그를 생각했다. 조금 튀어나온 턱과 결단력이 있어 보이는 표정 등 좀 강렬한 인상이 떠올랐다. 그러고는 죽은 앤드루 레스태릭 부인을 생각했다. 좀 일그러진 입매……

그는 그 초상화를 좀더 자세하게 보려고 크로스헤지스에 다시 내려갈 것이다. 왜냐하면 그 초상화에 노마 문제의 실마리가 있을지도 모르기 때문이다. 노마—아니, 포와로는 아직 노마를 생각해서는 안 된다. 또 무엇이 있을까?

메리 레스태릭—소니아는 그녀가 애인을 만나러 런던에 자주 올라가는 것이라고 말했다. 포와로는 그 말을 곰곰이 생각해 보았지만, 소니아 말이 옳은 것 같지 않았다. 레스태릭 부인은 살 만한 것들, 다시 말해서 화려한 공동주택, 메이페어(런던의 하이드파크 동쪽의 고급 주택지)의 주택, 장식물 등 대도시에서 살 수 있는 것들을 구경하려고 런던에 가는 것일 거다.

돈……. 그의 마음을 스치고 지나갔었던 모든 일들이 결국엔 돈으로 이어지는 것 같았다. 돈, 돈의 중요성. 이번 경우에는 대단히 많은 액수가 걸려 있다. 그러나 돈이 어떻게 중요한 역할을 했는지는 분명치 않지만, 아무튼 돈은 제역할을 했다. 그때까지도 샤르팡티에 부인의 비극적인 죽음이 노마의 짓이었다는 그의 생각을 정당화시켜 줄 수 있는 것이 아무것도 없었다. 증거도 없고, 동기도 없었다. 그런데 부인할 수 없는 하나의 고리가 있는 것 같았다.

그녀는 '살인을 저질렀을지도 몰라요.'라고 말했었다. 그리고 샤르팡티에 부인의 사망사건은 그보다 겨우 하루나 이틀 전에 일어났었다. 그녀가 살고 있던 바로 그 건물에서 사망사건이 벌어진 것이다. 그 죽음이 이번 일과 아무 관계가 없다는 것은 너무 지나친 우연의 일치겠지?

포와로는 메리 레스태릭이 앓았다는 이상한 병에 대해서 다시 생각해 보았다. 겉으로 나타난 사실만 보아서는 고리타분할 정도로 단순한 일이다. 독살 사건은 으레 가족 중에 범인이 있기 마련이다. 메리 레스태릭이 스스로 자기의 접시에 독을 바른 것은 아닐까? 아니면, 남편이 아내를 죽이려고 한 것일까? 혹시 소니아라는 처녀가 독을 먹이지는 않았을까? 아니면, 노마가 범인일까? 모든 것이 노마를 가리키고 있다는 것을 포와로는 인정하지 않을 수 없었다.

포와로가 말했다.

"하지만, 내가 아무것도 찾아낼 수 없기 때문에, 결과는 당연히 그 부인은 창문 밖으로 몸을 내던진 거야."

그는 한숨을 내쉬고는 자리에서 일어나 조지에게 택시를 불러오라고 했다. 앤드루 레스태릭과 한 약속은 지켜야 했다.

제19장

클라우디아 리스홀랜드는 오늘은 사무실에 있지 않았다. 대신 중년 여자가 포와로를 맞이했다. 그녀는 레스태릭이 그를 기다리고 있다고 말하고는, 레스태릭의 방으로 안내했다.

"잘 되어갑니까?" 레스태릭은 포와로가 방을 들어서기가 무섭게 물었다.

"우리 딸에 대해서 뭔가 좀 알아냈습니까?"

포와로는 손을 펴보였다.

"아직은 아무것도 알아내지 못했습니다."

"하지만, 이보십시오, 무언가가 있어야 하지 않습니까? 어떤 실마리 같은 것 말입니다. 한 처녀가 공중으로 사라질 수는 없을 테니까요."

"처녀애들은 전에도 그랬으며, 앞으로도 계속 그럴 겁니다."

"아무것도 알아내지 못하면 비용을 지불할 수 없다는 것쯤은 알고 있겠죠? 나는, 나는 이런 식으로는 계속할 수 없습니다."

그는 지금까지 아주 초조하고 불안한 나날을 보낸 것 같았다. 창백한 얼굴에, 잠을 자지 못했는지 눈은 충혈되어 있었다.

"당신이 뭣 때문에 불안해하는지 알고 있습니다. 하지만, 나는 따님을 찾기 위해서 최선을 다했다고는 확실히 말할 수 있습니다. 이런 일들은 서둘러서 되는 게 아닙니다."

"그 애는 기억상실증에 걸려 있을지도 모르고, 그 애는 아마, 병에 걸렸을지도 모릅니다. 병에요."

포와로는 그가 무슨 말을 하려는지 알 것 같았다. 레스태릭은, '그 애는 아마 죽었을지도 모릅니다.'라고 말하려고 했을 것이다.

포와로는 책상 맞은편에 앉아서 말했다.

"당신이 걱정하는 마음은 이해합니다. 다시 말하지만, 경찰에 부탁하면 결과를 좀더 빨리 알아낼 수 있습니다."

"안 됩니다." 그 말이 폭발하듯이 터져 나왔다.

"경찰은 훌륭한 설비와 아주 많은 수사요원을 갖고 있습니다. 그건 돈으로 해결되는 것이 아닙니다. 돈을 아무리 많이 준다고 해도, 고도로 뛰어난 조직체가 할 수 있는 것과 똑같은 결과를 주지는 못한다는 겁니다."

"그렇게 달래듯이 말해도 소용없습니다. 노마는 내 딸입니다. 외동딸이며, 세상에 하나밖에 없는 내 살붙이란 말입니다."

"내게 따님에 대해서 모든 걸 말했다고 확신합니까?"

"더 이상 무엇을 말할 수 있겠습니까?"

"그건 내가 대답할 것이 아니라 당신이 대답할 문제입니다. 예를 들어서, 예전에 무슨 사건이 일어난 적은 없습니까?"

"어떤 사건 말입니까? 구체적으로 말씀해 보시죠?"

"정신이상에 대한 자세한 내력 같은 것 말입니다."

"그건, 그러니까 당신은……."

"내가 그걸 어떻게 알겠습니까? 어떻게 알 수 있겠습니까?"

"그러면, 나는 어떻게 알겠습니까?"

레스태릭이 갑자기 날카로운 목소리로 말했다.

"내가 그녀에 대해서 뭘 알겠습니까? 세월이 많이 흘렀습니다. 그레이스는 좀 어려운 여자였죠. 쉽게 용서하지 못하고 잊지 못하는 여자였습니다. 가끔 나는, 그녀가 노마를 키우기에 적합한 여자가 아니었다고 느낀답니다."

그는 자리에서 일어나 방 안을 서성거리다가 다시 의자에 앉았다.

"물론, 아내를 내버려 두지 말았어야 했죠. 나도 그건 압니다. 나는 그녀에게 아이를 기르라고 내버려 두었어요. 하지만, 그때 나는 적당히 자신을 합리화시켰다고 생각합니다. 그레이스는 노마에겐 헌신적인 훌륭한 여자였습니다. 그 애에게는 완벽한 보호자였죠. 하지만, 그녀는 어땠을까요? 그녀가 정말 그런 사람이었을까요? 그레이스가 내게 보낸 편지 몇 통을 보면, 완전히 분노와 원한에 사무쳐 있었던 것 같습니다. 당시에 나는 그것이 당연한 거라고 생각했죠. 하지만, 우리는 너무 오랫동안 헤어져 있었습니다. 내가 돌아왔어야 하는 건데, 그렇지 못했기 때문에 떳떳지 못했던 겁니다. 오, 이제 와서 변명해 봐야 좋을 게 하나 없는데요."

그는 얼른 고개를 돌렸다.

"그렇습니다. 내가 노마를 다시 만났을 때, 그 애는 신경과민인데다가 무질서했습니다. 나는 시간이 지나면 그 애와 메리와의 사이가 좀 괜찮아질 거라고 생각했습니다. 하지만, 그 애는 완전히 제정신이 아니었어요. 나는 그 애가 런던에서 직장에 다니면서 주말마다 집으로 오는 게 좋겠다고 생각했습니다. 하지만, 메리와 친하게 지내라고 강요하지는 않았죠. 오, 내가 너무 정신없이 떠들어 댄 것 같군요. 그런데 그 애는 어디에 있을까요, 포와로 씨? 어디에 있죠? 혹시 기억상실증에 걸린 것은 아닐까요? 그런 얘기를 들은 적이 있거든요."

"예, 그럴 수도 있겠죠. 따님의 상태로 봐서는, 자신이 누군지도 모른 채 여기저기 방황하고 있을지도 모릅니다. 아니면, 사고가 났을지도 모르죠. 하지만, 그런 건 모두 가능성이 희박한 얘기입니다. 나는 병원이라든가 다른 곳을 찾아다니면서 자세히 조사해 보았습니다."

"설마 그 애가, 그 애가 죽었다고는 생각지 않겠죠?"

"따님이 살아 있는 것보다는 죽은 모습을 볼 확률이 더 높겠죠. 진정하십시오, 레스태릭 씨. 따님에게 당신이 전혀 모르는 친구가 있을 수 있다는 걸 기억하십시오. 영국의 다른 지방에 친구가 있을 수도 있고, 어머니와 아주머니와 함께 살았을 때 사귄 친구도 있을 수 있으며, 또 학교 친구들의 친구들과도 친구가 될 수 있습니다. 이런 모든 것들을 알아보는 데는 시간이 걸리죠. 당신도 각오를 하고 있어야 합니다. 따님은 지금 어떤 남자친구와 함께 있을지도 모릅니다."

"데이비드 베이커 말입니까? 그 녀석 생각만 하면……."

"따님은 데이비드 베이커와는 함께 있지 않습니다. 그건, 내가 확신하죠."

포와로가 담담하게 말했다.

"그 애에게 어떤 친구가 있는지 내가 어떻게 알겠습니까?"

그는 한숨을 내쉬었다.

"그 애를 찾는다면, 그 애를 만나게 되면, 그 애는 나를 이 모든 것에서 벗어나게 해줄 겁니다."

"무엇에서 벗어나게 해준다는 겁니까?"

"이 나라에서 벗어나게 해줄 겁니다. 나는 지금까지 비참한 생활을 해왔습니다, 포와로 씨. 이곳으로 돌아온 뒤부터는 계속 비참한 상태였죠. 이제 시티의 생활이 지겹습니다. 틀에 박힌 듯한 지루한 사무실 일, 변호사, 금융업자들과 되풀이되는 상담—내가 하고 싶은 생활은 과거로 돌아가는 겁니다. 이곳저곳 돌아다니며 여행하고, 위험하고 아무도 가지 않은 곳을 탐험하고 싶습니다. 그런 게 내게 맞는 생활입니다. 그 생활을 포기하지 말았어야 하는 건데 말입니다. 노마를 데려오라고 사람을 보냈어도 됐을 텐데요. 조금 전에 말한 대로 그 애를 찾게 되면 당장에라도 이곳을 떠날 겁니다. 이미 나는 여러 가지 방법으로 주식 공개매입자들과 접촉하고 있습니다. 그들은 아주 유리한 조건으로 모든 주식을 갖게 되겠죠. 나는 현금을 갖고 중요한 의미를 지닌 나라로 돌아갈 겁니다. 이건 진실입니다."

"오! 부인에게는 그 일에 대해서 어떻게 말할 생각입니까?"

"메리에게요? 아내는 그런 생활에 익숙한 사람입니다. 그런 곳에서 태어났으니까요."

"돈이 많은 여자에게 런던이란 아주 매력적인 곳이죠." 포와로가 말했다.

"아내는 내 생각에 따를 겁니다."

책상 위에 있는 전화가 울렸다. 레스태릭이 수화기를 집어들었다.

"예? 오, 맨체스터에서? 그래, 클라우디아 리스홀랜드면 연결해 줘."

그는 잠시 기다렸다.

"여보세요, 클라우디아. 그래, 말해. 전화상태가 좋지 않아서 잘 들리지 않아. 그들이 동의했다고?……오, 저런……아니, 아주 잘했어……좋아……됐어. 저녁 기차로 올라와. 내일 아침에 자세한 얘기를 하지."

그는 수화기를 내려놓았다.

"유능한 처녀입니다." 그가 말했다.

"리스홀랜드 양입니까?"

"예, 수완이 좋은 여자죠. 내 무거운 짐을 많이 덜어 주고 있습니다. 맨체스터에서 이번 일을 성사시키도록 그녀 나름대로 소신껏 해보라고 했습니다. 지금은 내가 도무지 일에 집중할 수 없으니까요. 그런데 썩 잘해냈군요. 몇 가지 점에서는 남자 못지않죠."

그는 갑자기 지금의 상황을 깨달았는지 포와로를 쳐다보았다.

"아, 예, 포와로 씨. 내가 잠시 딴생각을 했던 것 같습니다. 수사를 진행하는 데 비용이 더 필요합니까?"

"아닙니다. 따님을 건강하고 정상으로 회복시키기 위해서 최선을 다할 것을 약속합니다. 그리고 따님의 안전을 위해서 가능한 모든 예방책을 강구하겠습니다."

포와로는 바깥 사무실을 지나서 밖으로 나갔다. 그리고 거리로 내려와서 하늘을 올려다보았다.

"하나의 질문에 대한 하나의 정확한 대답." 그가 말했다.

"내가 필요로 하는 것은 바로 그것이야."

제20장

에르퀼 포와로는 조지아 시대풍(風)으로 지은 장엄한 저택의 정면을 바라보았다. 그 저택은 아직 구식 시장가의 조용한 거리에 있었다. 그 길에도 진보의 물결이 급격하게 밀려왔지만, 새로운 슈퍼마켓, 선물의 집, 마저리 부티크, 페그 카페나 웅장한 새 은행 등은 크로프트 로(路)에 들어섰을 뿐 하이 가(街)에는 침입하지 못했다.

포와로는 잘 닦여진 문 위의 황동 고리쇠를 만족스러운 듯한 표정으로 바라보았다. 그러고는 옆에 달린 벨을 눌렀다.

그러자, 곧 키가 크고 특이한 인상의 여자가 활기찬 태도로 문을 열어 주었는데, 그 여자는 손질하지 않은 회색 머리칼을 그대로 늘어뜨리고 있었다.

"포와로 씨죠? 매우 정확하시군요. 어서 들어오세요."

"배터스바이 양입니까?"

"그래요."

그녀는 문을 닫았다. 포와로는 안으로 들어갔다. 그녀는 포와로의 모자를 홀스탠드에 걸고는, 낮은 담으로 둘러싸인 좁은 정원이 내려다보이는 쾌적한 분위기의 방으로 안내했다.

그녀는 의자를 가리키고는, 포와로가 그 자리에 앉을 거라고 생각했는지 먼저 자리에 앉았다. 배터스바이 양은 형식적인 인사치레로 시간을 낭비할 사람이 아니었다.

"메도우필드 학교의 교장을 지냈다고 들었습니다."

"예, 1년 전에 그만두었죠. 전의 학생이었던 노마 레스태릭 문제 때문에 찾아오신 걸로 아는데요?"

"그렇습니다."

배터스바이 양이 말했다.

"편지에는 구체적인 내용을 쓰지 않으셨더군요." 그녀는 덧붙여 말했다.

"당신이 누군지 알 것도 같아요, 포와로 씨. 얘기를 시작하기 전에 좀더 구체적인 내용을 알았으면 좋겠군요. 예를 들자면, 노마 레스태릭을 고용하시는 것에 대해서 생각하고 있나요?"

"그런 건 아닙니다."

"당신의 직업을 알기 때문에, 내가 좀더 구체적으로 알고 싶어 한다는 걸 이해하실 거예요. 예를 들면, 노마와 어떤 관계가 있다고 말씀하셨나요?"

"하지 않았습니다. 나에 대해서 말씀드리는 게 좋겠군요."

에르큘 포와로가 말했다.

"고마워요."

"사실은, 레스태릭 양의 아버지인 앤드루 레스태릭 씨가 나를 고용했습니다."

"아, 그 사람은 몇 년 동안 외국에 나가 있다가 최근에 영국으로 돌아왔다죠?"

"그렇습니다."

"하지만, 그 사람의 소개장을 갖고 오시지 않았잖아요?"

"그 사람에게 그런 걸 써달라고 하지 않았습니다."

배터스바이 양은 물어보는 듯한 눈길로 그를 쳐다보았다.

에르큘 포와로가 말했다.

"혹시 따라오겠다고 고집을 부릴까 봐 부탁하지 않았습니다. 그 사람과 함께 있으면, 당신에게 묻고 싶은 것도 제대로 물어볼 수 없을 겁니다. 당신의 대답은 그 사람에게 고통과 비탄을 갖다 줄 테니까요. 지금 그 사람이 고통스러워하는 것보다 더한 아픔을 주고 싶지 않습니다."

"노마에게 무슨 일이 일어났습니까?"

"그렇지 않기를 바라지만……, 그렇지만, 일이 일어났을 가능성도 있습니다. 그 학생을 기억하고 있습니까, 배터스바이 양?"

"나는 학생들을 모두 기억하고 있어요. 기억력이 좋은 편이죠. 그리고 메도우필드는 그리 큰 학교가 아니에요. 여학생이 2백 명 정도밖에 되지 않거든요."

"왜 그만두셨습니까, 배터스바이 양?"

"포와로 씨, 그런 건 당신의 일이 아닌 걸로 알고 있어요."

"예, 단지 자연스러운 호기심에서 물어본 것뿐입니다."

"나는 일흔이에요. 나이는 이유가 안 될까요?"

"당신의 경우에는 안 될 것 같습니다. 아직도 활발하고 정정하셔서, 앞으로도 오랫동안 여교장직을 계속하실 수 있을 것 같은데요."

"세월은 변하는 거예요, 포와로 씨. 사람들은 세월이 변하는 걸 좋아하지 않죠. 그럼, 당신의 호기심을 만족시켜 드리죠. 나는 학부모들과 함께 있으면 부아가 치밀어요. 딸들에 대한 부모의 기대는 근시안적인데다가 아주 명청한 것이죠."

포와로는 그녀의 자격증을 보고 안 것이지만, 배터스바이 양은 유명한 수학자였다.

"내가 허송세월을 보내고 있다고는 생각지 마세요. 내게 좀더 적합한 일을 하면서 보내고 있으니까요. 상급반 학생들을 가르치고 있어요. 이젠 당신이 왜 노마 레스태릭에게 관심이 있는지 물어봐도 될까요?"

"걱정스러운 이유가 있습니다. 솔직히 말하자면, 그녀가 없어졌어요."

배터스바이 양은 별로 놀라는 기색이 아니었다.

"정말이에요? 당신이 없어졌다고 말하는 것이, 그 애가 부모에게 어디에 간다는 말없이 집을 나갔다고 생각하는 것 같군요. 오, 그 애 어머니가 돌아가신 걸로 알고 있어요. 그런데 아버지에게 어디에 간다는 말을 하지 않았다는 거죠. 그런 건 요즘에는 전혀 이상한 일이 아니에요, 포와로 씨. 레스태릭 씨는 경찰에 알리지 않았나요, 포와로 씨?"

"그는 그 문제에 대해서는 옹고집입니다. 절대로 경찰에 알리지 않겠다는군요."

"나는 그 애가 어디에 있는지 전혀 몰라요. 그 애에게서 소식을 받지도 않았고요. 사실, 그 애가 메도우필드를 졸업하고 나서는 아무 소식도 듣지 못했어요. 당신에게 아무런 도움도 드리지 못할 것 같군요."

"내가 알고 싶은 건 그런 게 아닙니다. 나는 그녀가 어떤 학생이었는지 그걸 알고 싶습니다. 설명해 줄 수 있겠습니까? 겉모습이 아니라 그녀의 성격이라든가 특징 같은 것 말이죠."

"노마는 학교에 다닐 때 아주 평범한 학생이었어요. 머리가 뛰어난 편은 아니었지만, 공부는 적당히 했죠."

"신경질적이지는 않았습니까?"

배터스바이 양은 곰곰이 생각하고 나서 천천히 말했다.

"아니 그렇지는 않았어요. 그 애의 가정환경을 고려해 볼 때, 그럴 수도 있겠지만."

"그녀의 병약한 어머니를 고려해 볼 때 말입니까?"

"그래요. 그 애는 불완전한 가정에서 자랐으니까요. 그 애가 아주 헌신적인 사랑을 받았다고 생각하는 아버지가 갑자기 다른 여자와 함께 집을 떠났어요. 그 애 어머니는 당연히 펄펄 뛰었겠죠. 그리고 참지 않고 화를 터뜨림으로써, 아마 필요 이상으로 딸을 못살게 들볶았을 거예요."

"죽은 레스태릭 부인에 대한 당신의 의견을 들어보는 것이 좀더 정확하겠군요."

"내 개인적인 의견을 물어보시는 건가요?"

"반대하시지 않는다면?"

"아니에요. 기꺼이 대답해 드리죠. 여학생에게 가정환경은 아주 중요한 거예요. 나는 단지 몇 가지의 정보를 통해서 될 수 있는 대로 여러 가지의 가정환경을 연구했죠. 레스태릭 부인은 훌륭하고 고결한 여자였던 것 같아요. 그런데 아주 어리석은 한 사람 때문에 독선적이고 비판적인데다가 정신까지 이상하게 되었죠!"

"음―." 포와로가 알겠다는 듯이 말했다.

"그녀는 상상으로 앓는 여자였다고 말할 수 있죠. 자신의 병에 대해 지나치게 민감해서 늘 요양원에 들락거렸어요. 여학생에게는 아주 불행한 가정환경이었죠. 특히, 별 개성이 없는 여학생에게는요. 노마는 학문적인 탐구심도 없는데다가 자신감도 없는 학생이었기 때문에 직업을 추천해 주기가 곤란했습니다. 나는 그 애가 결혼해서 아이를 낳고 사는 평범한 생활을 하게 될 거라고 생각했죠"

"노마가 정신적으로 불안하다는 것은 느끼지 못했습니까?"

"정신적으로 불안하다고요? 터무니없는 생각인 것 같군요!"

"그게 당신 대답이군요. 터무니없는 생각이라는 것이! 그러면, 신경질적이지는 않았습니까?"

"어떤 여학생이나 거의 모두 조금씩은 신경질적인 면이 있어요. 특히, 사춘기나 사회에 첫발을 내디딜 때는 더 심하죠. 그 애는 아직 완전한 성인이 아니니까 처음 이성을 사귈 때쯤에는 충고를 주는 게 좋을 거예요. 여학생들은 종종 자기와는 전혀 어울리지 않는데다가 심지어는 위험스러운 청년에게 매력을 느낀답니다. 요즘에는 이런 데 빠져 있는 자식들을 구해 낼 만큼 강인한 성격을 가진 부모들이 거의 없는 것 같아요. 그래서 여학생들이 종종 신경질적으로 비참한 시기를 겪게 되며, 조만간 이혼으로 끝이 날 적합하지 않은 결혼을 하게 되죠"

"그런데 노마는 정신적으로 불안한 징조가 보이지 않았단 말입니까?"

포와로는 똑같은 질문을 되풀이했다.

"그 애는 좀 감정이 풍부한 편이었지만 정상적인 학생이었어요."

배터스바이 양이 말했다.

"정신적으로 불안하다고요? 아까도 말했지만, 그건 터무니없는 생각이에요! 그 애는 어떤 청년과 결혼하려고 도망쳤을 거예요. 그보다 더 정상적인 이유는 없어요."

제21장

포와로는 큰 네모난 팔걸이의자에 앉아 있었다. 두 손을 팔걸이에 얹고서 멍하니 앞에 있는 벽난로를 바라보았다. 옆에는 작은 탁자가 있었으며, 그 위에는 깨끗하게 정돈되어 클립으로 끼워진 여러 가지 서류들이 놓여 있었다.

거기엔 고비에게서 들은 보고와 친구인 닐 경감에게서 얻은 정보, 그리고 '소문, 수다, 풍문'이라는 제목 아래에 각각 분리된 일련의 기록과 그 기록의 출처들이 적혀 있었다. 지금 그는 이런 서류들을 조사해 볼 필요가 없었다. 그 서류들은 이미 조심스럽게 모두 다 읽어 본 것들이며, 다시 참고로 하고 싶은 특별한 것들이 있어서 거기에 놓아두었던 것이다. 포와로는 자신이 알고 있으며, 알아낸 것들을 모두 마음속에서 모아보고 싶었다. 왜냐하면 이런 것들이 틀림없이 하나의 유형을 형성해 줄 것이라고 확신했기 때문이다. 거기에는 분명히 하나의 유형이 있어야 한다. 그는 지금 정확히 어떤 각도에서 그것에 접근해야 하는지를 생각하는 중이다.

포와로는 어떤 특별한 통찰력을 전적으로 믿는 사람이 아니었다. 그는 통찰력을 갖고 있지는 않았지만, 육감은 갖고 있었다. 무엇보다도 중요한 것은 육감 그 자체가 아니라 육감을 불러일으킬지도 모르는 그 어떤 것이다. 흥미로운 것은 그 원인이며, 그 원인은 종종 그가 생각하는 것과 완전히 달랐다. 대개는 그것을 논리와 판단력, 그리고 지식으로 해결했다.

포와로가 이 사건에 대해서 느끼는 것은 무엇일까, 이것은 어떤 종류의 사건일까? 일반적인 것부터 시작해서 차차 특별한 것으로 생각해 나가자.

이 사건에서 눈에 띄는 것은 무엇이었을까? 비록 방법은 모르고 있지만, 돈이 그중 하나일 거라고 생각했다. 어떻든지 돈이란…… 왠지 어딘가에 악마가 도사리고 있다는 생각이 들었다. 포와로는 악마를 알고 있으며, 전에 만난 경험도 있다. 그는 악마의 특징과 취미, 그리고 악마가 지나갔던 길을 알고 있었다. 문제는 지금 그 악마가 어디에 있는지 분명하게 알지 못한다는 것이다. 포와로는 악마와 싸우려고 몇 가지 조치를 취해 왔으며, 또 그 조치들이 충분한 것이기를 기대했다. 어떤 일들은 이미 일어났으며, 어떤 일들은 진행 중이었다. 그것은 아직 이루어지지 않은 것이다. 누군가가 어디에서 위험에 빠져 있다.

그런데 그 사실들이 두 방향을 가리키고 있다는 것이 문제였다. 만일, 그가 위험에 빠져 있다고 생각했던 사람이 정말로 위험에 빠져 있다면, 그는 아직 그 이유를 알 수 없을 것 같았다. 왜 그 특별한 사람이 위험에 빠지게 된 것일까? 동기는 없다. 만일 그가 위험에 빠져 있다고 생각했던 사람이 위험에 처해 있지 않다면, 모든 방법이 완전히 거꾸로 되어야 할 것이다. 한쪽을 가리키고 있었던 모든 것을, 그는 뒤돌아서서 완전히 반대 방향에서 바라보아야 할 것이다. 그는 잠시 그 문제를 미결상태로 접어두고는 사람들의 성격에 대해서 생각해 보았다. 그들은 어떤 유형으로 만들었으며, 어떤 역할을 맡고 있는 것일까?

첫 번째, 앤드루 레스태릭. 포와로는 지금까지 앤드루 레스태릭에 대해서 꽤 많은 정보를 수집했다. 외국으로 나가기 전과 그 이후 그의 생활 전반에 대해서. 한 장소나 목적지에 오랫동안 머물지 못하는 침착하지 못한 사람이긴 하지만, 일반적으로 괜찮은 사람이다. 그에게는 부랑아적인 면도 없으며, 과장시키거나 속이는 성격도 아니었다. 아마 강인한 성격은 아니겠지? 여러 가지 면에서 허약한가? 포와로는 불만스러운 듯이 이맛살을 찌푸렸다. 그런 것은 그가 직접 만났던 앤드루 레스태릭에게는 어떻든 어울리지 않는 거였다.

앞으로 튀어나온 턱과 흔들리지 않는 눈매, 그리고 결단력이 있어 보이는 태도로 보아 그는 분명히 허약하지 않은 사람이다. 그는 겉으로 보기에는 성공한 사업가 같았다. 젊었을 때 앤드루 레스태릭은 사업에 성공해서 남아프리카와 남아메리카에서 많은 재산을 모았다. 레스태릭은 재산을 점점 증식시켰으며, 그가 고향으로 돌아올 때 가져온 것은 성공담이지 실패담은 아니었다. 그런 그가 어떻게 허약한 성격일 수 있을까? 아마 여자 문제에 대해서만은 허약할지도 모르지.

그는 결혼에 실패했다. 자기와 어울리지 않는 여자와 결혼했던 것이다……. 가족들이 강요한 것일까? 다음에 그는 다른 여자를 만났다. 그 여자 한 명만을 만났을까? 아니면 여러 여자를 만났을까? 오랜 시간이 지난 뒤에 그런 기록을 찾아낸다는 것은 몹시 어려운 일이었다. 틀림없이 레스태릭은 부정(不貞)한 남편은 아니었다. 그는 정상적인 가정이 있었으며, 어느 모로 보아도 어린 딸을 무척 사랑했다. 하지만, 어떤 여자를 만나고 나서는 그녀에게 푹 빠져 가정을 버리고 고국을 떠났다. 그것은 진실한 사랑이었다.

하지만, 그것이 어떤 부수적인 동기와 결부되었다면? 사무실 일과 시티, 그리고 하루하루가 똑같은 런던의 생활을 싫어했을까? 그랬을지도 모른다고 포와로는 생각했다. 그건 그 유형에 맞았다. 그는 외로운 사람이었던 것 같다. 영국에서건 외국에서건 많은 사람이 그를 좋아했지만, 특별히 친하게 지내는 친구는 없는 것 같았다. 사실, 그는 한군데에 오랫동안 머물지 않았기 때문에 외국에서 친한 친구를 사귄다는 건 어려운 일이었을 것이다. 그는 어떤 모험에 뛰어들어 대성공을 거두어 많은 재산을 모은 다음에는, 그 일에 싫증을 내고는 다른 곳으로 훌쩍 떠나 버렸다. 방랑! 한마디로 방랑자였던 것이다.

그러나 그것은 아직도 그 사람의 초상화와 일치하지 않았다. 초상화? 그 말에 포와로는 레스태릭 사무실 책상 뒤쪽 벽에 걸려 있는 초상화가 떠올랐다. 그건 15년 전의 그의 모습을 그린 것이다. 15년이라는 세월 동안 그 의자에 앉아 있는 사람은 얼마나 많이 변했을까? 놀랍게도 육체적인 면에서 볼 때 변한 것이 거의 없었다! 흰 머리칼이 좀 많아지고 어깨가 두툼해졌을 뿐, 얼굴의 특징적인 선은 그대로였다. 결단력이 있어 보이는 얼굴. 자기가 원하는 것을 알고 그것을 얻으려고 했던 남자. 위험을 무릅쓰려고 했던 남자. 어떤 강인한 성격을 가진 남자.

레스태릭은 왜 그 그림을 런던으로 가져왔을까? 남편과 아내의 초상화가 나란히 걸려 있었다. 엄밀히 말해서, 예술적으로 그 그림들은 나란히 걸려 있어야 했다. 레스태릭이 잠재의식적으로 그의 전처(前妻)와 다시 헤어져 그녀에게서 완전히 분리되고 싶은 마음을 갖고 있다고 심리학적으로 설명할 수 있을까? 비록 그녀는 죽었지만, 아직도 그는 그녀의 성격으로부터 후퇴하고 있었던 것일까? 흥미로운 점이다……

그 그림들은 아마 다른 가족의 가재도구들과 함께 창고에서 끄집어냈을 것이다. 메리 레스태릭은 로더릭 경이 양보해 준 크로스헤지스의 가구들에 좀더 보충하려고 몇 가지 개인적인 물건들을 골랐을 것이다. 포와로는 새 아내인 메리 레스태릭이 그 초상화를 걸고 싶어 했을까 생각해 보았다. 만일, 그녀가 첫 번째 아내의 초상화를 다락 속에 넣어두었다면 훨씬 자연스러웠겠지.

그러나 포와로는 곧 그녀가 원하지 않는 물건들을 처박아놓을 만한 다락이 크로스헤지스에는 없을 거라고 생각했다. 아마 로더릭 경은 외국에서 갓 돌아온 부부가 런던에서 마땅한 집을 물색할 동안만 두 식구를 위해서 방을 비워주었을 것이다. 그러므로 그것은 별로 문제가 되지 않았으며, 두 점의 초상화를 거는 게 오히려 자연스러웠을 것이다. 게다가, 메리 레스태릭은 질투심이나 감정에 치우친 사람이 아니라 분별력이 있는 여자였다.

'그렇지만…….' 에르큘 포와로는 생각했다.

'여자들은 모두 질투심을 갖고 있으며, 전혀 그럴 것 같지 않은 여자들도 질투를 하지!'

그의 생각이 메리 레스태릭에게로 옮겨지자 그는 차례대로 그녀를 생각해 보았다. 순간, 정말 이상하게도 그녀에 대해선 거의 생각해 보지 않았다는 사실을 문득 깨달았다! 포와로는 그녀를 단 한 번밖에 보지 못한데다가, 그녀에게서 특별한 인상을 받지도 않았다. 유능하다는 것(그는 생각했다) 그리고(어떻게 표현할 수 있을까) 인공적인 것?

에르큘 포와로는 덧붙여 말했다.

'하지만, 여보게, 그녀의 가발을 생각해야지.'

한 여자에 대해서 그렇게 모른다는 건 있을 수 없는 일이다. 유능하고 가발을 쓴 여자, 아름다우며 분별력이 있는데다가 분노를 느낄 수 있는 여자.

그렇다, 그녀는 초대하지 않은 공작새 녀석이 집 안을 어슬렁거리는 걸 보고는 화를 냈었지. 날카롭게 분노를 터뜨렸었다. 그리고 그 녀석은 어떻게 했지? 단지 재미있어했을 뿐이다. 그녀는 그가 집 안에서 어슬렁거리는 걸 보고는 몹시 화를 냈었다. 그건 충분히 있을 수 있는 일이다. 그 공작새는 딸을 가진 어머니라면 누구도 좋아하지 않을 청년이었으니까.

포와로는 머리를 세게 흔들면서 생각하는 걸 잠시 중지했다.

메리 레스태릭은 노마의 어머니가 아니었다. 그녀는 딸이 부적합하고 불행한 결혼을 하거나, 부적합한 아버지와의 사이에 사생아를 낳는다고 해도 화를 내거나 걱정하지 않을 것이다! 메리는 노마에 대해서 어떻게 느낄까? 아마 아주 귀찮은 아이라고 생각했겠지—앤드루 레스태릭에게 근심과 분노를 안겨다 줄 청년을 꿰차고 다니는 골칫덩어리. 하지만, 그다음에는?

그녀는 고의적으로 자신을 독살하려고 한 것이 분명한 의붓딸에 대해서 어떻게 느끼고 생각했을까? 그녀는 분별력 있게 행동해 온 것 같다. 노마를 집에서 내보내어 위험에서 벗어나게 했으며, 남편과 협력해서 무슨 일이 일어났다는 소문을 가라앉히려고 애썼다. 노마는 가끔 주말에 내려와서 얼굴을 내밀곤 했지만, 그 뒤부터 그녀의 생활은 런던이 중심이 되었다. 심지어, 레스태릭 부부가 자기들이 물색한 집으로 이사 갔다고 해도 노마에게 함께 살자고 하진 않았을 것이다. 요즘은 많은 젊은 여자들이 가족과 함께 살고 싶어 하지 않는다. 그래서, 그 문제가 해결됐던 것이다.

포와로는 그것밖에는 누가 메리 레스태릭에게 독약을 먹인 것인가 하는 문제를 해결하지 못했다. 레스태릭은 자기의 딸이라고 믿고 있었다.

하지만, 포와로는 의심스러웠다……

소니아라는 처녀의 가능성을 생각해 보았다. 그녀는 그 집에서 무엇을 하는 걸까? 어떻게 그 집에서 일하게 되었을까? 그녀는 로더릭 경을 마음대로 주무르고 있을 것이다. 아마 그녀는 자기 나라로 돌아가고 싶진 않겠지? 그녀의 목적은 순전히 결혼하는 것인지도 모른다. 로더릭 경과 같은 나이의 노신사가 젊고 아름다운 처녀와 결혼하는 건 드문 일이 아니다. 속되게 표현해서, 소니아는 혼자서도 잘 살아나갈 것이다. 안정된 사회적인 지위가 있으며, 충분한 수입이 기대되는 과부생활. 아니면, 그녀의 목적은 전혀 다른 것일까? 그녀는 로더릭 경이 잃어버렸다는 서류를 책갈피 사이에 넣고서 국립 식물원에 갔을까?

메리 레스태릭은 그녀가 쉬는 날에 가는 장소와 그녀의 성실성, 그리고 그녀의 행동에 대해서 의심해 보거나 했을까? 그리고 다음에 소니아는 차차 누적 효과를 나타내도록 작은 알약을 복용시켜서 단순한 위장병이라는 것 외에 특별한 의심을 받지 않도록 했을까?

당분간 포와로는 크로스헤지스의 고용인들은 접어두기로 했다. 노마가 떠오르자, 그는 런던으로 머리를 돌려 공동주택에 세들어 사는 세 명의 여자들에 대해서 생각했다.

클라우디아 리스홀랜드, 프랜시스 캐리, 노마 레스태릭. 유명한 국회의원의 딸인 클라우디아 리스홀랜드는 유복하고 유능하며, 훌륭한 교육을 받은데다가 아름다움까지 겸비한 1급 비서다. 지방 변호사의 딸인 프랜시스 캐리는 화가인 체하는 처녀로서, 잠깐 동안 왕립 극예술원에 다니다가 슬레이드로 옮겼다가는 그만두었다. 가끔 미술협회의 일을 하곤 했으며, 지금은 화랑에서 근무하고 있다. 제법 많은 봉급을 받는 화가로서 자유분방한 단체에 가입하고 있다. 비록 우연 이상은 아니라 하더라도, 그녀는 데이비드 베이커라는 청년을 알고 있었다. 혹시 그를 사랑하는 것은 아닐까? 그 청년은 부모들이나 관청, 또는 경찰들이 싫어하는 종류의 젊은이라고 포와로는 생각했다.

좋은 가문에서 태어난 여자들이 그런 젊은이의 어떤 점에 매력을 느끼는지 포와로는 알 수가 없었다. 하지만, 실제로 그걸 알아야 했다. 그 자신은 데이비드를 어떻게 생각했는가? 그가 크로스헤지스의 2층에서 처음 본 건방지고 조금 명랑한 인상의 잘생긴 청년은 노마의 심부름을 하고 있었다. 그것이 아니라면 자기 나름대로 뭔가를 살펴보고 있었는지도 모르지. 포와로가 그를 두 번째로 본 것은 차를 태워 주었을 때였다. 그는 일단 하겠다고 마음먹은 것은 해낼 수 있는 능력이 있어 보이는 성격의 청년이었다.

하지만, 그 청년에게는 분명히 불만스러운 것이 있었다. 포와로는 옆의 탁자에 놓여 있는 종이 한 장을 집어들어서 자세히 읽었다. 좋지 못한 기록이 있긴 하지만, 완전히 범죄적 요소를 띠는 것은 아니었다. 주유소들을 상대로 한 가벼운 사기와 폭력, 기물파괴, 그리고 두 차례의 집행유예를 받았었다. 이런 것들이 요즘의 추세다. 그런 것들은 포와로가 생각하는 악의 범주에 속하지 않는다. 그는 유망한 화가였는데, 그걸 내팽개쳐 버린 것이다.

그는 꾸준히 일하는 타입이 아니었다. 허영과 자만심에 가득 차 있으며, 자신의 외모를 사랑하는 공작새였던 것이다. 그는 혹시 그것 이상의 존재가 아닐까 포와로는 의심스러웠다.

그는 손을 뻗어 서류 한 장을 집어들었다. 데이비드와 노마가 카페에서 나눈 얘기 중 말머리만 휘갈겨 써놓은 것이었다. 그건 올리버 부인도 기억할 수 있는 것들이었다. 도대체 어떻게 된 것일까 하고 포와로는 생각했다. 그러고는 의심스러운 표정으로 고개를 저었다.

올리버 부인의 상상력이 어느 지점까지 퍼져갔는지도 아무도 모르는 일이다! 그 친구는 진심으로 노마를 좋아했으며, 그녀와 결혼하고 싶어 했을까? 그 친구에 대한 그녀의 마음은 확실한 것이었다. 그는 그녀에게 결혼하자고 제안했다. 노마는 수중에 돈을 갖고 있을까? 그녀가 부유한 아버지의 딸이긴 하지만, 그녀가 부자인 것은 아니다. 포와로는 갑자기 화가 나서 소리를 질렀다. 죽은 레스태릭 부인의 유언장에 대해 물어보는 걸 깜빡 잊어버렸던 것이다.

그는 노트를 몇 장 펄럭펄럭 넘겼다. 아니야, 고비는 이렇게 분명하고 중요한 것들을 절대로 소홀히 다루지 않았을 거야. 레스태릭 부인은 살아 있는 동안 남편에게서 꽤 많은 액수의 생활비를 받았었다. 적어도 연간 1천 파운드가량의 수입이 있었을 것이다. 레스태릭 부인은 가진 모든 걸 딸에게 남겨 주었다. 하지만, 그것이 정략결혼을 할 동기가 될 정도의 액수는 아닐 거라고 포와로는 생각했다. 그녀는 아버지가 죽으면 외동딸로서 거액의 돈을 물려받겠지만, 그건 다른 문제였다. 아버지는 딸이 결혼한 남자가 마음에 들지 않으면 딸에게 한 푼도 남겨 주지 않을 수도 있는 일이다.

그때 앤드루 레스태릭이 말하기를 데이비드는 그녀를 좋아했으며, 그래서 그녀와 결혼하려 한다고 했다. 하지만, 포와로는 고개를 흔들었다. 그것도 다섯 번쯤 설레설레 흔들었다. 이런 모든 사항이 서로 연결되지도 않을 뿐만 아니라, 만족할 만한 유형도 만들어지지 않았다. 그는 레스태릭의 책상과 그가 쓰고 있었던 수표를 떠올렸다. 그 청년에게 돈을 주어 내쫓으려고, 그 청년은 아마 돈을 받고서 물러섰겠지! 그렇다면, 그것도 또 맞지 않는 것이다. 그것은 틀림없이 데이비드 베이커 앞으로 발행되는 것이었으며, 터무니없을 정도의 거액이었다. 그건 악한 마음을 가진 가난한 청년을 유혹하기엔 충분한 액수였다. 그런데 그 청년은 그보다 하루 전에 그녀에게 결혼을 제의했었다. 그건 물론 그가 요구하는 금액을 올리기 위한 술책일 수도 있다.

포와로는 입술을 굳게 다문 채 앉아 있는 레스태릭의 모습을 떠올려 보았다. 그는 그렇게 많은 액수의 돈을 서슴지 않고 내줄 만큼 딸에게 애정을 갖고 있었다. 그리고 딸이 그와 결혼하겠다고 결정할까 봐 두려웠을 것이다.

레스태릭에 대한 생각에서부터 그는 클라우디아에게로 옮겨갔다. 클라우디아와 앤드루 레스태릭. 그녀가 그의 비서가 된 것은 단순히 우연이었을까? 그들 사이에는 어떤 연관성이 있을지도 모른다. 그는 그녀에 대해 곰곰이 생각해 보았다. 클라우디아 리스홀랜드의 공동주택에는 세 명의 여자가 살고 있다.

그녀는 가장 먼저 공동주택을 얻어서 그녀와 알고 지내던 친구에게 세를 주었으며, 다음엔 세 번째 여자에게 세를 주었다. 포와로는 그 세 번째 여자를 생각했다. 그렇다, 포와로의 생각은 항상 세 번째 여자에게로 되돌아왔다. 세 번째 여자. 결국 이번에도 포와로는 그것에 다다랐다. 그리고 그것은 그가 다다라야 했던 곳이다.

유형에서 벗어난 모든 생각들이 이르는 곳, 노마 레스태릭. 그가 아침식사를 하고 있을 때, 그에게 의논하러 찾아왔었던 처녀. 사랑하는 청년과 함께 카페의 탁자에서 구운 콩 요리를 먹고 있었던 처녀.

포와로는 늘 식사 때 그녀를 본 것 같다는 사실에 주의를 기울였다! 그는 그녀에 대해 무슨 생각을 했을까? 그보다 먼저, 다른 사람들은 그녀에 대해서 어떤 생각을 하고 있을까? 레스태릭은 그녀를 사랑했으며, 또 몹시 걱정했고 두려워했다. 게다가, 그녀가 새로 얻은 아내를 독살하려 했다고 의심했다. 그는 의사에게 찾아가 딸 문제를 의논했다. 포와로는 그 의사와 얘기를 나눠 보고 싶었지만, 어디에 가야 만날 수 있는지 알아내지 못했다.

의사들은 치료 내용을 다른 사람에게 알려 주는 걸 꺼리지만, 부모처럼 정당하게 인정된 사람들이다. 하지만, 포와로는 의사가 뭐라고 말했는지 거의 짐작할 수 있었다. 그 의사도 역시 다른 의사들처럼 신중했을 거라고 포와로는 생각했다. 그는 헛기침을 하고 더듬거리면서 의학적인 치료법에 대해서 늘어놓았겠지. 틀림없이 정신병이라고 강조하지는 않았겠지만, 아마 그와 비슷한 암시나 힌트는 주었을 것이다. 사실, 그 의사도 개인적으로는 그녀에게 이상이 있다고 확신했을 것이다. 하지만, 그도 역시 신경질적인 처녀들에 대해서 잘 알고 있겠지. 그들은 때때로 정신적인 문제 때문이 아니라 단순한 분노, 질투, 감정과 병적인 흥분 등으로 일을 저질렀다. 그는 정신병 의사나 신경병 전문의가 아닐 것이다. 자신이 확신할 수 없는 것에 대해서 비난하는 모험을 걸지 않으며, 단순히 경고만 제시하는 일반의였을 것이다. 어디에서, 그녀는 런던에서 직업을 갖고 난 뒤에 전문의에게 치료를 받았을까? 그 밖의 다른 사람은 노마 레스태릭에 대해서 어떻게 생각할까?

클라우디아 리스홀랜드? 그는 알 수 없었다. 그녀에 대해서 아는 것이 별로 없었으므로 알 수 없었다. 그녀는 비밀을 간직할 만한 능력이 있는 사람이었다. 그녀가 입 밖에 내지 않겠다고 마음먹은 것은 분명히 발설하지 않을 것이다. 클라우디아는 노마를 내보내고 싶어 한 것 같지는 않다. 만일, 그녀가 노마의 정신적인 상태를 두려워했다면 나가라고 했을 것이다. 그 문제를 놓고 그녀와 프랜시스는 많은 토론을 할 수 없었을 것이다. 왜냐하면, 노마가 주말에 집에 내려갔다가 돌아오지 않았다는 사실을 프랜시스가 솔직하게 털어놓았기 때문이다. 클라우디아는 그 일로 괴로워하지 않았다. 클라우디아는 겉모습보다 훨씬 더 유형에 맞을 가능성이 있는 여자다. 뛰어난 두뇌를 가진 여자라고 포와로는 생각했다……

그는 노마에게로 생각을 돌렸다─세 번째 여자인 노마에게로.

그 유형에서 그녀의 위치는 무엇일까? 전형적인 사실들을 다시 세우는 위치일까? 오필리아? 하지만, 노마에 대해서 두 가지 의견이 있는 것처럼 오필리아에 대해서도 두 가지 의견이 있다. 오필리아는 미친 것일까, 아니면 미친 체한 것일까? 여배우들은 그 역할을 어떻게 연기하느냐에 따라서 다양하게 나뉘었으며, 연출가들도 마찬가지다. 그들이 생각하는 것들이 있는 것이다. 햄릿은 미친 것일까, 아니면 정상일까? 이것도 역시 생각하기에 달려 있는 것이다. 오필리아는 미쳤을까, 아니면 정상일까?

레스태릭은 딸에 대해 생각할 때조차도 '미쳤다'라는 말은 쓰지 않았을 것이다. 정신적인 불안이라는 것이 많은 사람이 사용하는 낱말이다. 노마에 대해서도 주로 '머리가 돌았어.' '그 애는 좀 돌았어.' '정상이 아니야.' '무슨 말인가 하면, 좀 모자라는 편이야.'라는 말을 썼다. 매일 들락거리는 여자들이 좋은 심판관이 될까? 포와로는 그럴지도 모른다고 생각했다. 노마에게 어떤 이상한 점이 있었지만, 그건 겉으로 보이는 것과는 다르게 이상한 것인지도 모른다.

그는 그녀가 단정치 못한 모습으로 자기 방에 들어왔던 때를 떠올렸다. 요즘 다른 처녀들과 마찬가지로 후줄근한 머리칼을 어깨까지 늘어뜨리고, 무릎도 덮지 못한 길이에 몸에 꽉 끼는 옷—고리타분한 포와로의 눈에는 다 큰 처녀가 어린애처럼 꾸미려는 것으로밖에 보이지 않았다.

'선생님은 너무 늙으셨어요, 정말 죄송해요.'

그것은 아마 사실일 것이다. 포와로는 늙은이의 눈으로 아무런 감탄도 하지 않은 채 덤덤하게 그녀를 바라보았다. 그에게 그녀는 기쁘게 해 줄 의도도 없고, 애교도 없는 처녀에 불과했다. 자신이 여자라는 데 대해 아무 감각도 없는 여자. 매력도 신비로움도 교태도 없는 여자, 신체적으로 여자라는 것 말고는 아무것도 나타낼 것이 없었다. 그녀가 그에게 늙었다고 한 말은 아마 옳은 것인지도 모른다. 포와로는 그녀를 이해하지 못했고, 평가할 수조차 없었기 때문에 도와줄 수도 없었다.

그는 그녀를 위해 최선을 다했지만, 그것이 지금까지 무엇을 의미해 왔을까? 그녀가 찾아와 호소를 한 순간부터 그녀를 위해서 무슨 일을 했던가? 그 물음에 대한 대답은 재빨리 나왔다. 그는 그녀의 안전을 지켜왔다. 적어도 그것은 사실이었다. 만일 그녀가 안전하게 보호되어야 할 필요가 있다면, 그것이 바로 문제였다. 그녀는 안전하게 보호되어야 했을까? 상식을 벗어난 고백! 사실, 그건 고백이라기보다는 하나의 공표였다.

"제가 살인을 저질렀을지도 모른다고 생각해요."

그것에 계속 매달려라—그것이 모든 사실의 요점이니까. 그건 그의 직업이었다. 살인사건을 다루는 것, 살인사건을 해결하는 것, 그리고 살인사건을 예방하는 것! 살인사건을 추적하는 명견이 되는 것. 예고된 살인사건. 어딘가에서 벌어진 살인사건. 그는 그것을 찾아다녔지만, 결국엔 찾아내지 못했다.

수프에 비소를 넣는 유형일까? 불량배 청년들이 칼로 서로를 찌른 유형일까? 우스꽝스럽고 불길한 말—뜰에 떨어진 핏자국, 권총에서 발사된 총알. 누구에게, 무엇 때문에?

그것은 기존의 범죄 유형과는 달랐다. 곧 그녀가 말했던, '저는 살인을 저질렀을지도 몰라요.'라는 것에 어울리는 범죄 형태였다.

포와로는 어떤 범죄 유형을 생각하여, 세 번째 여자가 이 유형에 맞는지 알아보고는 이 여자가 어떤 사람인지 알아야 할 필요가 있다는 똑같은 문제로 또 돌아가면서 미로를 헤맸다. 그때 애리어든 올리버가 우연히 말한 한마디가 그에게 한 줄기 빛을 던져 주었다. 보로딘 맨션에서 어떤 여자가 자살했을지도 모른다는 사실. 그건 맞을 것이다. 그곳은 세 번째 여자가 사는 곳이다.

그것은 그녀가 의도했던 살인사건이 틀림없다. 똑같은 시간에 다른 살인사건이 저질러졌다면, 그것은 너무 큰 우연의 일치겠지! 게다가, 그 시간에 다른 살인사건이 일어났다는 흔적이나 기미도 없다. 그의 친구인 올리버 부인이 어느 파티에서 그의 공로에 대해 아낌없는 찬탄을 하는 걸 듣고서, 그녀가 그에게로 도움을 요청하러 올 만한 다른 사망 사건은 없었다. 그리고 올리버 부인이 우연히 창 밖으로 몸을 던진 여자 얘기를 했을 때, 그는 드디어, 찾고 있던 걸 얻은 기분이었다.

여기에 실마리, 곧 그가 곤란하게 생각했던 것에 대한 대답이 있었던 것이다. 그는 자기가 필요로 한 이유와 시간, 그리고 장소를 찾을 수 있을 것 같았다.

"놀라운 속임수야!" 에르큘 포와로는 소리 내어 말했다.

그는 손을 뻗어 어떤 여자의 일생이 간략하게 요약되어 타이프쳐진 서류를 골랐다. 샤르팡티에 부인이 살아 있을 때의 생활을 그대로 서술해 놓은 것이다. 제법 사회적인 지위도 있는 마흔세 살의 여자로서 좀 성격이 거세었다고 기록되어 있었다. 두 번 결혼했다가 두 번 이혼한 경험이 있으며 남자들을 좋아하는 여자. 만년에는 건강을 해칠 정도로 술을 많이 마셨던 여자. 파티를 좋아했던 여자. 자기보다 훨씬 연하(年下)의 남자들과 어울려 다닌다고 보고된 여자.

보로딘 맨션의 공동주택에서 혼자 산다는 것만으로도, 포와로는 그 여자가 어떤 사람이라는 걸 이해하고 느낄 수 있었다. 그리고 그런 여자가 이른 아침 절망을 느꼈을 때 높은 창문 밖으로 몸을 던지고 싶어 했을 수도 있었으리라는 까닭을 알 것도 같았다. 그녀는 암에 걸렸거나, 아니면 암에 걸렸다고 생각했기 때문일까? 하지만, 그 질문에 대해서는 그렇지 않다는 의학적인 증거가 명백하게 나와 있다.

그가 알고 싶은 것은, 그녀의 죽음이 노마 레스태릭과 연결된 어떤 종류의 고리였다. 포와로는 그걸 찾아내지 못했다. 그는 그 무미건조한 내용을 다시 한 번 읽었다.

심리(審理)에서 어떤 변호사가 그녀의 신분을 보장했다. 루이즈 카펜터. 하지만, 그녀는 성을 샤르팡티에라고 불어식으로 사용했었다. 그것이 세례명과 더 잘 어울리기 때문이었을까? 루이즈? 루이즈라는 이름이 왜 낯설게 들리지 않는 걸까? 우연히 어디에서 들었던 이름일까? 어느 문장에 나오는 단어일까?

그는 타이프쳐진 서류를 손가락으로 한 장 한 장 넘겼다. 아! 그렇다! 그 이름은 전에 언급된 적이 있었다. 앤드루 레스태릭이 아내를 버리고 함께 떠났었던 여자의 이름이 루이즈 비렐이었다. 그 여자는 그 뒤에 레스태릭의 생활에 별로 중요한 의미를 주지 못했다. 두 사람은 끈질기게 다투다가 결국 1년 쯤 뒤에 헤어졌었다. 포와로는 똑같은 유형을 생각했다—이 여자의 생애를 통해서 얻어낸 것들과 똑같은 유형을. 한 남자를 열렬히 사랑하여 그의 가정까지 파탄시키고, 그와 함께 살다가 끝내는 싸움을 하고 헤어졌다.

포와로는 이 루이즈 샤르팡티에가 바로 그 루이즈가 틀림없다고 확신했다. 그렇다고 하더라도, 어떻게 노마라는 처녀와 관련시킬 수 있을까? 레스태릭은 영국으로 돌아오고 나서 루이즈 샤르팡티에를 다시 만났을까? 포와로는 곰곰이 생각해 보았다. 두 사람은 겨우 1년 정도만 함께 생활했었다. 두 사람이 우연히 다시 만났다는 것은 거의 불가능한 일일 것이다! 그들이 함께 산 시간은 짧았으며, 사실 별 의미 없는 불장난 같은 것이었다. 지금의 레스태릭 부인은 남편의 과거 여자를 창 밖으로 밀어 버리고 싶어 할 만큼 남편의 과거를 질투할 사람이 아닐 것이다. 터무니없는 생각이지! 오랫동안 원한을 품고서 자기 가정을 파괴한 여자에 대해 복수를 가하려 한 사람이 있다면, 첫 번째 레스태릭 부인이라고 포와로는 생각했다.

하지만, 그것은 불가능한 일이었다. 첫 번째 레스태릭 부인은 죽었으니까!

전화벨이 울렸지만, 포와로는 꼼짝하지 않았다. 이런 중요한 순간에 방해받고 싶진 않았다. 그는 자신이 어떤 종류의 추적을 하는 것 같은 느낌이었다. 그는 그걸 뒤쫓고 싶었……

전화벨 소리가 멈췄다. 좋아, 레몬 양이 알아서 처리하겠지.

문이 열리고 레몬 양이 들어왔다.

"올리버 부인이 통화하시고 싶답니다." 그녀가 말했다.

포와로가 손을 내저으며 말했다.

"지금은 안 돼, 지금은 안 돼. 부탁이야! 지금은 얘기할 수 없어."

"부인이 깜빡 잊고 선생님에게 말씀드리지 않은 게 지금 생각났다고 하시는데요. 완성되지 않은 편지에 대한 것인데, 가구 운반차에 실린 책장 안에 들어 있던 기록장에서 떨어진 것 같다는군요."

레몬 양은 좀 불만스러운 목소리로 말했다.

포와로는 좀더 세게 손을 흔들었다.

"지금은 안 돼."

그는 계속 손을 흔들며 말했다.

"제발 부탁이야. 지금은 안 돼."

"그럼, 바쁘시다고 말씀드리겠어요." 레몬 양은 나갔다.

방 안엔 다시 평화로움이 내려앉았다. 포와로는 온몸에 피로가 몰려드는 걸 느꼈다. 너무 많이 생각했나? 휴식을 취해야 한다. 그렇다, 휴식을 취해야 해. 긴장을 풀어야지. 긴장을 풀면 그 유형이 떠오를 것이다.

포와로는 눈을 감았다. 거기에 모든 요소들이 있었다. 그는 이제 외부에서 알아낼 수 있는 건 없다고 확신했다. 그 유형은 내부에서 나와야 한다.

그리고 갑자기, 그의 눈꺼풀이 잠이 들려고 무거워졌을 때 그 유형이 떠오른 것이다……

그 유형은 그곳에서 그를 기다리고 있었던 것이다! 포와로는 해답을 알아내야 했다. 그런데 그걸 지금 알아낸 것이다. 모든 조각들이 연결되어 있지는 않았지만, 모두 들어맞게 되어 있었다. 가발, 초상화, 아침 5시, 여자들과 머리 모양, 공작새 청년—모든 것이 그 유형과 함께 시작했던 귀결로 통하고 있었다.

세 번째 여자⋯⋯.

"저는 살인을 저질렀을지도 몰라요⋯⋯." 물론이지!

어떤 우스꽝스러운 동요가 머릿속에 떠올랐다.

포와로는 그걸 소리 내어 읊었다.

> 첨벙첨벙 목욕탕 속의 세 사람
> 그런데 그들이 누구라고 생각하지?
> 도살업자, 빵 굽는 사람, 양초 만드는 사람⋯⋯.

유감스럽게도 마지막 줄이 기억나지 않았다.

빵 굽는 사람, 그리고 좀 억지이기는 하지만 도살업자—

포와로는 좀 부드러운 단어를 사용하여 그 시를 모방했다.

> 케이크를 구워라, 공동주택의 세 아가씨
> 그런데 그들이 누구라고 생각하지?
> 개인 비서와 슬레이드에 다녔던 아가씨
> 그리고 세 번째는⋯⋯.

레몬 양이 들어왔다.

"아, 이제 떠오르는군. '그리고 그것들은 모두 비엔나 감자에서 나왔어.'"

레몬 양이 근심 어린 표정으로 그를 쳐다보았다.

"스틸링플리트 박사님이 지금 통화하시고 싶답니다. 급한 일이라고 하셨어요."

"스틸링플리트 박사에게 말해요, 아니, 스틸링플리트 박사라고?"

그는 그녀보다 앞서 수화기를 들었다.

"포와로입니다! 무슨 일이 일어났습니까?"

"그녀가 나갔습니다."

"뭐라고요?"

"잘 들으십시오. 그녀가 나갔어요. 현관문을 통해서 나갔단 말입니다."

"나가게 내버려 두었습니까?"

"내가 어떻게 할 수 있겠습니까?"

"못 나가게 잡았어야 했죠."

"그럴 수는 없습니다."

"그녀가 나가게 내버려 둔 것은 미친 짓이었습니다."

"그렇지 않습니다."

"내 말을 이해하지 못하는군요."

"그건 약속이었습니다. 언제든지 자유롭게 나갈 수 있다고 했죠."

"무슨 일이 일어날지 모르잖습니까?"

"그건 그렇죠. 무슨 일이 일어날지도 모르죠. 하지만, 내가 무슨 일을 하고 있는지는 압니다. 그리고 그녀를 나가지 못하게 막았다면 내가 그녀에게 한 모든 것이 허사가 되는 겁니다. 나는 그녀에게 정성을 기울였습니다. 당신 일과 내 일은 같지 않아요. 우리는 똑같은 일을 하고 있지 않다는 겁니다. 나는 뭔가 얻어낸 게 있습니다. 그래서, 그녀가 나가지 않을 것이라고 확신했던 거죠."

"아, 그렇습니까. 그렇지만, 그녀는 나가 버렸잖습니까?"

"솔직히 말해서, 그걸 이해하지 못하겠습니다. 무엇 때문에 나갔는지 모르겠습니다."

"무슨 일이 일어난 겁니다."

"그렇겠죠. 하지만, 이유가 뭘까요?"

"그녀가 누군가를 보았는데, 그 사람이 그녀에게 말을 걸어서 그녀가 있는 곳을 알아냈겠죠."

"어떻게 그런 일이 일어날 수 있었는지 모르겠군요……. 당신은 잘 모르는 모양인데, 그녀는 자유입니다. 자유롭게 행동할 권리가 있단 말입니다."

"누군가가 그녀에게 접근해서 그녀가 있는 곳을 알아낸 겁니다. 그녀가 편지나 전보, 아니면 전화를 받은 적이 있습니까?"

"없습니다. 그런 건 받은 적이 없어요. 틀림없습니다."

"그렇다면, 그래! 신문이에요. 당신 병원에도 신문은 있겠죠?"

"물론이죠. 나는 직업상 정상적인 일상생활을 강조합니다."

"그럼, 그 방법으로 그녀에게 접근한 겁니다. 바로 정상적이고 일상적인 생활로. 어떤 신문을 봅니까?"

"다섯 가지를 봅니다."

그는 다섯 가지 신문 이름을 말했다.

"그녀는 언제 나갔습니까?"

"오늘 아침 10시 반쯤이었습니다."

"정확하군. 그녀가 신문을 읽고 나서 행동을 시작하기에 적당한 시간입니다. 그녀는 주로 어떤 신문을 읽었습니까?"

"뭐 특별히 읽는 신문은 없었던 것 같습니다. 이것저것 내키는 대로 읽었죠. 다섯 가지를 모두 다 읽을 때도 있었습니다. 또, 어떤 때는 그냥 슬쩍 훑어보기만 하기도 했죠."

"이렇게 얘기하고 있을 시간이 없는데요."

"그녀가 신문에서 광고를 보고 나갔다고 생각하시는군요, 그렇죠?"

"다른 얘긴 없습니까? 그럼 전화 끊겠습니다. 지금 이렇게 말하고 있을 때가 아닙니다. 찾아봐야 합니다. 문제의 광고를 찾아서 빨리 손을 써야죠."

포와로는 수화기를 내려놓았다.

"레몬 양, 우리가 보는 신문 두 가지를 다 가져와요. 모닝 뉴스와 데일리 코멧 말이오. 그리고 조지에게 다른 신문들을 모두 구해 오라고 일러요."

그는 신문의 개인 광고란을 펼쳐 자기가 찾는 광고를 생각하면서 주의 깊게 읽어 내려갔다.

그는 늦지 않을 것이다. 늦지 않아야 한다. 이미 하나의 살인사건이 일어났으며, 또 하나의 살인이 일어나려고 하는 것이다. 하지만, 에르큘 포와로가 막아낼 것이다―만일 그가 늦지 않는다면……. 그는 바로 선량한 사람들의 복수자인 에르큘 포와로인 것이다. 그는, '나는 살인을 용납하지 않소' 하고 말해

오지 않았던가? 그가 이렇게 말할 때 사람들은 비웃었다. 그들은 그것이 포와로가 무심결에 한 말이라고 생각했을 것이다. 하지만, 그렇지가 않았다. 그것은 거짓말이 섞이지 않은 사실이었다. 그는 살인을 용납하지 않았다.

조지가 신문 한 뭉치를 갖고 들어왔다.

"오늘 아침신문 전부입니다, 주인님."

포와로는 지시를 기다리며 옆에 서 있는 레몬 양을 쳐다보았다.

"내가 읽은 신문들을 훑어봐요. 혹시 빠뜨렸을지도 모르니까."

"개인 광고를 말씀하시는 거죠?"

"그래. 아마 데이비드라는 이름으로 나와 있을 거야. 아니면, 여자 이름이든가. 애칭이나 별명을 썼을지도 모르겠군. 아무튼 노마라는 이름은 쓰지 않았을 거야. 도움을 요청한다든지, 만나자고 했겠지."

레몬 양은 마지못해서 신문을 집어들었다. 이런 것은 그녀에게 어울리는 일이 아니었지만, 지금으로서는 그녀에게 시킬 다른 일이 없었다.

포와로는 모닝 크로니클을 펼쳐들었다. 그 신문에는 광고가 세 단이나 실려 있어서 찾아볼 면적이 가장 컸다.

틸 코트를 처분하고 싶은 부인……자동차로 외국여행을 하고 싶은 승객들……아름다운 현대식 집 판매……하숙생……지진아……집에서 만든 초콜릿……'줄리아, 잊지 마. 언제나 네 곁에 있는.'

그 광고가 좀 그럴 듯한 것 같았지만, 포와로는 잠시 생각해 보고는 그냥 지나쳐 버렸다.

루이 16세 시대의 가구……호텔 경영을 도와줄 중년 부인……'절박한 상황에 빠져 있음. 만나야 함. 반드시 4시 30분까지 공동주택으로 올 것. 우리의 암호는 골리어스'

포와로가, "조지, 택시—." 하고 외쳤을 때 현관 벨소리가 울렸다.

그는 외투를 걸치고 조지가 열어 놓은 현관문을 향해 나가는 순간 올리버 부인과 맞닥뜨렸다. 세 사람은 좁은 홀에서 서로 몸을 가누며 빠져나가려고 했다.

제22장

1

작은 여행가방을 든 프랜시스 캐리는 방금 모퉁이에서 만난 친구와 재잘거리며 보도던 맨션을 향해 맨데빌로(路)를 걸어가고 있었다.

"정말이야, 프랜시스, 저 건물은 감옥 같아. 웜우드 스크럽 같은 곳 말이야."

"그렇지 않아, 에일린. 저 공동주택은 굉장히 편해. 나는 운이 좋은 편이야. 그리고 클라우디아는 함께 지내기에는 아주 좋은 애야. 절대로 귀찮게 하는 일이 없으니까. 또, 일 잘하는 파출부를 두고 있어. 우리 공동주택은 아주 잘 돌아가고 있다고."

"너희 둘만 사는지 몰랐어. 세 번째 여자를 구했잖아."

"오, 그런데 그 애가 우리를 떠난 것 같아."

"집세를 잘 내지 않았던 모양이지?"

"집세는 아주 잘 냈을 거야. 그런 게 아니라, 남자친구와 무슨 일이 있는 것 같아."

에일린은 흥미가 없었다. 남자친구 때문이라면 뻔한 얘기였다.

"지금 어디에서 오는 길이야?"

"맨체스터. 개인 전시회가 있었는데, 대성공이었어."

"다음 달에 정말 빈에 갈 거니?"

"그렇게 될 거야. 지금까지 준비가 잘 되어가고 있으니까. 재미있어."

"혹시 그림 몇 점이 도난당하지나 않을까 두렵지 않니?"

"오, 그 그림들은 모두 보험에 들어 있어. 모두 진짜 작품들이니까."

프랜시스가 말했다.

"피터의 전시회는 어땠어?"

"그저 그랬어. 그런데 《더 아티스트》의 평론가에게서 호평을 받았어. 그건 꽤 비중이 높은 평론이야."

프랜시스는 보로딘 맨션 쪽으로 들어갔으며, 그녀의 친구는 자기의 작은 집으로 가려고 길을 내려갔다. 프랜시스는 수위에게, "안녕하세요—." 인사를 하고는 엘리베이터를 타고 6층으로 올라갔다. 그녀는 나지막하게 콧노래를 흥얼거리며 복도를 걸어갔다.

프랜시스는 공동주택의 문에 열쇠를 끼워넣었다. 홀의 불이 아직 켜져 있지 않았다. 클라우디아는 한 시간 반 뒤에나 돌아올 것이다. 안으로 들어가 보니, 응접실 문이 조금 열려 있고 불이 켜져 있었다.

프랜시스가 소리 내어 말했다.

"불이 켜져 있네. 이상한데."

그녀는 코트를 벗고 여행가방을 내려놓고는 열린 응접실 문을 밀면서 안으로 들어갔다……

그녀는 죽은 것처럼 얼어붙어서는 입을 열었다가 다물었다.

프랜시스는 온몸이 뻣뻣하게 굳은 채, 바닥에 엎드려 있는 물체를 응시하고 있었다. 그러고는 천천히 고개를 들어 공포에 질린 자신의 얼굴이 비친 벽에 붙은 거울을 들여다보았다……

이윽고 프랜시스는 깊게 숨을 몰아쉬었다. 순간적인 마비상태가 지나자, 그녀는 머리를 돌리고는 비명을 질러댔다. 홀 바닥에 놓아두었던 가방에 발이 걸려 한쪽으로 나뒹굴었다. 그녀는 공동주택을 나와 복도를 뛰어 옆 공동주택의 문을 세게 두드렸다. 어떤 나이 많은 여자가 문을 열었다.

"도대체 무슨 일이지……."

"사람이 죽었어요, 사람이 죽었다고요. 아는 사람인 것 같은데……. 데이비드 베이커. 바닥에 누워 있어요. 칼에 찔린 모양이에요……. 칼에 찔린 게 틀림없어요. 피, 온통 피투성이라고요."

그녀는 흥분한 나머지 흐느끼기 시작했다.

제이콥스 양은 그녀의 손에 컵을 쥐여주었다.

"이걸 마시면서 여기에 있어요."

프랜시스는 홀짝 한 모금 마셨다. 제이콥스 양은 얼른 문을 열고 나가 복도를 따라 걸어갔다. 열린 문 사이로 불빛이 새어 나오고 있었다. 응접실 문이 활짝 열려 있었으므로 제이콥스 양은 곧장 안으로 들어갔다.

그녀는 그런 일에 비명을 지를 사람이 아니었다. 제이콥스 양은 입술을 꽉 다문 채 문가에 서 있었다. 그녀는 마치 악몽을 꾸는 것 같았다. 바닥에는 밤색 머리칼을 어깨까지 늘어뜨린 청년이 두 팔을 활짝 벌린 채 누워 있었다. 그는 다홍색 벨벳 코트를 입고 있었으며, 흰색 셔츠는 피로 얼룩져 있었다…….

그녀는 방 안에 제2의 인물이 있는 걸 알고는 흠칫 놀랐다. 젊은 여자가 벽에다 등을 딱 붙인 채 서 있었던 것이다. 위쪽에 있는 커다란 어릿광대가 채색된 하늘 저편으로 날아오를 것 같았다.

그 처녀는 흰색 모직 옷을 입고 있었으며 옅은 갈색 머리칼은 얼굴을 거의 덮고 있었다. 그녀의 손에는 부엌칼이 들려 있었다.

제이콥스 양은 그녀를 뚫어지게 바라보았으며, 그녀도 제이콥스 양을 빤히 쳐다보고 있었다.

잠시 뒤, 그녀는 마치 누군가가 자신에게 한 질문에 대답이라도 하듯이 조용한 목소리로 얘기했다.

"그래요. 내가 그를 죽였어요……. 칼에 묻어 있던 피가 내 손에 묻어 있었어요. 나는 피를 씻어내려고 화장실에 갔어요. 하지만, 그런 건 깨끗이 씻어지지 않잖아요? 그러고 나서, 그가 정말로 죽었는지 확인해 보려고 방으로 다시 들어온 거예요……. 하지만 그건……, 불쌍한 데이비드……. 하지만, 내가 이래야만 했다고 생각해요."

충격을 받은 제이콥스 양은 한마디도 하지 못했다. 그녀가 그런 말을 하는 것을 터무니없는 소리라고 생각하겠지!

"정말이에요? 왜 그런 짓을 해야만 했다고 생각하는 거죠?"

"모르겠어요……. 그냥, 해야 한다고 생각했어요. 그는 어려운 상황에 놓여 있었어요. 그가 불러서, 나는 왔어요……. 하지만, 나는 그에게서 벗어나고 싶었어요. 그에게서 도망치고 싶었단 말이에요. 나는 그를 정말로 사랑한 게 아니에요."

그녀는 조심스럽게 탁자에 칼을 올려놓고는 의자에 앉았다.

"안전하지 않을 거예요, 그렇죠?" 그녀가 말했다.

"누구를 증오한다는 건……, 무슨 일을 저지를지도 모르기 때문에 안전하지 않아요……, 루이즈처럼……."

그러고 나서 조용하게 말했다.

"부인이 경찰에 전화하는 게 낫지 않을까요?"

제이콥스 양은 순순히 999로 다이얼을 돌렸다.

2

벽에 어릿광대 그림이 걸려 있는 방에 지금 여섯 사람이 모여 있다. 꽤 오랜 시간이 흘렀다. 그동안 경찰이 다녀갔었다.

앤드루 레스태릭은 얼이 빠진 사람처럼 앉아서 똑같은 말을 한두 번 되풀이했다.

"믿을 수 없어……."

전화 연락을 받은 그는 사무실에서 클라우디아 리스홀랜드와 함께 달려왔다. 그녀는 조용하게 쉴 새 없이 일을 처리해 나갔다. 클라우디아는 변호사들에게 전화를 했으며, 크로스헤지스와 부동산 중개소 두 군데에 전화를 하여 메리 레스태릭과 연락을 해보려고 애썼다. 그리고 프랜시스 캐리에게 진정제 한 알을 주어서는 자리에 눕혔다.

에르퀼 포와로와 올리버 부인은 나란히 소파에 앉아 있었다. 두 사람은 경찰과 거의 동시에 도착했었다.

사람들이 거의 돌아가고 났을 때쯤, 회색 머리칼에 신사적인 태도를 한 런던경시청의 닐 경감이 도착해서는 포와로에게 가볍게 목례하고 나서 앤드루 레스태릭과 인사를 나누었다. 큰 키에 붉은색 머리칼을 가진 청년이 창가에 서서 안뜰을 내려다보고 있었다.

그들은 모두 무엇을 기다리는 것일까? 올리버 부인은 생각해 보았다. 시체가 치워졌고, 사진사와 다른 경찰들이 일을 끝내고 나자 클라우디아의 침실로 우르르 몰려갔다가는 다시 응접실로 들어갔다. 그들은 런던경시청 사람이 도 착하기를 기다리는 것 같았다.

"내가 가기를 원한다면……." 올리버 부인이 애매하게 말했다.

"애리어든 올리버 부인, 사실은 그러고 싶지 않겠죠? 부인이 반대하지 않는 다면, 그냥 있어 주었으면 합니다. 유쾌한 일은 아니지만."

"실제로 일어난 일 같지 않아요."

올리버 부인은 눈을 감고서 이번 사건을 다시 한 번 생각해 보았다. 공작새 친구는 마치 무대의 한 장면처럼 죽어 있었다. 그리고 그 처녀는(그 처녀는 달 랐다) 크로스헤지스의 멍청한 노마가 아니었으며, 포와로가 말한 것처럼 매력 없는 오필리아도 아니었다. 그녀는 엄숙하고 조용하게 자신의 운명을 받아들 이는 비극적인 표정을 짓고 있었다.

포와로는 전화 두 통화만 써도 되겠느냐고 물었다. 하나는 런던경시청에 거 는 것이었는데, 경사가 전화로 미리 의심스러운 점을 확인한 뒤에야 걸 수 있 었다. 경사가 클라우디아의 침실에 전화가 있다고 알려 주었다. 그는 문을 닫 고서 전화를 걸었다.

경사는 부하에게 웅얼거리면서 계속 의심스럽다는 듯한 표정을 짓고 있었 다.

"내가 괜찮다고 말했어. 하지만, 누군지 모르겠단 말이야? 이상하게 생겼군."

"외국인 같은데요? 특별수사부 사람이 아닐까요?"

"그렇지 않아. 널 경감과 통화하고 싶다고 했어."

그 부하는 눈썹을 치켜세우고는 휘파람을 불었다.

통화를 끝낸 포와로는 다시 문을 열고는 부엌에 어정쩡하게 서 있는 올리 버 부인에게 들어오라고 손짓했다. 두 사람은 클라우디아 리스홀랜드의 침대 위에 나란히 앉았다.

"뭔가를 할 수 있었으면 좋겠어요."

올리버 부인이 말했다. 그건 행동하기에 앞서 항상 그녀가 하는 말이었다.

"참으세요, 부인."

"확실히 뭔가를 할 수 있겠죠?"

"이미 했습니다. 필요한 사람들에게 전화를 걸었습니다. 경찰들이 예비 검사를 마치기 전에 여기에서 아무 일도 할 수 없습니다."

"경감 말고 또 누구에게 전화했죠? 그녀의 아버지에게 걸었나요? 그가 딸이 보석금을 내고 풀려나게 손을 쓸 순 없을까요?"

"살인사건은 보석이 허락되지 않을 겁니다." 포와로가 담담하게 말했다.

"그녀의 아버지에게는 이미 경찰이 연락했습니다. 캐리 양에게서 전화번호를 알아냈겠죠"

"참, 캐리 양은 어디에 있어요?"

"제이콥스 양의 공동주택에서 흥분해 있겠죠. 그녀가 처음으로 시체를 발견했으니까요. 아마 몹시 흥분해 있을 겁니다. 비명을 지르며 뛰어나갔겠죠"

"사이비 화가죠, 그렇죠? 클라우디아라면 침착했을 텐데요."

"나도 그렇게 생각합니다. 아주 신중한 여자니까요."

"그리고 또 누구에게 전화했어요?"

"부인도 들었겠지만, 먼저 런던경시청의 닐 경감에게 전화를 걸었습니다."

"경감이 이곳으로 와서 수사에 참여할 건가요?"

"그는 수사하러 오는 게 아닙니다. 최근에 내 부탁을 받고 어떤 조사를 하고 있었는데, 그것이 이 사건에 실마리를 줄지도 모르거든요"

"오, 그랬군요. 또 누구에게 전화했죠?"

"존 스틸링플리트에게 했습니다."

"그 사람이 누구예요? 가엾은 노마가 미쳤기 때문에 살인한 거라고 말씀하셨나요?"

"필요하다면 법정에서 그런 증언을 할 수 있는 정신과 의사입니다."

"그 사람이 그녀에 대해서 아는 게 있나요?"

"많은 걸 알고 있을 겁니다. 부인이 샴록 카페에서 그녀를 본 다음부터 죽 그의 보호를 받아 왔었죠"

"누가 그녀를 거기로 보냈을까요?"

포와로는 미소를 지었다.

"내가 보냈습니다. 부인의 연락을 받고 카페로 가기 전에 전화로 몇 가지

조처를 해두었습니다."

"그래요? 내가 당신에게 실망했다며, 계속 무슨 일을 하라고 재촉하고 있을 때, 당신은 다른 일을 하고 있었던 거군요? 그러면서 내게는 한마디도 하지 않다니! 정말, 포와로 씨! 한마디 말도 없이! 어떻게 그럴 수 있어요. 너무 비열해요."

"화내지 마십시오, 부인. 나는 내 일에 최선을 다한 것뿐입니다."

"사람들은 특별히 어떤 일에 몰두하고 나서는 대개 그렇게 얘기하죠. 또 무슨 일을 하셨죠?"

"나는 그녀의 아버지에게 고용되어 일을 해야겠다고 마음먹었으며, 그래서 그녀의 안전을 위해 필요한 조처를 취할 수 있었던 겁니다."

"스틸링워터 박사 말이죠?"

"스틸링플리트입니다."

"도대체 어떻게 그렇게 할 수 있었죠? 그녀의 아버지가 이런 조치를 하도록 당신 같은 사람을 선택할 거라고는 전혀 생각지 못했어요. 외국인을 몹시 의심하는 성격 같았는데요."

"마술사가 억지로 카드를 내게 하는 것처럼 그를 유도했죠. 그를 찾아가서, 내게 그렇게 해달라고 요구하는 내용의 편지를 그에게서 받았다고 했습니다."

"그가 당신 말을 믿던가요?"

"당연하죠. 그에게 편지도 보여 주었습니다. 그의 사무실 용지에 타이프를 쳤으며, 그의 서명이 되어 있는 거였죠. 비록 서명의 글씨체가 자기 것이 아니라고 지적하긴 했지만요."

"그 편지는 당신이 쓰신 거겠죠?"

"그렇습니다. 그 편지가 그의 호기심을 자극해서 나를 만나자고 할 거라고 정확하게 판단했죠. 지금까지 경험으로 보아, 내 능력을 믿은 겁니다."

"스틸링플리트 박사에게 하려고 한 걸 그에게 얘기했겠군요?"

"아닙니다. 나는 한마디도 하지 않았습니다. 그건 위험한 행동이죠."

"노마에게 위험하다는 건가요?"

"노마에게 위험할 수도 있고, 아니면 노마가 다른 사람에게 위험을 줄 수도 있죠. 처음부터 항상 두 가지 가능성이 따라다녔습니다. 그러므로 문제의 사실들은 두 가지로 해석될 수 있었죠. 레스태릭 부인의 독살 미수 사건은 이해되지 않는 거였습니다. 너무 오랫동안 시간을 끈 것으로 보아, 정말로 살해할 의도가 있었던 것 같지는 않아요. 그다음에 보로딘 맨션에서 권총이 발사되었다는 불확실한 얘기가 있었으며, 플릭나이프와 핏자국에 대한 얘기도 있었죠.

이런 일이 일어났을 때마다 노마는 아무것도 모르고 아무것도 기억할 수 없다고 했습니다. 그녀는 서랍에서 비소를 발견했지만, 거기에 넣어둔 걸 기억하지 못합니다. 그녀는 자신이 무슨 일을 하고 있었는지 기억하지 못할 때는, 자신의 기억에 착오가 있었다든가 오랫동안 기억을 잃어버렸다는 말뿐이었습니다. 그래서 사람은 자기 자신에게 물어봐야 하는 거죠. 그녀는 사실을 말한 것일까, 아니면 자신의 어떤 이유 때문에 꾸며댄 것일까? 그녀는 터무니없고도 미친 듯한 음모의 잠재적인 희생자일까, 아니면, 정말로 정신이 오락가락하는 걸까요? 그녀는 자신을 정신적인 불안으로 고통받고 있는 여자로 나타내려고 했을까, 아니면 죄를 저질러도 별로 책임이 없다는 생각을 하고서 마음속으로 살인을 저지른 걸까?"

"하지만, 오늘은 달랐어요. 보셨죠? 그녀는 정말 달라졌어요. 산만해 보이지 않았다고요." 올리버 부인이 말했다.

포와로는 고개를 끄덕였다.

"이제는 오필리아가 아니라 이피지니아죠."

공동주택에서 시끄러운 소리가 들리는 바람에 두 사람의 얘기가 끊어졌다.

"당신 생각은……." 올리버 부인은 말을 멈췄다.

포와로는 창가로 다가가서 뜰을 내려다보았다. 앰뷸런스 한 대가 그곳에 멈춰 서 있었다.

"시체를 옮기는 모양이죠?"

올리버 부인이 떨리는 목소리로 말했다. 그러고는 갑자기 애처롭다는 생각이 솟구쳐 올랐는지 이렇게 덧붙였다.

"불쌍한 공작새."

"그는 호감을 주는 인물이 못 되었습니다." 포와로가 냉담하게 말했다.

"화려하고……, 아직 젊은 나이인데." 올리버 부인이 말했다.

"여자들에게는 그렇게 보였겠죠"

포와로는 조심스럽게 침실문을 열고는 밖을 내다보았다.

"죄송하지만, 잠깐 밖에 나가 봐야겠습니다."

"어디에 가시려고요?" 올리버 부인이 의심스러운 듯이 물었다.

"그런 건 이 나라에서는 별로 품위 있는 질문이 아니라고 알고 있는데요."

포와로가 나무라듯이 말했다.

"오, 미안해요."

"거긴 화장실로 가는 길이 아니에요."

그가 나가고 나자 그녀는 문틈으로 내다보면서 나지막이 중얼거렸다.

그녀는 다시 창문가로 다가가 아래에서 무슨 일이 일어나고 있는지 살펴보았다.

"레스태릭 씨가 택시에서 막 내렸어요."

잠시 뒤에 포와로가 조용히 방으로 들어오자 그녀가 말했다.

"클라우디아도 함께 왔군요. 노마의 방에 들어갔었나요? 아니면, 대체 어디에 가려고 했죠?"

"노마의 방은 경찰들이 차지하고 있습니다."

"성가시겠군요. 손에 든 그 검은색 보따리는 뭐예요?"

포와로는 대답 대신 질문을 하나 했다.

"페르시아 말들이 그려진 부인의 가방 안에는 무엇이 들어 있습니까?"

"내 쇼핑백 말인가요? 공교롭게도 아보카도 배 두 개만 들어 있어요."

"괜찮다면, 이 보따리를 부인에게 맡기고 싶습니다. 거칠게 다루거나 찌그러뜨려서는 안 됩니다."

"뭔데요?"

"내가 찾으려고 했던 건데, 드디어 찾아냈습니다. 아, 이제 일이 풀리기 시작했습니다."

그는 점점 커다랗게 들려오는 소리에 귀를 기울였다.

올리버 부인은 포와로의 말이 더할 수 없이 정확하게 묘사한 것이라고 생각했다. 레스태릭은 화가 나서 목소리를 높이고 있을 것이며, 클라우디아는 전화를 걸고 있을 것이다. 경찰 속기사 한 명이 프랜시스 캐리와 제이콥스 양이라는 신비스러운 여자에게서 진술을 받아내기 위해 옆 공동주택에 나가 있을 것이다. 명령받은 일들이 오고 가고, 마지막으로 사진사 두 사람도 도착했겠지.

잠시 뒤에 큰 키에 붉은색 머리칼을 가진 뼈가 앙상한 청년이 불쑥 클라우디아의 침실로 들어왔다.

그는 올리버 부인을 쳐다보지 않고서 포와로에게 말했다.

"그녀가 무슨 일을 저질렀습니까? 살인사건입니까? 그게 누구죠? 남자친구입니까?"

"그렇습니다."

"그녀도 시인했습니까?"

"그런 것 같습니다."

"그 말씀으로는 부족합니다. 그녀가 분명히 죽었다고 말했습니까?"

"나는 듣지 못했습니다. 그녀에게 물어볼 기회가 없어서."

경찰 한 명이 방 안으로 들어왔다. 그가 물었다.

"스틸링플리트 박사님입니까? 경찰의가 당신과 얘기를 나누고 싶답니다."

스틸링플리트 박사는 고개를 끄덕이고는 그 경찰을 따라 밖으로 나갔다.

"저 사람이 스틸링플리트 박사로군요."

올리버 부인이 말했다. 그러고 나서 그녀는 잠시 생각에 잠겼다.

"뭔가가 있는 것 같지 않아요?"

제23장

닐 경감은 종이 한 장을 끌어당겨 몇 가지 메모를 하고 나서는, 방 안에 있는 다섯 사람을 둘러보았다. 그리고 또렷하고 사무적인 목소리로 말을 꺼냈다.

"제이콥스 양—."

그는 문가에 서 있던 경찰을 쳐다보았다.

"코놀리 경사가 그녀에게서 진술을 받았다고 알고 있지만, 직접 몇 가지 물어보고 싶군."

몇 분 뒤에 제이콥스 양이 방으로 안내되어 들어왔다. 닐 경감은 예의 바르게 자리에서 일어나 그녀에게 정중하게 인사했다.

"닐 경감입니다." 그는 그녀와 악수를 하며 말했다.

"두 번씩이나 귀찮게 해드려 죄송하군요. 하지만, 이번에 오시라고 한 것은 비공식적인 문제 때문입니다. 당신이 보고들은 걸 좀더 정확하고 분명하게 알고 싶습니다. 혹시 이 질문이 당신을 고통스럽게 하는 게 아닌지 모르겠군요."

"고통스럽지는 않아요."

제이콥스 양은 그가 권해 주는 의자에 앉아서 말했다.

"물론 그것은 충격적인 일이었죠. 하지만, 아무런 느낌도 없어요."

그녀는 덧붙여 말했다.

"모든 걸 깨끗이 치워 놓으셨더군요."

경감은 그녀가 시체를 치운 것에 대해 얘기하고 있다고 생각했다.

그녀는 비판적이고 날카로운 눈매로 그곳에 모인 사람들을 마음속에 새겨 두기라도 하듯이 재빨리 훑어보았다.

포와로에게는, '도대체 이게 무슨 일이죠?'라고 물어보는 것처럼 놀란 표정을 보였으며, 올리버 부인에게는 가벼운 호기심을 나타냈다. 또, 스틸링플리트 박사의 머리 뒤를 쳐다보고 있다가 클라우디아가 옆에 있는 걸 알아차리고는 가볍게 목례를 했다. 그리고 마지막으로 앤드루 레스태릭에게 동정의 표정을 지어 보였다.

"그녀의 아버지시군요." 그녀가 말했다.

"다른 사람이 슬퍼하는 것과는 달라 보이죠. 그냥 아무 말도 하지 않는 게 차라리 나은 것 같아요. 요즘 세상은 너무 서글퍼요. 아니, 내게만 그렇게 보이는 건지도 모르죠. 젊은 여자들이 너무 공부에 매달리는 것 같거든요."

그러고 나서 그녀는 침착한 얼굴로 닐 경감을 바라보았다.

"그렇죠?"

"제이콥스 양, 당신이 보고 들은 걸 정확하게 듣고 싶습니다."

"전에 얘기한 것과는 다를 거예요." 제이콥스 양이 불쑥 이렇게 말했다.

"모든 게 그렇죠. 될 수 있는 대로 정확하게 묘사하려고 애쓰다 보면, 자연히 말을 많이 하게 되죠. 하지만, 그것이 더 정확하다고는 생각지 않아요. 무의식적으로 사람들은 자신이 봤을지도 모르는 것이나, 봤어야만 했고 들었어야 했다고 생각하는 것까지 덧붙이게 되니까요. 하지만, 나는 최선을 다할 거예요. 비명에 나는 깜짝 놀랐어요. 누군가가 변을 당한 게 틀림없다고 생각했죠. 그래서, 누군가가 계속 비명을 지르며 문을 두드릴 때 나는 이미 문 앞에 나가 있었어요. 문을 열어 보니 옆집에 사는 여자였어요. 67호에 사는 세 명의 여자 중 한 사람이었죠. 그녀를 보기는 했지만 이름은 몰라요."

"프랜시스 캐리예요." 클라우디아가 말했다.

"그녀는 앞뒤가 맞지 않는 말을 더듬거렸어요. 누군가가 죽었는데 자기가 아는 사람이며, 데이비드라고 했던가, 성이 기억나지 않는군요. 그녀는 부들부들 떨면서 흐느꼈어요. 나는 그녀를 안으로 들어오게 해서 브랜디를 주고는, 그녀의 말을 확인하기 위해 나가 보았어요."

사람들은 제이콥스 양이 늘 그렇게 하고도 남을 만한 여자라고 느꼈다.

"다음에 내가 무엇을 보았는지 아실 거예요. 그걸 설명할 필요가 있을까요?"

"간단하게 설명해 주십시오."

"요즘 많이 볼 수 있는 화려한 옷에 머리칼을 길게 늘어뜨린 청년이었어요.

그는 바닥에 누워 있었는데, 죽은 게 틀림없었어요. 셔츠가 온통 피로 얼룩져 있었죠."

스틸링플리트는 몸을 움직거리고는 고개를 돌려 제이콥스 양을 날카롭게 쏘아보았다.

"잠시 뒤에 나는 그 방에 여자가 한 명 있다는 걸 알아차렸어요. 그녀는 부엌칼을 들고 있었는데, 침착하고 냉정한 표정이었죠. 순간 정말 이상한 느낌이 들더군요."

"그녀가 무슨 말을 했습니까?" 스틸링플리트가 말했다.

"그녀는 손에 묻은 피를 씻으러 화장실에 들어갔다고 했어요. 그리고 나서, '하지만, 그런 건 깨끗이 씻어지지 않잖아요?'라고 말했어요."

"빌어먹을 장소로군. 틀림없습니까?"

"그녀를 봤을 때 맥베스 부인이 생각나지는 않았어요. 그녀는(뭐라고 말할까?) 정말 너무 침착했어요. 그녀는 탁자 위에 칼을 내려놓고는 의자에 앉았죠."

"그녀가 또 무슨 말을 했습니까?"

닐 경감이 그의 앞에 놓인 휘갈겨 쓴 메모를 들여다보며 물었다.

"증오에 대해서 말했어요. 누구를 증오한다는 건 안전하지 않다고 했죠."

"그녀가 '가엾은 데이비드'에 대해서도 말했죠? 아니면, 당신이 코놀리 경사에게 말한 건가요? 그녀는 그에게서 벗어나고 싶다고 말했다고요?"

"그 얘기를 잊어버렸군요. 그래요, 그가 그녀를 이곳으로 오게 했다고 말했어요. 또, 루이즈라는 말도 한 것 같아요."

"루이즈에 대해서 무슨 말을 했습니까?"

불쑥 몸을 앞으로 내밀면서 포와로가 물었다.

제이콥스 양은 그를 미심쩍다는 듯한 눈으로 쳐다보았다.

"아무 말도 안 했어요. 그냥 이름만 말했어요. '루이즈처럼.'이라고만 하고는 얘기를 멈췄어요. 누군가를 증오한다는 건 안전하지 않다고 얘기한 뒤에 그렇게 말했죠."

"그다음에는?"

"그다음에는 아주 침착한 목소리로 내게 경찰에 전화하는 게 좋겠다고 말했어요. 그래서, 나는 그렇게 했죠. 우리는 경찰이 올 때까지 그냥 거기에 앉아 있었어요. 나는 그녀 곁을 떠나지 말아야겠다고 생각했죠. 우리는 아무 말도 하지 않았어요. 그녀는 무슨 생각에 골몰해 있었고, 나는—글쎄요, 솔직히 무슨 말을 해야 할지 생각조차 할 수 없었죠."

앤드루 레스태릭이 말했다.

"그 애가 정신적으로 불안한 상태라는 걸 금세 알 수 있었을 텐데요. 그 가없은 애가 자신이 무슨 일을, 무엇 때문에 했는지 모른다는 걸 알 수 있었잖습니까?"

그는 애원하듯이 희망을 걸고 말했다.

"살인을 저지르고 나서 완전히 정신을 차리고 침착한 태도로 있는 것이 정신적으로 불안하다는 증세라면 당신 말에 동의하겠어요."

제이콥스 양은 동의하지 않겠다는 듯이 단호한 목소리로 말했다.

스틸링플리트가 말했다.

"제이콥스 양, 그녀가 그를 죽였다고 시인했습니까?"

"오, 물론이죠. 먼저 그 얘기부터 했어야 하는 건데요. 그녀는 처음에 그 얘기를 했어요. 마치 내가 물어본 것에 대답이라도 하는 것처럼, '그래요, 내가 그를 죽였어요.'라고 말했죠. 그러고 나서 손 씻는 얘기를 했어요."

레스태릭은 신음을 하며 손으로 얼굴을 감쌌다. 클라우디아가 그의 팔을 부축해 주었다.

포와로가 말했다.

"제이콥스 양, 그녀가 손에 들고 있던 칼을 탁자 위에 놓았다고 했는데, 그 탁자는 당신 가까이에 있었습니까? 그 칼을 분명히 보았나요? 당신이 보기에도 그 칼은 씻은 거였습니까?"

제이콥스 양은 주춤거리는 듯한 표정으로 닐 경감을 쳐다보았다. 포와로가 공식적인 듯한 심문에서 비공식적이며 좀 색다른 질문을 했다고 느낀 모양이었다.

"그 질문에 친절히 대답해 주리라고 믿습니다." 닐 경감이 말했다.

"그렇지 않았어요. 그 칼은 씻었거나 닦은 것이 아니었어요. 좀 딱딱한 것이 묻어 있었거든요."

"아—." 포와로가 의자 뒤로 몸을 기댔다.

"나는 경감님이 칼에 대해선 자세히 알고 계실 거라고 생각했는데요."

제이콥스 양이 비난하듯이 닐 경감에게 말했다.

"경관이 조사해 보지 않았나요? 조사해 보지 않았다면, 그 경관의 정신상태가 흐리멍덩하다고밖에 볼 수 없군요."

"오, 물론 조사해 보았죠." 닐 경감이 말했다.

"하지만, 우리는, 음, 항상 확증을 잡고 싶어 하니까요."

그녀는 찡그린 얼굴로 그를 쳐다보았다.

"경감님의 목적은 목격자가 상황을 얼마나 정확하게 목격했는가를 알아내는 것 같군요. 얼마나 많이 꾸며대는지, 얼마나 많이 봤는지, 또는 얼마나 많이 봤다고 생각하는지 등등을 말이에요."

그는 부드럽게 미소를 지으면서 말했다.

"우리가 당신에게 의심을 할 필요가 있다고는 생각지 않습니다, 제이콥스 양. 당신은 훌륭한 증언을 할 테니까요."

"별로 내키지 않지만, 끝까지 해야겠죠."

"내 생각도 그렇습니다. 고맙습니다, 제이콥스 양."

그는 주위를 둘러보았다.

"또 질문할 분 없습니까?"

포와로가 질문이 있다는 표시를 했다.

제이콥스 양이 불쾌한 표정을 지으며 문 근처에서 멈춰 섰다.

"뭐예요?" 그녀가 말했다.

"루이즈라는 사람에 대한 겁니다. 그녀가 말한 루이즈라는 사람이 누군지 알고 있습니까?"

"내가 어떻게 알겠어요?"

"혹시 루이즈 샤르팡티에 부인을 말한 것이 아닐까요? 샤르팡티에 부인은 알고 있겠죠?"

"몰라요."

"그녀가 최근에 이 공동주택 단지에서 창 밖으로 몸을 날렸다는데도 모릅니까?"

"물론 그건 알고 있어요. 하지만, 그 여자의 세례명이 루이즈인지는 몰랐어요. 또 개인적으로 그 여자와 알고 지내는 사이도 아니었고요."

"혹시 특별히 만나보고 싶지는 않았습니까?"

"그 여자가 죽었기 때문에 말하는 건 아니지만, 만나보고 싶었다는 건 인정하겠어요. 그 여자는 세든 사람으로서는 가장 바람직스럽지 못했죠. 나와 다른 주민들이 자주 이곳 관리인에게 불평을 했거든요."

"구체적으로 무슨 이유 때문에 불평했습니까?"

"솔직히 말해서, 그 여자는 주정뱅이예요. 그 여자의 공동주택은 내가 사는 건물의 맨 꼭대기 층에 있는데, 매일 난잡한 파티가 열렸어요. 병을 깨뜨리고, 가구를 부수고, 노래하고, 고함치고―끔찍하게 소란스러웠죠."

"외로워서 그랬던 모양이군요." 포와로가 넌지시 말했다.

"그녀의 인상은 전혀 그렇지 않았어요." 제이콥스 양이 퉁명스럽게 말했다.

"그녀가 자신의 건강상태에 대해서 절망하고 있었다는 것이 심리에서 밝혀졌죠? 그건 완전히 그녀의 상상이었죠. 그녀는 자신의 문제는 한 가지도 없었을 거예요."

제이콥스 양은 아무런 동정심 없이 죽은 샤르팡티에 부인에 대한 얘기를 끝내고 밖으로 나갔다.

포와로가 앤드루 레스태릭을 바라보며 조심스럽게 물었다.

"레스태릭 씨, 당신이 한때 샤르팡티에 부인과 알고 지냈다고 생각하는데, 맞습니까?"

레스태릭은 한동안 대답하지 않고 묵묵히 있다가 길게 한숨을 내쉬고는 포와로를 쳐다보았다.

"그렇습니다. 아주 오래전에 잠깐이었지만, 꽤 가깝게 지냈습니다. 하지만, 그때는 샤르팡티에라는 이름이 아니었습니다. 내가 알던 이름은 루이즈 비렐이었죠."

"당신은, 음, 그녀를 사랑했었죠."

"그렇습니다, 나는 그녀를 사랑했었습니다. 그녀에게 완전히 빠져 있었죠! 그녀 때문에 아내도 버렸으니까요. 우리는 함께 남아프리카로 갔지만, 1년도 못 되어서 모든 게 끝장이 났습니다. 그녀는 영국으로 돌아갔으며, 그 뒤로는 그녀 소식을 듣지 못했습니다. 그녀가 어떻게 되었는지조차 몰랐죠."

"따님은요? 그녀는 루이즈 비렐을 알고 있습니까?"

"기억하지 못할 겁니다. 겨우 다섯 살이었으니까요!"

"하지만, 따님은 그녀를 알았었죠?" 포와로가 끈질기게 물었다.

"그렇습니다." 레스태릭이 천천히 말했다.

"그 애는 루이즈를 알았습니다. 루이즈가 우리 집에 와서 그 애와 놀아 주곤 했으니까요."

"그렇다면 세월이 흘렀다고 해도 따님이 그녀를 기억하고 있을 수도 있겠군요?"

"모르겠습니다, 그건 모르겠습니다. 루이즈가 어떤 모습인지, 또 얼마나 변했는지도 모릅니다. 조금 전에 말했듯이 그녀를 다시 만나보지 못했으니까요."

포와로가 부드럽게 말했다.

"하지만, 그녀에게서 소식은 받았습니다. 그렇잖습니까, 레스태릭 씨? 당신이 영국으로 돌아온 다음에 그녀에게 연락을 받았죠."

다시 침묵이 계속되다가 거친 한숨 소리가 들렸다.

"그렇습니다, 그녀에게서 연락을 받았습니다." 레스태릭이 말했다.

잠시 뒤에 그는 갑자기 호기심이 생겼는지 이렇게 물었다.

"그걸 어떻게 알았습니까, 포와로 씨?"

포와로는 주머니에서 깨끗하게 접은 종이를 꺼냈다.

레스태릭은 조금 난처해하는 표정으로 눈살을 찌푸리며 쳐다보았다.

앤디에게
신문에서 당신이 다시 고향으로 돌아왔다는 기사를 읽었어요. 우리는
만나야 해요. 그리고 그동안 어떻게 지냈는지 얘기를 나눠요.

편지는 여기에서 끊어졌다가 다시 시작되었다.

앤디—이 편지를 누가 썼을까요! 바로 루이즈예요. 설마 나를 잊어버렸다고는 하지 않겠죠

앤디에게
이 편지 첫머리를 보고 아셨겠지만, 나는 당신 비서와 같은 공동주택 단지에 살고 있어요. 정말 세상은 좁죠. 우리는 만나야 해요. 다음 주 월요일이나 화요일에 한잔하러 오실 수 있겠어요?

사랑하는 앤디, 당신을 다시 만나야 해요……. 내게는 당신이 전부예요. 당신도 나를 잊지 않았겠죠?

"이걸 어떻게 당신이 갖고 있습니까?"
레스태릭은 이상하다는 듯이 편지를 톡톡 치면서 포와로에게 물었다.
"가구 운반차를 거쳐 내 친구의 손에 들어간 걸 전해 받았습니다."
포와로는 올리버 부인을 흘끗 쳐다보면서 말했다.
레스태릭은 못마땅한 표정으로 그녀를 바라보았다.
"어쩔 수가 없었어요."
올리버 부인은 그의 표정을 정확하게 읽고서 말했다.
"그녀의 가구를 옮기는 거라고 생각했죠. 그런데 운반하는 사람들이 책장을 기우뚱하는 바람에 서랍이 열리면서 물건들이 여기저기 흩어졌어요. 때마침 바람이 불어 그것이 뜰로 날아왔죠. 나는 주워서 그 사람들에게 돌려주었지만, 그 사람들은 받으려고 하지 않았어요. 그래서, 별생각 없이 그냥 외투 주머니에 넣어 두었죠. 그리고 오늘 오후 그 외투를 세탁소에 보내려고 주머니의 물건을 꺼내다가 보게 된 거예요. 그러니까 내 잘못이 아니에요."
그녀는 말을 멈추고 가볍게 숨을 몰아쉬었다.
"그녀는 당신에게 편지를 보냈죠?" 포와로가 물었다.

"그렇습니다. 그녀는 좀 형식적인 문체의 편지를 한 통 보내왔습니다! 하지만, 나는 답장을 하지 않았죠. 그게 더 현명한 태도라고 생각했으니까요."

"그녀를 다시 만나고 싶지 않았군요?"

"다시는 보고 싶지 않았습니다! 아주 골치 아픈 여자였습니다. 늘 그 모양이었죠. 또, 소문에 의하면 끔찍한 주정뱅이가 되었다더군요. 물론 다른 것들도……."

"그녀의 편지를 보관하고 있습니까?"

"아니, 찢어 버렸습니다!"

스틸링플리트 박사가 갑자기 끼어들었다.

"따님이 당신에게 그녀 얘기를 한 적이 있습니까?"

레스태릭은 대답하기가 좀 곤란하다는 표정을 지었다.

스틸링플리트 박사는 다시 재촉했다.

"따님이 얘기한 적이 있다면, 그건 중요한 의미를 나타낼 수도 있습니다."

"당신은 의사죠? 그렇습니다, 그 애가 한 번 그녀 얘기를 했습니다."

"따님이 정확하게 뭐라고 했습니까?"

"그 애는 조용한 목소리로 이렇게 말했어요. '아버지, 저번에 루이즈를 봤어요.' 나는 깜짝 놀라서, '어디에서 봤니?' 하고 물었죠. 그러자 그 애는, '우리 공동주택의 레스토랑에서 봤어요.'라고 말하더군요. 나는 좀 당황해서, '네가 그녀를 기억하고 있으리라고는 꿈에도 생각지 않았다.'라고 말했죠. 그러자 그 애는, '저는 잊어버리지 않았어요. 제가 잊어버리고 싶었어도 어머니가 잊어버리도록 내버려 두지 않았을 거예요.' 하고 대답하더군요."

"그랬었군요. 예, 그건 중요한 의미를 나타낼 수도 있는 겁니다."

스틸링플리트 박사가 말했다.

"그리고 마드모아젤—"

포와로는 갑자기 클라우디아를 쳐다보며 말했다.

"노마가 루이즈 카펜터에 대해서 얘기한 적이 있나요?(불어의 '샤르팡티에(Charpentier)'는 영어의 '카펜터(Carpenter)'와 같은 뜻이라서, 포와로가 '루이즈 샤르팡티에' 대신 '루이즈 카펜터'라고 불렀다)"

"예, 그녀가 죽고 난 다음이었죠. 그 애는 그녀가 나쁜 여자라는 둥 몇 마디를 했어요. 제 말뜻을 이해하시겠지만, 그 애는 좀 어린애 같은 목소리로 그렇게 말했죠."

"아가씨는 그날 밤, 좀더 정확히 말해서 카펜터 부인의 자살 사건이 있었던 새벽에 이 공동주택에 있었죠?"

"그날 밤에는 여기에 없었어요! 저는 집에 있지 않았어요. 다음 날에 돌아와서 그 얘기를 들은 걸로 기억하고 있어요."

그녀는 몸을 반쯤 돌려 레스태릭에게 말했다.

"기억하고 계시죠? 23일이었는데, 그날 저는 리버풀에 가 있었잖아요."

"물론 기억하고 있어. 나 대신 헤버 트러스트 회의에 참석하러 갔었지."

포와로가 말했다.

"하지만, 노마는 그날 밤에 여기에서 잤겠죠?"

"예."

클라우디아는 기분이 언짢은 모양이었다.

"클라우디아!" 레스태릭이 팔짱을 끼며 말했다.

"노마에 대해서 아는 게 있지? 뭔가가 있는 것 같군. 뭔가를 감추는 것 같아……."

"아무것도 없어요. 제가 뭘 안다는 말씀이세요?"

"그녀가 정신이 좀 이상하다고 생각했죠?"

스틸링플리트 박사가 자연스럽게 얘기를 꺼냈다.

"또, 검은색 머리칼의 아가씨도 그렇게 생각했죠. 그리고 당신도 마찬가지입니다." 그는 갑자기 레스태릭을 쳐다보며 덧붙였다.

"우리 모두는 아주 교묘하게 그 문제를 피해 가면서 똑같은 걸 생각하고 있습니다! 경감님만 제외하고요. 경감님은 아무 생각 없이 미쳤다거나 살인 등등의 여러 가지 사실들을 모으고 계시겠죠. 부인은 어떻게 생각합니까?"

"나요?" 올리버 부인은 깜짝 놀랐다.

"모, 모르겠어요."

"판단을 미루시는 겁니까? 그렇다고 부인을 비난하지는 않겠습니다. 어려운 일이니까요. 대체로 많은 사람은 자신들이 생각하는 것에 동의하죠. 그것에 서로 다른 용어들을 사용하는 것뿐입니다. 정신이 돌았다든지, 정신이 산만하다든지, 아니면 뭐가 부족하다든지, 머리가 돌았다든지, 또는 정신이상이라든지, 망상에 사로잡혀 있다고 말합니다. 그녀가 정상이라고 생각하는 사람이 있습니까?"

"배터스바이 양이 있습니다." 포와로가 말했다.

"배터스바이 양이 누굽니까?"

"여교장이오."

"내가 딸을 갖게 된다면 그 학교로 보내죠. 물론 다른 나라에 살고 있겠지만요. 나는 압니다, 그녀에 대해 모든 걸 알고 있단 말입니다."

노마의 아버지가 그를 빤히 쳐다보았다.

"그 사람이 누굽니까?" 그는 닐 경감에게 물었다.

"내 딸에 대해서 모든 걸 알고 있다고 말하는데, 그게 무슨 뜻이죠?"

"나도 그녀에 대해서 잘 알고 있습니다." 스틸링플리트가 말했다.

"지난 열흘 동안 내가 전문적으로 치료해 왔으니까요."

"스틸링플리트 박사는……." 닐 경감이 말했다.

"유능하고 평판이 좋은 정신과 전문의입니다."

"그 애가 어떻게 내 승낙도 없이 당신 치료를 받게 되었습니까?"

"그건 콧수염을 기른 분에게 물어보십시오."

스틸링플리트 박사는 포와로 쪽으로 고개를 끄덕이며 말했다.

"당신, 당신이……."

레스태릭은 너무 화가 난 나머지 말을 잇지 못했다.

"나는 당신의 지시를 받았습니다. 당신은 따님을 찾게 되면 그녀를 치료해 주고 보호해 주고 싶다고 했습니다. 나는 따님을 찾아내어 스틸링플리트 박사에게 보살펴 주도록 할 수 있었죠. 따님은 위험한 상태에 놓여 있었습니다, 레스태릭 씨, 아주 위험했죠."

"그 애는 지금보다 더 위험할 수가 없습니다! 살인혐의로 체포되었으니까요!"

"정확히 말해서, 아직 체포된 것은 아닙니다."

닐 경감이 우물거리듯이 말했다.

경감이 계속 말했다.

"스틸링플리트 박사, 당신은 레스태릭 양의 정신 상태와, 그녀가 자기 행동의 성격이나 의미를 얼마나 아는지에 대해서 전문적인 의견을 말씀해 줄 수 있을 거라고 믿는데요?"

"우리는 법정에서 엠노튼 법률을 적용시킬 수 있습니다."

스틸링플리트가 말했다.

"지금 경감님이 알고 싶은 것은 그녀가 미쳤는가, 아니면 제정신인가 하는 거겠죠? 좋습니다, 말씀드리죠. 그녀는 정상입니다. 이 방에 앉아 있는 여러분과 마찬가지로 정상입니다."

제24장

그들은 스틸링플리트를 뚫어지게 쳐다보았다.

"그러지 않기를 바라셨죠, 그렇잖습니까?"

레스태릭이 화난 목소리로 말했다.

"틀렸습니다. 그 애는 자기가 무슨 일을 했는지조차 모릅니다. 그 애는 무죄예요, 완전히 무죄입니다. 자신이 무슨 일을 했는지 모르기 때문에 책임을 질 수가 없습니다."

"잠시 말할 기회를 주십시오. 나는 내가 무슨 얘기를 하는지 압니다. 하지만, 당신은 모를 겁니다. 그녀는 정상이므로 자신의 행동에 대해서 책임을 질 수 있어요. 잠시 뒤에 그녀를 들어오게 해서 직접 얘기를 들어보도록 합시다. 그녀에게는 한 번도 말할 기회를 주지 않았죠! 아, 그렇습니다, 그녀는 지금 이곳에 있습니다. 그녀 침실에 경찰 간호사 한 명과 함께 갇혀 있죠. 하지만, 그녀에게 한두 가지 물어보기 전에 알아둘 얘기가 있습니다. 그녀는 내게 왔을 때, 완전히 마약에 몸이 절어 있었습니다."

"그 녀석이 먹인 겁니다!" 레스태릭이 소리쳤다.

"그 못된 녀석이."

"그 친구 때문에 마약을 먹기 시작했다는 건 틀림없을 겁니다."

"고맙소, 고맙소." 레스태릭이 말했다.

"무엇이 고맙다는 겁니까?"

"내가 당신을 오해했습니다. 당신이 그 애가 정상이라고 얘기했을 때는, 당신이 그 애를 죽음으로 몰아넣는 거라고 생각했습니다. 그런데 내가 잘못 판단한 거군요. 그 애가 그런 짓을 저지른 것은 마약 때문입니다. 그 애가 의도적으로 절대로 하지 않을 행동을 저지른 것이나, 그런 행동을 저질러 놓고도 깨닫지 못하는 것은 모두 마약 때문일 겁니다."

스틸링플리트가 목소리를 높여 말했다.

"당신이 많은 얘기를 하고 또 모든 것에 대해서 전부 알고 있다고 확신하는 것보다는, 내게 얘기할 기회를 준다면 더 얻는 게 많을 겁니다. 무엇보다도 먼저, 그녀는 마약 중독자가 아닙니다. 주사를 맞은 흔적도 없고, 코카인 가루 냄새도 맡지 않았죠. 어떤 다른 사람이, 어쩌면 그 청년일 수도 있겠죠. 아무튼 누군가가 그녀 모르게 마약을 복용시켜 왔습니다. 좀 흥미로운 점은 여러 가지 약을 섞어서 먹인 겁니다. 악몽이나 길몽을 생생하게 계속해서 꾸게 해주는 LSD와, 단지 몇 분간의 경험을 마치 한 시간의 일처럼 시간관념을 흐리게 만들어 주는 해시시(인도 대마(大麻)로 만든 마취약)를 먹였습니다. 그리고 여러분에게 말씀드리고 싶지 않은 이상한 약들도 여러 가지 복용했더군요. 다시 말해서, 약품에 대해서 잘 아는 누군가가 그녀를 혼란스럽게 만든 거죠. 흥분제와 각성제 등으로 그녀는 자제력을 잃어버리고는, 자신도 모르는 완전히 다른 사람으로 바뀌었던 겁니다."

레스태릭이 중간에 끼어들었다.

"그게 바로 내가 말하는 겁니다. 노마는 자신을 책임질 수 없습니다! 누군가가 그 애에게 최면을 걸어 이런 짓을 하게 만든 겁니다."

"아직도 이해하지 못하시는군요! 아무도 그녀가 하고 싶지 않은 일을 하게 할 수는 없습니다! 남이 할 수 있는 것은, 그녀에게 그런 짓을 저질러야겠다고 생각하게 만드는 거죠. 이제 그녀를 불러들여서 무슨 일이 있었는지 들어보도록 합시다."

그가 물어보는 듯한 눈길로 닐 경감을 바라보자, 경감은 고개를 끄덕였다.

스틸링플리트는 응접실을 나가면서 어깨너머로 클라우디아에게 말했다.

"제이콥스 양의 집에서 데려온 친구는 어디에 있습니까? 진정제를 주었습니까? 자기 방의 침대에 누워 있나요? 흔들어 깨워서라도 데리고 나왔으면 좋겠는데. 가능한 한 많은 도움이 필요합니다."

클라우디아가 응접실을 나갔다.

스틸링플리트는 노마를 앞세우고 돌아와서는 용기를 북돋아 주었다.

"괜찮아……, 아무도 당신에게 대들지 않을 거예요. 거기에 앉아요."

그녀는 고분고분 의자에 앉았다. 그녀의 태도는 놀랄 정도로 유순했다.

여경이 좀 화가 난 표정으로 문가를 서성거렸다.

"내가 물어보는 것에 대해서 솔직하게 대답해야 해요. 별로 어렵지 않을 거예요."

클라우디아는 프랜시스 캐리를 데리고 들어왔다. 프랜시스는 입을 크게 벌리고 하품을 했다. 그녀가 하품을 할 때마다 검은 머리칼이 마치 커튼처럼 그녀의 입가를 반쯤 가렸다.

"시원한 음료수라도 마시는 게 좋겠군요."

스틸링플리트가 그녀에게 말했다.

"자게 내버려 두었으면 좋겠어요."

프랜시스가 희미한 목소리로 웅얼거렸다.

"이 일을 매듭짓기 전에는 아무도 잠을 자지 못합니다! 그럼, 노마 양, 내질문에 대답해요. 옆 공동주택에 사는 여자 말로는, 당신이 데이비드 베이커를 죽였다고 말했다는군요. 그것이 사실입니까?"

그녀는 고분고분한 태도로 말했다.

"예, 내가 데이비드를 죽였어요."

"칼로 찔렀나요?"

"그래요."

"그걸 어떻게 알지요?"

그녀는 좀 당황해 하는 표정을 지었다.

"무슨 말씀을 하시는 건지 모르겠군요. 그는 죽어서 바닥에 누워 있었어요."

"칼은 어디에 있었습니까?"

"내가 들고 있었죠."

"칼에 피가 묻어 있었나요?"

"예, 그의 셔츠에도 묻어 있었어요."

"칼에 묻어 있는 피는 어땠습니까? 손에 묻어서 씻어내야 했다는 피 말이오. 축축했었습니까, 아니면 딸기잼처럼 끈적끈적했었습니까?"

"딸기잼처럼 끈적끈적했어요."

그녀는 온몸을 부르르 떨었다.

"나는 손에 묻은 피를 씻으러 나가야 했어요."

"아주 현명한 행동이었군요. 그것이 모든 걸 훌륭하게 묶어 주고 있습니다. 희생자와 살인자, 그리고 당신—모든 것이 흉기로 연결되는군요. 그를 죽인 것이 기억납니까?"

"아니에요……, 기억나지 않아요……. 하지만, 내가 죽인 게 틀림없어요. 그렇잖은가요?"

"내게 물어보지 말아요! 나는 그 자리에 없었습니다. 그걸 말할 수 있는 사람은 바로 당신뿐이오. 하지만, 그보다 전에 다른 살인이 있었죠? 이른 아침에 일어난 사건 말입니다."

"루이즈를 말씀하시는 건가요?"

"그렇습니다, 루이즈……, 처음으로 그녀를 죽이고 싶다고 생각한 것이 언제였습니까?"

"몇 년 전이에요. 오, 오래전이죠."

"어렸을 때 말입니까?"

"그래요."

"꽤 오랫동안 기다렸겠군요?"

"그동안에는 모든 걸 잊고 있었어요."

"그녀를 다시 보고서 알아보기 전까지?"

"예."

"어렸을 때 그녀를 미워했었던 모양이군. 이유가 뭡니까?"

"그녀가 아버지를, 우리 아버지를 빼앗아갔기 때문이에요."

"그래서, 당신 어머니가 불행해졌겠군요?"

"어머니는 루이즈를 미워했어요. 루이즈는 정말 나쁜 여자라고 말했죠."

"그녀 얘기를 많이 했습니까?"

"그래요. 나는 어머니가 얘기하지 않기를 바랐어요……. 그녀 얘기를 듣고 싶지 않았거든요."

"압니다. 지루했겠죠. 미움이란 창조력이 없으니까. 당신이 그녀를 다시 보았을 때, 죽이고 싶은 마음이 일어났습니까?"

노마는 잠시 생각에 잠기는 듯했다. 그녀의 얼굴에 희미하게 흥미롭다는 표정이 떠올랐다.

"사실은 그렇지 않았어요……. 그건 아주 오래전 일이었으니까요. 내 자신을 기억할 수 없었어요. 그건……."

"왜 죽였는지 확신하지 못하는 겁니까?"

"왠지 내가 그녀를 죽이지 않았다는 엉뚱한 생각이 들었거든요. 하지만, 그건 모두 꿈이었죠. 그녀 스스로 창 밖으로 몸을 던졌을 거라는 생각은 모두 꿈이었어요."

"글쎄, 왜 꿈이라는 겁니까?"

"내가 죽였다는 걸 알고 있으며, 또 그녀를 죽였다고 내 입으로 말했기 때문이죠."

"당신이 죽였다고 말했다고요? 누구한테 그렇게 말했습니까?"

노마는 고개를 흔들었다.

"말할 수 없어요……. 친절하게 나를 도와주려고 애썼던 사람이 있어요. 그녀는 그 일에 대해 아무것도 모르는 체할 거라고 말했죠."

노마는 흥분된 목소리로 조금 빠르게 말했다.

"나는 루이즈가 사는 76호에서 얼른 밖으로 나왔어요. 그러고는 몽롱한 정신으로 걷고 있었죠. 그런데 사람들이 사고가 일어났다고 말했어요. 그래서, 뜰로 내려가 보았어요. 그녀는 나와 아무 관계가 없는 일이라고 몇 번씩이나 말해 주더군요. 아무도 알지 못하며, 그리고 나는 내가 무슨 일을 했는지 기억할 수 없었어요. 그런데 내 손에 그것이 들려 있는 거였어요."

"그것이라니? 무엇 말입니까? 피를 말하는 건가요?"

"아니, 피가 아니라 찢어진 커튼 조각이었어요. 그녀를 밀어 버린 순간에 찢어진 건가 봐요."

"그녀를 밀어 버린 것이 기억납니까?"

"아니, 기억나지 않아요. 너무 두려웠기 때문에 아무것도 기억나지 않아요.

그래서 나는……."

그녀는 포와로에게 고개를 돌렸다.

"저분에게 찾아갔던 거예요."

그녀는 다시 스틸링플리트를 쳐다보았다.

"내가 무슨 일을 했는지 하나도 기억나지 않아요. 그리고 점점 더 두려워졌어요. 왜냐하면, 멍청해지는 시간이 점점 더 길어졌으니까요—몇 시간인지조차 헤아릴 수 없었어요. 또, 내가 어디에 갔다 왔으며 무슨 일을 했는지 하나도 기억나지 않는 거예요. 하지만, 내가 숨겨야 할 사실들을 알아냈죠. 내가 메리에게 독약을 먹였으며, 그녀가 독약에 중독되어 병원에 있다는 얘기를 들었어요. 그리고 서랍 속에 감춰 둔 제초제도 찾아냈죠. 여기 공동주택에는 플릭나이프 하나와, 내가 산 기억이 없는 권총도 한 자루 있었어요. 나는 사람을 죽이긴 했지만, 기억이 나질 않아요. 그러나 나는 살인자는 아니에요. 단지 미친 것뿐이라고요! 드디어 깨달았어요. 나는 미친 거예요. 그건 어쩔 수 없는 일 아닌가요? 미친 사람이 그런 짓을 했다면, 벌을 받지 않을 거예요. 내가 여기에 와서 데이비드를 죽인 것도 내가 미쳤다는 걸 보여 주는 게 아닌가요?"

"당신은 미치고 싶어서 안달이 난 사람 같군."

"그래요. 나는 미치고 싶어요."

"그렇다면, 어떤 여자를 창 밖으로 밀었다는 것도 누군가에게 자백했겠군요? 누구에게 얘기했습니까?"

노마는 고개를 돌리고 잠시 망설이다가는 손을 들어서 가리켰다.

"클라우디아에게 말했어요."

"거짓말이에요. 너는 내게 그런 얘기를 한 적이 없어!"

클라우디아가 비난의 눈초리로 쳐다보았다.

"했어, 분명히 했어."

"언제, 어디에서 말했다는 거야?"

"그건 모르겠어."

"노마는 네게 모든 걸 고백했다고 내게 말했어."

프랜시스가 분명치 않은 목소리로 말했다.

"솔직히, 나는 노마가 신경이 날카로워져서 모든 걸 꾸며대는 거라고 생각했어요."

스틸링플리트는 포와로를 건너다보았다. 그는 재판관 같은 목소리로 말했다.

"그녀가 모든 걸 꾸몄을 수도 있겠죠. 그것도 이 사건을 해결하는 한 가지 방법이겠군요. 하지만 그렇다면, 그녀가 루이즈 카펜터와 데이비드 베이커 두 사람을 죽이고 싶어 한 동기를, 확실한 동기를 찾아내야 합니다. 단지 어린애처럼 밉다는 감정 때문에 그랬을까요? 아주 오래전에 잊어버린 것을 가지고? 그건 터무니없는 소리입니다. 데이비드라는 청년에게서 벗어나고 싶어서 그랬을까요? 그것도 그녀가 살인을 할 만한 동기가 되진 않습니다. 더 분명한 동기를 찾아내야죠. 어마어마한 액수의 돈이 걸려 있어서 욕심이 난 걸까요?"

그는 주의를 둘러보고는 평상시의 목소리로 낮추어 말했다.

"도움이 좀더 필요합니다. 아직 한 사람이 보이지 않는군요. 레스태릭 씨, 부인이 여기까지 오는 데 시간이 오래 걸립니까?"

"지금 메리가 어디에 있는지 모르겠습니다. 전화를 걸었는데, 클라우디아가 짐작되는 곳에는 모두 연락을 해놓았습니다. 지금쯤이면 어디에 있더라도 전화를 걸어왔어야 하는데 이상하군요……."

"잘못 생각하는 것 같군요. 부인은 적어도 부분적으론 여기에 와 있습니다."

에르퀼 포와로가 말했다.

"그게 도대체 무슨 말입니까?"

레스태릭이 화를 내며 소리쳤다.

"실례 좀 해도 될까요, 부인?"

포와로는 올리버 부인 쪽으로 몸을 구부렸다. 올리버 부인은 가만히 그를 바라보았다.

"아까 맡긴 보따리를……."

"오—."

올리버 부인은 쇼핑백 안을 뒤적거려 검은색 보따리를 그에게 건네주었다. 그는 가까운 곳에서 거칠게 내쉬는 숨소리를 들었지만, 쳐다보지 않았다.

포와로는 조심스럽게 보따리를 풀어 부풀부풀한 금색 가발을 들어 보이며 말했다.

"레스태릭 부인은 여기에 없습니다만, 그녀의 가발은 여기에 있죠. 재미있는 일 아닙니까?"

"도대체 그걸 어디에서 구했소, 포와로?" 닐 경감이 물었다.

"프랜시스 캐리 양이 여행가방에서 빼내기 전에 내가 먼저 슬쩍했지. 그녀에게 어울리나 볼까요?"

그는 단 한 차례의 능숙한 손놀림으로 프랜시스의 얼굴을 가리고 있었던 검은색 머리칼을 한쪽으로 젖혔다. 그녀가 미처 방어 태세를 갖추기 전에 금색 가발이 그녀의 머리에 씌워졌으며, 사람들의 시선이 그녀에게로 쏠렸다.

올리버 부인이 소리쳤다.

"훌륭해요, 바로 메리 레스태릭이잖아요."

프랜시스는 성난 뱀처럼 몸을 꿈틀거렸다.

레스태릭이 그녀에게 다가가려고 자리에서 벌떡 일어났다. 하지만, 닐 경감이 그를 가지 못하게 세게 잡아당겼다.

"안 됩니다. 우리는 어떤 폭력도 원치 않아요. 이제 게임은 끝났습니다, 레스태릭 씨, 아니면, 로버트 오웰이라고 불러 드릴까요?"

그 남자의 입에서 모욕적인 말이 터져 나왔다.

프랜시스가 날카로운 목소리로 말했다.

"그만둬요, 바보같이!"

포와로는 자기의 전리품인 가발을 그대로 두고는 노마에게 다가가서 그녀의 손을 부드럽게 잡았다.

"이제 시련은 끝났고, 더 이상 제물로 희생되지 않을 겁니다. 아가씨는 미치지도 않았으며, 누군가를 죽인 적도 없어요. 잔인하고 냉혹한 두 인간이 아가씨에게 음모를 꾸며 교묘하게 약을 먹이고 거짓말을 해서, 아가씨가 자살하도록 유도하거나, 또는 아가씨 스스로 죄를 저지르고 미쳤다고 믿게 하려고 한 거요."

노마는 공포에 질린 얼굴로 음모자들을 쳐다보았다.

"아버지, 아버지가요? 아버지가 어떻게 제게 그럴 수 있나요? 저는 딸인데. 저를 사랑하는 아버지가……."

"아가씨의 아버지가 아닙니다. 그는 아버지가 죽고 난 뒤에 아버지로 분장 하고서 거대한 재산을 거머쥐려고 이곳에 온 사람이오. 그런데 그를 알아볼 가능성이 있는, 그가 앤드루 레스태릭이 아니라는 걸 알아볼 가능성이 있는 사람이 단 한 명 있었죠. 그건 바로 앤드루 레스태릭이 15년 전에 사귀었던 애인이죠."

제25장

네 사람이 포와로의 방에 앉아 있었다. 포와로는 사각의자에 앉아서 까치밥나무 시럽을 마시고 있었으며, 노마와 올리버 부인은 소파에 앉아 있었다. 올리버 부인은 아주 정성을 들여 매만진 머리에 풋사과 모양의 초록색 리본을 달았기 때문인지 더욱 명랑해 보였다. 스틸링플리트 박사는 의자에 앉아서 다리를 쭉 뻗고 있었는데, 그 다리가 방 길이의 반쯤은 차지하는 것 같았다.

"궁금한 것이 많아요"

먼저 올리버 부인이 나무라는 듯한 말투로 얘기를 꺼냈다.

포와로는 서둘러서 그녀의 화를 가라앉히려고 했다.

"하지만, 부인, 생각해 보세요. 내가 부인에게 신세 진 것은 이루 다 말할 수 없습니다. 그리고 내 생각들은 모두 부인에게서 힌트를 얻은 거죠"

올리버 부인은 의심스러운 듯이 그를 바라보았다.

"내게 '세 번째 여자'라는 말을 가르쳐 준 것도 부인이 아니었습니까? 나는 그 말에서 시작해서, 역시 공동주택에 사는 세 명의 여자 가운데 세 번째 여자로 매듭을 지었습니다. 노마는, 내 생각 속에서, 교묘하게도 언제나 세 번째 여자였죠. 또, 잃어버린 해답과 그림 조각 맞추기에서 모르는 부분도 늘 똑같이 세 번째 여자였습니다. 내 말을 이해하겠지만, 그 세 번째 여자는 늘 그곳에 없는 사람이었죠. 그녀는 단지 내게는 이름뿐이었단 말입니다."

"내가 왜 그녀와 메리 레스태릭을 연결해서 생각해 보지 않았는지 모르겠어요. 나는 크로스헤지스에서 메리 레스태릭을 만나 얘기를 나누었어요. 물론 프랜시스 캐리를 처음 보았을 때, 얼굴이 검은 머리칼로 가려져 있었죠. 그건 누구에게나 혐오감을 주는 모습이에요!" 올리버 부인이 말했다.

"부인, 또 여자들이 머리 모양을 바꾸는 것에 따라서 인상이 쉽게 바뀐다는 것에 내 주의를 끌게 한 것도 바로 당신입니다. 기억하겠지만, 프랜시스 캐리는 연기 공부를 한 적이 있습니다. 그러므로 얼굴을 뽀얗게 화장하는 기술이 있었으며, 필요할 때는 목소리도 바꿀 수 있었죠. 프랜시스 역할을 할 때는 긴 검은색 머리칼을 내려뜨려 얼굴을 반쯤 가리고, 분장하듯이 얼굴에 하얗게 분칠을 했으며 눈썹을 마스카라로 시커멓게 칠했습니다. 그리고 쉰 듯한 목소리로 천천히 얘기했죠. 한편, 잘 손질된 곱슬곱슬한 금색 가발을 쓴 메리 레스태릭이 되었을 때는 수수한 옷차림에 조금 케케묵은 듯한 억양과 활발한 걸음걸이로 완전히 대조를 이루었습니다.

나는 처음부터 왠지 그녀가 진짜 모습 같지가 않다는 느낌이 들었습니다. 그녀는 어떤 여자일까요? 나는 모릅니다. 그녀에 대해서 전혀 몰랐죠. 나, 이 에르큘 포와로도 전혀 몰랐다는 겁니다."

"그렇습니다. 처음에 나는 당신이 그렇게 얘기하는 걸 들은 적이 있습니다. 포와로 씨! 정말 놀라운 일입니다."

스틸링플리트 박사가 말했다.

"왜 그녀가 두 사람 역할을 했는지 정말 모르겠어요. 그럴 필요가 없었을 것 같은데 말이에요." 올리버 부인이 말했다.

"아닙니다, 그건 그녀에게 꼭 필요했던 거죠. 아시다시피, 그 이중 역할은 필요할 때마다 계속 알리바이를 만들어 주었습니다. 두 사람은 늘 내 눈앞에 있었는데도, 보지 못한 겁니다! 나는 가발에 대해서 꺼림칙하게 생각하고 있었지만, 무엇 때문인지 그 이유는 알지 못했습니다. 두 여자를 동시에 본 적이 한 번도 없었으니까요. 그들의 생활은 매우 잘 정돈되어 있었기 때문에 설명되지 않는 부분이 있어도 시간상 커다란 차이를 알아차리지 못했죠.

메리는 종종 런던에 가서 물건을 산다든지, 또는 부동산업자를 만난다는 명목으로 외출을 했습니다. 그녀는 그런 식으로 시간을 쓴 거죠. 한편 프랜시스는 버밍햄이나 맨체스터, 심지어는 외국으로 간 적도 있었죠. 또, 젊은 사이비 화가들과 함께 첼시에도 자주 갔으며, 법률이 허용하지 않는 여러 가지 일에 그들을 고용하기도 합니다. 웨더번 화랑에서 사용하도록 특별한 그림 액자도 만들었죠. 그리고 유명해지기 시작한 젊은 화가들이 그곳에서 전시회를 가져, 그림들이 잘 팔리게 되어 외국이나 전람회에 보낼 때 그들의 액자에 헤로인 주머니를 넣어서 보내는 겁니다. 또, 좀 모호한 대작들을 교묘하게 위조하는 등, 그녀는 이런 종류의 일들을 계획하고 진행했습니다. 데이비드 베이커는 그녀가 고용했던 화가들 가운데 한 명이었죠. 그는 남의 그림을 복사하는 데는 천재적인 재능을 갖고 있었습니다."

노마가 중얼거리듯이 말했다.

"가엾은 데이비드. 그를 처음 보았을 때 저는 굉장히 멋있는 사람이라고 생각했어요."

포와로가 몽롱한 목소리로 말했다.

"그 초상화를 나는 늘 생각하고 있었습니다. 레스태릭은 왜 그 초상화를 사무실에 옮겨놓았을까요? 그 초상화가 그에게 특별한 의미가 있는 걸까? 결국, 나는 나 자신이 그렇게 우둔하지 않다는 걸 인정하게 되었습니다."

"그 초상화들이 어떻다는 건지 이해하지 못하겠군요."

"그건 매우 영리한 생각이었습니다. 초상화는 신분증명서와 비슷한 역할을 하죠. 당대의 유명하고 대중적인 화가가 그린 남편과 아내의 초상화. 그 그림들을 창고에서 꺼낼 때, 데이비드 베이커는 레스태릭의 초상화를 오웰의 것과 바꿔치기했습니다. 그건 20년 정도 전의 오웰의 모습을 그린 거였죠. 그 그림이 가짜일 거라고는 아무도 생각지 못했을 겁니다. 화풍, 기법, 캔버스 등 나무랄 데가 없었으니까요. 레스태릭은 그걸 자기 책상 위쪽의 벽에 걸어 두었습니다. 오래전에 레스태릭을 알았던 사람들은, '거의 알아보지 못하겠습니다!' 라든가 '꽤 많이 변했구료!'라고 말하면서 초상화를 쳐다보았을 겁니다. 그러고는 자기가 상대방의 과거 모습을 잊어버린 모양이라고 생각하게 되는 거죠"

"그건 레스태릭에게, 아니 오웰에게는 커다란 모험이었겠네요."

올리버 부인이 생각에 잠겨서 말했다.

"생각하는 것보다는 덜 위험한 일이었습니다. 아시다시피, 그는 결코 재판을 걸 사람이 아니었거든요. 그는 유명한 시티 회사의 구성원이었으며, 오랫동안 외국에 나가 있다가 형이 죽자 형의 일을 매듭짓고자 고국으로 돌아온 겁니다. 그는 최근에 외국에서 새로 얻은 젊은 아내와 함께 돌아와서, 한때는 유명

했지만 이제는 나이가 많아 거의 장님이나 다름없는 아저씨와 함께 살고 있었죠. 그 아저씨는 결혼을 했기 때문에 그가 학교에 다니기 시작한 뒤로는 잘 만나지 못했습니다. 그에겐 다섯 살 때 마지막으로 본 외동딸을 제외하고는 가까운 친척이 없었죠. 그가 처음으로 남아프리카로 떠났을 때, 사무실에는 나이가 많은 직원이 두 명 있었는데, 그들도 이미 죽은 뒤였습니다. 그중 나이가 적은 직원이 지금 어딘가에 살고 있으리라고는 생각지 않습니다. 또, 가족변호사도 죽었죠. 두 사람은 멋지게 한탕 하기로 하고는, 프랜시스가 모든 걸 집중적으로 연구했던 겁니다.

그녀는 2년 전에 케냐에서 그를 만났던 것 같습니다. 서로 다른 분야이긴 했지만, 두 사람은 같은 사기꾼이었죠. 그는 주로 탐광자(探鑛者)로서 일을 하며 여러 종류의 사기 거래를 했습니다. 레스태릭과 오웰은 미개척지에서 만나 함께 탐사를 다녔습니다. 그리고 레스태릭이 죽었다는 소문이 나돌았는데 나중에 사실이 아니라는 것이 밝혀졌죠"

"많은 돈이 관련되어 있었겠군요?" 스틸링플리트가 말했다.

"엄청난 액수의 돈이 관련되어 있었죠. 또, 끔찍한 위험이 따르는 굉장한 모험이었습니다. 드디어 모험이 시작되었습니다. 앤드루 레스태릭은 자기 자신도 부자인데다가 형의 유산까지 물려받았습니다. 아무도 그의 신분을 의심하지 않았죠. 그런데 일이 잘못되어 간 겁니다. 뜻밖에도 그는 어느 여자에게서 편지를 받았는데, 그를 보게 되면, 그가 앤드루 레스태릭이 아니라는 걸 금방 알 수 있는 여자였습니다. 게다가, 두 번째 불운이 닥쳐왔습니다. 데이비드 베이커가 그를 협박하기 시작한 거였습니다."

"그건 예상했던 일이었을 텐데요?"

스틸링플리트가 심각한 목소리로 말했다.

"아니, 그렇지 않습니다." 포와로가 말했다.

"데이비드는 한 번도 협박한 적이 없었거든요. 그 친구의 머리에 그 사람의 엄청난 재산이 떠올랐던 거죠. 초상화를 베껴 그려주고 받은 돈이 성에 차지 않았던 데이비드는 더 많은 돈을 요구했습니다. 결국, 레스태릭—오웰은 그에게 거액의 수표를 끊어 주었으며, 그걸 마치 딸이 못마땅한 결혼을 하지 못하도록 막기 위한 것처럼 꾸몄습니다. 데이비드가 정말로 그녀와 결혼하기를 원했는지 그건 모르겠습니다. 정말 결혼하고 싶어 했을 수도 있겠죠. 그러나 오웰과 프랜시스 같은 사람을 협박한다는 건 위험한 일이었습니다."

"그 두 사람이 잔인하게도 노마와 데이비드를 죽일 음모를 꾸몄다는 말씀이군요? 그런 거죠?"

올리버 부인이 따지듯이 물었다. 그녀는 좀 괴로워하는 표정이었다.

"그들은 당신도 목록에 올렸었는지 모릅니다, 부인." 포와로가 말했다.

"나를요? 그럼, 머리 뒤에서 나를 내리친 것도 그들 가운데 한 사람이라는 말씀이세요? 프랜시스가 그랬을까요? 가엾은 공작새는 아니겠죠?"

"나도 공작새는 아닐 거라고 생각합니다. 하지만, 부인은 이미 보로딘 맨션에 간 적이 있었습니다. 그리고 설명하기는 좀 애매한 점이 있지만 부인이 첼시로 프랜시스를 따라온 거라고 생각했겠죠. 그래서, 그녀는 몰래 빠져나와 부인이 잠시 동안 호기심을 가진 것에 대한 대가로 부인의 머리를 가볍게 내리친 겁니다. 부인은 내가 주위에 위험스러운 일이 도사리고 있다고 주의를 주었는데도 그 말을 듣지 않았죠."

"그녀가 그랬다고는 믿어지지 않아요! 그녀는 그날 더러운 화실에서 번 존스 작품의 여주인공 같은 태도로 누워 있었죠. 하지만, 이유가 뭘까요?"

그녀는 노마를 쳐다보았다가 포와로에게로 눈길을 돌렸다.

"그들이 노마를 이용한 거예요. 일부러 그녀를 끌어들여 약을 먹여서 그녀가 두 사람을 죽였다고 믿게끔 한 거라고요. 왜 그랬을까요?"

"그들은 희생자가 필요했습니다." 포와로가 말했다.

그는 의자에서 일어나 노마에게 다가갔다.

"아가씨, 아가씨는 지금까지 끔찍한 시련을 겪었소. 다시는 절대로 일어나지 말아야 할 일이죠. 이제부터 아가씨는 언제나 아가씨 자신을 믿을 수 있다는 걸 명심해둬요. 악이 무엇이라는 걸 아주 가까이에서 알게 되었으니까 말이오. 아가씨는 앞으로 어떤 어려움이 닥치더라도 방어할 수 있을 게요."

"그럴 것 같아요. 자신이 미쳤다고 생각하는 건, 진짜로 그걸 믿는다는 건 두려운 일이에요……."

노마가 말했다. 그녀는 몸을 부들부들 떨었다.

"저는 지금도 제가 어떻게 해서 혐의를 벗었는지 모르겠어요. 제가 데이비드를 죽였다고 믿었을 때는 그렇지 않았었는데, 누군가가 어떻게 해서 제가 그를 죽이지 않았다고 믿게 되었는지 모르겠어요."

"피가 잘못된 겁니다."

스틸링플리트 박사가 담담한 목소리로 말했다.

"피가 굳기 시작했죠. 제이콥스 양이 말했다시피 셔츠의 피는 딱딱하게 굳어 있었지 젖어 있지는 않았습니다. 그런데 당신은 프랜시스가 비명을 지르기 전 5분도 안 되는 시간에 그를 죽였다고 생각하고 있었죠."

올리버 부인이 입을 열었다.

"하지만, 어떻게 그녀가, 그녀는 맨체스터에 다녀왔는데요."

"그녀는 좀 이른 기차로 돌아왔으며, 기차 안에서 메리의 가발을 쓰고는 분장했습니다. 그리고 아무도 알아보지 못하는 그 모습으로 보로딘 맨션에 들어와 엘리베이터를 타고 올라가서는, 그녀가 얘기한 대로 데이비드가 기다리는 공동주택으로 들어갔습니다. 그는 전혀 수상하게 여기지 않았겠죠. 그 순간 그녀는 데이비드를 찌른 겁니다. 그리고 밖으로 나와 노마가 나타날 때까지 줄곧 지켜보고 있었겠죠. 그녀는 공중화장실에 들어가 모습을 바꾸고는 길 끝에서 친구를 만나 함께 걸어오다가 보로딘 맨션 앞에서 작별 인사를 했습니다.

그러고는, 공동주택으로 올라가 비명을 지른 겁니다—그 순간 짜릿한 쾌감을 느꼈겠죠. 경찰이 신고를 받고 그곳에 도착했을 때까지, 그녀는 아무도 그 시간차를 의심하지 않을 거라고 생각했습니다. 노마, 당신은 그날 자기가 사람을 죽였다고 고집을 부리는 바람에 우리가 아주 애를 먹었죠!"

"나는 모든 걸 자백하고 벌을 받고 싶었어요……. 당신은 그때 내가 살인을 저질렀을지도 모른다고 생각하셨어요?"

"내가요? 나를 어떻게 생각하는 겁니까? 나는 내 환자들이 무슨 일을 할 것이며, 무슨 일을 하지 않을 것인지 다 알고 있습니다. 하지만, 당신이 일을 어렵게 만들어 가고 있다고는 생각했죠. 나는 닐 경감님이 얼마나 위험을 각오하고 있었는지 몰랐습니다. 내게는 경찰이 일 처리하는 절차가 적당해 보이지 않았습니다. 경감님이 여기 계신 포와로 씨에게 모든 걸 맡긴 걸 보십시오."

포와로는 미소를 지었다.

"닐 경감과 나는 오래전부터 알고 지내온 사이요. 그뿐만 아니라, 그는 이미 다른 문제를 조사하고 있었소. 아가씨는 루이즈 공동주택의 문밖에 있었던 게 아닙니다. 프랜시스가 숫자를 바꿔 놓았던 거죠. 그녀는 6과 자기 문에 붙은 7을 바꿔 걸었습니다. 그 숫자들은 못으로 박혀 있었는데, 헐거워졌던 거죠. 그날 밤에 클라우디아는 나가고 없었습니다. 프랜시스가 아가씨에게 약을 먹여서, 모든 것이 악몽으로 바뀐 게요.

하지만, 나는 갑자기 어떤 사실을 알게 되었죠. 루이즈를 죽일 수 있었던 유일한 사람은 진짜 세 번째 여자인 프랜시스 캐리라고 말이오."

"당신은 그녀가 범인이라는 걸 어렴풋이 짐작하고 있었죠. 내게 한 사람의 모습이 어떻게 바뀌는지 설명해 주었을 때 말입니다."

스틸링플리트가 말했다.

노마는 생각에 잠긴 얼굴로 그를 쳐다보았다. 그녀가 스틸링플리트에게 말했다.

"당신은 사람들에게 너무 무례했어요."

그는 그 말에 조금 놀란 표정을 지었다.

"무례했다고요?"

"사람들에게 말하면서 소리쳤던 것들 말이에요."

"오, 글쎄, 아마 그랬을지도 모르겠군요……. 사람들이 나를 방해하고 화나게 하는 바람에."

그는 불쑥 포와로를 향해 씩 웃어 보였다.

"노마는 꽤 얌전했죠?"

올리버 부인이 한숨을 내쉬며 자리에서 일어났다.

"그만 돌아가 봐야겠어요."

그녀는 두 남자를 쳐다보았다가는 노마에게로 시선을 돌렸다.

"노마를 어떻게 할 거예요?" 그녀가 물었다.

그들은 좀 놀란 표정을 지었다.

"노마는 지금 나와 함께 있어요." 올리버 부인이 계속했다.

"그리고 행복하다고 말할 수 있죠. 하지만, 문제가 있어요. 아버지가 대단히 많은 돈을 물려주었기 때문에 기부금을 내달라는 등등 복잡한 일들이 많이 생길 거예요. 물론 늙은 로더릭 경과 함께 살 수도 있죠. 하지만, 그건 노마 같은 젊은 여자에게는 썩 유쾌한 일이 아닐 거예요. 그분은 거의 앞을 보지 못하고 귀도 잘 들리지 않는데다가 이기주의자니까요. 그건 그렇고, 그 양반이 잃어 버렸다는 서류와 그 처녀, 또 국립 식물원 문제는 어떻게 되었나요?"

"그 서류는 그분이 전에 보관해 두었다고 생각하는 곳에서 나왔어요. 소니아가 찾아냈죠."

노마가 덧붙여 말했다.

"로디 할아버지와 소니아는 다음 주에 결혼할 거예요."

"어리석은 영감이 어리석지만은 않군!" 스틸링플리트가 말했다.

"아! 이제 그 젊은 여자는 정치가와 관련을 맺으며 영국에서 생활하게 되었군. 아마 현명한 생각일 겁니다." 포와로가 말했다.

"그 얘기는 그만 하세요." 올리버 부인이 딱 잘라서 말했다.

"노마에 대해서 실질적인 문제를 생각해 보세요. 계획을 세워야 하잖아요. 그녀는 혼자서 모든 일을 어떻게 해야 하는지 몰라요. 누군가 얘기해 줄 사람이 필요하단 말이에요."

그녀는 심각한 얼굴로 그들을 바라보았다.

포와로는 아무 말 없이 미소만 짓고 있었다.

"오, 노마가요!" 스틸링플리트가 말했다.

"그럼 내가 말하죠. 노마, 나는 이번 주 화요일에 오스트레일리아로 갈 겁니다. 먼저 내게 주어진 일이 할 만한 것인지, 그리고 그 밖의 다른 일들을 살펴보고 싶습니다. 그다음에 나는 당신에게 전보를 칠 것이며, 당신은 나와 만나게 되는 겁니다. 그리고 우리는 결혼하는 겁니다. 내가 원하는 것은 당신의 돈이 아니라는 걸 믿으십시오. 나는 거창한 연구시설 같은 걸 기부받고 싶어 하는 그런 의사가 아니에요. 단지 사람들에게 관심이 있는 평범한 의사일 뿐이죠. 나 역시 당신이 나를 잘 이끌어 주리라고 생각합니다. 내가 사람들에게 무례하게 행동한다는 것도, 나 자신은 알지 못하는 거였죠. 당신이 끈끈이에 걸린 파리처럼 무기력하게 혼란 속에 빠져 있을 때를 생각한다면 정말 이상한 일이군요. 이제는 내가 당신을 움직이는 게 아니라, 당신이 나를 움직이고 있으니 말입니다."

노마는 여전히 아무 말 없이 서 있었다. 그녀는 완전히 다른 관점에서 알고 있었던 뭔가를 생각하는 것처럼 존 스틸링플리트를 주의 깊게 살펴보았다.

이윽고 그녀는 미소를 지었다. 마치 행복한 어린 양처럼 해맑은 미소를 지었다.

"좋아요." 그녀가 말했다.

그녀는 방을 가로질러 에르퀼 포와로에게 다가갔다.

"제가 너무 무례했어요." 그녀가 말했다.

"제가 여기에 왔을 때 선생님은 아침식사를 하고 계셨죠. 저는 선생님이 저를 도와주기에는 너무 늙었다고 말했는데, 그건 너무 버릇없는 말이었어요. 그리고 사실도 아니었죠······."

그리고 포와로의 어깨 위에 손을 얹고서 입을 맞추었다.

"먼저 택시를 잡는 게 좋겠어요." 그녀가 스틸링플리트에게 말했다.

스틸링플리트는 고개를 끄덕이고는 방을 나갔다.

올리버 부인은 핸드백과 모피 목도리를 챙겼으며, 노마는 외투를 걸치고 그녀를 따라 문쪽으로 걸어갔다.

"부인, 잠깐만—."

올리버 부인이 몸을 돌렸다.

포와로는 소파의 구석진 곳에서 예쁜 회색 핀을 주었다.

올리버 부인이 화난 목소리로 외쳤다.

"요즘 만드는 것들은 다 저렇다니까요. 멀쩡한 게 없어요! 머리핀 말이에요. 금방 빠져나와서 제대로 꽂혀 있는 게 없어요!"

그녀는 이맛살을 찡그리며 나갔다.

잠시 뒤에 그녀는 문틈으로 얼굴을 디밀고는, 음모를 꾸미듯이 속삭이는 목소리로 말했다.

"내게 말해 보세요, 내가 그녀를 보낸 것이 모두 잘 되었다고요. 당신은 그녀를 일부러 그 의사에게 보낸 거죠?"

"물론 그랬죠. 그의 자격은……."

"그의 자격은 생각지 마세요. 내가 무슨 말을 하는지 알고 계시잖아요. 그와 그녀는, 그렇죠?"

"부인이 그 대답을 듣고 싶다면, 그렇습니다."

올리버 부인이 말했다.

"나도 그렇게 생각했어요. 당신은 너무 여러 가지 일들을 생각하시는 것 같아요."

<끝>

■ 작품 해설 ■

《세 번째 여자(1966, Third Girl)》는 애거서 크리스티 여사(영국, 1890~1976)의 74번째 추리소설이며, 57번째 장편소설이다.

크리스티 여사는 총 86권의 추리소설을 내면서 틈틈이 시집 한 권, 아동소설 한 권, 자서전 한 권을 비롯해서, '애거서 크리스티 말로원' 명의로 애정소설 6권, 여행기 한 권 등 모두 96권의 작품을 펴냈다. 이 밖에 희곡을 17편 발표했다.

크리스티 여사는 1960년대에 들어서면서 나이로는 70대를 맞이하여 작품 활동은 조금 미약해, 1년에 한 편 정도씩을 발표하는 데 그쳤다. 하지만, 추리소설을 쓰는 의욕은 조금도 쇠퇴해지지 않았다.

이 시대 작품의 특징으로 여러 견해가 있긴 하지만, 무엇보다도 2차 대전 이후의 영국 사회를 생생하게 묘사했다는 데에 있다. 전쟁 전 그녀의 황금시기에 보여 주었던 질서정연한 영국의 모습이 아니라, 히피와 마약 밀매 등이 등장하는 것이다.

그리고 인생의 노년기에 접어든 입장에서 불가사의한 맛을 지닌 추리소설을 쓰려 애썼다는 사실을 들 수 있다. 이 당시에 나온 《창백한 말(1961, The Pale Horse)》 《깨어진 거울(1962, The Mirror Crack'd from Side to Side)》 《4개의 시계(1963, The Clocks)》 《카리브 해의 죽음(A Caribbean Mystery)》 《버트램 호텔에서(1965, At Bertram Hotel)》 《세 번째 여자(1966, Third Girl)》 《끝없는 밤(1967, Endless Night)》 《엄지손가락의 아픔(By the Pricking of My Thumbs)》 《할로윈 파티(1969, Halloween Party)》 등 9편의 작품을 살펴보면, 그런 점을 확연히 느낄 수 있다.

여기 소개한 《세 번째 여자》는 현대 풍속에 대한 그녀의 관심을 강하게 나타낸 느낌을 주는 작품이다. 히피, 방랑벽이 있는 젊은 처녀, 여자처럼 생긴 젊은 청년, 오 페어 걸, 마약밀매 등등 작품 전체에 현대의 영국 냄새가 흠뻑 배어 있다.

이런 면에서 볼 때 크리스티 여사를 '풍속작가'라고 하는 사람도 있을 정도이다. 아무튼, 크리스티 여사의 만족할 줄 모르는 '사회에 대한 호기심'엔 그저 놀랍기만 하다.

게다가, 이 작품의 구성은 특이하게도, '자칭 살인자'가 먼저 등장하지만, 피해자에 관해선 오리무중이다. 가해자는 있고 피해자는 없는 범죄, 이것이 크리스티 여사가 노린 것이 아닌가 하는 생각이 든다.